Das Buch

Fernsehen, Hörfunk, Print oder Neue Medien – eine Wachstumsbranche, die Frauen ungeahnte Karrierechancen bietet. Welche Berufe und Ausbildungswege gibt es, welche Anforderungen werden gestellt und wie können Frauen einsteigen und dann aufsteigen? Wer mit der Medienlandschaft vertraut ist, über Konzerne und ihre Verflechtungen Bescheid weiß, hat im Vorstellungsgespräch bereits ein großes Plus. Außerdem informieren die Autorinnen über Stipendien und Förderprogramme, zeigen, wie frau sich richtig bewirbt, und gehen auch der Frage nach, wie sich Kinder und Karriere vereinbaren lassen. Die Praxis kommt nicht zu kurz: Zahlreiche Medienfrauen – von der Chefredakteurin über die Producerin bis zur Tontechnikerin – verraten, wie sie es geschafft haben, und geben Insidertips.
Der ausführliche Serviceteil mit Kurzinfos zu Ausbildungsstätten im In- und Ausland sowie allen wichtigen Anschriften gibt Berufsanfängerinnen das nötige »Know-where«. Fazit: Frauen können Medien machen – sie müssen nur wollen.

Die Autorinnen

Monica Riedel, geb. 1964, studierte in London Europäische Betriebswirtschaft. Seit 1990 arbeitet sie fürs Fernsehen: zunächst im Filmlizenzhandel, dann im Programm- und Marketingbereich und anschließend als freie Mitarbeiterin in der TV-Produktion. Jetzt ist sie Leiterin von Garlick + Gold in Köln, Agentur für Musik- und TV-Konzepte.
Friederike Stüven, geb. 1958, studierte Germanistik, Sozialkunde und Politik. Sie arbeitete als Texterin in einer PR-Agentur, als Redakteurin und Lokalchefin bei einer regionalen Zeitung. 1993 wechselte sie als Seminarleiterin an die Akademie für Publizistik in Hamburg.

Monica Riedel, Friederike Stüven: Frauen machen Medien

Karriere in Presse, Hörfunk und Fernsehen

Deutscher
Taschenbuch
Verlag

Originalausgabe
August 1996

Umschlaggestaltung: Klaus Meyer, Antonia Berger
Umschlagphotographie: © The Image Bank
Satz: Design Typo Print GmbH, Ismaning
Gesetzt aus der Times New Roman 10,8/13° (QuarkXPress 3.31 Mac)
Druck und Bindung: C. H. Beck'sche Buchdruckerei, Nördlingen
Gedruckt auf säurefreiem, chlorfrei gebleichtem Papier
Printed in Germany · ISBN 3-423-36538-2

Inhalt

Vorwort

Die Idee für den Ratgeber entstand, als ich einer Bekannten, die unbedingt »was mit Medien« machen wollte, einen Nachmittag lang die Grundzüge des Mediendschungels erklärte. So wie ihr geht es sicher vielen Frauen – und auf all die Fragen nach Jobs, Ausbildungsmöglichkeiten und Arbeitgebern liefert ›Frauen machen Medien‹ die Antworten.

Friederike Stüven konnte ich als Co-Autorin für das Projekt gewinnen. Ihr Schwerpunkt waren Printmedien, Bewerbungstips und Ausbildung im Ausland, während ich über Fernsehen, Hörfunk und die Neuen Medien schrieb. Am Ende unserer Arbeit waren wir uns einig: So einen Ratgeber hätten wir auch gern gehabt, als wir Medienneulinge waren.

Besonderen Dank möchte ich all den Medienfrauen aussprechen, die in ihren Interviews ihre Erfahrung und eine Vielzahl an praktischen Tips für den Einstieg und die Karriere in den Medien weitergegeben haben.

Allen Leserinnen wünsche ich viel Spaß und vor allem viel Erfolg auf der Suche nach dem Traumjob!

Monica Riedel

Frauen und Medien: Jobs für Aufsteigerinnen

Die Kommunikationsindustrie ist eine Branche mit großer Zukunft. In Deutschland setzt die Medienwirtschaft jährlich 45 Milliarden DM um. Der Sektor boomt und steht in den kommenden Jahren auf Expansionskurs. Wenn so viel Geld im Spiel ist, wird es Zeit, daß Frauen ordentlich mitmischen.

Berufliche Einstiegschancen für Frauen sind zahlreich vorhanden. Wer sie kennt und nutzt, kann sich auf den Karrierepfad in die Medienwelt begeben. Warum dieser bisher oft nicht zum Chefsessel führte, hat Gründe: Barrieren – auch im eigenen Kopf, Hindernisse, Karrierefallen. Wir sind jedoch optimistisch: Frauen, die in den Medien Karriere machen wollen, können es schaffen. Das ist kein Wunschdenken, sondern das belegen die Fakten.

Für wen ist dieses Buch?

Für alle Frauen, die sich für Medien interessieren – Print, TV, Hörfunk, Neue Medien – und dort ihre berufliche Zukunft sehen. Wir schildern nicht nur, welche Medienberufe es gibt, sondern zeigen auf, wie Sie den Fuß in die Tür bekommen. Insiderinnen beschreiben ihren beruflichen Alltag, Frauen, die es geschafft haben, wie frau Stolpersteine auf dem Weg nach oben aus dem Weg räumt.

Das Buch liefert Informationen auf drei Ebenen:

- Die Branchen – Print, TV, Hörfunk, Neue Medien. Wir haben Eckdaten zusammengefaßt und erklären, wie Printmedien, TV-Sender, Radiostationen und der Bereich Multimedia funktionieren. Der TV-Teil ist der umfangreichste, da es beim Fernsehen und in der Produktion die unterschiedlichsten Berufsprofile gibt. Natürlich sind auch Buchverlage und Plattenfirmen ein wichtiger Teil der Medienindustrie. Diese in den Ratgeber aufzunehmen hätte jedoch den Rahmen des Buches gesprengt.

Wir konzentrieren uns deshalb auf die – gemäß kommunikationswissenschaftlicher Definition – klassischen Medien.

- Die Jobs. Alle wichtigen Arbeitsfelder werden beschrieben. Für manche Einstiegspositionen brauchen Sie sich einfach nur zu bewerben, weil es keine geregelten Zugangsvoraussetzungen gibt. Für andere Berufe sind bestimmte Qualifikationen unabdingbar. Deshalb skizzieren wir das Anforderungsprofil und geben eine Kurzbeschreibung der prägnantesten Ausbildungsmöglichkeiten. Ein Studium als Voraussetzung bedeutet nicht, daß es ohne gar nicht geht. Es gibt immer die Möglichkeit, sich in einem Unternehmen hochzuarbeiten.
- Die Ausbildung. Im Serviceteil stehen Adressen und Ausbildungsorte mit Informationen über deren Angebote sowie Adressen der Medienunternehmen.

Den Neuen Medien haben wir ein eigenes Kapitel gewidmet. Ebenso den Ausbildungsmöglichkeiten, die sich in Europa und in den USA bieten.

Wenn Sie sich für einen bestimmten Beruf interessieren, fordern Sie von den Ausbildungsstätten weitere Informationen an. Über interne Ausbildungsprogramme bei den Medienunternehmen können Sie von den entsprechenden Personalabteilungen mehr erfahren. Schreiben Sie oder rufen Sie dort an und informieren Sie sich, wie viele Plätze für ein Praktikum oder ein Volontariat noch frei sind. Und dann kann es losgehen!

Viele zieht es in die Medien, der Konkurrenzkampf ist groß, und Absagen nach Bewerbungen sind normal. Sie sagen nicht, daß Sie für Ihren Wunschberuf nicht geeignet sind. Lassen Sie also nie den Kopf hängen, wenn es nicht gleich auf Anhieb klappt. Bleiben Sie dran. Ausdauer und Hartnäckigkeit werden belohnt.

Medienkarrieren: Vier Powerfrauen im Porträt

Die Umworbene

Im großzügigen Büro mit feinstem Hamburger Elbblick leistet sich die Chefin der Frauenzeitschrift ›Brigitte‹, die 14tägig unter anderem Modetrends vorstellt, Verzicht auf noble Garderobe. Designermöbel sind diskret, sehr simpel und sehr elegant. Anne Volk hat gute Gründe, gelassen zu sein: Mit 51 Jahren ist sie Chefredakteurin und hat einen festen Platz in der Verlagsgeschäftsführung von Gruner und Jahr. »Wir von dieser Redaktion sind alle irre bodenständig«, sagt sie, als wolle sie Normalität entschuldigen. »Obwohl wir bestimmt nicht irre bodenständig verdienen, sondern ganz schön gut.«

Diese Worte sind mit Bedacht gewählt. Denn in ihrem Leben gab es das, was sie heute eine »satte Existenzkrise« nennt. Damals, als noch vieles offen war, mit Ende Dreißig, setzte sie alles auf eine Karte. Ohne Aussicht auf einen neuen Job kündigte Anne Volk bei der Frauenzeitschrift ›Petra‹ die Arbeit als stellvertretende Chefin, weil sie sich mit dem Chefredakteur nicht mehr verstand. Was in der Rückschau einfach aussieht, weil es ja dann doch geklappt hat mit der Karriere, warf sie gehörig aus der Bahn. Zwar hatte sie genug gespart, um ein paar Monate über die Runden zu kommen, doch die beruflichen Aussichten waren alles andere als rosig. Anne Volk saß im Schlamassel. »Das war nicht üblich, etwas hinzuschmeißen, ohne etwas Neues zu haben.«

Das Neue ließ nicht lange auf sich warten. Vorzuweisen hatte sie zu diesem Zeitpunkt allerdings auch eine solide Qualifikation. Die neue Chance: Stellvertretende Chefredakteurin der ›freundin‹.

Entgegen ihren Ängsten ist Anne Volk eine umworbene Frau. Kaum hatte sie sich bei der ›freundin‹ eingelebt, kam das Angebot, die neue Zeitschrift ›prima‹ zu entwickeln. Anne Volk wußte nicht recht: »Ich war gerade ein dreiviertel Jahr da.« Nach anderthalb Jahren wurde sie erneut gefragt. »Dann hatte ich doch Lust, wieder zu wechseln.«

Und so kam sie zu Gruner und Jahr. Als die erste Nummer von ›prima‹ erschien, war Anne Volk schon bei der ›Brigitte‹. »Das klingt zwar jetzt blöd, aber ich wollte damals gar nicht Brigitte-Chefin werden.« Zu gut hatte es ihr in der Entwicklungsredaktion gefallen. Die Arbeit stimmte. Und, fast noch wichtiger: »Ich arbeitete damals mit meiner Freundin Jutta Fritsch und einem kleinen Team. Ich fand es schrecklich, diese Redaktion wieder zu verlassen.« Außerdem zwickte das Gewissen: »Schließlich hatte ich die Leute aus guten Jobs herausgeholt.«

Erst ein langes Hin und Her konnte sie davon überzeugen, ihren neuen Job anzunehmen. »Ich möchte damit nicht sagen, daß man sich zieren soll. Das ist Quatsch«, bewertet sie rückblickend. Der Grund: »Man merkt, ob jemand das meint, was er sagt, oder ob jemand blufft.«

Kein Bluff: Anne Volk will, daß in ihrem Arbeitsleben alles stimmt. Nicht nur das Was, auch das Wie ist entscheidend. »Ich klebe definitiv nicht an Titeln.« Eine lange Pause nach diesem Satz. »Wenn mir etwas keinen Spaß machen würde, würde ich es für kein Geld der Welt machen«, sagt sie. Diese Entschiedenheit hat auch der Verlag Gruner und Jahr zu spüren bekommen. So weigerte sich Anne Volk, der Konkurrenz nachzueifern und in der ›Brigitte‹ Lochkarten mit Kochrezepten einzuführen. »Ein Marktführer macht nichts nach.« Als alle Welt anfing, von kurzen Texten zu reden, entwickelte ihre Redaktion textlastige Dossiers. »Wir glauben, daß ein langer Text, wenn er denn gut ist, gelesen wird.« – Im Verlag war man mit den Nerven runter, ließ Anne Volk aber machen. Das Resultat: »Die Auflage ging sofort hoch. Und dabei ist es geblieben. Das ist selten. Ich empfinde es heute noch als Wunder.«

»Eine Karriere in den Printmedien ist mit einem Acht-Stunden-Tag nicht zu machen. Es gibt Jahre, in denen man am Wochenende und bis spät abends sitzt und arbeitet.« Jahre, in denen die Frage aufkommt: Kind oder Job? Die Antwort ist Anne Volk erspart geblieben. »Ich hatte keine Karriereplanung, eher eine Familienplanung, aus der dann nichts wurde. Aber später habe ich zwei Kinder sozusagen mitgeheiratet.« Kindererziehung mit allem Drumherum und Erfolg im Beruf, das hält Anne Volk für einen »irrsinnigen Kraftakt«. – »Aber ich hoffe, daß es hier bald so wird wie in Frankreich oder Amerika. Da ist es ganz normal, eine Berufsplanung zu machen, die sich mit Kindern vereinbaren läßt.«

Während ihr eigener Berufsweg geradeaus führt, kann sie bei anderen krumme Wege gut leiden. »Wirklich wichtig ist es nur, eine gute Ausbildung zu haben.« Danach könne sich eine junge Frau auch mit 32 Jahren noch als journalistische Begabung entpuppen. Ihre Empfehlung: »Ein Studium. Dann bin ich immer noch für viel Praxis.« Nur »dieses ewige Studieren, diese tausend Praktika, die häufig Arbeitslosigkeit verschleiern, das finde ich nicht gut.«

Lust auf und Spaß an der Arbeit spielen zentrale Rollen. »Nur dann kann man es schaffen.« Wer daraus schließt, Anne Volk sei auf Rosen gebettet, den belehrt sie eines Besseren: »Ich habe meinen Job nicht im Lotto gewonnen. Ich habe verdammt hart daran gearbeitet. Und heute finde ich, daß ich bestimmte Dinge einfach besser kann, als andere das können.«

Zum Beispiel Texte beurteilen. »Als Chefredakteurin muß ich keine Edelfeder sein. Ich muß Edelfedern erkennen.« Statt Reisen an aufregende Orte sind bei Anne Volk Organisation und Mitarbeiterführung an der Tagesordnung. Statt spannender Interviews mit interessanten Frauen aus Kunst, Politik oder der Finanzwelt führt sie Personalgespräche. Layout, Optik, Heftmischung gehören zum Alltag. Und Entscheidungen. Die fällt Anne Volk nicht einsam, sondern im Team. Deswegen kann sie im Urlaub auch Urlaub machen, ohne permanent per Telefon über die Redaktion zu wachen. »So what! Und wenn mal etwas falsch entschieden wird: Davor ist niemand gefeit. Schließlich mache ich auch nicht alles richtig.«

Vertrauen in das Team: Bei diesem Thema reiht sie kurze Sätze wie unumstößliche Leitsprüche aneinander: »Ich habe keinen Anrufbeantworter. Ich habe kein Handy. Ich habe kein Autotelefon. Das kann ich mir erlauben. Ich habe gute Leute.«

Die Politische

In der umgebauten ehemaligen Fabrik im Arbeiterviertel Hamburg-Altona sind heute Designer und Werbefotografen am Werk. Auch die Redaktion der TV-Produktionsfirma Noa-Noa ist hier zu Hause und arbeitet an der ZDF-Talk-Show ›Willemsens Woche‹. Durch die spaltbreit geöffnete Bürotür der Chefin schiebt ein Redakteur seinen Kopf, sagt mit Verschwörermiene: »Käthe hat ihre Leute immer im Blick. Ein Streß hier ...« und verschwindet. – Die Frotzelei wird ernstgenommen. Käthe Jowanowitsch schaut erschrocken durch eine breite Glasfront, die ihr Büro von dem der Mitarbeiter trennt, auf »ihr Team«. – »Das stimmt«, sagt sie. Und nach Bedenkzeit: »Das macht denen doch nichts aus? Oder?«

Nein. Denn ihr Team lobt sie in den höchsten Tönen. Zu ihrem Job gehören die Organisation des reibungslosen Ablaufs einer TV-Sendung, Kontakte zu Gästen, Gespräche mit dem ZDF. Sie legt Themen fest, macht Sendekritik, bespricht Dossiers. Arbeitstage von zehn Uhr früh bis spät in die Nacht. Bei all dem sei sie kompetent, integer, fair. Sie stelle sich, »wenn es hart auf hart kommt«, vor die Redaktion. Dann mache sie Front gegen Roger Willemsen, den Firmen-Chef. Das ist nicht selbstverständlich.

Denn Käthe Jowanowitsch und Roger Willemsen kennen sich seit ihrer Schulzeit. In der Schülervertretung kämpften sie für bessere Lernbedingungen. Während des Studiums kämpften sie für eine bessere Welt. Dann kämpften beide für bessere Interviews im Fernsehen. Zuerst bei Premiere mit der Sendung ›Willemsen – Das Fernsehgespräch‹. Jetzt beim ZDF. Für ihn ist sie als Chefredakteurin »die absolute Autorität«. Ihm gegenüber ist sie loyal bis zur Schmerzgrenze. Die wurde bislang nicht erreicht.

»Ich gehe jeden Tag mit Freude ins Büro.« Die Inhalte der Arbeit und die »familiäre Atmosphäre« müßten stimmen. Wenn das nicht mehr sei, könne sie auch anders ihr Geld verdienen. Wie? »Das würde sich dann schon ergeben.« Aber auch an der »schrecklich idealen Arbeit« gibt es Kritik.

Zum einen deshalb, weil satte Zufriedenheit Käthe Jowanowitsch Unbehagen bereitet. Germanistikstudium, fünf Jahre Lektorenarbeit für den Deutschen Akademischen Austauschdienst im ehemaligen Jugoslawien und später, als freie Journalistin, Berichte über Osteuropa: Solche Stationen versperren einfachen Antworten den Weg. Zum anderen gibt es den Quotendruck. »Da steht man zwischen allen Fronten.« Selbst nach Feierabend, »das ist am schlimmsten«, kommt sie nicht zur Ruhe: Anstrengende Debatten mit Freunden aus der Zeit, als man politisch für eine bessere Welt kämpfte.

Kompromißbereitschaft ist für Käthe Jowanowitsch kein Schimpfwort mehr. Die nüchterne Bilanz: ›Willemsens Woche‹ ist beim ZDF unter der Sparte »Unterhaltung und Show« angesiedelt. Deswegen gibt es »ein bewährtes Prinzip« nach dem Motto: Für kunstvoll gesponnene Interviews mit »No-Names«, die Minderheiten vor den Fernseher locken, werden publikumswirksame Gäste eingeladen. – Als Ausgleich zum hart umstrittenen Auftritt der Mutter der Terroristin Birgit Hogefeld Gespräche mit Schlagersängern der seichten Art?

So einfach geht die Rechnung nicht auf. »Wir wollen unterhalten und populär sein. Aber klug.« Das heißt: Die Kessler-Zwillinge müssen in ›Willemsens Woche‹ nicht vortanzen. Statt dessen bekommen beide getrennt voneinander die gleichen Fragen. Beim Antworten-Vergleich fällt auf: Sie sind nicht das blonde doppelte Lottchen, sondern interessante Frauen mit einer schwierigen Beziehung zueinander.

Käthe Jowanowitsch macht nicht nur Fernsehen, sie guckt auch selber hin. Ihr Urteil: »Ich finde wenig Sendungen, die mir gefallen.« Mit gutem Essen und gutem Wein (»mit Wasser!«) dämpft sie beruflichen Ärger. Zwischen Privatleben und Beruf gibt es bei der 37-jährigen keine klare Grenze. »Ich beute mein Privatleben für den Job aus.« Wenn ›Willemsens Woche‹ freitags abends gesendet ist, kommen samstags die Gespräche mit Freunden, mit der Familie. Das Gute: Die privaten Studien haben andere Ergebnisse als das Messen der Zuschauerquote. »Man muß der Quote nicht immer glauben.« Das Schlechte? Wenn die Trennlinie nicht klar gezogen ist, wird alles zur Arbeit.

Teamleitung. »Auf den Tisch hauen kommt nicht in Frage.«

Wenn jemand anderer Meinung ist als sie selbst, dann »stimmt sie die Leute um«. Wie? »Gnadenlos nett, mit Charme.« Aber: »Ihr letztes Wort gilt als definitiv.« So sehen Mitarbeiter ihre Chefin. Mit dieser Rolle hatte sie sich anfangs schwergetan: »Eine Freundin hatte mir von diesem Job abgeraten. Ich bin kein bißchen autoritär.«

Und Käthe Jowanowitsch fühlt sich ihrem journalistischen Ethos verpflichtet. Mit Wahrhaftigkeit treibt man keine Scherze, über Recherche macht man keine Witze. Ob es nun um einzelne Menschen geht oder um hohe Politik. »Zum Beispiel Bosnien. Es ist schon erstaunlich, wie wenig manche Journalisten über den Krieg dort wissen und dennoch darüber etwas sagen.« Die Ereignisse holen Käthe Jowanowitsch daheim am Küchentisch ein. Ihr Mann, ein bosnischer Serbe, kann nicht mehr ohne Not nach Hause reisen. Wie es seiner Familie geht, war lange Zeit nur über Umwege zu erfahren. Mit Hilfe ihres Engagements wurde der Auftritt des jungen Mädchens, das in einem Keller von Sarajewo überlebte, möglich. Hier zeigte sich die menschliche Dimension eines Krieges, »der direkt vor der Haustür stattfindet«.

Themenwechsel. Bevor die Empörung zu groß wird, geht Käthe Jowanowitsch zur Tagesordnung über. Geht es doch um ihre Arbeit, um Informationen, die gesammelt werden. »Der Begriff Dossier. Wie sich der schon anhört. Menschen lassen sich nicht zu einer Akte zusammenfassen. Es geht um Brüche. Um Sensibilität.« Und das soll »auf den Schirm«. Nach Team-Debatte. Nach Bedenkzeit.

Die Mutige

Sie war gerade 19, hatte das Abi und die ersten journalistischen Äußerungen in einer Schülerzeitung hinter sich, las Wallraff und liebte Underground-Musik. Was ein Moderator ist, wußte Sandra Maischberger noch gar nicht so genau, als sie ihre selbst aufgenommene Kassette zum Bayerischen Rundfunk schickte. Der suchte gerade Nachwuchs – und wählte sie unter 750 Einsendungen aus. Interviews, Reportagen und Features folgten, sie nahm jeden Job an, der sich bot, auch die Essenkritik fürs Stadtmagazin. Sie absolvierte 15 Monate Kompaktkurs an der Journalistenschule München. Dann suchte der BR für die Jugendsendung ›Live aus dem Schlachthof‹ einen Nachfolger für Günther Jauch. Sie gewann das Casting (»Live-Geschichten geben mir den größten Kick, man muß 200 Prozent Präsenz haben.«) und moderierte zwei Jahre lang die Sendung.

Eine märchenhafte Bilderbuchkarriere – wäre da nicht der Karriereknick bei ›Talk im Turm‹. Sat.1 bot ihr *die* deutsche Polit-Talkshow an – zusammen mit Erich Böhme. »Es war ein großes Risiko – ich 24, mein Co-Moderator 60 und 17 Jahre lang Chefredakteur beim ›Spiegel‹ – und es ging im großen und ganzen schief.« Das Konzept der Sendung sah vor: Böhme fragt aus der Sicht des Älteren, Maischberger aus der Sicht der Jüngeren. »Aber das funktioniert nicht, wenn da nur alte Herren sitzen. Die wollen nicht mit dir reden, sondern wenden sich an Herrn Böhme, weil man sich ja kennt. Und vor allem, weil sie Respekt vor ihm haben.« Und nicht vor jemandem, der 24 ist und eine Frau.

Sie kämpfte und »ging erst mal völlig unter«. Versuchte alles, bereitete sich intensivst vor. Hilfe von Erich Böhme gab es nicht. Ganz normal. »Im Fernsehgeschäft sind die Ellenbogen spitz, da ist sich jeder selbst der nächste.« Es dauerte ein halbes Jahr, bis sie die ersten positiven Kritiken bekam. Aber da war das Kind schon mit dem Bade ausgeschüttet. »Am Ende stand ich als ›Fernsehverlierer des Jahres‹ da, als kleines, dummes Mädchen. Ich hatte gute Lust, die Abiturreise anzutreten, die ich nie gemacht hatte, aber ich wußte, wenn ich jetzt verschwinde, dann bekomme ich nie wieder einen Fuß auf den Boden. Dann heißt es: Sie hat versagt und jetzt ist sie weg.« – Wie kann man sich nach dem Verriß durch die Presse, den öffentlichen Hinrichtungen, wieder aufbauen? »Sich einen neuen Job suchen und das angeknackste Selbstbewußtsein langsam reparieren.« Würde sie es wieder tun? »Ja, weil man nur so die Chance hat, sich auszuprobieren und was zu lernen.«

Ihr nächster Job war die tägliche Interviewsendung ›0137‹ bei Premiere, gemeinsam mit Roger Willemsen. Seit Anfang 1993 ist sie Redakteurin und Moderatorin bei Spiegel TV. Sie etablierte ›Spiegel TV Interview‹ und machte sich einen Namen als großartige Interviewerin, der sich die prominenten Gesprächspartner nicht nur von ihrer Hochglanzseite zeigen. Dann unternahm sie endlich ihre »Abiturreise« – acht Monate um die Welt. »Ich brauchte einfach mal Abstand. Man arbeitet so viel, daß man den Überblick verliert über das, was man eigentlich tut.« Außerdem kam ihr Partner mit, der Mann, von dem sie sagt: »Wenn Kinder, dann mit ihm.« 1996 startete sie mit ›FreitagNacht‹, einem Magazin bei Vox.

Moderatorin ist für viele ein Traumjob. Sandra Maischberger stimmt zu, mit einem Schuß Ironie: »Es befriedigt in einem enorm hohen Maße die Eitelkeit. Du wirst erkannt auf der Straße, bekommst immer einen Tisch im Restaurant, die Leute sind nett zu dir – wer will das nicht?« Außerdem: »Man wird nicht nur berühmt, man wird auch reich dabei.« Sie lacht. »Je nach Marktwert.«

Bei einer Sendung wie ›Live aus dem Schlachthof‹ verdient man ca. 2 000 DM pro Sendung. Mal vier macht schlappe 8 000 Mark im Monat. Bei Sendungen wie ›Talk im Turm‹ liegt der Monatslohn um die 20 000 Mark. Für die enormen Summen trägt man aber auch seine Haut zum Markte. »Bio nennt es immer Schmerzensgeld. Wenn deine Sendung nicht läuft, wird sie abgesetzt, und du bekommst zwei Jahre lang kein gutes Angebot mehr.« Werbung hat sie immer ausgeschlagen. Ihr ist dadurch rundgerechnet eine halbe Million Mark entgangen. »Es gab auch mal eine Anfrage für Nacktfotos. Ich hab' denen gesagt, sie sollen wiederkommen, wenn ich 50 bin, dann mache ich es.«

Auf Bemerkungen über ihr Äußeres – von Kollegen oder Chefs – reagiert sie mit Haaren auf den Zähnen. So etwas will sie in einem Arbeitszusammenhang nicht hören. Distanz wahren ist ihre Grundregel. Früher war sie bei Interviews sehr kratzbürstig, wenn sie merkte, ein Typ wollte mit ihr flirten. »Mittlerweile habe ich festgestellt, daß man das ja auch ausnutzen kann.«

Sie stört es, daß Frauen im Fernsehen immer einem bestimmten Typ entsprechen sollen. »Ich hatte immer gehofft, daß mit dem Auftauchen von so extremen Figuren wie Hella von Sinnen im Fernsehen die Verkrustung etwas aufbrechen würde. Leider ist sie, nachdem man das Exotische an ihr satt hatte, schnell wieder verschwunden.«

Eine gute Ausbildung hält sie für essentiell, ebenso journalistische Ethik. Und die Fähigkeit, unabhängig von der Publikumsakzeptanz zu entscheiden: war ein Beitrag gut oder nicht. »Dafür braucht man Rückgrat. Der Qualitätsmaßstab heißt im Moment »Quote«. Verständlich, die Privatsender müssen schließlich Geld verdienen. Wenn es danach ginge, dürfte ich nur noch mit Pornodarstellerinnen reden!« Das tut sie ab und zu auch. Die Quote bei Dolly Buster war so beeindruckend wie deren Umfang.

Sie nervt, daß Männer in Machtpositionen ihr Verhalten von heute auf morgen ändern. »Eben noch der nette Kollege, plötzlich ein Gehabe und eine Wichtigkeit als frisch beförderter CvD, Chef vom Dienst. Und mit diesen Leuten mußt du dich ständig auseinandersetzen und heftige Grabenkämpfe austragen. Darauf haben viele Frauen keine Lust.« Sie schon, denn sie hat vor, später selbst mal eine Entscheiderposition in den Medien einzunehmen. »Irgendwann habe ich graue Haare und Falten und bin für den Bildschirm zu alt. Dann werden eben die Fronten gewechselt und ich kann bestimmen, wer mit welchen Inhalten vor einer Kamera steht.«

Die Knallharte

Sie ist Chefredakteurin beim Privatradio RSH und gleichzeitig Gesellschafterin von drei Radiosendern. Einen davon hat sie selbst mitaufgebaut, mit eigenem Geld finanziert und zum Laufen gebracht. Sie ist gerade mal 31, hat sechs Ortswechsel hinter sich und leitet jetzt eine Redaktion mit 47 festen und 20 freien Mitarbeitern. Hosenanzug, kurze Haare, schweres Goldarmband. »Frauen in Führungspositionen werden nicht mehr als solche wahrgenommen«, behauptet Susanne Matthiesen und verweist auf ihr Vorbild Birgit Breuel, ehemalige Treuhand-Chefin. »Frauen, die mit ihrer Rolle kokettieren, wird es nicht gelingen, in Männerkreisen anerkannt zu werden.«

Schlag auf Schlag die Stationen ihrer Karriere: Studium an der Journalistenschule München, CvD bei RSH, neun Monate bei einem Nachrichtenradio in Atlanta, Chefredakteurin des ersten deutschen Nachrichtenradios in Berlin – mit 27. Dann Gründung des eigenen Senders, zusammen mit vier Partnern: BB-Radio in Brandenburg. Es folgten zwei Jahre Dauerstreß. »Jede Mark, die du ausgibst, ist deine eigene. Du bist 24 Stunden in der Pflicht, gibst dein Leben da rein und traust dich nicht mehr, in Urlaub zu fahren.« Schließlich bekamen die Gesellschafter ein lukratives Übernahmeangebot. Susanne Matthiesen verkaufte die meisten Anteile, stieg wieder bei RSH ein – und investierte ihr Geld in zwei weitere Sender.

Sie bezeichnet sich selbst als laut, forsch und relativ unverschämt. Autoritäten gegenüber völlig unbefangen. Das, und ihren »Business-Sense« verdankt sie ihrem Vater. Der ist mittelständischer Unternehmer und erzog die beiden Töchter im Geiste der Marktwirtschaft. Klar, daß bei ihrem Job das Privatleben zu kurz kommt. Wenn sie denn doch mal eine Weile abschalten könnte, würde sie mit Daddy durch die USA reisen. Aber das bleibt auf längere Sicht ein gedanklicher Trip.

Von sich selbst verlangt sie viel, ebenso von ihren Mitarbeitern. Sie ist eine »toughe« Chefin. Es geht nicht anders: »Das Mediengeschäft ist gnadenlos. Da ist »hire and fire« angesagt. Man kann sich keinen Mißerfolg erlauben.« Wie beschreibt sie ihren Führungsstil? »Zuckerbrot und Peitsche.« Sie verbringt viel Zeit damit, die Leistungen ihrer Mitarbeiter zu bewerten und gibt rasches Feedback. Und dabei schreckt sie nicht davor zurück, jemandem zu sagen: »Noch so eine Schlamperei und du fliegst raus.« Mit berechtigtem Lob spart sie allerdings auch nicht. »In einer Führungsposition kann man sich nirgendwo anlehnen. Du bist immer die, die lobt, aber selbst kein Lob bekommt. Das muß man aushalten können – und das ist für viele Frauen schwer.«

Karriere zu machen ist ihrer Meinung nach für Frauen ohnehin nicht einfach. »Du mußt als Frau und Führungskraft noch viel perfekter sein als als Mann.« Was noch? »Es muß einen Mentor geben, der dich gezielt fördert und dich in den ›Zirkeln der Macht‹ weiterempfiehlt, denn da wird Personalpolitik gemacht.« Und nach erfolgter Initialzündung, wie soll's dann laut Karriere-Knigge weitergehen? »Wirklich Chef sein. Nicht die Arbeit deiner Angestellten machen oder mal eben einspringen. Wenn man das tut, hat man sofort in der Autorität eine Delle.«

Susanne Matthiesen weiß, wie es geht und hat alles im Griff. Immer? Hinter ihrem Rücken wird geredet, es gibt Intrigen, Kritik »hintenherum«. Dagegen hat sie sich eine dicke Haut zugelegt, nach dem Motto: niemals zeigen, daß man getroffen wird. »Man muß immer überlegen, wen man ins Vertrauen zieht. Und wenn, dann niemals alles sagen.« Kein lockeres Bier unter Kollegen, keine Verbrüderung mit den Mitarbeitern? »Das wäre fatal.« Mal alles »rauslassen« kann sie nur zu Hause, im Kreis der Familie und der Freunde.

Im Geschäftsleben zählen für sie römische Tugenden: absolute Integrität und Loyalität dem Unternehmen gegenüber. Den Mitarbeitern ein Vorbild, Ordnung im Privatleben, gute Umgangsformen. »Aber«, fügt sie schelmisch grinsend hinzu, »man muß auch was haben, worüber sich die Leute das Maul zerreißen können.«

»Alles so schön bunt hier« – Wer ist wer in den Medien?

Stapelweise Zeitungen und Zeitschriften, der flimmernde TV-Dschungel und die vielen Hörfunkkanäle sind nicht nur für Verbraucherinnen und Verbraucher verwirrend. Auch Medienleute geraten ins Stottern, wenn sie auf Anhieb die Frage beantworten sollen: »Aus welchem Haus kommt eigentlich der Titel ›Ein Herz für Tiere‹?« Oder: »Wer macht den Frauensender TM 3?« Um ein bißchen Licht in dieses Dunkel zu bringen, folgt eine kurze Beschreibung der aktuellen Entwicklung deutscher Mediengiganten.

Wer sich im deutschen Medienmarkt umsieht, dem begegnen immer wieder neun Multis: Gruner + Jahr, Axel Springer Verlag, Kirch-, Holtzbrinck-, Bauer-, Burda-Konzern, die Gong-Gruppe, die WAZ-Gruppe und Bertelsmann teilen die Medienlandschaft unter sich auf. Diese Multis sind auch im Ausland aktiv: Es läßt sich ein starker Trend zur Internationalisierung des Marktes beobachten. Interessant für den Printmedien-Bereich sind von den neun Giganten sieben Unternehmen: die Konzerne Bauer, Springer, Burda, der Holtzbrinck-Verlag, Gruner + Jahr (Bertelsmann), die Gong-Gruppe und die Westdeutsche Allgemeine Verlagsgesellschaft (WAZ). Für die Mediengiganten geht es um Auflagen in Millionen- und um Umsätze in Milliardenhöhe. Für den TV-Markt wichtig sind Kirch, Bertelsmann und Bauer. Sie sind unter anderem an den Sendern Sat.1, RTL und PRO 7 beteiligt.

Bertelsmann: Zweitgrößter Medienkonzern weltweit

Die Bertelsmann AG ist in Gütersloh angesiedelt. Von dort aus hat sich der rund 50 000 Mitarbeiter zählende Konzern zu einem weltweit umspannenden Unternehmen entwickelt. Der Gesamtumsatz betrug im Geschäftsjahr 1994/1995 rund 20 Milliarden DM. Rundfunk-, Film- und Fernsehbeteiligungen im In- und Ausland, weltweite Beteiligungen an Zeitschriften und Zeitungen sichern dem

Unternehmen ein breites Handlungsspektrum. Die Zukunft sieht die Bertelsmann AG in Online-Diensten. In Zusammenarbeit mit America Online Inc., dem größten Online-Anbieter in den USA, geht die Bertelsmann AG in direkte Konkurrenz zu dem europäischen Online-Dienst Europe Online SA in Luxemburg, den sich der Burda-Konzern auf die Fahnen geschrieben hat.

Gruner + Jahr: Hochglanz

›Stern‹, ›Geo‹, ›Capital‹, ›Brigitte‹ und viele andere Hochglanz-Zeitschriften kommen aus dem Hamburger Unternehmen Gruner + Jahr. Der Gesamtumsatz von Gruner + Jahr beträgt 3,8 Milliarden DM. 50% davon werden im Ausland umgesetzt. Seine weltweite Position hat der Konzern durch die Übernahme von sieben Zeitschriften der Times-Gruppe in Amerika gefestigt.

Auch in den neuen Bundesländern und in der Slowakei ist der Verlag mit Tageszeitungen erfolgreich. In Frankreich ist Gruner + Jahr, gemessen an der Auflage, zweitgrößter Zeitschriftenanbieter. Zu einem Renner hat sich eine polnische Frauenzeitschrift entwickelt.

Große Investitionen steckt der Großverlag in den Bau einer neuen Druckerei in Dresden. Dafür sind 560 Millionen DM vorgesehen.

Kirch: »Krake von Unternehmen«

Der SPD-Medienpolitiker Peter Glotz hat den Kirch-Konzern in Unterföhring bei München wegen seiner vielfältigen nationalen und internationalen Verflechtungen einmal als »Krake von Unternehmen« bezeichnet. Die offiziell angegebene Mitarbeiterzahl des Konzerns liegt bei 700. Marktbeobachter sind jedoch der Meinung, der Kirch-Konzern verfüge über weit mehr Manpower. Indirekte Beteiligungen des Konzerns seien bei der Angabe der Mitarbeiterzahl nicht berücksichtigt worden.

Kernstücke sind der Sender SAT.1 und die Firmengruppe um PRO 7. Zeitungsverlage innerhalb des Kirch-Konzerns geraten, wenn man aktuelle wissenschaftliche Arbeiten zum Thema zugrunde legt, ins Hintertreffen. Der Kirch-Konzern beteiligt sich an Fernsehsendern und ist im Springer-Konzern mit einem Anteil von 35% vertreten. Einen hohen Stellenwert nimmt der Filmlizenzhandel ein.

In Richtung Italien verbindet Kirch eine Zusammenarbeit mit dem Berlusconi-Konzern. Es gibt unter anderem gemeinsame Beteiligungen an Fernsehsendern (DSF, Tele 5 in Spanien, Tele più in Italien). Unter der Kirch-Herrschaft finden sich daneben Vermarktungsgesellschaften, Teleshopping-Anbieter und Pay TV. Außerdem ist er entscheidend an der Digitalisierung des TV-Bereiches beteiligt. Die Ausrichtung des Konzerns macht ihn zu einem führenden Multimedia-Entwickler.

Holtzbrinck: Gedrucktes und Multimedia

Mit 7000 Mitarbeitern hat Georg von Holtzbrinck, Stuttgart, 1995 einen Umsatz von mehr als 2 Milliarden DM gemacht. Allein 700 Millionen setzte das Unternehmen mit Büchern um, 500 Millionen mit Wirtschafts- und Wissenschaftsveröffentlichungen und eine Milliarde mit Zeitungen und Druckereien. Neben Bertelsmann ist dieses Unternehmen einer der größten Bücheranbieter. In jüngerer Zeit hat der Holtzbrinck-Konzern seine Beteiligung an US-Konzernen ausgebaut.

Auch auf dem internationalen Multimedia-Markt tummelt sich das Unternehmen. So gibt es für CD-Rom neben dem Inlandsgeschäft auch Beteiligungen in den USA und in Großbritannien.

Bauer: Zeitschriften-Multi

Jede dritte in Deutschland verkaufte Zeitschrift kommt aus der Heinrich Bauer Verlag KG. Allein zwischen Oktober 1994 und

März 1995 gründete Bauer vier neue Zeitschriften. In seiner Angebotspalette sind unter anderem die Titel ›Bravo Sport‹ und ›Yoyo‹, eine neu entwickelte Frauenzeitschrift.

Auslandsaktivitäten sichern die Stellung des Verlages in den USA und in Europa zur Zeit ab. Außerdem hat der Bauer-Konzern seine Geschäfte in Osteuropa ausgebaut. Von hoher Bedeutung sind die Märkte in Frankreich und Großbritannien. Insgesamt beläuft sich der Auslandsumsatz des Unternehmens auf knapp 20% des Gesamtumsatzes von 2,38 Milliarden DM.

Um bei seiner Expansion kartellrechtlichen Problemen aus dem Weg zu gehen, arbeitet das Unternehmen ähnlich wie der Kirch-Konzern: Familien-Splitting lautet die Devise. Jüngstes Beispiel: Als ein Nürnberger Medienunternehmen zum Verkauf anstand, machte die Frau des Verlegers Heinrich Bauer ein Kaufangebot.

Der Zeitschriften-Multi Bauer hat seine Aktivitäten im Fernsehbereich verstärkt. So ist er unter anderem an Bravo-TV und dem neuen Frauen-Sender TM 3 beteiligt.

Axel Springer: Familienbande

Kaum ein Unternehmen wird so wie der Axel Springer Verlag mit Tagespresse in Verbindung gebracht. Mit der ›Bild-Zeitung‹ hat das Unternehmen dauernde Präsenz in der Öffentlichkeit. 1995 setzte der in Hamburg ansässige Konzern mit Zeitschriften und Zeitungen über 4 Milliarden DM um. Den Auslandsumsatz gibt das Unternehmen mit 240 Millionen DM an.

Das von Axel Springer gegründete Unternehmen hat relativ klare Besitzstrukturen. Eine Erbengemeinschaft bestimmt noch heute die Geschicke des Konzerns.

Neben Zeitungen und Zeitschriften beteiligt sich die Aktiengesellschaft an lokalem Hörfunk und Fernsehen. Auf dem Markt der »neuen Dienste« ist Springer an der deutschen Tochter von Europe Online beteiligt. Auch die Vermarktung von CD-ROM sowie Audiotex (Informationen und Service am Telefon) gehört zu den Aufgaben, denen sich der Verlag in Zukunft widmen will.

Im Ausland engagiert sich das Unternehmen unter anderem in Österreich, Polen und Ungarn.

Burda: Mode in China

Wer kennt sie nicht: die Burda-Modehefte mit Schnittmuster? Demnächst werden auch Chinesinnen nach diesen Mustern ihre Garderobe selbst schneidern. Zumindest dann, wenn es nach den Expansionsplänen der Burda Holding geht. Zur Zeit prüft das Unternehmen Konzepte für ausländische Märkte, in denen es noch nicht präsent ist.

Burda setzte mit knapp 5 100 Mitarbeitern über 1,54 Milliarden DM um. Der Gewinn des Unternehmens betrug vor Steuern etwas über 40 Millionen DM. Neben Zeitungen und Zeitschriften wird in Zusammenarbeit mit Siemens und Grundig Videotex produziert. Auch am CD-ROM-Produzenten Navigo ist Burda beteiligt. Geplant sind Lernprogramme auf CD-ROM und spezielle Computerprogramme für vier- bis 14-jährige Kinder.

Gemessen an anderen Medien-Multis sind die Auslandsaktivitäten des Burda-Konzerns derzeit, von Marktsondierungen einmal abgesehen, eher zurückhaltend. Führend allerdings ist das Unternehmen mit einem 26,9%igen Anteil an der Gesellschaft Europe Online SA in Luxemburg. Ziel des Projektes ist der Aufbau eines europäischen Online-Datennetzwerks in den Sprachen Englisch, Französisch und Deutsch.

Der WAZ-Konzern: Tageszeitungskompetenz

Neben Beteiligungen an Tageszeitungen gibt die Gesellschaft mit Sitz in Essen auch Zeitschriften (unter anderem ›Echo der Frau‹, ›Frau aktuell‹) und Anzeigenblätter heraus. Den Bereich Fachzeitschriften hat das Unternehmen in jüngerer Vergangenheit ausgeweitet. Auslandsaktivitäten halten sich in Grenzen. Stärker engagiert hat sich der WAZ-Konzern im lokalen Rundfunk in Nordrhein-Westfalen sowie in Österreich und bei RTL.

Wie hoch der Umsatz ist, den der Konzern mit seinen 5 000 Mitarbeitern macht, darüber gibt die Geschäftsführung keine Auskunft.

Gong-Gruppe: Printbereich absichern

Das Mutterhaus der Gong-Gruppe ist Sebaldus Druck und Verlag in Nürnberg. Ein Teilverkauf ist geplant. Welcher Gigant einen Teil der Gong-Gruppe einmal übernehmen wird, ist noch unklar. Angebote von allen großen Verlagen liegen vor. Mit einem Teilverkauf will die Gong-Gruppe den Zeitschriftenbereich absichern. Anzeigenblätter sowie Fach- und Publikumszeitschriften haben einen hohen Stellenwert im Unternehmen. Unter anderem kommen ›die aktuelle‹, die Fernsehzeitschrift ›Gong‹, ›Tierfreund‹ und ›Ein Herz für Tiere‹ von der Gong-Gruppe. ›Ein Herz für Tiere‹ gibt es auch in Osteuropa, in Großbritannien, in Frankreich, den Niederlanden und Belgien zu kaufen.

Beteiligt ist das Unternehmen außerdem an Hörfunk- und Fernsehsendern. Zugpferd ist Radio Gong in Süddeutschland. Eine Ausweitung der Info-Dienste über Computer wird verstärkt in Angriff genommen. Mit 4 000 Mitarbeitern macht die Gong-Gruppe einen Jahresumsatz von 1 Milliarde DM.

In die Presse geraten: Jobs und Karriere in den Printmedien

Wie funktioniert der Printmarkt?

Ob Tages- oder Wochenzeitung, Zeitschrift oder Fachzeitschrift, für alle Printmedien gilt: Wer seine berufliche Zukunft dort sieht, sollte als Mindestvoraussetzungen eine gute Allgemeinbildung, sprachliche Gewandtheit, Lust auf den Umgang mit Menschen, technisches Verständnis und Neugierde mitbringen. Alles andere läßt sich lernen. Der bahnbrechende Kommentar, die kunstvolle Dramaturgie einer Reportage, der fundierte Leitartikel sind das Ergebnis von 20% Begabung und 80% Handwerk.

Grundlagen des journalistischen Arbeitens werden im Rahmen einer guten Ausbildung Schritt für Schritt vermittelt. Allerdings, das belegt die Praxis, sollte sich eine junge Volontärin nicht blind darauf verlassen, daß Ausbildung eine Bringschuld des Arbeitgebers ist. Vielfach muß Vermittlung des Handwerks eingefordert werden. Und dabei hilft eine weitere journalistische Grundtugend: Hartnäckigkeit.

Arbeitsweisen und Organisationsformen von Printmedien sind vielfältig und unterschiedlich. Es gibt Nachrichtenmagazine, Heimatzeitungen, überregionale Tageszeitungen, den großen Bereich des Boulevardjournalismus, Hochglanzmagazine und den boomenden Markt der Fachzeitschriften.

Tageszeitung: Von heute auf morgen

Bundesweit gibt es über 380 Tageszeitungen. Zusammen erreichen diese Medien eine Auflage von weit über 25 Millionen. Alleskönnerinnen sind bei regionalen Tageszeitungen (Heimatzeitungen, Lokalzeitungen) gefragt. Die Redakteurinnen dort beschreiben das Schützenfest, den Ölunfall des heimischen Unternehmens, kommentieren die lokale Politik und wissen die

Qualität eines Fußballspiels zu beurteilen. Außerdem erledigen sie die Bereiche Layout, Grafik, Fotografie gleich mit. Das ist anstrengend, birgt aber auch die Chance, einen Überblick über alle Produktionsbereiche eines Printmediums zu bekommen.

Morgens um 10 Uhr beginnt der Arbeitstag in einer Lokalredaktion. Um 11 Uhr treffen sich die Redaktionsmitglieder zu der ersten Konferenz. Themen sind Kritik des heutigen Blattes und der Aufmacher für morgen. Anschließend wird recherchiert, werden Termine wahrgenommen, wird geschrieben. Spätestens bei der zweiten Konferenz des Tages, gegen 16 Uhr, soll feststehen, was am nächsten Tag in der Zeitung steht. Im Nacken sitzt allen Tageszeitungsredakteurinnen der Andruck. Ab 23 Uhr geht in den meisten Häusern nichts mehr. Was dann gedruckt wird, lesen am nächsten Morgen die Abonnenten und Käufer.

Gut organisierte Tageszeitungen haben neben ihren täglichen Konferenzen eine wöchentliche Besprechung. Dort wird gemeinsam überlegt, wie die Ausgaben der kommenden Woche aussehen könnten. Der Vorteil: Solche Medien arbeiten nicht von »der Hand in den Mund«, sondern haben Zeit, ihre Themen sorgfältig vorzubereiten.

Nicht planbar sind tagesaktuelle Ereignisse. Wenn der Schulbus verunglückt, ein Flugzeug abstürzt, eine Gasexplosion einen Bauernhof verwüstet, ein Kampfhund in der Fußgängerzone tobt oder der Bürgermeister überraschend zurücktritt, ist schnelles Handeln gefragt. Eine Lokalzeitungsredakteurin kann auf all diese Ereignisse professionell reagieren. Schnelle Themenwechsel dürfen ihr nichts ausmachen.

Zu den Informanten der Lokalzeitungen gehören nicht unbedingt professionelle Pressesprecher. Der Polizeiobermeister, der Feuerwehrmann, der Sachbearbeiter vom Bauordnungs- oder Sozialamt, der Postbote: All diese Menschen einer Stadt sind gleichzeitig Leser und diejenigen, die die Zeitung mit Informationen versorgen. Hinzu kommt, daß Lokalredakteurinnen und -redakteure meist in dem Ort, über den sie berichten, wohnen. Im Zweifelsfall gehen die eigenen Kinder mit denen des Stadtdirektors in den gleichen Kindergarten. Oder der Bürgermeister, über dessen

Politik man gestern noch einen harschen Kommentar geschrieben hat, begegnet einem beim Schlachter.

Heimatzeitungsredakteure sind ganz nah dran an Menschen und Ereignissen. Gleichzeitig ringen sie um kritische journalistische Distanz. Wer von allen geliebt werden möchte, wem es schmeichelt, daß der Stadtdirektor einem das »Du« anbietet, hat es in Lokalredaktionen schwer. Der Verlust journalistischer Distanz ist dann vorprogrammiert.

Spezialisierter geht es an überregionalen Tageszeitungen zu. Dort werden Ressortgrenzen (unter anderem Wirtschaft, Lokales, Politik, Feuilleton, Reise, Sport) weitgehend eingehalten. Es liegt auf der Hand: Das langfristige Arbeiten in einem Ressort garantiert fundiertes Fachwissen. Gegenüber Heimatzeitungen leisten sich überregionale Tageszeitungen mehr Personal. Das hat längere Recherche- und Schreibzeiten, also eine andere journalistische Qualität zur Folge. Überregionale Tageszeitungen entstehen in Großstädten. Das Nähe-Distanz-Problem gegenüber Informanten und Lesern ist geringer. Die Großstadt garantiert mehr Anonymität als das flache Land.

Der Arbeitsdruck allerdings ist wegen der täglichen Produktion bei überregionalen Tageszeitungen genauso vorhanden. Die Süddeutsche Zeitung, das Hamburger Abendblatt, die Frankfurter Rundschau werden zu einem ganz bestimmten Zeitpunkt gedruckt. Danach geht nichts mehr. Allerdings erlauben Ressortgrenzen und Größe der Redaktion mehr Zeit- und Terminplanung. Hier muß nicht jeder alles können. Hier können sich Redakteurinnen und Redakteure stärker auf ihren Fachbereich konzentrieren.

Zeitschriften: Bunte Vielfalt

Bei den über 1600 deutschen Zeitschriften und Magazinen wird in hohem Maße arbeitsteilig gearbeitet. Printmedien wie ›Stern‹, ›Spiegel‹, ›Brigitte‹, ›Focus‹, Computer- und andere Fachzeitschriften erscheinen wöchentlich, vierzehntägig oder monatlich. Ein Blick in ein beliebiges Impressum verrät: Hier arbeiten mehr

Journalisten, hier gibt es mehr Ressorts als bei Tageszeitungen. Deswegen sind solche Medien Anlaufstelle für Spezialisten. Die Arbeitsteilung dort geht so weit, daß einige Journalisten recherchieren und andere die Geschichte schreiben. In ganz großen Häusern ist es auch üblich, mehrere Journalisten auf ein Thema »anzusetzen«. Gedruckt wird die beste Geschichte.

Viele Zeitschriften bilden nicht aus (zum Beispiel der ›Spiegel‹). Sie stellen Fachleute, die bereits erste Berufserfahrung haben, ein. Allerdings haben große Verlage eigene Journalistenschulen. Wen es in die Welt der Hochglanzmagazine zieht, kann versuchen, sich dort direkt zu bewerben. Die Konkurrenz ist groß, die Auswahlkriterien und -tests sind schwer. Deswegen gilt auch hier: Nach der ersten Absage eine zweite Bewerbung losschicken. Manch eine Henri-Nannen-Schülerin hat sich dreimal beworben, ehe es mit einem Ausbildungsplatz geklappt hat.

Es ist letztendlich eine Frage der Einstellung und des Temperaments, wer für welches Printmedium geeignet ist. Diejenigen, die ein Faible für die Tiefe, die lange Recherche, das ausgefeilte Formulieren haben, sind bei Wochenzeitungen oder Magazinen gut aufgehoben. Wer es eher abwechslungsreich und ressortübergreifend liebt, wird bei der Heimatzeitung glücklich.

Eine gute lokaljournalistische Grundausbildung wird jedoch immer als solides Fundament betrachtet. Gerade, weil hier jede alles können muß, bietet diese Ausbildung die Chance des Lernens »von der Pike auf«.

Fachzeitschriften: Ein Feld für Spezialistinnen

Auf dem deutschen Zeitschriftenmarkt gibt es 4600 unterschiedliche Fachzeitschriften. Knapp 9000 Journalisten sind dort unter Vertrag. Die Titel reichen von ›Hund im Salon‹ (Fachzeitschrift für Hundesalons) bis hin zu so bekannten Publikationen wie ›manager-magazin‹. Bei Fachzeitschriften arbeiten Spezialistinnen. Es finden sich dort ebenso Bauingenieurinnen, die Fachblätter der Baubranche betreuen, während Lehrerinnen gute Chancen haben, als Redakteurinnen für pädagogische Fachzeitschriften zu arbeiten. Leserinnen und Leser dieser Titel sind Experten und fordern ein entsprechend hohes Niveau ein. Handel, Industrie, Verwaltung, Medizin, Recht, Bildung, Gesundheit, Agrarwirtschaft, Kosmetik, Textil: Alle Menschen, die in diesen Tätigkeitsfeldern arbeiten, wollen zielgruppengerecht informiert werden.

Sei es Technik, Redaktion, Verwaltung: Eine Fachzeitschrift arbeitet nicht viel anders als Zeitungen und Zeitschriften. In der Redaktion geht es darum, interessante Themenfelder zu finden, Leser an die Zeitschrift zu binden. Die Redaktion plant den Inhalt des Heftes, entscheidet, welche Beiträge veröffentlicht werden, welche Autoren angesprochen werden, welche Texte selbst erarbeitet werden. Bereits sehr früh wird für eine Fachzeitschrift neben der aktuellen Planung der Redaktions- und Erscheinungsplan für das folgende Jahr erstellt. Schwerpunkte liefern Eckdaten wie Tagungen, Messen, Kongresse.

Je nach Größe der Zeitschrift, sitzt in der Redaktion eine Frau oder aber ein 20köpfiges Team. Wichtig ist die ständige Weiterbildung. Gerade in neuen Branchen ist es nicht immer einfach, den Überblick zu behalten.

»Bislang ist es elektronischen Medien nicht gelungen, das bedruckte Papier zu verdrängen. Mit Blick auf das neue Jahrzehnt kann deshalb gesagt werden: Fachzeitschriften sind auch morgen nur durch bessere Fachzeitschriften zu ersetzen, nicht aber durch elektronische Medien.« So bewertet der Verband Deutscher Zeitschriftenverleger die Zukunft seiner Zeitschriften. Daß der Verband hier argumentiert wie jede andere Interessenvertretung auch, nämlich positiv, tut der Aussage keinen Abbruch. Denn Jahr für Jahr entstehen neue Fachzeitschriften, ohne alte Titel vom Markt zu drängen. Die Fachpresse hat innerhalb des Medienmarktes mit die größten Wachstumsraten.

Der Grund: Mehr und mehr splittet sich die Gesellschaft in Gruppen und Grüppchen auf. Schlittenhund-Rennfahrer, Surfer, Skater, Internetfans, Kaninchen- und Dackelzüchter und viele andere wollen eine eigene Verbands- oder Fachzeitschrift. Im Dienstleistungsbereich entstehen neue Branchen und Berufe, die ihre eigene Zeitschrift brauchen. Sonnenstudiobesitzer, Nagelstudioinhaberinnen, freie Unternehmensberater sind nur einige Beispiele für Personengruppen mit berufsspezifischen Problemen, die über eine Zeitschrift diskutiert werden. Sogar auf das Thema Arbeitslosigkeit/beruflicher Leerlauf hat der Fachzeitschriftenmarkt reagiert: Eine der erfolgreichsten Neugründungen hat den Titel ›Die Geschäftsidee‹.

Der Einstieg in die Printmedien

In den Printjournalismus führen viele Wege. Die drei gängigsten sind ein Volontariat, die Journalistenschulen oder das Studium der Publizistik an einer Hochschule. Für alle drei Wege gilt: Neben einer guten Allgemeinbildung sind spezielle Kenntnisse gefragt. Ein abgeschlossenes Hochschulstudium ist in vielen Verlagen der Schlüssel zur Karriere. Doch auch Quereinsteigerinnen haben manchmal Chancen, im Printbereich Fuß zu fassen. Dann nämlich, wenn sie sich in ihrer Wissenschaftsdisziplin oder ihrem Beruf als Fachfrau einen Namen gemacht haben.

Ein Zeitschriften- oder Zeitungsvolontariat dauert in der Regel zwei Jahre. In dieser Zeit werden idealerweise alle Ressorts des Printmediums durchlaufen. Betreut wird das Volontariat von einer »Volontärsmutter« oder einem »Volontärsvater«. Ein Tarifvertrag regelt seit 1990 die Ausbildung. Voraussetzung für ein Volontariat ist in vielen Häusern eine freie Mitarbeit. Einige wenige Zeitungen machen Eignungstests.

Die Journalistenschulen (Deutsche Journalistenschule in München, Henri-Nannen-Schule in Hamburg, Journalistenschule des Axel-Springer-Verlags und des Georg von Holtzbrinck-Verlags) gelten in der Branche als »Eliteschmieden«. Sie begrenzen die Teilnehmerzahlen. Über die Aufnahme entscheiden Arbeitsproben und ein mehrtägiger Test. Die Ausbildung bezieht alle Sparten des Journalismus (TV, Hörfunk, Printmedien) ein und vermittelt Praktika bei angesehenen Zeitschriften und Zeitungen. Wer diese Schulen durchlaufen hat, dürfte während seines Berufslebens kaum Schwierigkeiten haben, in einer Redaktion einen Arbeitsplatz zu bekommen.

Ein Studium der Journalistik oder Publizistik ist eine solide berufliche Grundlage. Viele Arbeitgeber erwarten allerdings, daß Studienabsolventen als Einstieg in den Verlag ein verkürztes Volontariat absolvieren. Der Grund: Skeptiker bezeichnen Studienabsolventen als »Schmalspurjournalisten«. Doch deren berufliches Können und eine gute theoretische Basis haben in der Praxis schon manche Unkenrufe verstummen lassen.

Unabhängig vom Ausbildungsweg gilt für den Einstieg in ein Printmedium: Wer zur Vordertür herausgeworfen wird, geht durch die Hintertür wieder herein. Hartnäckigkeit bei Bewerbungen, persönliches Engagement und immer neue Anläufe helfen weiter als vornehme Zurückhaltung. Nur einige wenige »Überfliegerinnen« der Branche werden von Verlegern hofiert.

Wer sich den Weg in einen Verlag geebnet hat, wird mit einem abwechslungsreichen, spannenden Beruf belohnt. Die Zukunftsaussichten sind gut. Arbeitsmarkt-Prognosen gehen davon aus, daß es bis zum Jahre 2010 170% mehr Arbeitsplätze in diesem Bereich geben wird. Den größten Boom wird der Lokaljournalismus erleben.

1995 arbeiteten in Deutschland 56 000 Menschen als Journalisten oder Publizisten, davon 31% Frauen. 14 000 aller Journalisten arbeiten bei Tages- und Wochenzeitungen, 7 000 bei Zeitschriften, knapp 2 000 bei Anzeigenblättern. In Pressestellen waren 1995 7 000 Journalisten beschäftigt, in Agenturen und Pressebüros fanden 2 000 Menschen Arbeit. Rund 11 000 Journalisten haben auf dem freien Markt als Autoren für Printmedien, Rundfunk- und Fernsehsender ihr Auskommen gefunden. Publizisten finden sich unter den Autoren von Büchern aller Art.

Neben den journalistischen Arbeitsfeldern bieten Zeitschriften und Zeitungen auch in anderen Abteilungen (unter anderem Technik, Vertrieb, Öffentlichkeitsarbeit) interessante Berufe. Hier setzen viele Häuser mittlerweile auf kreative und kommunikationsfähige Frauen.

Trotz guter Grundvoraussetzungen scheinen Frauen in den Medien wenig Lust auf Erfolg zu haben. »Die durchschnittliche deutsche Journalistin ist knapp 35 Jahre alt, hat rund acht Jahre Berufserfahrung – und ihren Aufstieg verpaßt. Und zwar nicht durch eigenes Zutun, sondern weil sie eine Frau ist.« So beschreibt ein Gutachten, das die Industriegewerkschaft Medien zu »Frauen im Journalismus« im Herbst 1995 herausgegeben hat, die Lage.

Wie dem auch sei: Es gibt Frauen in den Führungsetagen. Wenige zwar. Aber der expandierende Medienmarkt bietet neue Chancen: Zeitsouveränität durch andere Arbeitsformen und flachere Hierarchien können genutzt werden. Statt der beschränkten Frage »Ausgefülltes Privatleben oder Karriere?« gilt die zukunftsweisende Forderung »Ausgefülltes Privatleben und Karriere!«.

Im folgenden werden die redaktionellen Berufe beschrieben, die am häufigsten vorkommen. Wer sich für das Berufsfeld Redaktion entscheidet, wirft am besten einen Blick in das Impressum des Mediums seiner Wahl. Dort steht, welche Ressorts das Medium hat, welche Spezialisierungen dort möglich sind.

Print-Karriere: Berufsbilder

Printberufe im Überblick

Beruf im Bereich Redaktion

- Fachzeitschriftenredakteurin
- Redakteurin
- Reporterin
- Autorin
- Chefredakteurin
  Porträt Susanne Kuczera, freie Beraterin
- Text-Chefin
- Chefin vom Dienst (CvD)
- Schlußredakteurin
- Fotografin/Bildjournalistin

Beruf im Bereich Technik
- Druckerin
- Reprografin
- Reproherstellerin/Druckvorlagenherstellerin
- Werbevorlagenherstellerin
- Metteurin/Monteurin
- Druckereitechnikerin
- Grafikerin/Layouterin
- Technische Redakteurin

Berufe in anderen Abteilungen
- Verlagskauffrau
- Geschäftsführerin
  Porträt Barbara Artmann, Prinz-Kommunikation
- Mediendokumentarin
- Justitiarin

Fachzeitschriftenredakteurin

Eine technisch-wissenschaftlich orientierte Fachzeitschrift stellt bevorzugt Ingenieurinnen oder Naturwissenschaftlerinnen ein, eine theologische Zeitschrift Theologinnen, eine Einzelhandelszeitschrift Betriebs- oder Volkswirtinnen.

Anforderungen

Für den Einstieg in eine Fachzeitschriftenredaktion sind Abitur und ein anschließendes Studium an Fachhochschule oder Universität erforderlich. Aber auch Seiteneinsteigerinnen haben gute Chancen: dann nämlich, wenn sie Erfahrungen aus langjähriger beruflicher Praxis in die Redaktion einbringen. Fachredakteurinnen vereinigen zwei Berufe in einer Person: den ihres Fachberufes und den des Journalismus.

Ausbildung

Nach einer entsprechenden fachlichen Vorbildung durchlaufen zukünftige Fachredakteure ein in der Regel zwei Jahre dauerndes Volontariat. Geregelt ist diese Phase von der Fachgruppe Fachzeitschriften im Verband Deutscher Zeitschriftenverleger (VDZ) und durch die Arbeitsgemeinschaft Zeitschriftenverlage des Börsenvereins des Deutschen Buchhandels (AGZV). Schwerpunkte der Ausbildung sind:

Allgemeines: Informationen über das Unternehmen, seine Objekte mit Zielen und Zielgruppen sowie deren Informationserwartungen und Informationsbedarf.

Redaktionsarbeit: Redaktionsbeiträge recherchieren, auswählen, formulieren, redigieren, zusammenstellen. Vermittlung von Kenntnissen der medienspezifischen Darstellungsformen (Autorenbeiträge, Nachrichten, Glossen, Reportagen, Interviews, Unternehmensberichte, Messe- und Tagungsberichte) sowie Bildbeschaffung.

Produktion: Einblick in die technische Abwicklung der Zeitschriftenherstellung (Layout, Satz, Umbruch, Korrektur, Litho, Papier, Druck, Bindung, Versand).

Verlegerische Bereiche: Werbung und Vertrieb, Anzeigen, Kostenrechnung, Honorierung, Archiv und Dokumentation.

Rechtskenntnisse: Presserecht, Urheberrecht, Handelsgesetzbuch.

Überbetriebliche Ausbildung: Teile der genannten Ausbildungsinhalte lassen sich durch überbetriebliche Aus- und Fortbildung ergänzen.

Redakteurin

Eine Redakteurin schreibt nicht nur eigene Texte, sie fordert auch Stücke von freien Mitarbeiterinnen und Mitarbeitern an und redigiert sie. Während ihrer Ausbildung hat sie sich mit allen journalistischen Formen vertraut gemacht. Sie weiß eine Nachricht von einem Kommentar, einen Bericht von einer Reportage zu unterscheiden. Eine gute Redakteurin verfügt über ein breites Netz von Informanten und weiß, welche Informationen sie blitzschnell wo abfragen kann. Wichtigste Hilfsmittel in diesem Beruf sind ein langjährig gepflegtes Adreßbuch und Kontakte.

Redakteurinnen bei Tageszeitungen stehen unter besonderem Zeitdruck. Die Arbeitsbelastung richtet sich oft nach der Größe des Verlages. Als Faustregel gilt: Je kleiner der Verlag, um so dünner ist die Personaldecke. Auch der Grad der gewerkschaftlichen Organisation der Verlagsmitarbeiter spielt bei diesem Thema eine Rolle. Trotz vereinbarter 37,5 Stunden-Woche sind bis zu 60 Arbeitsstunden pro Woche für Redakteurinnen an Tageszeitungen keine Seltenheit. Wer einen pünktlichen Feierabend anstrebt, ist hier fehl am Platz: Wichtige Ereignisse richten sich nicht nach den Plänen der Redaktionen.

Zeitschriften, die nicht tagesaktuell arbeiten müssen, können ihre Heftproduktion vorplanen. Hier besteht schon eher die Chance eines geregelten Arbeitslebens. Zeitschriftenredakteurinnen denken ihrer Zeit voraus. Bereits Monate vor Erscheinen eines Heftes stehen dessen Inhalte fest. Der Vorteil: An einzelnen Texten kann länger gefeilt werden.

Anforderungen
Sattelfester Umgang mit der deutschen Rechtschreibung und Grammatik, schnelle Auffassungsgabe, Belastbarkeit und die Fähigkeit, mehrere Dinge gleichzeitig zu tun.

Ausbildung
Abitur, Hochschulstudium, Zeitungs- oder Zeitschriftenvolontariat. Generell gilt: Mehrere Berufszugänge sind möglich. Im Einzelfall entscheidet der jeweilige Verlag, welche Ausbildung, welchen beruflichen Werdegang er voraussetzt (siehe Serviceteil, S. 280ff.).

Reporterin
Die klassische Reporterin reist an den Ort des Geschehens und berichtet schnell, direkt und live. Wenn es um schnelles Übertragen von Informationen geht, dann wird sie online mit dem Verlag verbunden sein und ihre Geschichten direkt in das verlagseigene Textverarbeitungssystem einspeisen.

Reporterinnen findet man eher bei Zeitschriften als bei Tageszeitungen. Allerdings besinnen sich auch Tageszeitungen wieder auf die klassische Form der Reportage als Gegenstück zur Infoberieselung. Als Idealarbeitsplätze gelten in der Branche »Reporter- oder Kolumnistenverträge«. Wer Glück hat und dazu das Talent für einen solchen Status mitbringt, kann frei über seine Zeit verfügen und hat keine Präsenzpflicht im Verlag. Filmemacher beziehen sich gern auf diese Form der Arbeit: ein buntes, schillerndes, spannendes Leben. Was der Film nicht zeigt, sind schnöde Ortstermine in langweiligen Gegenden. Auch der mit diesem Beruf verwobene Verlust an Privatleben stimmt Reporterinnen nicht immer heiter.

Anforderungen
Gute Wahrnehmungs- und Kommunikationsfähigkeit, Einfühlungsvermögen, Beherrschung deutscher Rechtschreibung und Grammatik, Fremdsprachenkenntnisse.

Ausbildung
Siehe Redakteurin.

Autorin
Autorinnen arbeiten größtenteils frei für Magazine und Zeitschriften. Es gibt einige hochbezahlte Autorinnen und sehr viele, die hart daran arbeiten, erst einmal einen Auftrag zu bekommen (vergleiche Kapitel Berufsziel: freie Journalistin). Wer sich als Autorin in den Medien behaupten will, sollte virtuos mit der deutschen Sprache umzugehen wissen. Viele erfolgreiche Autorinnen waren vor ihrer »freien Zeit« angestellte Redakteurinnen. Mit Branchen-Insiderwissen glückt der Einstieg besser.

Anforderungen
Siehe oben.

Ausbildung
Eine geregelte Ausbildung zur Autorin gibt es nicht. Die Ausnahme: Drehbuchautorin (siehe Drehbuchautorin TV, S. 140f.).

Chefredakteurin
Für diesen Beruf sind Organisationstalent und Fähigkeit zur Menschenführung gefragt. Weniger die gute Schreibe zeichnet eine

Chefredakteurin aus, vielmehr muß sie ein Gespür für Themen und deren Umsetzung haben. Auch auf Marktforschungsergebnisse greift sie bei der inhaltlichen Gestaltung ihrer Zeitschrift, ihrer Zeitung zurück. Die Qualität einer guten Chefredakteurin wird häufig an der Auflage gemessen. Und die wird nicht nur mit guten Geschichten, sondern auch mit Aktionen zur Leser-Blatt-Bindung und Öffentlichkeitsarbeit erzielt.

Chefredakteurinnen verbringen einen großen Teil ihrer Arbeitszeit in Abteilungsleiterkonferenzen, in denen Aktionen einzelner Abteilungen (Werbung, Vertrieb, Technik, Redaktion) aufeinander abgestimmt werden. Je größer die zu leitende Redaktion ist, umso höher wird der Verwaltungsaufwand der Chefredakteurin.

Anforderungen
Organisationstalent, Durchsetzungs- und Kommunikationsfähigkeit, Ideenreichtum, Etatverwaltung, Personalführung.

Ausbildung
Nach einer journalistischen Basisausbildung (vergleiche Redakteurin) Tätigkeit in verschiedenen Ressorts und/oder Verlagen.

Porträt Susanne Kuczera, freie Beraterin
Cartier-Schmuck und Cabrio, Mini-Rock und megarote Lippen: Susanne Kuczera zeigt ihren Erfolg: »Das habe ich mir verdient«, sagt sie. Das hat sie sich verdient mit Recherchen im Asylbewerberwohnheim, auf Müllkippen und in Bauausschußsitzungen. Ringe unter den Augen nach durchgearbeiteten Nächten, 14-Stunden-Tage und nicht enden wollende Konferenzen beim ›Remscheider General Anzeiger‹ gehörten für sie noch vor kurzem zur Tagesordnung. »Als ich mit dem Chefinnen-Job anfing, habe ich in zwei Monaten 15 Pfund abgenommen.«

Disziplin, Leistungswille und Spaß an der Arbeit: das sind für Susanne Kuczera Voraussetzungen für den Erfolg. Kollegen wissen, was auf sie zukommt, wenn das Layout schlecht ist, Überschriften nicht treffen, Artikel langweilig und nichtssagend daherkommen. »Wir können nicht die Umweltverschmutzung der Chemie-Industrie kritisch kommentieren, wenn wir für unsere Leser geistige Umweltverschmutzung produzieren.« Mit diesem Satz stürmte sie in solchen Fällen morgens in die Redaktion. Und hörte erst wieder auf zu reden, wenn alle Fehler beim Namen genannt waren.

»Journalisten mit Beamtenmentalität« bekommen ihre geballte Verachtung zu spüren. Wer regelmäßige Arbeitszeiten wolle, solle zum Finanzamt. Die Begründung folgt auf dem Fuß: »Wir haben einen der freiesten Berufe überhaupt. Und haben, verdammt noch mal, die Pflicht, den Bonzen auf die Finger zu schauen.« Das gehe nun einmal nicht nach Zeitplan. Eine Recherche gehe eigene Wege und eben auch rund um die Uhr.

Unkritisches Nacherzählen dessen, was wichtige Menschen sagen, ist ihre Sache nicht. »So etwas darf nicht eins zu eins ins Blatt.« Zu einer Geschichte, die in ihren Augen Gnade finden soll, gehört »immer« die Gegenrecherche. Diese Vorgehensweise bringt Ärger. Mit dem Einzelhandelsverband, mit Vereinsvorsitzenden, mit der Ärztekammer. Aber die Ergebnisse geben ihrer Haltung recht: Unter ihrer Führung steigerte sich die Auflage der Zeitung, wurden Leser an das Blatt gebunden, wurde die Redaktion erweitert und verbesserten sich die Arbeitsbedingungen.

Susanne Kuczera ging anfangs den klassischen Weg: Publizistikstudium, Tageszeitungsvolontariat, Chefin vom Dienst bei einem Radiosender. Dann kam die Liebe dazwischen, deretwegen sie nach Hamburg zog. Dort aber, in der Medienstadt schlechthin, bekam sie als Journalistin keinen Job. Also wechselte sie die Seiten und arbeitete in einer PR-Agentur. Etatverwaltung, Kundenbetreuung und schöne Texte für schöne Broschüren »waren aber nichts auf Dauer«, sagt sie. Dennoch: »Für meine journalistische Arbeit habe ich dort ungeheuer viel gelernt. Ich weiß jetzt, was PR-Leute von mir wollen und wie sie arbeiten.«

Bei der Rückkehr zur Tageszeitung halfen alte Kontakte. Die Zeitung, bei der sie volontiert hatte, suchte eine Lokal-Chefin. Ihre anschließende Bewerbung dort hatte Managerqualität: Fünf anstrengende Verhandlungen im Verlag und auf Autobahnraststätten mußten sein, ehe Susanne Kuczera den Vertrag akzeptierte. »Man soll sich nie mit weniger zufriedengeben, als dem, was man selbst will.« Lohn der Mühe: eine Arbeitsplatzbeschreibung, die viel Handlungsspielraum bot.

In ihre Wohnung kam sie nur noch zum Übernachten. Den Anblick ausgewählter Designermöbel genoß die Putzfrau. An ein Privatleben war nicht zu denken. Stundenlange Telefonate mit Freundinnen in der gleichen Situation halfen über das Gröbste hinweg. Immerhin: Den ›Remscheider General-Anzeiger‹ krempelte sie einmal komplett um. »Auf fast allen Ebenen und nicht immer krisenfrei«, wie sie heute sagt. Aber effektiv. Es war eher Kärrner-Arbeit als Hollywood-Glamour: »Wer nicht richtig Spaß an diesem Job hat, der geht kaputt«, sagt Susanne Kuczera. Und Spaß machte der Job. Soviel, daß Sie nach kurzer Zeit zur Chefredakteurin befördert wurde.

Aber: »Nur Erfolg und Arbeit, das kann es doch nicht sein!« – Susanne Kuczera fing an, private Geborgenheit zu vermissen. Außerdem tickte die biologische Uhr. Als Kristina, ihre Tochter, geboren wurde, war Susanne Kuczera 40 Jahre und bestens präpariert für ein Leben mit Kind, Mann und Arbeit. Und auch den Ausstieg aus der Festanstellung mit 60-Stunden-Woche hatte sie generalstabsmäßig vorbereitet.

Noch als Chefredakteurin hatte sie bestehende Kontakte zu Profis, die Tageszeitungen beratend zur Seite stehen, gepflegt. Parallel dazu machte sie sich einen Namen als Dozentin an der Berliner Universität, bei der Bundeszentrale für politische Bildung und der Hamburger Akademie für Publizistik. »Es ist ganz wichtig, nichts dem Zufall zu überlassen.«

Alles nach Plan? »Frauen, die eine Karriere anstreben, müssen sich heute schon überlegen, wie sie in fünf Jahren leben und arbeiten wollen«, rät die Power-Frau. Für lebenswichtig hält sie Netzwerke und Erfahrungsaustausch mit Kolleginnen und Kollegen aus anderen Häusern. Nach der Devise »nur nicht im eigenen Saft schmoren«, gönnt sie sich einmal im Jahr eine »gute Fortbildung«. Doch der perfekteste Plan nütze nichts ohne das Zusammentreffen richtiger Leute zur richtigen Zeit am richtigen Ort. »Glück gehabt«, kommentiert sie ihren bisherigen Weg. Doch Glück allein genügt nicht: »Ich kann auch eine ganze Menge.«

Text-Chefin
Über den Schreibtisch der Text-Chefin gehen bei Zeitschriften und Magazinen alle Texte, die für die kommende Ausgabe vorgesehen sind. Ihre Aufgabe ist das Redigieren der Texte mit Blick auf den jeweiligen Stil des Hauses. Der Text-Chef von ›GEO‹ hat andere Qualitätskriterien als die Text-Chefin einer Frauenzeitschrift. Die Text-Chefin muß selbst nicht gut schreiben können. Allerdings muß sie wissen, wie aus einem noch unfertigen Manuskript ein guter Text gemacht wird. Noch stärker als bei der Redakteurin kommt es hier auf die Fähigkeit an, einen Text mit Respekt vor der Autorin zu redigieren.

Anforderungen
Möglichst 100%ige Beherrschung von Rechtschreib- und Grammatikregeln, stilistische Sicherheit, mehrjährige journalistische Tätigkeit.

Ausbildung
Sehr gute Allgemeinbildung, Abitur, in der Regel Studium und journalistische Ausbildung (siehe Serviceteil, S. 280ff.).

Chefin vom Dienst (CvD)
Die Chefin vom Dienst ist Schnittstelle zwischen Redaktion und Technik. Sie sorgt für einen reibungslosen Produktionsablauf innerhalb der Zeitschrift oder Zeitung. Alle Texte, Bilder, Grafiken müssen zur richtigen Zeit am richtigen Ort sein, damit sie in der Druckerei weiterverarbeitet werden können. Allgemein gesagt: Die Chefin vom Dienst ist Zeit- und Qualitäts-Wächterin.

Anforderungen
Siehe Chefredakteurin.

Ausbildung
Siehe Chefredakteurin.

Schlußredakteurin

An Tageszeitungen begleiten Schlußredakteurinnen die von der Redaktion freigegebenen Texte und Bilder bis zum Andruck, der meist in den Abendstunden liegt. Schlußredakteurinnen arbeiten eng mit der Technik zusammen und korrigieren letzte Fehler in Texten, Überschriften, Bildunterschriften. Außerdem sind sie die »Feuerwehr«, wenn abends noch etwas passiert. Entweder sie schreiben selbst über das wichtige Ereignis oder sie mobilisieren Kollegen und Kolleginnen, die die Zeitung aktualisieren.

Bei Zeitschriften ist die Schlußredakteurin diejenige, die als letzte das fertige Produkt noch einmal vor Augen hat. Gibt sie die Zeitschrift aus der Hand, dann wird sie gedruckt. Fehler, die hier übersehen werden, sind nicht mehr rückgängig zu machen.

Anforderungen
Streßresistenz, technisches Verständnis, Bereitschaft zur regelmäßigen Arbeit in den Abendstunden.

Ausbildung
Siehe Redakteurin.

Fotografin/Bildjournalistin

Das Arbeitsfeld für Fotografinnen in den Printmedien reicht von der einfachen Foto-Dokumentation bis hin zu künstlerischen Aufnahmen. Tageszeitungen verfügen ab einer bestimmten Größe über festangestellte Fotografinnen. Sie arbeiten eng mit der Redaktion zusammen und besprechen im Idealfall im Team, wie sich eine Geschichte bebildern läßt.

Fotografinnen für Zeitschriften im Hochglanzbereich sind spezialisierte Fachfrauen, häufig freie Fotografinnen. Die Fachbereiche heißen unter anderem Food, Mode, Kosmetik. Auch für Reportagen-Bildstrecken sind gute Fotografinnen gefragt. Reportage-Fotografie ist mit Auslandsaufenthalten und Reisen verbunden. Nicht immer geht es in spannende Regionen dieser Welt. Auch Nächte in drittklassigen Hotelzimmern in wenig attraktiven Gegenden gehören zum Beruf.

Wenn sich vier Bildjournalistinnen über ihre Arbeit unterhalten, können völlig unterschiedliche Tätigkeitsbeschreibungen zur Sprache kommen. Der Grund: Es gibt kein einheitliches Berufsbild. Auch manche freie Fotografen bezeichnen sich als Bildjournalisten. Von der reinen Fotografie einmal abgesehen, gibt es im Bildjournalismus drei große Arbeitsbereiche: Bilder beschaffen, die Bildredaktion, die Bilddokumentation. Im folgenden werden die einzelnen Bereiche näher beschrieben.

Bildbeschaffung: Große Verlage, die Magazine oder Illustrierte herausgeben, stellen Spezialisten ausschließlich dafür ein, daß sie zur richtigen Zeit das treffende Bild parat haben. Bildbeschaffer haben internationale Kontakte zu Fotografen und wissen, über welche Agentur, über welches Archiv sie bestimmte Bilder besorgen können. Sie sorgen dafür, daß bestelltes Material abgerechnet und wieder zurückgeschickt wird. Sie kennen sich in Presse- und Urheberrecht aus. Wichtige Eigenschaften für Bildbeschafferinnen sind Organisationstalent, Kommunikationsfähigkeit und Belastbarkeit. Außerdem müssen sie wirtschaftlich denken können. Wer so lange mit einer Bestellung wartet, bis ganz viele Zeitschriften das Motiv haben wollen, muß einen hohen Preis bezahlen.

Bildredaktion: Anders als Bildbeschafferinnen, die genau wissen, welches Bild sie suchen, überlegen sich Bildredakteurinnen, wie eine vorliegende Geschichte (Reportage, Reisebericht oder Feature) bebildert werden kann. Welcher Fotograf kommt in Frage? Wie sollen die fertigen Fotos bearbeitet werden? Wie werden sie in der Zeitschrift plaziert? Auf diese Fragen wissen Bildredakteurinnen Antworten. Da Text und Foto zueinander passen müssen, arbeiten Bildredakteurinnen eng mit der Wortredaktion zusammen. Häufig entwickelt sich erst in Absprache mit den Autorinnen die Bildidee.

Bilddokumentation (Bildarchiv): Bildjournalistinnen, die hier ihren Arbeitsplatz gefunden haben, sichten, sammeln und ordnen alle Bilder, die von der Redaktion, der Bildbeschafferin bestellt wurden, und die Eigentum des entsprechenden Verlages bleiben. Auf Anfrage stellen sie Bilder zusammen und geben sie an die Redaktion weiter. Damit sie schnell liefern können, haben sie ein für Archive geeignetes EDV-Ordnungssystem. In der Dokumentation/im Archiv kommt es verstärkt auf Übersichtlichkeit und aktuelles Material an.

Arbeitsfelder für Bildjournalistinnen bieten Bild- und Nachrichtenagenturen, Fernsehanstalten, Zeitungen, Zeitschriften und Buchverlage. Viele Bildjournalisten sind Freiberufler. Nur wenigen gelingt es allerdings, sich in diesem Bereich einen finanziell guten Status zu erarbeiten.

Anforderungen
Künstlerische Fähigkeiten, gutes Sehvermögen, technisches Verständnis, gute Allgemeinbildung.

Ausbildung
Für alle beschriebenen Tätigkeitsfelder gilt: Es gibt keinen geregelten Berufszugang. Die Ausbildungswege für Bildjournalisten sind so vielfältig, wie es die Berufsbezeichnungen auch sind. Von den knapp 1 800 Menschen, die bundesweit in diesem Beruf arbeiten, sind nicht wenige Autodidakten. Wer Bildjournalistin werden möchte, kann eine Fotografenlehre machen, ein Foto-Design-Studium oder ein Redaktionsvolontariat. Die Art der Ausbildung orientiert sich an dem späteren Berufswunsch. Auf der sicheren Seite sind diejenigen, die eine Kombination aus Handwerk und Studium vorweisen können.

Die Ausbildung zur Fotografin ist ein Lehrberuf. Voraussetzung ist mindestens ein Hauptschulabschluß. Bessere Startbedingungen sind die mittlere Reife oder das Abitur. Alternativ zur Lehre bietet sich der Besuch einer Berufsfachschule an. Dort wird mindestens die mittlere Reife und das Bestehen einer Aufnahmeprüfung verlangt.

Für ein Foto-Design-Studium ist das Abitur oder die Fachhochschulreife erforderlich. Auch dem Studium geht in der Regel eine Aufnahmeprüfung voran.

Berufe im Bereich Technik

Vom Bleisatz zum Ganzseitenumbruch per Computer: Durch den technischen Fortschritt in der Druckindustrie verändern sich laufend Berufsbilder, überschneiden sich Tätigkeitsfelder. Reprohersteller und Typografen beispielsweise begegnen sich auf den Gebieten Text- und Bildverarbeitung sowie Informationstechnik. Die Druckindustrie reagiert auf diese Phänomene mit flexiblen Ausbildungs- und Prüfungsanordnungen, um eine schnelle Anpassung an aktuelle Technik und berufliche Anforderungen zu gewährleisten. Für die Berufswahl hat das Konsequenzen: Je nach Ausrichtung werden Druckereien, Verlage die unterschiedlichsten Fachausbildungen anbieten. Im Zweifelsfall hilft ein Gespräch mit dem für die eigene Ausbildung ausgewählten Verlag.

Im folgenden werden nun einige Berufe aus dem technischen Bereich vorgestellt, die aller Voraussicht nach auch im Jahre 2010 noch interessant sind.

Druckerin
Trotz unterschiedlicher Druckverfahren (Offset-, Tief-, Hoch- und Siebdruck) gibt es eine Reihe von Tätigkeiten, die sich gleichen. Vor Druckbeginn prüft eine Druckerin ihre Druckformen auf technische Mängel. Auch die Angaben für das Falzen und Schneiden müssen stimmen. Anschließend werden die Druckformen eingespannt und die Maschinen eingerichtet. In dieser Arbeits-Phase ist hin und wieder Körperkraft gefragt.

Erst 1987 wurde das Berufsbild des Druckers neu definiert. Grundsätzlich, davon gehen Prognosen über die Entwicklung des Druckerberufes aus, werden technische Entwicklungen die Anforderungen an Drucker wesentlich verändern. Dieser Lehrberuf ist aber eine der besten Grundlagen für eine spätere Arbeit in der technischen Herstellung einer Zeitung.

Allerdings reicht das reine Druckerhandwerk heutzutage nicht mehr aus, um ein Leben lang in einem Verlag zu arbeiten. Wer sich nicht mit Computern anfreunden kann, ist in der modernen Verlagstechnik fehl am Platz. Eine gute Druckerin kennt typografische Grundregeln und wird die Redaktion auch beraten können, wie Themen optisch umgesetzt werden können. Neben technischem Verständnis werden optisches und gestalterisches Talent vorausgesetzt.

Anforderungen
Spaß am Umgang mit Elektronik und Mechanik, gutes Sehvermögen, gutes Farbempfinden.

Ausbildung
Haupt-, Realschulabschluß; dreijährige Lehre in einer Druckerei, einem Zeitschriften- oder Zeitungsverlag.

Reprografin

Reprografin oder Reproherstellerin? Beide Berufe werden häufig miteinander verwechselt. Die Reproherstellerin hat es mit hochwertiger Bildproduktion zu tun. Die Reprografin konzentriert sich auf den Druck, die Kopie, die Lichtpaustechnik. Nicht nur bei Printmedien ist sie eine gefragte Frau. Auch der große Bereich der Werbung, der Anzeigengestaltung kommt ohne ihre fachlichen Fähigkeiten nicht aus.

Ein weiteres Arbeitsfeld der Reprografie ist das Erstellen von Mikrofiches (z.B. das Verkleinern von Zeitungsseiten auf Filme, die in Universitätsbibliotheken gelesen werden können). Die Mikrografie spielt in der Dokumentation eine große Rolle. Hier gehören zum Handwerkszeug Reproduktions- und Mikrokameras, Fotokopiergeräte und Kleinoffsetmaschinen. Zu der Arbeit im fotografischen Labor gehören Entwickeln, Fixieren, Wässern, Trocknen und einfaches Retuschieren.

Anforderungen
Hohes technisches Verständnis, gutes Sehvermögen und Farbempfinden.

Ausbildung
Haupt-, Realschulabschluß, in einigen Fällen wird jedoch vom

Arbeitgeber Abitur vorausgesetzt; dreijährige Lehre in Druckereien, Verlagen, die über entsprechende technische Einrichtungen verfügen.

Reproherstellerin/Druckvorlagenherstellerin
Im Unterschied zur Reprografin, die auch außerhalb der Printmedien in der Industrie (bei Stoff-, Gardinenherstellern etc.) arbeiten kann, handelt es sich bei der Reproherstellerin um die Fachfrau für visuelle Kommunikation. Sie arbeitet mit Büchern, Zeitschriften und Zeitungen. Sie ist in der Lage, aus vorhandenen Bildinformationen (Fotos, Dias, Text, Grafiken) Kopier- oder Druckvorlagen zu machen. Die Ausbildung zur Druckvorlagenherstellerin ist nur noch bis Juli 1997 möglich. Dann erfolgt die Ausbildung zur Reproherstellerin.

Reproherstellerinnen fertigen aus dem vorhandenen Material Druckträger aus Metall oder Kunststoff. Damit diese Druckträger möglichst perfekt sind, muß das Material bearbeitet werden. Hierzu gehört das Retuschieren der Druckvorlagen, das Entfernen von Kratzern oder Flecken. Auch Schattenpartien und Kontraste werden nachgearbeitet.

Das technische Verfahren zur endgültigen Herstellung der Druckvorlage ist unterschiedlich. Texte können in das Metall geätzt, graviert oder gegossen werden. Auch die fotografische Übertragung ist möglich.

Anforderungen
Technisches Verständnis, künstlerische Begabung, Präzision.

Ausbildung
Hauptschul-, Realschulabschluß, gegebenenfalls Abitur; dreijährige Lehre in Druckerei, Verlag, Reproduktions- oder Lithobetrieben.

Werbevorlagenherstellerin
Hier handelt es sich um ein ganz neues Berufsbild, dessen Ausbildungsordnung bei Redaktionsschluß dieses Buches noch nicht

vorlag. Im wesentlichen entsprechen die Aufgaben und Tätigkeiten dieses Berufes denen der Reproherstellerin.

Anforderungen
Siehe oben.

Ausbildung
Haupt-, Realschulabschluß. Neben Druckereien und Verlagen können auch Werbeagenturen eine dreijährige Lehre zur Werbevorlagenherstellerin anbieten. Bislang bildeten solche Agenturen Druckvorlagenhersteller der Fachrichtung Reprovorbereitung aus.

Metteurin/Monteurin
Bei kleinen Tageszeitungen, die noch keinen Ganzseiten-Umbruch haben, bekommt die Metteurin Text, Bilder und Anzeigen, die auf eine Zeitungsseite kommen sollen. Neben der Metteurin liegt der von der Redaktion vorgegebene Plan (der Seitenspiegel), wie die fertige Seite aussehen soll. Nach diesem Plan »baut« die Metteurin ihre Seite. Und erlebt häufig böse Überraschungen: Texte sind zu lang, Bilder zu klein oder zu groß, Überschriften passen nicht, und der Druckvorlagenhersteller steht schon hinter ihr und möchte die Seite für den Druck bearbeiten.

Anforderungen
Belastbarkeit, Streßresistenz, handwerkliches Geschick. In großen Verlagen wird die Metteurin weniger »mit der Hand« machen. Eher geht das Berufsbild dort in Richtung Computerfachfrau mit technischem Verständnis.

Ausbildung
Unabhängig von der Größe und Ausstattung der Verlage gilt: Metteure brauchen eine handwerkliche Grundausbildung (Druckerei, Grafik). Die können sie in einem Verlag oder in einer Druckerei im Rahmen einer dreijährigen Lehre erlangen.

Druckereitechnikerin
Das mit einem Diplom abgeschlossene Hochschulstudium der Druckereitechnik umfaßt den gesamten Bereich der Kommunikationstechnik: Druckformen aus Texten und Bildern herstellen, Druckverfahren, Weiterverarbeitung. In den höheren Semestern wird sich die Druckereitechnikerin entweder auf verfahrenstechnische oder betriebswirtschaftliche Aspekte spezialisieren.

Der Frauenanteil im Studienfach Druckereitechnik liegt bei 32%. Nach dem Studium arbeiten 48% aller Absolventen in der Werbung, im Druckereiwesen, in Verlagen. 47% der Absolventen machen sich selbständig.

Anforderungen
Abitur sowie Spaß am Umgang mit Elektronik und Mechanik, gutes Sehvermögen, gutes Farbempfinden.

Ausbildung
Ein Studium der Druckereitechnik ist zur Zeit möglich an der Technischen Universität in Chemnitz-Zwickau, an den Fachhochschulen München und Stuttgart sowie an der Universität in Wuppertal (Adressen im Serviceteil, S. 303f.).

Grafikerin/Layouterin
Eine andere Berufsbezeichnung für die Layouterin ist auch Grafik-Designerin. Diese Fachfrauen machen aus einer Skizze der Redaktion das fertige Layout einer Seite. Technisch ausgedrückt: Sie ordnen Schrift-, Form- und Bildelemente in die zur Verfügung stehende Fläche ein. Die fertige Seite soll ästhetischen, bei manchen Medien auch künstlerischen Ansprüchen genügen. Zu den Haupttätigkeiten gehören Zeichnen und Entwerfen. Handskizzen und Reinzeichnungen werden entweder von Hand oder mit Hilfe des Computers erstellt.

Layouts von Printmedien entstehen in enger Zusammenarbeit von Grafik-Designerinnen und Redaktion. Im Idealfall kann das fertige Layout die Grundidee der Reportage, des Berichtes treffend zum Ausdruck bringen.

Anforderungen
Formgefühl, Farbempfinden, Geschmack, technisches Verständnis, Kommunikationsfähigkeit.

Ausbildung
Fachhochschulreife oder Abitur: Die Studiendauer beträgt an einer entsprechenden Fachhochschule bzw. Hochschule der Künste vier bis fünf Jahre.

Daneben gibt es in Berlin und Frankfurt/Main Ausbildungen zur staatlich geprüften Grafik-Designerin. Sie dauern je nach Ausbildungsstätte, drei oder vier Jahre (Adressen im Serviceteil, S. 304). Voraussetzungen für die zwei letztgenannten Ausbildungen: Haupt- oder Realschulabschluß, abgeschlossene Berufsausbildung und zwei Jahre Berufstätigkeit in dem erlernten Beruf.

Technische Redakteurin
Dieser Beruf war vor zehn Jahren noch so gut wie unbekannt. Der Begriff »technischer Redakteur« bezeichnete bislang Handbuchautoren, Autoren von Gebrauchsanweisungen und ähnliches. In vielen Tageszeitungen allerdings versteht man darunter ein Berufsbild, das sich in dem Zusammenhang mit technischen Neuerungen bei der Herstellung von Printmedien entwickelt hat. Von Zeitung zu Zeitung unterschiedlich ist die Zuordnung der technischen Redakteurin entweder zur Redaktion oder zur Technik.

Technische Redakteure werden gebraucht, seit es den Ganzseiten-Umbruch gibt. Zeitungsseiten werden heutzutage direkt am Bildschirm »gebaut«. Das heißt: In der Redaktion werden Texte nicht nur geschrieben. Sie werden gleich gemeinsam mit den Bildern in die endgültige und druckfähige Fassung gebracht.

Anforderungen
Journalistische und technische Kenntnisse. Häufig machen Redakteurinnen mit einem »guten Händchen« für Layout und Computer diese Arbeit. Doch auch Drucker mit einer redaktionellen Zusatzausbildung, die von den Verlagen selbst organisiert wird, sind als technische Redakteure geeignet.

Ausbildung
Eine geregelte Ausbildung existiert zur Zeit nicht. Am Berufsbild der »technischen Redakteurin« scheiden sich die Geister. Der Grund: Techniker in einer Verlagsdruckerei haben nicht die Befugnis, Überschriften zu texten, Artikel zu kürzen oder Bildunterschriften zu machen. Umgekehrt gilt, daß Redakteure sich mit Schriftarten oder -größen nicht auskennen müssen. Bis es zu einer einheitlichen Ausbildung kommt, wird jeder Verlag das Problem intern lösen.

Berufe in anderen Abteilungen

Redaktion und Technik sind lediglich zwei Abteilungen, über die ein Printmedium verfügt. Daneben gibt es, wie in anderen Firmen auch, Buchhaltung, Sekretariat, den kaufmännischen Bereich, den Vertrieb, die Öffentlichkeitsarbeit, die Personalabteilung. Es würde an dieser Stelle zu weit führen, all diese Berufe und deren Zugangsvoraussetzungen aufzulisten.

Letztlich ist es unerheblich, ob beispielsweise eine Verlagsgeschäftsführerin bei einer Zeitung oder in einer Unternehmensberatung Erfahrungen gesammelt hat. Auch eine Sekretärin oder eine Personalreferentin kann ihren Beruf bei einem Flugzeugbauer lernen und später in die Medien wechseln.

Für Berufe außerhalb der Bereiche Redaktion und Technik gilt: Medienspezifische Kenntnisse können erworben werden. Im folgenden werden einige Berufe vorgestellt, die sich auch für »Fachfremde« eignen.

Verlagskauffrau

Verlagskauffrauen erledigen alle Arbeiten, die bei der Organisation, der Herstellung, dem Verkauf und dem Vertrieb von Zeitungen, Zeitschriften und anderen Verlagsprodukten anfallen.

Unter anderem beraten sie Anzeigenkunden und schließen Anzeigenverträge ab. Zu diesem Bereich gehört der praktische Tip für die Gestaltung einer Anzeige. Außerdem kennen sich Verlagskauffrauen im Verlags- und Pressewesen aus.

Anforderungen
Kommunikationsfähigkeit, kaufmännisches Geschick.

Ausbildung
Haupt-, Realschulabschluß, dreijährige Lehre in einem Verlag. Allerdings setzen einige Verlage für diese Ausbildung die Hochschulreife voraus.

Geschäftsführerin
Hinter diesem hierarchisch sehr hoch angesiedelten Beruf verbirgt sich ein Bündel unterschiedlichster Tätigkeiten. Geschäftsführerinnen regeln Finanzen eines Unternehmens, definieren den Personalbedarf, vertreten das Unternehmen nach außen und/oder haben rechtliches Know-how. Wie sich der Beruf im einzelnen gestaltet, hängt stark von der Art des Unternehmens und dessen Zielen ab.

Anforderungen
Streßresistenz, soziale Kompetenz, Kommunikationsfähigkeit.

Ausbildung
Meistens Abitur, Hochschulstudium. Für das Studium kommen verschiedene Fachrichtungen in Frage: u. a. Wirtschaftswissenschaften, Jura, Psychologie, Druckereitechnik. Dem Studium schließen sich praktische Erfahrungen an, beispielsweise als Trainee in einem Industrieunternehmen oder Verlag.

Porträt Barbara Artmann, Geschäftsführerin Prinz-Kommunikation
»Geht nicht gibt's nicht.« Diese Haltung machte Barbara Artmann zum Shooting-Star in der Verlagsbranche: Mit nur 34 Jahren ist sie Geschäftsführerin der Prinz-Kommunikation, einer Tochter des Hamburger Jahreszeiten-Verlags, die 10 Stadtzeitschriften herausgibt. Bundesweit arbeiten hier 154 Menschen. Be-

reits als Kind lernte die zielstrebige junge Frau, sich durchzusetzen. Und zwar als einziges Mädchen in einer katholischen Knabenschule. »Das prägt.«

Bereits im dritten Semester ihres Wirtschaftspsychologie-Studiums mit dem Nebenfach Betriebswirtschaftslehre wußte sie genau, was sie wollte. »Produktmanager werden. In der Koordinations- und Führungsstelle finde ich mich wieder«, urteilte die junge Studentin nach dem Lesen eines Artikels über diesen Beruf. »Und dann war mir auch klar, daß ich Geschäftsführer werden will.«

Die Stationen: Während des Studiums ausgewählte Praktika in Werbeagenturen. Die erste Arbeit nach dem Examen war bei der »Marketing-Kaderschmiede« Procter & Gamble. Hier lernte sie, wie Windeln den erfolgreichsten Weg zu Eltern und Kindern finden. Nach dreieinhalb Jahren kam der Wechsel als Marketingleiter zu Lieken Urkorn. Ein anderes Produkt, das gleiche Handwerk: Zweieinhalb Jahre wandte sie hier an, was sie gelernt hatte. Um auch den kaufmännischen Bereich aufzupolieren, ging Barbara Artmann anschließend in die Unternehmensberatung zu Mc Kinsey & Company Inc. – »Ich würde es heute wieder genau so machen«, bewertet sie jetzt. »Mit dieser Mischung habe ich eine ziemlich seltene Kombination: die Beratung, den kaufmännischen Bereich, das Marketing.«

Produktmanager, Marketingleiter, Geschäftsführer: Wenn Barbara Artmann über ihre Berufe spricht, verzichtet sie auf die weibliche Form. Wenn sie ihren Beruf ausübt, tut sie das Gegenteil. Sie ist unter 1,70, sehr schlank und trägt Minirock, körperbetonten Body, klassisches Jacket. Das Ganze in Kombination mit ausgesuchtem Make-up, sorgfältig lockerem blondem Pagenschnitt und klarer Gestik gibt das Signal: Hier ist ein weibliches Kraftbündel am Werk. »Ich bin unheimlich gern Frau«, sagt sie mit der Sicherheit derer, die für ihre Rechte nicht kämpfen. Sie haben diese Rechte. Punkt.

Was können Frauen besser? »Frauen haben mehr Gespür für Motivation und Förderung der Mitarbeiter und sie haben einen guten Überblick über die Gesamtsituation.« Außerdem seien Frauen mutiger. »Der Mut zum Risiko ist, wenn Frauen denn erst einmal Führungspositionen erreicht haben, größer. Und nicht zuletzt gibt es immer noch die Möglichkeit, Charme einzusetzen. Ich scheue mich überhaupt nicht, das zu tun.«

Obwohl sie Frauen gut findet, hält Barbara Artmann sie nicht für die besseren Menschen und kennt jede Menge hinderlicher Eigenschaften. Zum Beispiel mangelndes Selbstbewußtsein, eine Karrierebremse ohnegleichen. »In den Medien könnten Frauen uneingeschränkt Erfolg haben, wenn sie es sich denn zutrauten«, sagt die Verlagsgeschäftsführerin. Als weiteren Stein, den sich Frauen in den Weg legen, betrachtet sie die »Verweigerung einer Karriere im klassischen Sinne«. Beruflicher Erfolg habe seinen Preis. »Meistens komme ich so zwischen 20 und 23 Uhr nach Hause. Das ist notwendig.« Dann sei da immer noch die Alternativentscheidung: Karriere oder Kind. Weitere Stolpersteine: Nervenschwäche, die dazu führt, vermeintliche Fehler zuzugeben; das Gefühl, hohen Anforderungen nicht gewachsen zu sein.

Wo eine Frau ohne Atemnot und rasch die Karriereleiter erklimmt, gibt es Neider. Die haben Barbara Artmann zwar nicht aufgehalten. Aber sie haben gefragt: Wie schaffst du das, dich so gut zu verkaufen? – Bei der Suche nach einer Antwort fand Barbara Artmann ihr Erfolgsrezept: »Ich habe nie darüber nachgedacht, ob ich mich gut verkaufe.« Vielmehr hat sie sich die Frage gestellt, ob es richtig ist, was sie tut und ob es ihr Freude macht. »Und wenn es dann soweit ist, daß es richtig ist, stehe ich mit ziemlicher Energie dahinter. Hundertprozentig.«

Mediendokumentarin

Die Aufgaben von Mediendokumentarinnen sind extrem unterschiedlich. Haupttätigkeiten sind jedoch überall das Auswählen, Beschaffen, Ordnen und Inventarisieren von Dokumenten und Daten. Auf Anfrage kann eine Dokumentarin das Material schnell zur Verfügung stellen.

Die großen Mengen von Dokumenten erfordern verstärkt den Einsatz von Computern. Eine gute Dokumentarin sollte in der Lage sein, gegebenenfalls ein den Anforderungen des Verlages entsprechendes Ordnungsprogramm zu entwickeln.

Anforderungen
Präzision, technisches Verständnis, Kenntnisse elektronischer Datenverarbeitung, gute Allgemeinbildung, mindestens zwei Fremdsprachen.

Ausbildung:
Fachhochschulreife oder Abitur, sieben bis acht Semester Studium an der Fachhochschule Hamburg (Adresse siehe Serviceteil, S. 313).

Justitiarin
Nur größere Verlage leisten sich eine eigene Rechtsabteilung. Die Aufgabe von Juristinnen und Juristen, die sich auf Verlags- und Presserecht spezialisiert haben, ist es, im Fall einer Auseinandersetzung vor Gericht den Verlag zu vertreten. Streitfälle gibt es für Zeitschriften und Zeitungen mit Millionenauflage zuhauf. Prominente und Politiker, aber auch weniger prominente Opfer einer vermeintlich unsachgemäßen oder wirklich falschen Berichterstattung streben ein Treffen mit dem Printmedium vor dem Richtertisch an.

Justitiare werden aber auch im Vorfeld aktiv. Sie beraten die Redaktion, schätzen ein, ob ein Artikel verleumdet oder verunglimpft. Sie müssen wissen, ob die Rechercheunterlagen der Journalisten vor einem Gerichtsverfahren bestehen können.

Kleinere Verlage ohne eigene Rechtsabteilung nehmen die Hilfe von freiberuflichen Anwälten in Anspruch, die sich auf Presserecht oder Verlagsrecht spezialisiert haben.

Anforderungen
Streßresistenz, Flexibilität, Bereitschaft zum »Dienst rund um die Uhr«, sicheres Urteilsvermögen, Kommunikationsfähigkeit.

Ausbildung
Abitur, Jurastudium. Bereits während des Studiums empfehlen sich Praktika in Verlagen.

Public Relations: Hier starten Frauen durch

Öffentliche Beziehungen – Public Relations – PR: Diese Branche ist eine Frauen-Domäne. Kein anderer Berufszweig weist eine so starke Zunahme von weiblichen Fachleuten auf. Ihr Anteil hat sich innerhalb der letzten zehn Jahre mehr als verdoppelt. Gerade Frauen verfügen über die in der PR geforderten Eigenschaften wie Kommunikationsfähigkeit, Belastbarkeit und Kontaktfreude.

PR-Agenturen stellen Beziehungen her, vertiefen sie, schaffen Kontakte, die Unternehmen oder Verbände dringend brauchen, damit sie ihre Produkte in der Öffentlichkeit darstellen können. Der Löwenanteil der Frauen in der PR (38%) arbeitet dementsprechend in der Beratung und in Agenturen. Auch der Dienstleistungsbereich, Kirchen, Gewerkschaften, Parteien, der öffentliche Dienst, Wirtschaftsunternehmen und -verbände sowie Umweltschutzorganisationen benötigen Unterstützung für ihre PR.

Weit mehr als die Hälfte aller Frauen, die in dieser Branche arbeiten, sind fest angestellt. Doch auch der Sprung in die Selbständigkeit ist möglich. Allerdings, da sind sich PR-Fachfrauen einig, sollte die Selbständigkeit erst dann in Betracht gezogen werden, wenn genügend Berufserfahrung vorhanden ist, wenn Existenzgründerinnen genügend Kontakte gesammelt haben.

Mit Hilfe der »klassischen Pressearbeit« soll ein Unternehmen oder Produkt möglichst häufig in den Medien plaziert werden. Im Unterschied zur Werbung arbeitet PR eher am Image des Produktes als an seiner glanzvollen Präsentation. Bei der PR-Arbeit steht nicht die direkte Kaufentscheidung eines Kunden im Vordergrund. Vielmehr will PR, daß Gutes getan und darüber geredet wird.

Das ist nicht immer leicht: Wer beispielsweise als PR-Fachfrau für die chemische Industrie arbeitet, ist im Fall eines umweltschädigenden Betriebsunfalls nicht zu beneiden. Dann nämlich gilt es, Vertreter der Medien mit gewünschten Informationen zu bedienen, die Interessen der Medien mit denen des Unternehmensvorstands in Einklang zu bringen. In der Regel ist das eine fast unlösbare Aufgabe: Der eine will etwas wissen, der andere will nichts sagen.

Deswegen brauchen Frauen in dieser Branche gute Nerven und dürfen auch in der allergrößten Hektik nicht nervös werden. Daneben sind strategische Fähigkeiten gefordert. PR-Konzepte müssen entwickelt und umgesetzt werden.

Die beste Voraussetzung für eine Karriere ist ein Studium. Wie im Journalismus gilt auch hier: Fachspezifische Kenntnisse und ein hohes Bildungsniveau sind gefragt. Publizistik und Kommunikationswissenschaft kommen als Studienfach ebenso in Frage wie Geschichte, Sozialwissenschaft, Psychologie oder Naturwissenschaften.

Aber auch ohne Studium ist der Einstieg in die PR möglich. Der Lehrberuf der Werbe- oder Fachkauffrau für Marketing (Voraussetzung: Hauptschul- oder Realschulabschluß und eine kaufmännische Berufsausbildung sowie Berufspraxis) war schon für manch eine Einsteigerin Garant für beruflichen Erfolg.

PR-Arbeitsbereiche

Öffentlichkeitsarbeit gliedert sich in vier Bereiche: Konzeption, Redaktion, Kontakt und Organisation. Doch hinter diesen Bereichen verbergen sich die unterschiedlichsten Arbeiten.

Wer für die Konzeption zuständig ist, analysiert, berät und plant. Informationen werden gesammelt und aufbereitet, Medien werden beobachtet. Aufgabe der Konzeption ist weiter, die Position des auftraggebenden Unternehmens im Markt zu analysieren. Ferner werden hier kurz-, mittel- oder langfristige PR-Maßnahmen entwickelt.

Redaktionelle PR-Arbeit hat ihren Schwerpunkt in der Umsetzung von Informationen. Presseinformationen werden geschrieben und verteilt, Pressedienste organisiert, Aufsätze und Vorträge verfaßt. Auch Informationstafeln, Dia-Shows und ähnliches werden produziert.

PR-Kontakterinnen sind für den reibungslosen Gesprächsverlauf mit Vertretern gesellschaftlich wichtiger Gruppen, sogenannter Multiplikatoren, verantwortlich. Hier wird Kommunikationsfähigkeit und Lust auf die Arbeit mit Menschen groß geschrieben.

Im Bereich Organisation geht es vor allem um Budgetierung, Finanzkontrolle und Dokumentation von Arbeitsergebnissen. Doch auch Pressekonferenzen, Haupt- und Mitgliederversammlungen, öffentliche Diskussionen werden von hier aus vorbereitet.

Arbeitsalltag einer PR-Frau

Maria Giebel, 36, hat das kleine Einmaleins der PR in einer Agentur gelernt, die den Bundesverband der Deutschen Ziegelindustrie betreute. Zu Beginn ihres Volontariats konnte die studierte Geisteswissenschaftlerin Beton nicht von gebranntem Ton unterscheiden. »Mein erster Kunde war mittelständischer Hersteller von Dachziegeln. Ehrlich gesagt: Ich verstand nur Bahnhof«, sagt sie heute lachend.

Um das zu ändern, eignete sie sich Kenntnisse über Ziegelherstellung und -verwendung an. Als Volontärin im Bereich Redaktion schrieb sie Reportagen über die Arbeit in einer Ziegelei, über Dächer in Deutschland, über architektonisch interessante Ziegelgebäude. »Alles in allem war das eine spannende Arbeit.« Allerdings nicht immer konfliktfrei.

Denn nicht allein Maria Giebels Sprachgefühl oder die Qualitätsansprüche ihres Chefs bestimmten die Texte. Häufig lehnten die Kunden ihre Pressetexte ab, weil der Produktname nicht oft genug genannt war. »In dieser Zeit habe ich gelernt, Kompromisse zu machen.«

Neben der Arbeit am Schreibtisch betreute sie als PR-Juniorberaterin ihre Kunden auch auf Messen. Für die Fachpresse stellte sie Informationsmaterial zusammen, organisierte Pressekonferenzen und stand für Anfragen der Medien zur Verfügung. »Das war oft ein diplomatischer Kraftakt«, sagt die heutige Printmedien-Journalistin im Rückblick. Der Grund: »Es kann vorkommen, daß man selbst ein Produkt ziemlich überflüssig findet. Dann ist es nicht einfach, nach außen ein positives Image zu vertreten.«

Ihr Rat für junge Einsteigerinnen in den Beruf: »Wer richtig erfolgreich sein will, muß hundertprozentig hinter dem stehen, was er an die Öffentlichkeit bringen will.« Der größte Hemmschuh für beruflichen Erfolg sei »das blöde Gefühl, zwischen privater Überzeugung und beruflicher Tätigkeit permanent einen Spagat zu machen«.

Freie Journalistin: Aufwind für Selbständige

Freie Journalisten klagen über schleppende Honorarzahlungen, stehen immer unter Zeitdruck, wissen nie genau, ob sie im nächsten Monat ihre Miete zahlen können, bekommen kein Krankengeld, sorgen für ihr Alter selbst vor. – Freie Journalisten haben keine Chefs, können an Themen arbeiten, die ihnen Spaß machen, arbeiten dann, wenn sie fit sind und sind stolz auf ihren Status. – Letzteres sagen sie jedenfalls jedem, der ihrer Meinung nach in das Joch der Festanstellung gespannt ist.

Wer als freie Journalistin bestehen will, lernt gleich zu Anfang ein wichtiges Wort: Mehrfachverwertung. Nur von einem einzigen Medium können lediglich Star-Autorinnen großer Zeitschriften oder Magazine leben. Deshalb gilt: Am besten kommen diejenigen über die Runden, die ihre Zeitungsreportage gleichzeitig dem Hörfunk oder Fernsehen als Beitrag anbieten können. Das setzt ein hohes Maß an Qualifikation und Eigeninitiative voraus.

Allen Unkenrufen zum Trotz: Die derzeitige Entwicklung auf dem Medienmarkt macht Mut, sich in das Heer der freien Journalisten einzureihen. Angesichts des wachsenden Programmbedarfs von Rundfunkanstalten und des zunehmenden Trends aller Medien, verstärkt freie Mitarbeiter einzubinden, spricht das Statistische Bundesamt von einem »Aufwind« für selbständige Medienschaffende.

Gefährliche Klippen

Am besten gelingt der Einstieg in den freien Journalismus, wenn neben der freien Arbeit ein »Brotjob« die Miete und das Existenzminimum absichert. Denn, das hat die Künstlersozialkasse errechnet, die wirtschaftliche Lage von Anfängern ist schlecht. Das durchschnittliche Jahreseinkommen aus selbständiger publizistischer Tätigkeit liegt bei 19 110 DM, das sind 1 592,50 DM im Monat. Mitgerechnet sind bei diesem statistischen Wert Spitzenverdiener, deren Einkommen bei rund 15 000 DM im Monat liegt. Im Klartext: Einer Berufseinsteigerin, die bei einer Tageszeitung als freie Journalistin anfängt, bleibt am Monatsende ein Taschengeld.

Kalkuliert werden muß auch, daß Honorarzahlungen in vielen Häusern nicht dann erfolgen, wenn eine Geschichte abgeliefert wurde, sondern erst dann, wenn sie gedruckt wird. Zwischen Abgabe und Abdruck liegen oft viele Monate.

Vernachlässigt wird von jungen und dynamischen freien Journalisten häufig das Thema Versorgung. Deswegen muß parallel zur Akquisition von Abnehmern in Redaktionen der Schritt zur Künstlersozialkasse (KSK), zum Presseversorgungswerk und zur Verwertungsgesellschaft Wort (VG Wort) getan werden.

Die Künstlersozialkasse übernimmt die Hälfte der Beiträge zur gesetzlichen Kranken-, Pflege- und Rentenversicherung. Das Versorgungswerk der Presse hilft dabei, eine Altersversorgung aufzubauen. Bei der VG Wort kann ein kostenloser Wahrnehmungsvertrag abgeschlossen werden. Das heißt: Wenn Freiberufler publizieren, schicken sie eine Meldekarte an die VG Wort. Die VG Wort bezieht ihr Geld unter anderem von Sendern, Kopiergeräteherstellern, Bibliotheken, Tonträgerfabrikanten. Sie nimmt im Prinzip Zweitrechte der Publizisten, Journalisten und Fotografen wahr. Die Meldekartenabsenderin erhält am Ende des Jahres von dem durch die VG Wort eingeforderten Geld einen Anteil in Höhe von bis zu mehreren hundert Mark. Die Summe richtet sich nach der Anzahl der Veröffentlichungen, nach Auflagenhöhe oder Reichweite.

Ganz wesentlich ist mittlerweile eine halbwegs professionelle

Ausstattung. Zum minimalen Rüstzeug gehören ein Computer, ein Telefon und ein Faxgerät. Beim Handy (ständige Erreichbarkeit) streiten sich die Geister. Für die Recherche von Artikeln halten viele Selbständige einen Internetanschluß für unerläßlich. Und in der Tat: Wertvolle Zeit geht durch Besuche unter anderem von Unibibliotheken und Zeitschriftenarchiven verloren. Ein Beispiel: Für die Internetrecherche zum Thema Nahost benötigte ein junger freier Kollege einen Tag. Die gleiche Recherche ohne Internet hätte ihn eine Woche in Anspruch genommen.

Selbstvermarktung

Die ersten Hürden der Existenzgründung, nämlich Versorgung und Ausstattung, sind geschafft: Nun soll der Medienmarkt mit Volldampf erobert werden. Aber wie?

Zuerst einmal muß eine Idee für eine Geschichte her. Diese Idee soll verkauft werden. An welche Zeitschrift, für welche Leser, für welche Redakteure? Und warum ist diese Geschichte überhaupt interessant? Wer auf diese Fragen keine Antworten weiß, der sollte den Einstieg lieber lassen.

Wer die Antworten gefunden hat, schreibt ein Exposé. Auf knapp einer Din A 4-Seite sollte es gelingen, kurz zu beschreiben, worum es in dem zu verkaufenden Artikel geht. Das Exposé ist sozusagen die Grundlage für das Verkaufsgespräch mit Redaktionen.

So vorbereitet, werden Redaktionen gesucht, die sich für die Idee interessieren. Die Suche kann per Telefon oder per Brief erfolgen. Wichtig ist, bereits im Vorfeld zu recherchieren, wer der richtige Ansprechpartner ist.

In der Verkaufsgesprächs-Phase gibt es für Selbständige nur zwei akzeptable Antworten von Redaktionen: Ja oder nein. Ein »vielleicht« bringt Sie nicht weiter. Ist Ihre Geschichte gekauft: herzlichen Glückwunsch. Jetzt müssen Sie nur noch Honorarbedingungen vereinbaren. Ist sie abgelehnt: Versuchen Sie es woanders noch cinmal. So lange, bis es geklappt hat.

Ohne starken Willen, Selbstvertrauen und Selbstdisziplin haben es Einsteiger schwer. Freie Journalisten müssen nicht nur gut schreiben können, sie brauchen auch ein Marketing- und Vertriebskonzept.

Netzwerke

Freie Journalisten, Frauen und Männer gleichermaßen, sind Einzelkämpfer. Wem das liegt, für den ist dieser Weg sicher richtig. Wer sich jedoch bessere Chancen im Team ausrechnet, kann sich einem Journalistenbüro anschließen oder mit Gleichgesinnten selbst eines gründen. Zentren sind die großen Medienmetropolen Köln, Hamburg und München sowie das Ruhrgebiet.

Die Vorteile eines Büros auf einen Blick: Mitglieder von Journalistenbüros verdienen im Durchschnitt besser als Einzelkämpferkollegen. Die Kosten für die Ausstattung werden durch mehrere Büromitglieder geteilt. Die Qualität der journalistischen Arbeit ist oft besser, da Kollegen die Texte redigieren können. Die soziale Sicherheit ist höher, weil das Büro den Auftrag notfalls weiterführen kann, wenn jemand wegen Grippe ausfällt.

Gleichgültig, ob die Entscheidung für ein Büro oder für die Solo-Karriere ausfällt: Hilfreich für junge Einsteigerinnen in die Branche ist immer der Journalistinnenbund. Hier haben sich freie Journalistinnen und festangestellte Medienschaffende organisiert und ein eindrucksvolles Netzwerk geschaffen.

»Nur im Bündnis mit vielen Kolleginnen können wir erreichen, daß Journalistinnen auf allen Ebenen und in allen Funktionen gestalten und entscheiden«, heißt es in der Selbstdarstellung des 1987 gegründeten Verbandes. 400 Frauen haben sich bislang diesem Verband angeschlossen. In verschiedenen Städten gibt es elf Regionalgruppen. Diese treffen sich in regelmäßigen Abständen zu Themenabenden. Hier haben Einsteigerinnen die Möglichkeit, sich mit erfahrenen Kolleginnen auszutauschen. Auf der informellen Ebene entwickeln sich Kontakte, die erste Gehversuche erleichtern.

Unterstützung bieten auch die beiden großen journalistischen Gewerkschaften: die IG Medien und der Deutsche Journalistenverband. Deren Regionalgruppen ermöglichen freien Einsteigerinnen eigene Diskussionsrunden und Fortbildungsmöglichkeiten.

Nachrichtenagenturen: Die Ware Information

Zum Thema Nachrichtenagenturen gibt es für Berufseinsteigerinnen eine gute und eine schlechte Nachricht. Die gute: Frauen sind in den sieben großen Agenturen gern gesehen. Ihr prozentualer Anteil liegt, verglichen mit anderen Medien, hoch. Die schlechte: Außer bei der Deutschen Presse-Agentur, die 1995 25 Text- und sechs Foto-Volontäre ausgebildet hat, sind die Chancen auf ein Volontariat gering. Die Agentur Reuters beispielsweise bildete 1995 gar nicht aus.

Wer sich für Agenturjournalismus entscheidet, hat es im Berufsleben eiliger als andere Journalisten. Die Aufgabe einer Agentur ist es, Nachrichten über Ministerrücktritte, Bilanzpressekonferenzen, Unglücke eher zu melden, als Print- oder elektronische Medien es tun. »Über alle wichtigen und interessanten Vorgänge dieser Welt so schnell, zuverlässig und präzise wie möglich zu informieren – so läßt sich die Aufgabe der Nachrichtenjournalisten umreißen«, schreibt Norbert Schnorbach, dpa-Redakteur, über diesen Beruf.

Voraussetzungen für eine Bewerbung bei einer Agentur sind Abitur und oft auch ein Hochschulstudium. Je nach Aufgabenstellung der Agentur werden darüber hinaus spezielle Kenntnisse verlangt, die im einzelnen in den Beschreibungen der Agenturen geschildert werden. An persönlichen Eigenschaften sind Belastbarkeit, schnelles, sicheres Erkennen von wichtigen Nachrichten, fehlerfreie Grammatik gefragt. Außerdem dürfen Nachrichtenjournalisten nicht eitel sein. Ihr Arbeitsergebnis ist nicht die

Hochglanzreportage mit Autorenzeile, sondern die zehnzeilige Nachricht, der »trockene« Bericht ohne Namensangabe. Anders als in »Edelfederschmieden« steht in Agenturen Teamarbeit und -fähigkeit im Vordergrund. Hier geht es nicht um preisverdächtige Texte. Hier geht es um Informationshandwerk.

Neueste Nachrichtentechniken sind für alle Agenturen mittlerweile selbstverständlich. Papier und Schreibmaschine haben ausgedient. Statt dessen wird über Satelliten und Kabel kommuniziert. Zwar hat die Recherche »vor Ort« noch einen Stellenwert. Aber der Großteil der Redakteurinnen von Agenturen arbeitet an Datensichtgeräten. Hier werden Nachrichten beschafft, bearbeitet und verbreitet.

Mit unterschiedlichen Diensten haben sich Agenturen auf die Bedürfnisse ihrer Abnehmer eingestellt. Die Angebote beinhalten unter anderem sprechfertige Kurznachrichten für Rundfunksender, sendefähige Beiträge für das Fernsehen sowie Nachrichten, die Privatleute unter einer bestimmten Telefonnummer abrufen können.

Auf dem deutschen Nachrichtenmarkt tummeln sich zur Zeit zwei große nationale Agenturen, die Deutsche Presse-Agentur (dpa) und der Allgemeine Deutsche Nachrichtendienst (ddpADN). Die drei Weltagenturen Reuters, Agence France-Presse (AFP) und Associated Press (AP) sind jeweils mit eigenen Büros in Deutschland vertreten. Daneben gibt es noch Fachagenturen wie die Katholische Nachrichtenagentur (KNA) und der Evangelische Pressedienst (epd).

Was die Agenturen unterscheidet, sind ihre thematischen Schwerpunkte. Was sie eint, ist das Arbeiten für Kunden: Printmedien, Hörfunk und Fernsehen. Die Kunden werten das Nachrichtenangebot der Agenturen für sich aus und setzen es entsprechend um. Zwischen den großen Agenturen, die zu Weltpolitik, Kultur und Aktuellem arbeiten, herrscht Konkurrenz. Der Grund: Die Informationsflut ist gewaltig. Die Qual der Wahl kann für Nachrichtenredakteure zu Überdruß führen. Deshalb gilt: Will eine Agentur abgedruckt oder gesendet werden, dann muß sie schneller, aktueller und interessanter sein als ihre Konkurrenzagentur. Und nicht nur Schnelligkeit gegenüber der Konkurrenz ist gefragt. Agenturen müssen auch eher am Ball sein als ihre Kunden. Denn die recherchieren ja auch.

Die Nachrichtenagentur Reuters

Die Gründungsgeschichte von Reuters steht für die Idee aller Nachrichtenagenturen schlechthin. 1850 gab es zwischen Aachen und Brüssel die letzte Lücke im europäischen Telegrafensystem. Wer sie in möglichst kurzer Zeit überwinden wollte, mußte erfinderisch sein. Das war Paul Julius Reuter. Sein Ziel: Finanzinformationen möglichst schnell zwischen Brüssel und Aachen zu transportieren. Sein Mittel: Brieftauben. In Seidenbeuteln übermittelten die Vögel wichtige Informationen für die Wirtschaft. Sein sensationeller Durchbruch: 1859 war er der einzige, der die Rede Napoleons III. von Paris nach London brachte. Napoleon kündigte den französisch-österreichischen Krieg an.

Heute arbeiten 13 000 Mitarbeiter, davon 1 600 Journalisten in weltweit 128 Büros für Reuters. Der Hauptsitz der Agentur ist in London. In mehr als 20 Sprachen versorgt Reuters Fernsehen, Hörfunk und Printmedien mit Nachrichten, Fotos, Grafiken, Audio- und TV-Services. Die deutsche Zentralredaktion in Bonn besteht seit 1971. Für die neuen Bundesländer dient das Büro in Berlin als Zentrale. In Deutschland beschäftigt die Reuters AG 462 Mitarbeiter, die auf acht Büros verteilt sind. Reuters erzielt pro Jahr einen Umsatz von mehr als 5,5 Milliarden DM, ein Großteil entstammt der elektronischen Informationslieferung für Finanzmärkte. Banker und Broker bekommen Analysen, Fakten und Kurse, die ihnen die Arbeit erleichtern.

Ein weiteres Standbein der Agentur ist Bildmaterial. Vor zehn Jahren startete Reuters einen eigenen weltweit operierenden Bilderdienst. Im Angebot sind Fotos aus Politik, Sport und Wirtschaft sowie von Kuriositäten und Katastrophen.

1995 bildete Reuters keine Volontäre aus. Wenn aber ausgebildet wird, dann werden die Auszubildenden übernommen. Wer sich jetzt bei Reuters bewerben will, sollte bereits eine journalistische Ausbildung haben.

Agence France-Presse (AFP)

AFP ist die älteste der großen Weltagenturen. 1100 Journalisten und über 2000 freie Mitarbeiter arbeiten für AFP in 165 Ländern der Erde. AFP übermittelt täglich zwei Millionen Wörter in sechs Sprachen. Die Zukunft von AFP liegt im Multimediabereich, in der Infografik, in Selektivdiensten nach Kundenwunsch. Die deutsche AFP-Filiale ist in Bonn. Dort arbeiten 33 Journalisten. Die deutschen Umsätze belaufen sich auf 4,9 Millionen DM.

Bei den Festangestellten der Agence France-Presse in Deutschland haben Frauen die Mehrheit. Warum das so ist, erklärt Karl-Hans Sattler, geschäftsführender Redakteur, so: »Frauen können das Agenturgeschäft vielleicht deswegen besser ausüben, weil sie nicht so eitel sind wie Männer.« Daneben sei es an der Tagesordnung, daß Frauen die besseren Fremdsprachenkenntnisse (in diesem Fall Französisch) mitbringen.

Erst 1987 hat sich AFP entschieden, den seit 1948 bestehenden deutschen Dienst von Paris nach Bonn zu verlagern. AFP verlangt von Journalisten eine distanzierte Haltung gegenüber den Ereignissen in der Welt. Schwerpunkt der Berichte von AFP ist der Blick auf das Ausland auch bei innenpolitischen Themen: Reaktionen aus dem Ausland, Vergleiche mit anderen Ländern. Neben der klassischen Außenpolitik liegen AFP-Schwerpunke unter anderem in den Bereichen Verteidigung, Entwicklungshilfe und Ausländerpolitik.

1995 hat AFP einen Ausbildungsplatz angeboten. Auch hier gilt: Nach der Ausbildung erfolgt in der Regel eine Übernahme. Bei AFP haben Bewerber aus anderen Redaktionen Chancen, eine Arbeit zu bekommen. Allerdings sollte bereits Berufserfahrung vorliegen.

Associated Press (AP)

Die Associated Press (AP) ist die größte Nachrichtenagentur der Welt. Wer hier arbeiten will, muß Fremdsprachen beherrschen. AP-Sprachen sind neben Englisch und Deutsch Spanisch, Französisch, Niederländisch und Schwedisch. Weltweit beschäftigt AP 3 100 Journalisten. Im Vergleich mit anderen in Deutschland tätigen Agenturen rangiert AP, gemessen am Marktanteil, nach der Deutschen Presseagentur (dpa) an zweiter Stelle.

Schwerpunkte von AP sind Bilder, die über modernste Technik (digital über Satellit) weltweit verbreitet werden. Doch auch der Wortanteil ist groß. Themen der Agentur sind politische Nachrichten, Wirtschaftsnachrichten, Meldungen aus den Bereichen Kultur und Vermischtes.

In Deutschland sind 25 Rundfunk- und Fernsehanstalten, 120 Zeitungsverlage, Pressestellen und politische Parteien an das AP-Netz angeschlossen. In der Schweiz werden mehr als 60 Zeitungen, Sendeanstalten und andere Kunden beliefert.

1995 wurde eine Foto-Volontärin von AP ausgebildet. Wer bei AP arbeiten will, sollte deshalb nicht unbedingt ein Volontariat anstreben. Bewerberinnen mit Ausbildung und Berufserfahrung haben aber durchaus Chancen, eingestellt zu werden.

Die Deutsche Presseagentur (dpa)

Die dpa ist die größte deutsche Nachrichtenagentur mit einem weltumspannenden Korrespondentennetz. Weltweit arbeiten 1 000 Journalisten und 1 000 freie Mitarbeiter an den Themen Politik, Wirtschaft, Kultur, Sport und Vermischtes. In Deutschland hat dpa 57, im Ausland 50 Büros. »dpa-Sprachen« sind neben Deutsch und Englisch Spanisch und Arabisch für den Weltnachrichtendienst. Die Agentur machte 1994 einen Umsatz von 175,1 Millionen DM.

Was die Ausbildung betrifft, ist diese Nachrichtenagentur führend. Knapp 25 Volontäre waren es 1995, die bei dpa das Nachrichtenhandwerk lernten. Zu den dpa-Kunden zählen alle Tageszeitungen, öffentlich-rechtliche und private Fernseh- und Radiosender.

Allgemeiner Deutscher Nachrichtendienst (ddpADN)

Durch Zusammenschluß des Deutschen Depeschendienstes (ddp) und des Allgemeinen Deutschen Nachrichtendienstes (ADN) entstand die Agentur ddpADN. 71 festangestellte und viele freie Journalisten erstellen national Nachrichten aus den Bereichen Politik, Wirtschaft, Vermischtes, Kultur, Ratgeber, Reisen und Medien. Erklärtes Ziel der Agentur sind »verbraucherorientierte Nachrichten«.

Der Anteil der Frauen bei den festangestellten redaktionellen Mitarbeitern liegt bei 28%. ddpADN berichtet für Tageszeitungen, Rundfunk- und Fernsehanstalten und Unternehmen unter anderem aus den Bereichen Politik, Kultur, Wirtschaft, Vermischtes, Reisen und Medizin.

Die Agentur bildet nach Bedarf aus. Fast alle Volontäre haben ein abgeschlossenes Hochschulstudium. Ein großer Teil der Auszubildenden wird übernommen. Aber auch Redakteure aus anderen Bereichen als dem Agenturgeschäft haben Chancen, eingestellt zu werden. Bewerben kann man sich direkt bei der Agentur.

Katholische Nachrichtenagentur (KNA)

Anders als bei dpa, AP, AFP und Reuters handelt es sich bei der Katholischen Nachrichtenagentur um ein, der Name sagt es bereits, konfessionell gebundenes Unternehmen. Die KNA macht es sich zur Aufgabe, Meldungen aus dem Bereich der katholischen Kirche zu verbreiten. Schwerpunkte der KNA sind das Erfassen und Verarbeiten von Artikeln, Kommentaren, Dokumentationen und Bildern, die sich im weitesten Sinne auf die katholische Kirche beziehen. 35 festangestellte Journalisten sowie mehr als 350 freie Mitarbeiter erstellen das Angebot.

Kunden der KNA sind Tageszeitungen, Wochenzeitungen und -zeitschriften, Rundfunk- und Fernsehanstalten, die gesamte katholische Kirchenpresse sowie Parlamente, Ministerien, Parteien, Pressestellen und Hochschulen.

Die KNA stellte 1995 fünf Ausbildungsplätze für Volontäre zur Verfügung. Die Frage, wie viele übernommen werden können, beantwortete das Haus: »Mit Sicherheit einen.« Bewerberinnen und Bewerber aus anderen Redaktionen haben bei der KNA eine Chance, wenn sie bereits eine Agenturausbildung haben. Allerdings, darauf weist die KNA hin, gibt es dort keine große Fluktuation und keine Hospitanzen.

Evangelischer Pressedienst (epd)

Schwerpunktthemen des Evangelischen Pressedienstes sind Kirche, Religion, ethische Grundwerte, Sozialpolitik, Medien und Dritte Welt. 23 Redakteurinnen und 55 Redakteure sammeln Informationen über diese Bereiche und verbreiten sie über einen täglichen epd-Basisdienst. Kunden der Agentur sind Tageszeitungen, Hörfunk, Fernsehen, Behörden und Hilfsorganisationen.

Der Frauenanteil beim epd hat sich in den vergangenen zehn Jahren kontinuierlich erhöht. Allerdings hat sich das in der Hierarchie, wie bei anderen Agenturen auch, noch nicht ausgewirkt. Insgesamt gibt es neun verantwortliche Redakteure und eine stellvertretende verantwortliche Redakteurin.

Der Evangelische Pressedienst bietet Volontariate an. Nähere Informationen über Anzahl und Bedingungen können beim epd abgefragt werden.

Reingezappt und abgedreht: Jobs und Karriere beim Fernsehen

Wie funktioniert Fernsehen?

Kaum etwas prägt unser modernes Leben so stark wie das Fernsehen. Die einen lieben es, die anderen hassen es, aber fast jeder setzt sich davor und damit auseinander. Der Erfolg des Fernsehens war vorprogrammiert, denn es verbindet Bild und Wort und ist ganz einfach per Knopfdruck zu haben. ›Lindenstraße‹, ›Tagesschau‹, ›Explosiv‹, ›Traumschiff‹, ›Tatort‹, ›Glücksrad‹.... jede von Ihnen hat diese Programme schon mal gesehen. Und wer kennt sie nicht: Margarethe Schreinemakers, Nina Ruge, Barbara Eligmann, Linda de Mol, Sabine Christiansen. Aber Fernsehen ist viel mehr als nur die bunte Glitzerwelt der Shows, Stars und Serien, die täglich in unsere Wohnzimmer hineinflimmert. Es ist mittlerweile ein expansiver Industriezweig, wo Milliarden verdient oder verloren werden.

Sie interessieren sich für einen Beruf im Umfeld Fernsehen? Aber Sie wissen noch nicht genau, welche Betätigungsfelder für Sie überhaupt in Frage kommen. Moderatorin, Kamerafrau, Programmplanerin, Redakteurin, Werbezeitenverkäuferin? Obwohl jeder fast täglich vor dem Bildschirm sitzt, haben die meisten wenig Ahnung davon, was »hinter den Kulissen« geschieht. Deshalb als erstes ein Überblick über die deutsche Fernsehlandschaft und über die verschiedenen Unternehmensbereiche eines TV-Senders. So können Sie entscheiden, welche Bereiche für Sie besonders interessant sind – und außerdem ist es bei Bewerbungsgesprächen immer von großem Vorteil, dieses »Grundwissen« parat zu haben und im richtigen Moment einzusetzen.

Deutschland, deine Sender: Die kurze Geschichte des Fernsehens in der BRD

Im Jahr 1984 fiel der Startschuß zur einschneidendsten Veränderung in der deutschen Medienlandschaft: Das Privatfernsehen hielt Einzug. Bis dahin hatte es nur die öffentlich-rechtlichen Sender ARD (mit den regionalen Sendern) und ZDF gegeben. Sie veranstalten nach Maßgaben des Gesetzgebers ein Programm zur »Grundversorgung« der Bevölkerung mit Information, Bildung und Unterhaltung.

Nach anfänglichen Schwierigkeiten konnten sich die großen Privatsender RTL und SAT.1 mit enormem Erfolg etablieren. Bald zogen weitere kommerzielle Anbieter nach: PRO 7, mittlerweile Nummer drei unter den Privaten, Kabel 1, RTL 2, Vox und Super RTL, weitere Ableger bzw. Abspielstationen, und sogar ein Frauensender – TM3. Der Konkurrenzkampf unter den kleinen Sendern verschärft sich derzeit durch immer neue Lizenzen. 1995 hatten 19 neue Sender eine Lizenz bei den Landesmedienanstalten beantragt!

Neben den Vollprogrammen gibt es immer mehr sogenannte Spartenkanäle: DSF – Deutsches Sportfernsehen, die Musiksender Viva und VH-1, das Pay-TV Premiere, den Nachrichtenkanal n-tv und seit neuestem den Teleshopping-Sender HOT. Außerdem ist Ballungsraumfernsehen – Stadtsender wie Hamburg 1 oder 1A Brandenburg – ein Thema der 90er Jahre. Darüber hinaus werden ausländische Kanäle wie MTV, CNN oder NBC Super Channel in deutsche Kabelnetze eingespeist. Zur Zeit strahlen 116 Sender im Bundesgebiet aus – entweder bundesweit, landesweit oder lokal.

Die Startprobleme der Privatsender resultierten hauptsächlich aus den fehlenden Reichweiten. Mit steigender Verkabelung, immer mehr Satellitenschüsseln auf den Hausdächern und der Zuteilung terrestrischer Frequenzen (d.h. Empfangbarkeit über Antenne) durch die Landesmedienanstalten erfreuten sich RTL, SAT.1 und die kleinen Privaten rasch steigender Zuschauerzahlen und auch Werbebuchungen. Das ist der entscheidende Vorteil gegenüber den öffentlich-rechtlichen Sendern ARD und ZDF. Während diese nur 20 Minuten Werbung pro Tag schalten dürfen (und das auch nur vor 20 Uhr), sind es bei den Privaten maximal 20% der gesamten Sendezeit. Im Höchstfall dürfen 12 Minuten Werbung pro Stunde die Zuschauer nerven. Zwar plädieren ARD und ZDF für eine Lockerung der Werbegrenze, aber bisher sind alle Vorstöße gescheitert. Einzig im Bereich Sponsoring fielen die Schranken, und deshalb fährt das Segelschiff von Beck's Bier regelmäßig vor dem ›Sportstudio‹-Vorspann durch die Werbewellen.

TV ist teuer: Wie finanzieren sich die Sender?

ARD und ZDF finanzieren sich durch Gebühren (derzeit 23,80 DM pro Monat) und Werbung. Die Gebühren lagen 1993 bei 8,2 Milliarden DM. Davon streichen die 47 Radio- und Fernsehsender der ARD 76,9%, das ZDF 17,6% ein. – Die Werbeeinnahmen liegen wesentlich niedriger, und beide Sender mußten in den letzten Jahren starke Werbeeinbußen hinnehmen. 1995 nahmen ARD und ZDF zusammen 931 Millionen DM ein, RTL hingegen hatte Werbeeinnahmen von 2,87 Milliarden DM, SAT.1 verbuchte 2,5 Milliarden!

Experten schätzen, daß die Brutto-Werbeaufwendungen in Deutschland im Jahr 2000 bei 34 Milliarden DM liegen werden. 50% davon werden für TV ausgegeben, 41% in Printmedien, 9% im Hörfunk. Die Zahlen machen deutlich, wie stark die Kommunikationsbranche von der werbetreibenden Wirtschaft abhängt.

Anfangs lösten Werbespots mitten im Film noch Proteststürme aus, mittlerweile hat man sich wohl oder übel daran gewöhnt. Bereits in den 60er Jahren erkannten die Werbeagenturen die Attraktivität des Massenmediums Fernsehen und begannen, die ersten TV-Spots zu produzieren. Über viele amüsieren wir uns heute, weil sie völlig überholte Klischees vorführen, manche haben die Zeit überdauert und werden, wie etwa die Waschmittelfrau Clementine, sogar heute noch eingesetzt. Als es nur ARD und ZDF gab, standen die Werbetreibenden dort Schlange, um endlich ihren Spot innerhalb der knapp bemessenen Werbezeit unterzubringen. Diese für ARD und ZDF goldenen Zeiten sind längst vorbei – seit es Privatfernsehen gibt, herrscht eisiger Konkurrenzkampf.

Jeder Sender möchte an die Werbemark von Valensina & Co. gelangen, denn nur so kann das Programm finanziert werden. Kleine Sender, die wenige Zuschauer erreichen, haben wesentlich niedrigere Werbepreise als die Großen. So kostet der teuerste 30sekündige Werbespot im Hauptabendprogramm bei RTL 112 500 DM, bei RTL 2 ist dieser zur selben Zeit für 6 000 DM zu haben.

Fernsehen zu machen ist ein extrem teurer Spaß, und es dauert viele Jahre, bis große Vollprogramme den Break-even (eingesetztes Kapital gleich kumulierte Umsätze) erreichen und in die Gewinnzone kommen. Bei RTL und SAT.1 wurden sieben Jahre nach Start erstmals schwarze Zahlen geschrieben, SAT.1 rutscht wegen hoher Programmkosten immer wieder mal in die roten Zahlen, PRO 7 hat ebenfalls die Gewinnzone erreicht, die meisten kleinen Sender sind noch auf dem Weg dahin. Der fehlgestartete Sender Vox hatte nach einem Jahr Laufzeit 280 Millionen DM »versendet« – ohne nennenswerten Quotenerfolg!

Eine schrecklich nette Familie: Wer steht hinter den Sendern?

ARD und ZDF sind, wie gesagt, öffentlich-rechtliche Anstalten. Deutschlands private TV-Stationen lassen sich zwei großen »Senderfamilien« zuordnen, hinter welchen der Bertelsmann-Konzern und die KirchGruppe stehen.

Bertelsmann, mit 20 Milliarden DM Jahresumsatz 1994/95 einer der größten Medienkonzerne der Welt, hält Beteiligungen an RTL (zusammen mit WAZ, Westdeutsche Allgemeine Zeitung, und CLT, einem wichtigen luxemburgischen Medienunternehmen), RTL 2 (zusammen mit dem Bauer-Verlag und Tele München) und VOX (zusammen mit Rupert Murdoch).

Leo Kirch hat Einfluß auf SAT.1 (zusammen mit Springer und Holtzbrinck Verlag), PRO 7 (daran hält sein Sohn die Beteiligung; PRO 7 ging 1996 als erster deutscher TV-Sender an die Börse), DSF und Kabel 1. Er ist mit seiner KirchGruppe außerdem am Springer Verlag beteiligt und hat sich so doppelte Medienmacht gesichert. Er wird oft als einer der »Dunkelmänner« der deutschen Medienbranche bezeichnet, denn die KirchGruppe besteht aus zahlreichen verschachtelten Firmenkonstrukten.

Kirch erkannte bereits in den Anfängen des Fernsehens einen zukünftigen Bedarf an Serien und Spielfilmen und sicherte sich auf Jahre die deutschen Rechte an den Produktionen der amerikanischen Studios. Er belieferte jahrzehntelang ARD und vor allem das ZDF damit. Das so angehäufte Kapital ermöglichte ihm den Ausbau seines Imperiums durch die Beteiligung an Fernsehsendern. Wirtschaftlich gesehen ein genialer Schachzug der vertikalen Integration. In seinen Kellern in Unterföhring bei München lagern über 15 000 Filme, die er vor allem an seine eigenen Sender verkauft. Über die steigende Anzahl an Sendern kann er sich eigentlich nur freuen – denn das treibt auch die Preise seiner Spielfilme in astronomische Höhen. Ein weiteres Plus für ihn: Spielfilme werden meist in »Paketen« verkauft. Für einen durchschnittlichen Stückpreis von 300 000 DM bekommt ein Sender neben den Highlights auch einige Nieten mitgeliefert. Für Spitzenfilme wie ›Pretty Woman‹ oder ›E.T.‹ muß bis zu einer Million hingeblättert werden.

Der Preis ist heiß: Programmkosten

Als Zuschauer sehen wir vom Fernsehen immer nur die Frontseite: Kaufprogramme oder Eigenproduktionen, die das Image eines Senders prägen. All das kostet immense Summen: Der Minutenpreis für eine hochkarätige Serie wie z.B. ›Diese Drombuschs‹ liegt bei mindestens 15 000 DM – für 45 Minuten muß der Sender zwischen 600 000 DM und 1 Million DM bezahlen. Große Samstagabendshows wie z.B. ›Wetten, daß..?‹ oder ›Traumhochzeit‹

kosten zwischen 1 und 2 Millionen DM. Für die Rechte der Bundesliga hat SAT.1 so viele Millionen ausgeben müssen, daß die Zahlen nie veröffentlicht wurden. Im Privatfernsehen werden diese Ausgaben allein durch Werbung finanziert.

Die Stärke von ARD und ZDF sind nach wie vor ihre Eigenproduktionen. Serien wie ›Tatort‹ und ›Derrick‹, Shows wie ›Verstehen Sie Spaß‹ oder ›Wetten, daß..?‹ und Talksendungen wie ›Boulevard Bio‹ prägen ihr Erscheinungsbild. Besondere Kompetenz liegt im Bereich der Nachrichten- und Informationssendungen. Die ›Tagesschau‹ ist die meistgesehene Sendung im deutschen Fernsehen, Magazine wie ›Monitor‹ und ›Frontal‹ sind als Plattform für politische Information und Hintergründe fest verankert.

Die Privatsender kauften in ihren Anfängen hauptsächlich günstige Serien und Spielfilme aus dem Ausland, vor allem Amerika, ein. Mit zunehmenden Einnahmen konnten es sich vor allem RTL und SAT.1 leisten, teure Eigenproduktionen in Auftrag zu geben. Nationale Serien wie ›Anna Maria – eine Frau geht ihren Weg‹, ›Kommissar Rex‹, ›Gute Zeiten, schlechte Zeiten‹ sind beim Publikum besonders gefragt. Im Moment wird der Informationsbereich als die letzte Bastion der Öffentlich-Rechtlichen angekratzt: Die Nachrichtensendungen bei RTL erfreuen sich wachsender Beliebtheit, SAT.1 startet sein Abendprogramm um 20 Uhr, um die ›Tagesschau‹ anzugreifen. Da die Nachrichtenberichterstattung zu den höchsten Kostenfaktoren im Sendebetrieb gehört, wird sie weiterhin eine Domäne von ARD, ZDF und den größten Privatsendern bleiben.

Voll digital: Das Fernsehen der Zukunft

Der Traum der Fernsehmacher ist es, ihr Medium interaktiv zu gestalten. Die Berieselung soll nicht mehr eindimensional erfolgen, sondern der Zuschauer kann antworten. Auch die letzte Stelle auf der Fernbedienung ist bald erreicht: In Zukunft sollen mehrere hundert Kanäle in die Wohnzimmer hineinflimmern. Da ist von »Video-on-demand« die Rede: Filme, die man jederzeit abrufen kann. Von »interaktivem Teleshopping«: Die Bestellnummer der Waren wird einfach per Fernbedienung eingetippt. Und von »Pay-per-view«: Man bezahlt, und die Leitung für den Weltmeister-Boxkampf wird freigeschaltet. Bereits seit Jahren laufen Testversuche, vor allem in den USA, aber auch in Deutschland. Für den Empfang des Digitalfernsehens wird ein Decoder gebraucht. Die Mediengiganten formieren derzeit Allianzen zur Herstellung dieser Geräte. Voraussichtlich wird es mehrere konkurrierende Systeme geben. Wer sich im Wettbewerb durchsetzt, beherrscht einen milliardenschweren Zukunftsmarkt. Die Umstellung »auf Digital« wird allerdings erst weit nach dem Jahr 2000 erfolgen.

Kinder, Hausfrauen oder Info-Elite: Die TV-Zielgruppen

Fernsehen ist in erster Linie ein Unterhaltungsmedium, das sich bei der Programmplanung an Zielgruppen orientiert. Es wäre für jeden Sender Unsinn, am Nachmittag ein politisches Magazin zu schalten, wenn hauptsächlich Kinder, Hausfrauen und Rentner zusehen. Alle Vollprogramme weisen deshalb ähnliche Programmstrukturen auf. Am Morgen ein Newsmagazin oder Kinderprogramm, am Vormittag und Nachmittag Soaps (Seifenopern mit Hunderten von Folgen) und Talkshows. Der Vorabend ist der Einstieg ins massenattraktive Serienfernsehen, gemischt mit Gameshows und boulevard-artigen aktuellen Sendungen. Fixpunkt ist immer noch 20 Uhr – die ›Tagesschau‹. Helmut Thoma, Chef von RTL, meinte dazu überspitzt: »Die könnte auch mit zwei Kerzen im Hintergrund auf latein verlesen werden und hätte immer noch die gleichen Quoten.« Ab 20.15 Uhr startet das Hauptabendprogramm. Die Sender konkurrieren mit Serien, Spielfilmen, Magazinen und Shows um die Gunst der Zuschauer.

Den Privaten ist es gelungen, mit ihrem Programm die jüngeren Zuschauergruppen an sich zu binden. Das Publikum beim ZDF ist »überaltert«, während bei PRO 7 oder RTL »die Kids«

zusehen. Interessant ist dies vor allem für die werbetreibende Wirtschaft, denn Markenartikler wollen junge Zielgruppen mit ihren Spots erreichen.

Täglich ran: Die Quote regiert

In 87% aller Haushalte wird, laut Mediaforschung, täglich der Fernsehapparat eingeschaltet. Ein Erwachsener sieht im Durchschnitt in den alten Bundesländern täglich 160 Minuten fern, in den neuen Bundesländern sind es sogar 198 Minuten.

Der Erfolg eines Senders und einer Sendung wird an den Einschaltquoten gemessen. Sie sind die »Währung« und entscheiden über das Wohl und Wehe von Sendekonzepten, Stars und Werbeeinnahmen. Häufig wird dafür der amerikanische Begriff »Ratings« verwendet. In vielen Sendern gibt es eine Art schwarzes Brett, auf welchem täglich die Einschaltquoten ausgehängt werden. Jeden Morgen um ca. 10.30 Uhr bewegen sich die Mitarbeiter erwartungsvoll darauf zu, um zu sehen, ob der Abend vorher von Erfolg gekrönt war.

Die Gesellschaft für Konsumforschung, kurz GfK, in Nürnberg, ist von allen Sendern gemeinschaftlich mit der Erhebung der Quoten beauftragt. Sie ist die einzige Stelle in der BRD, die offiziell anerkannte TV-Quoten veröffentlicht. Das kostet rund 20 Millionen DM pro Jahr.

Wie werden Einschaltquoten ermittelt? Selbst Mitarbeitern in Sendern ist dies häufig ein Mysterium. Die GfK arbeitet nach den Gesetzen der Marktforschung mit einem repräsentativen Sample: Es gibt in der BRD rund 3 960 Testhaushalte, welche die verschiedenen Bevölkerungsgruppen nach Alter, Geschlecht, Einkommen und weiteren demographischen Kriterien repräsentieren. Die Adressen sind natürlich streng geheim, damit es keine Manipulationsversuche gibt. Außerdem werden die Testhaushalte in regelmäßigen Abständen durch neue ersetzt.

In jedem dieser Haushalte ist das »GfK-Meter« installiert – ein Mikroprozessor, der aussieht wie ein Videorecorder. Dieser zeichnet automatisch auf, welcher Sender eingeschaltet ist. Zusätzlich gibt es eine Fernbedienung, mit der sich jedes Haushaltsmitglied anmelden muß, wenn es fernsieht. Die Daten werden gespeichert und nachts über Modem/Telefonleitungen an die GfK gesandt. Dort werden die Daten hochgerechnet. Am nächsten Morgen ist für jeden Sender und jedes Programm, bis hin zur einzelnen Sendeminute, berechnet, wie viele Haushalte und wie viele Personen eingeschaltet hatten. Wenn es heißt: »Gottschalk hatte wieder 12 Millionen Zuschauer«, wurde diese Zahl aus den Daten der knapp 4 000 repräsentativen Haushalte errechnet. Oft taucht die Frage nach der Verläßlichkeit der Daten auf. Die Zahl der Testhaushalte ist für die Erhebung einer zuverlässigen Statistik groß genug. Allerdings ist es bei der Verarbeitung der Daten durchaus schon zu Fehlberechnungen gekommen.

Was kosten 1 000 Zuschauer?

Die Einschaltquoten für die Werbeblöcke werden extra ausgewiesen. Denn dann »zappen« sich die Zuschauer häufig weg, um in andere Programme hineinzuschauen, zum Kühlschrank zu gehen oder dringende Bedürfnisse zu erledigen. Die werbetreibende Wirtschaft bewertet jeden Werbeblock nach dem TKP – dem Tausenderkontaktpreis. Die Rechnung ist simpel: Kosten des Werbespots pro 1 000 Zuschauer. Sie macht die Sender untereinander vergleichbar, und der Sender selbst hat einen ständigen Meßpegel, wie erfolgreich er im Verhältnis zur Konkurrenz ist. Wenn nämlich die Zuschauerzahlen sinken, erhöht sich der TKP, und die Werbekunden steigen aus. Und diese Einnahmeverluste möchte jeder Sender vermeiden.

Manche Sender garantieren einen bestimmten TKP, z.B. 16 DM für 1 000 Zuschauer. Wird dieser überschritten, werden solange kostenlos Spots geschaltet, bis der garantierte Betrag erreicht ist. Eine weitere wichtige Größe ist der Marktanteil. Dieser sagt aus, wieviel Zuschauer von all denen, die überhaupt ihr Gerät eingeschaltet hatten, einen Sender bzw. eine Sendung gesehen haben.

Kennzahlen der TV-Sender 1995

Zuschauer-Marktanteile in Prozent und Umsätze in DM		
RTL	17,6%	2 873 Millionen
SAT.1	14,7%	2 497 Millionen
ZDF	14,7%	456 Millionen
ARD	14,6%	475 Millionen
PRO 7	9,9%	1 992 Millionen
ARD-Dritte	9,7%	–
RTL 2	4,6%	461 Millionen
Kabel 1	3,0%	292 Millionen
Vox	2,6%	177 Millionen
DSF	1,3%	181 Millionen

Mitarbeiterzahlen

Die Unternehmensstrukturen der öffentlich-rechtlichen Sender sind durch langjährige Konkurrenzlosigkeit unbeweglich geworden, und die Sender haben mit ihren Verwaltungswasserköpfen zu kämpfen. Außerdem muß für qualifizierte Nachrichten- und Informationsprogramme sehr viel mehr Personal bereitstehen, als wenn, wie bei zahlreichen Privatsendern, hauptsächlich Filme und Serien abgespielt werden. Rund 148 000 feste und freie Mitarbeiter sorgen für zwei bundesweite Vollprogramme – ARD und ZDF, acht Dritte Programme, zwei Kulturkanäle (3Sat und Arte) und 47 Radiostationen. Allein der WDR in Köln hat über 4 700 Mitarbeiter und ist somit die größte Rundfunkstation Europas.

Alle Privatsender zusammen haben knapp 7 100 Mitarbeiter. Die geringe Anzahl resultiert aus dem Prinzip der Produktionsverlagerung (Out-sourcing). Die Privatsender stellen für Produktionen Mitarbeiter nicht selbst an, sondern vergeben Aufträge an Produktionsfirmen oder ermutigen Mitarbeiter, eigene Firmen zu gründen. Viele erfolgreiche TV-Stars wie Margarethe Schreinemakers oder Ulla Kock am Brinck haben ihre eigenen Produktionsfirmen – und schaffen somit neue Arbeitsplätze. In den Fernseh-Produktionsfirmen arbeiten rund 27 300 Leute.

Weitere Senderneugründungen erhöhen derzeit die Nachfrage nach qualifizierten Arbeitskräften. Bei den Öffentlich-Rechtlichen wird im Moment versucht, Stellen abzubauen. Dennoch bieten ARD und ZDF interessante und teils hervorragende Ausbildungs- und Berufsmöglichkeiten – und Gleichstellungspläne mit Quotenregelungen. Vor allem gibt es bei fast allen Sendern Frauenbeauftragte, die sich speziell für die Förderung von Frauen einsetzen.

Die Geschäftsbereiche eines Fernsehsenders

Wie jedes Unternehmen ist ein TV-Sender in einzelne Abteilungen gegliedert. Bei den Vollprogrammen sind folgende Bereiche vorhanden:

- Programmredaktionen: Unterhaltung, Show, Fiction (Serien und Fernsehfilme), Nachrichten und Aktuelles, Sport
- Programmeinkauf: Filme, Serien, Dokumentationen, Sport
- Programmplanung
- Programmdesign, On-air-promotion
- Studio- und Sendetechnik
- Archiv und Dokumentation
- Marketing und Vertrieb
- Marktforschung
- Öffentlichkeitsarbeit
- Justitiariat
- Verwaltung

Alles Nichts Oder?! Die Programmschmieden

Den meisten erscheint dies sicher als der spannendste Bereich im Fernsehen: die Programmgestaltung. Hier werden Programmkonzepte ausgebrütet, Serienhelden geschaffen, Quoten-Erfolge gefeiert und Köpfe gekürzt wegen Sendungsflops. Bei kleinen Sendern, die wenig selbst produzieren und hauptsächlich »abspielen«, sind die redaktionellen Möglichkeiten eingeschränkt. Denn hier geht es vor allem darum, die eingekauften Serien und Spielfilme geschickt einzusetzen, um eine möglichst hohe Quote zu bekommen. Deshalb liegt bei Sendern wie Kabel 1, Super RTL oder Vox der Schwerpunkt eher bei Programmeinkauf, Planung und Marketing.

ARD, ZDF und große Privatsender profilieren sich durch ihre Eigenproduktionen, die von den entsprechenden Redaktionen betreut werden. Die Redaktionen sind nach Programmarten aufgeteilt. Das ist in jedem Sender unterschiedlich. An der Spitze steht immer ein Programmdirektor – derzeit leider in keinem Sender eine Frau. Sein Placet bestimmt die Umsetzung von Konzepten und den Einsatz von Programmen, seine Entscheidungen sind also elementar. Manche Sender haben neben den thematischen Redaktionen besondere Entwicklungsstäbe, die sich nur mit der Ausarbeitung neuer Sendekonzepte beschäftigen.

Wird ein Programm vom Sender »nach draußen« gegeben, findet die redaktionelle Arbeit (und auch die Herstellung) beim jeweiligen Produzenten statt. Die Redaktion im Sender hat dann lediglich eine »betreuende« Funktion.

Fiction

Serien sind klassische Auftragsproduktionen. Im Dialog zwischen der betreuenden Redaktion im Sender und Producer/Redaktion (beim Produzenten) wird das Konzept erarbeitet. Um den Rest kümmert sich die Produktionsgesellschaft. Exposés, Drehbücher, Roh- und Feinschnitte werden zur Abnahme vorgelegt. Eine Redaktion betreut mehrere Serien. Wichtig ist es, den richtigen Riecher zu haben, welche Themen und Stars den Publikumsgeschmack treffen. In der Post-Dallas-Epoche waren wieder realitätsnähere Stoffe (›Stadtklinik‹) und Familienserien gefragt, die in der Heimat und/oder auf dem Teppich blieben (›Diese Drombuschs‹, ›Ein Schloß am Wörthersee‹).

Krimiserien sind besonders beliebt und werden sogar ins Ausland verkauft (›Derrick‹, ›Tatort‹). Weitere Dauerbrenner sind Arztserien: ›Der Bergdoktor‹, ›Hallo, Onkel Doc‹ oder ›Schwarzwaldklinik‹ funktionieren immer. Es gibt Trendinhalte (Frauen im Kriminaldienst wie bei ›Die Kommissarin‹) und die an Stars (wie Günther Strack oder Uschi Glas) orientierten Konzepte. Tiere als Stars sind ebenfalls Quotengaranten: ›Kommissar Rex‹ (ein Schäferhund) hatte immer um die 10 Millionen Zuschauer! Alle großen Sender haben mittlerweile ihre eigenen Daily Soaps (›Verbotene Liebe‹, ›Marienhof‹, ›Gute Zeiten, schlechte Zeiten‹). Deren Vorteil: Sie sind billig zu produzieren und binden die Zuschauer Abend für Abend.

Talkshows

In den letzten Jahren sprossen die Talkshows wie Pilze aus dem Boden. Arabella Kiesbauer, Fliege, Ilona Christen, Hans Meiser und Co. talken um die Wette. Die Programme sind relativ billig herzustellen und sprechen die Sensationslust vieler Zuschauer an: Ehebruch, Drogen, Sekten, Sex – Hauptsache, es ist ein Reizthema. Die Redaktionen sind täglich fieberhaft auf Themensuche, um die Talks mit frischen Gästen zu versorgen. Prominenten-Talkshows wie ›Die Harald Schmidt Show‹, ›Boulevard Bio‹ oder ›Schreinemakers live‹ setzen stark auf den Star-Appeal berühmter Persönlichkeiten. Das Budget für solche Sendungen ist entsprechend hoch, denn Promis sind teuer. Polit-Talkshows wie ›Talk im Turm‹ schmücken sich mit den Größen aus Politik und Wirtschaft.

Gameshows und Shows

Gameshows sind billig, Shows extrem teuer. Deshalb werden erstere von fast allen Sendern ins Programm genommen. Lange waren die großen Shows die Domäne der Öffentlich-Rechtlichen.

›Wetten, daß..?‹ erreicht in manchen Folgen immer noch über 17 Millionen Zuschauer und ist das erfolgreichste Programm des ZDF. Eine Zeitlang hieß es, die Show ist tot – bis RTL entdeckte, daß am Sonntagabend außer ›Tatort‹ nur Langweiliges lief und uns mit Linda de Mols ›Traumhochzeit‹ beglückte. SAT.1 landete mit ›Mann oh Mann‹ einen Hit, RTL 2 versuchte es mit Hella von Sinnens ›Wenn die Putzfrau zweimal klingelt‹ – ein Flop.

Teuer sind Shows auch aufgrund der kostenintensiven Studiodekorationen. Bei Live-Shows wird tagelang vorher geprobt (›Wetten, daß ..?‹: 2 Wochen!). »Dummies« machen das, was nachher die Stars tun (statt dem berühmten Orchester geigt zur Probe die Schulcombo), weil alle Kameras die richtigen Einstellungen einüben müssen.

Unterhaltungssendungen

Comedy wird im Moment immer populärer. Hier herrscht großer Autoren-Mangel. Lange war Comedy nur in der Slapstick-Ecke auf Karl-Dall-Niveau zu finden. Jetzt machen Stars wie Wiegald Boning (›Samstag Nacht‹) oder Sissi Perlinger dem Genre wieder alle Ehre. Großen Erfolg haben Volksmusiksendungen (›Musikantenstadl‹) und jegliches »Ethnotheater« aus Bayern, Köln und Hamburg.

Sport

Früher waren das die Wochenend-Fixpunke unserer Väter: ›Sportschau‹ ARD und ›Sportstudio‹ ZDF. Dann luchste ihnen SAT.1 die Bundesligarechte ab, und seitdem heißt der Starmoderator Reinhold Beckmann. Sportsendungen sind ähnlich teuer und aufwendig zu produzieren wie Nachrichten. Viele Mitarbeiter und viel Technik (Satellitenleitungen, Ü-Wagen, Grafiken) sind nötig, ganz zu schweigen von den immensen Lizenzkosten.

Magazine

Vom seriösen Politmagazin wie ›Monitor‹ oder dem innovativen ›ZAK‹, über das bunter angelegte ›Stern TV‹ bis hin zum Sensationsmagazin ›Explosiv‹ – die Spannbreite ist weit. Entscheidend für den Erfolg sind »heiße« Themen und eine gute Moderation. Vor dem Start des Privatfernsehens hatten die Magazine von ARD und ZDF hervorragende Quoten (›WISO‹: über 10 Millionen Zuschauer), jetzt kommt keines auf viel mehr als 4 Millionen. Dafür haben die privaten Magazine nachgezogen: ›Spiegel TV‹ hat bereits mehr als 4 Millionen Zuschauer. Eine besondere Variante ist Reality TV – ›Notruf‹, ›Retter‹ und Co. stellen wahre, dramatische Begebenheiten nach und liefern den Kulturkritikern jede Menge Stoff. Kulturmagazine und Ratgeber gehören in die Domäne der Öffentlich-Rechtlichen, auch Frauen-Magazine wie ›Mona Lisa‹.

Kultur- und Bildungsprogramme
Theater und Oper sind Randerscheinungen im Fernsehen. Nur ARD und ZDF zeigen sie live oder als Aufzeichnung, da es zu ihrem Kulturauftrag gehört. Diese Produktionen kosten sehr viel Geld, bringen aber so gut wie keine Quoten. Bildungsprogramme sind vorwiegend in den Dritten zu finden. Auch sie sind Teil des öffentlich-rechtlichen Programmauftrags.

Nachrichten und Aktuelles
Die ARD hat weltweit eines der größten Korrespondentennetze – was sich in Qualität und Aktualität der Berichterstattung widerspiegelt. Mit ›Tagesschau‹, ›Tagesthemen‹, ›Heute‹ und ›Heute Journal‹ garantieren die Öffentlich-Rechtlichen ihre Informationskompetenz, die Landessender der ARD ergänzen mit regionaler Information. Seit die Privatsender mit Frühstücksfernsehen, Mittagsmagazinen, Hauptnachrichten und Nachtjournalen in die Informationsoffensive gegangen sind, wurden auch dort große Redaktionen für den Bereich Nachrichten und Aktuelles aufgebaut. Diese Abteilungen sind sehr kosten- und personalintensiv, da ständig eine Fülle von Informationen verarbeitet wird. Bei ARD und ZDF sind diese Redaktionen weitaus am größten. Zusätzlich liefern Korrespondenten im Ausland aktuelle Beiträge, die aufgezeichnet oder über Standleitungen live in die Nachrichten eingespielt werden.

Im Dutzend billiger: Programmeinkauf

Der Programmeinkauf ist das Rückgrat jedes Senders. Gekauft werden Programm-Pakete. Kleine Sender bauen auf günstige Film- und Serieneinkäufe, meist aus USA. Auch für die etablierten Sender sind Kaufprogramme immens wichtig: ›Golden Girls‹, ›Twin Peaks‹, ›Magnum‹, ›Baywatch‹, ›Eine schrecklich nette Familie‹, ›Raumschiff Enterprise‹, sie alle sind aus dem bundesdeutschen Fernsehalltag nicht mehr wegzudenken und bringen den Sendern konstant hohe Ratings. Stärker noch die Spielfilme. PRO 7 hat sich als Spielfilmsender für die jüngere Generation eine erfolgreiche Nische geschaffen, RTL schreckt nachts nicht vor knallharten Action-Paketen zurück, und SAT.1 strahlt zur Freude der Zuschauer das Repertoire aus Leo Kirchs Keller aus – von ›Sissi‹ bis ›Superman‹.

Durch die Inflationierung der Spielfilme haben sie nicht mehr den Stellenwert wie früher, dennoch: ohne sie könnte kein Vollprogramm existieren. Bei PRO 7 sind 90%, bei RTL und SAT.1 ca. 50% des Programms Kaufware. Die Öffentlich-Rechtlichen achten bei ihren Fictionkäufen auf weniger Gewalt und mehr Qualität. In den letzten Jahren traten sie auch als Coproduzenten von deutschen Filmen auf (z.B. ›Abgeschminkt‹). Die Privaten haben ebenfalls damit begonnen, den heimischen Kinomarkt mitzufinanzieren. Dokumentarische Programme werden hauptsächlich von den Öffentlich-Rechtlichen gekauft und finden vorwiegend in den dritten Programmen ihren Platz.

Grüße aus Hollywood

Im Programmeinkauf werden zwar nicht den ganzen Tag Videos angeschaut, aber es ist ein wesentlicher Teil der Arbeit, angebotene oder bereits gekaufte Filme zu bewerten und herauszufinden, ob und auf welchem Sendeplatz sie gute Ratings bringen könnten. Die verschiedenen Lizenzhändler bieten den Sendern ihre Filmpakete an. Ein wichtiger Marktplatz für die »Film-Deals« sind die internationalen Filmmessen in Cannes (Mip, Mifed) und Amerika (Natpe). Bei diesen Millionengeschäften müssen immer der Programmdirektor und/oder der Geschäftsführer eines Senders verantwortlich zeichnen. Hinsichtlich der vertraglichen Seite ist die Rechtsabteilung des Senders der wichtigste Ansprechpartner für den Programmeinkauf. Im Vertrag wird festgelegt, wie lange die Lizenz läuft, wie oft ausgestrahlt werden darf und wann die Bänder geliefert werden. Auf diese Weise werden Filme, Serien, Dokumentationen, Kinderprogramme etc. aus dem Ausland eingekauft.

Syndication
Es gibt mittlerweile auch Verkäufe deutscher Programme innerhalb Deutschlands. In Amerika wird dieses Prinzip »Syndication« genannt. Die großen nationalen Sender verkaufen ihre erfolgreichen Serien an Kabelstationen, die sie dann wiederholen, bis sie keiner mehr sehen will. In Deutschland identifizierten sich die Sender bisher so stark mit ihren Eigenproduktionen, daß Verkäufe im eigenen Sendegebiet ausgeschlossen erschienen. Das Publikum stört es jedoch wenig, daß ›Baywatch‹ zuerst in der ARD und dann bei SAT.1 lief, oder daß die bei PRO 7 zum dritten Mal wiederholten Serien nun bei Kabel 1 landen. 1993 setzte das ZDF mit seiner gewinnorientierten Tochterfirma ZDF Enterprises Zeichen für die Zukunft: Klassiker wie ›Hotel Paradies‹ und ›Diese Drombuschs‹ wurden in einem 9-Millionen-Deal an RTL 2 verkauft. Für den kleinen Münchner Sender hat sich die Investition gelohnt und ihm unter allen Sendungen die besten Marktanteile und gehörige Werbeeinnahmen beschert.

Spiel, Satz, Sieg, Quote, Kohle
Ein besonders anspruchsvoller Bereich ist der Einkauf von Sportrechten. Hier ist Millionenpoker mit Bundesliga und Co. angesagt. Die Ufa, eine Bertelsmann-Tochter, handelt im Schwerpunkt mit Sportrechten, von der US-Open-Tennismeisterschaft über Profi-Boxen bis Handball. SAT.1 verhalf sich mit der Übertragung der Bundesliga-Spiele (›ran‹, ›rannissimo‹) zu starken Marktanteilen, während das inflationäre Angebot an Tennisübertragungen das Zuschauerinteresse sinken ließ. Außer Fußball und

Tennis bringt kaum eine Sportart gute Ratings – mit Ausnahme von Weltklasse-Boxkämpfen mit deutscher Beteiligung oder natürlich Olympiaden. Hier haben sich die Öffentlich-Rechtlichen für Jahre die Übertragungsrechte gesichert.

Klappe, die erste: TV-Produktion

Fernsehproduktionen werden entweder im Studio oder »draußen« gedreht. Auf der technischen Seite sorgen Kamera- und Tonleute, Beleuchter und zahlreiche andere Kräfte dafür, daß die Vorstellungen der Regie in bestmöglicher Qualität in Fernsehbilder umgesetzt werden. Studioproduktionen – egal ob Magazin oder Serie – benötigen Bauten und Dekorationen, damit das Bild optisch ansprechend und echt wirkt. Wenn Sie die »Deko« mit bloßem Auge betrachten, erscheint sie oft ziemlich banal. Im Fernsehbild zaubern dann Licht und Kameraposition Raum und Perspektive hinein, und alles sieht gigantisch aus. So wird auch mit Kulissen gearbeitet.

Viele Serien werden nicht an realen Orten, sondern komplett im Studio gedreht, bzw. vor den Kulissen des Produktionsgeländes. Dies gilt für alle Daily Soaps, denn Studioproduktionen sind wesentlich billiger. Die Privaten besitzen wenige, bei ARD und ZDF sind zahlreiche Studios vorhanden. Serien werden jedoch nie darin produziert, sondern stets in »aushäusigen« Studios (z.B. Bavaria in München oder Studio Hamburg). Aufgrund der hohen Kosten für die Technik müssen Produktionsstudios permanent ausgebucht sein – sonst machen die Betreiber Verlust.
Die größten Produktionsgesellschaften in Deutschland sind:

- UFA / Deutsche Universum Film / Geo Film / UFA Grundy in Berlin
- Studio Hamburg in Hamburg
- NDF in Unterföhring bei München
- Nova Film Fernsehproduktion Otto Meissner KG in Berlin
- Bavaria Film GmbH in München

Kamera läuft

Die Produktion draußen findet bei Berichten, Dokumentationen oder Nachrichten mit einem kleinen Team statt: Kamera- und Tonleute, Redakteurin bzw. Reporterin. Bei Fiction-Produktionen geht der ganze Produktionsstab nach draußen – das sind oft zwischen 30 und 40 Mitarbeiter, je nachdem, wie aufwendig der Dreh ist. Bei Krimiverfolgungsjagden müssen oft ganze Straßenzüge abgesperrt werden. Während bei aktuellem Material der Schwerpunkt auf »Abfilmen«, Moderation und Interview liegt, leben Fiction-Produktionen vom Können der Schauspieler. Wie bereits erwähnt, vergeben die Sender den Auftrag dafür an eine Produktionsfirma. Dort wird für jede Produktion ein Team zusammengestellt, dessen Verträge nur für die Dauer der Produktion abgeschlossen werden. Die Produktion arbeitet stets eng mit der Redaktion zusammen und hält sich an deren Vorgaben.

Daytime, Primetime, Latenight: Programmplanung

Je mehr Sender es gibt und je intensiver der Kampf um die Ratings wird, desto wichtiger wird die Programmplanung. Das beste Programm nützt nichts auf dem falschen Sendeplatz!

Die wichtigsten Informationen für die Programmplanung sind das Zuschauerverhalten, die Anzahl der Seher in einer Zeitzone und die Programmplanung der anderen Sender. Die entscheidenden Fernsehzeiten sind der Vorabend und der Hauptabend (Primetime), wo die höchsten Ratings des Abends zu verzeichnen und die Werbespots am teuersten sind. Die Latenight, d.h. der späte Abend, ist vor allem deshalb noch interessant, weil hier junge, kaufkräftige Zielgruppen vor dem Fernseher sitzen, die morgens nicht allzu früh aufstehen müssen.

Stripping und Sandwiching: Das tägliche Raster

Die Programmplanung erstellt zunächst ein globales Programmraster, in dem festgelegt wird, welches Programmgenre wann ausgestrahlt wird. Wenn Sie sich in einer Fernsehzeitschrift die Programmabfolge eines Senders genau ansehen, werden Sie feststellen, daß sie täglich nach einem bestimmten Schema aufgebaut ist. Zu festen Zeiten gibt es Nachrichten, freitags zur Primetime immer einen Spielfilm, am Montagabend zwei Serien. Fernsehzuschauer sind Gewohnheitstiere und am einfachsten zu binden, wenn sie ihre Lieblingsprogramme an einem festen Platz wiederfinden.

Sechs Wochen vor Ausstrahlung wird festgeschrieben, welche Programme eingesetzt werden. Dann spätestens müssen es auch die Programmzeitschriften wissen, die für Layout- und Druckzeit längere Vorläufe brauchen. ARD und ZDF planen, fast könnte man sagen, Jahre im voraus, während ein Sender wie RTL dafür bekannt ist, die Sendungen auch kurz vor der Ausstrahlung umzuwerfen. Letzteres geschieht häufig, um eine bessere Gegenprogrammierung zu bekommen: Wenn RTL Action zeigt, setzt SAT.1 eine Lovestory dagegen.

In den letzten Jahren wurde »Stripping« zur beliebten Methode – dieses Prinzip bedeutet, daß von einer Serie jeden Wochentag zur selben Tageszeit eine Folge zu sehen ist. So versuchen die Sender, Zuschauerbindung zu erzeugen.

Um neue Sendungen zu etablieren, betreibt man »Sandwiching«. Die neue Serie wird zwischen zwei attraktiven Programmen ausgestrahlt, um sie einem großen Publikum zu zeigen, das beim nächsten Mal hoffentlich auch wieder dabei ist. Wenn sich herausstellt, daß die teure Abendserie immer gegen die Programme der Konkurrenz verliert, muß sie auf einen anderen »Timeslot« (Sendeplatz) verlegt werden. Programmplanung und Werbedisposition finden gemeinsam die besten Plätze für die Unterbrecherwerbung. Schon geringfügige Änderungen bei der Plazierung der Werbeinseln oder den Startzeiten von Programmen können bewirken, daß Zuschauer, die sich gerade durch die Kanäle zappen, hängenbleiben und so die Quote steigern.

Auf die Sekunde genau: Sendeablaufplanung

Diese Abteilung bekommt ihre Informationen von der Programmplanung und der Werbezeitendispo. Längst ist alles vernetzt – die Sendeplanung fügt alle Programmelemente zusammen zum Sendeablaufplan, im Fachjargon »Log« genannt. Ähnlich wie Captain Kirk im Logbuch seiner Enterprise alles genau aufzeichnet, enthält der Sendelog jedes Programmelement mit exakter Länge und Codenummer. Übrigens heißt eines der auf dem deutschen und internationalen Markt dafür verwendeten Computersysteme auch Enterprise! Wenn Programm und Werbung eingeplant sind, werden die Programmhinweis-Trailer plaziert. Sie dienen häufig als Pufferelemente, wenn die Zeit bis zur exakt um 19 Uhr beginnenden Nachrichtensendung gefüllt werden muß. Die Sendeablaufplanung sorgt dafür, daß der Sendeleitung alle benötigten Bänder vorliegen.

Flieg, Logo, flieg: Programmdesign und On-air-promotion

Wenn Sie die Erklärung dieser Fremdwörter lesen, werden Sie sofort wissend nicken. Die Benutzung von Anglizismen ist in der Fernsehbranche übrigens gang und gäbe. Statt Quoten heißt es Ratings, statt Sendeplatz Timeslot, und für On-air-promotion existiert nicht einmal ein deutscher Ausdruck.

Im Programmdesign spiegelt sich die Corporate Identity (kurz CI, wieder ein längst eingebürgerter Anglizismus) des Senders wider. Ziel ist immer die Wiedererkennbarkeit des Senders durch das Senderlogo (die bunten SAT.1-Bälle, die 7 für PRO 7) und im Erscheinungsbild der einzelnen Programmteile. Auf Kaufprogramme hat der Sender natürlich keinen Einfluß, wohl aber darauf, wie das Nachrichtenstudio aussieht oder eine bestimmte Studiodekoration. RTL startete mit knalligen, bunten Farben, die sich in Shows wie ›Tutti frutti‹ und ›Alles Nichts Oder?!‹ wiederfanden. Jetzt, wo RTL sich eher als massenattraktives Familienprogramm versteht, ist alles etwas ruhiger und konventioneller geworden. ARD und ZDF versuchen genau das Gegenteil: Sie wollen mit veränderten Nachrichtendesigns und bunten Trailern jüngere Zuschauer erreichen.

Schöner, lauter, bunter: Programmhinweise
On-air-promotion und Trailer sind in einem Atemzug zu nennen. Ersteres bedeutet schlicht und einfach, daß die Programme eines Senders auch vom Sender selbst beworben werden – und zwar mit Trailern, einer Art Werbespot für bestimmte Sendungen. Die Sender strahlen täglich bis zu 100 dieser Programmhinweise aus. Wichtig ist dabei, die richtigen Zielgruppen zu erwischen. Wenn ein männerorientiertes Programm wie Fußball läuft, paßt es gut, auf den Action-Film am nächsten Tag hinzuweisen.

Harry, Harriette und Hal
Um Logos fliegen zu lassen, wie das mittlerweile alle Sender tun, bedarf es komplexer digitaler Bildtechnik. Jeder Sender hat mindestens eine »Paintbox«. Damit können Bilder zweidimensional verändert werden. Alle Landkarten mit Pfeilen, Fotos oder Grafiken, die wir in den Nachrichten sehen, kommen aus solch einer Paintbox. Die Geräte der jüngsten Generation hören auf die netten englischen Namen Harry, Harriette und Hal. Riesige Rechnerkapazitäten ermöglichen die dreidimensionale Bildbearbeitung und unendlich viele optische Effekte (wie sie besonders bei der Produktion von Musikvideos zur Geltung kommen).

Mit Hilfe dieser Geräte werden auch Vorspanne für Sendungen produziert. Aufträge für Grafiken aller Art werden häufig an speziell ausgerüstete Produktionsstudios vergeben, die dafür oft stolze Preise verlangen. Eine Tages-Sitzung an Hal, dem fähigsten der Grafikgeräte, kostet 15 000 DM.

MAZ und mehr: Studio- und Sendetechnik

Die Studios eines Senders stellen Eigenproduktionen wie Nachrichten oder Talkshows her. Die Sendeabwicklung sorgt dafür, daß alle Bänder rechtzeitig und in optimaler Qualität abgefahren werden, und sie erzeugt das Sendesignal für die Weiterverbreitung. Fernsehtechnik ist sehr komplex und kann nicht auf zwei Seiten vermittelt werden. Ich möchte Ihnen hier jedoch die wichtigsten Grundbegriffe erläutern, denn oft ist die beste Waffe gegen die typischen männlichen Vorurteile, wenn frau ganz selbstverständlich Begriffe wie MAZ, LMS oder Betacam SP verwendet.

MAZ ab!

Filme und Serien liegen im Sender als fertiges Sendeband vor – man spricht von der MAZ. Dies ist die Abkürzung für »magnetische Aufzeichnung«, und Sie haben sicher schon einmal den Ausdruck »MAZ ab!« gehört. Das heißt ganz einfach, daß das Sendeband gestartet wird. Der heutige Standard für Sendebänder ist Betacam SP. Die Kassetten sind kleiner und kompakter als VHS-Kassetten und zeichnen ein qualitativ sehr viel hochwertigeres Bild auf. Aber das Prinzip ist dasselbe.

Jegliche aktuelle Berichterstattung wird heute mit Betacam SP-Kameras aufgezeichnet. Auch die Kameras im Studio arbeiten mit diesem Format, und Werbespots werden dem Sender so angeliefert. Spielfilme werden immer auf 35mm-Filmspulen gedreht. Sie haben sicher schon einmal die Vorführapparate im Kino gesehen, wo die riesigen Filmspulen durchlaufen. Serien werden meist auf 16mm-Film gedreht. Allerdings gibt es einige Ausnahmen: ›Die Lindenstraße‹ wird elektronisch, d.h. auf Betacam SP gedreht, ebenso alle Daily Soaps.

16mm oder Betacam SP?

Hier die wichtigsten Unterschiede zwischen den beiden Aufzeichnungsarten: Betacam SP ist eine elektronische magnetische Aufzeichnung. Das Prinzip ist dasselbe wie bei der Videokamera, mit der wir die Familienfeier filmen, nur eben mit wesentlich besserer Bildqualität. Um das Band sehen zu können, braucht man ein Abspielgerät, den Betacam-Recorder. Um es zu bearbeiten (»schneiden«), einen Betacam-Schnittplatz mit Cutterin.

16- oder 35mm-Film wird nicht magnetisch geladen, sondern belichtet. Das Ergebnis ist ein Negativ, ähnlich, wie Sie es von Ihren Fotoaufnahmen kennen. Wenn man die Filmrollen gegen das Licht hält, sieht man die einzelnen Bilder – es sind genau 25 pro Sekunde Spielzeit. Vom Film kommt auch der Begriff »Schneiden« und die Berufsbezeichnung Cutterin. Hier werden tatsächlich die einzelnen Sequenzen auseinandergeschnitten und an der gewünschten Stelle wieder zusammengeklebt. Bei Betacam-Material wird der »Schnitt« durch Hin- und Herkopieren erreicht.

LMS – die Bibliothek des Senders

Egal, in welchem Format die Bänder dem Sender vorgelegt werden, die Konvertierung erfolgt immer auf Betacam SP-Kassetten. Diese werden in die LMS (Library Management System)-Maschine eingeladen. Sie wird computergesteuert durch den Sendeablaufplan. In diese Liste werden alle Programme mit exakten Zeitangaben eingegeben – jede Sendung, Werbeunterbrechung, jeder Trailer. Die LMS erhält automatisch den Befehl zum Abspielen der richtigen Kassetten.

Life is live

Nachrichtensendungen, Live-Talkshows, Live-Shows werden aus einem Studio, das mit Kulisse, Mikrofonen, Kameras und Monitoren ausgestattet ist, über die Regie »live gefahren«. Die Bildregie ist in einem separaten Raum neben dem Studio untergebracht. Auf Monitoren sind die Bilder zu sehen, die im Studio erzeugt werden. Die Tonregie sitzt hinter der Bildregie, abgetrennt durch eine Glaswand, so daß per Sichtkontakt und Sprechanlage mitgeteilt wird, ob der Ton in Ordnung ist. Bei Liveübertragungen wie z.B. Fußball oder Live-Shows findet die komplette Regie und Sendesignalübertragung im Ü-Wagen statt. Für Nachrichtenübermittlung ohne Ü-Wagen stehen SNGs (Satellite News Gathering) zur Verfügung. Die Journalisten haben diese mobilen Satellitenschüsseln »im Gepäck« und können so von jedem Ort der Welt Bilder live an ihren Sender schicken. Berühmt wurde damit der amerikanische Journalist Peter Arnett, der für CNN live vom Dach eines Hotels in Bagdad das Neueste über den Golfkrieg berichtete, während hinter ihm die Bomben fielen.

Der nahtlose Übergang
Im Senderaum ist vor allem bei Live-Sendungen und dem Wechsel zur Werbung oder anderen Programmen höchste Aufmerksamkeit angesagt. Meist leuchtet dann vor der Tür das rote Licht, im Raum herrscht Stille, und es werden gebannt die zahlreichen Monitore beobachtet, deren Bildmaterial über sogenannte Kreuzschienen auf Sendung geschaltet wird. Während auf einer Kamera die Nachrichtenmoderatorin zu sehen ist, der zwei Minuten vor Sendestart eben nochmals die Nase gepudert wird, zeigt ein anderer Monitor den Anfang des Nachrichtenbeitrags, der als erster eingespielt wird. Diese Einspielteile werden von der Sendeleitung aus einer separaten Beta-Cart, einer Art Mini-LMS gefahren. Die Grafiken oder Fotos, die im Fernsehbild meistens hinter der Nachrichtensprecherin zu sehen sind, werden über einen Grafikcomputer eingeladen.

Die Blue-Screen
Die Moderatorin sitzt oder steht vor der Blue Screen, einer großen, stoffbespannten Wand in sattem Königsblau. In der Bildmischung kann die Aufnahme der Moderatorin mit anderen Bildern so kombiniert werden, daß alles, was blau ist, durch diese Bilder ersetzt wird. Wichtig ist dabei, daß die Moderatorin selbst nichts Blaues trägt, denn sonst würde sich das Politikerfoto plötzlich auch auf ihrem Jacket wiederfinden. So wird auch der Wetterbericht gezaubert. Die Wetterfrau steht vor einer blauen Wand und zeigt eigentlich ins Leere. Vor ihr steht ein Monitor mit der Wetterkarte – das, was aus dem Grafikcomputer im Fernsehbild dazugemischt wird. Sie sieht ihr Wetter also spiegelverkehrt, was dazu führt, daß Wetterfeen ohne die nötige Erfahrung ihre Hände planlos über den Sturmtiefs kreisen lassen.

Schnitt
Ebenfalls zum Technikbereich gehören die Schnittplätze für Betacam SP-Bandmaterial. Hier werden Sendungen und Beiträge aller

Art von Cuttern sendefähig bearbeitet – in Bild und Ton. Beim Nachrichtenschnitt muß es meist rasend schnell gehen, wenn die Redakteurin kurz vor Ausstrahlung des Beitrags in den Schnittraum gehetzt kommt. Oft wird erst in letzter Minute das »Voiceover«, d.h. der dazugehörende Text, gesprochen. Für längere Beiträge oder Features lassen sich die Redakteure mehr Zeit. Dann wird nicht nur auf gute Bildmontagen, sondern auch auf ausgefeilte Musikunterlegung Wert gelegt.

Neben den Betacam SP-Schnittplätzen werden digitale Schnittplätze auf Computersystemen immer populärer. Dort wird nicht mehr analog editiert (wo Bänder kopiert werden, so wie man es von Audiokassetten her kennt), sondern eben digital, d.h. Bilder können beliebig verschoben und neu zusammengestellt werden – ähnlich wie bei einem PC-Textverarbeitungsprogramm. An jeder beliebigen Stelle kann ein Bild ausgeschnitten und wieder eingefügt werden. Dies ist ein entscheidender Vorteil gegenüber konventionellen Schnittplätzen. Hohe Bildqualität ist allerdings nur mit extrem hohen Speicherkapazitäten zu erzeugen, so wie dies bei den erwähnten Grafikcomputern (Hal) der Fall ist. Digitale Schnitt-Systeme wie Avid oder Lightworks werden erst nach und nach eingesetzt, um sendefähiges Bildmaterial zu erzeugen, weil ihre Bildqualität noch unter der Digitalisierung leidet. Sobald diese Probleme gelöst sind, gehört den digitalen Schnittcomputern die Zukunft.

Der Schnitt von TV-Serien wird heute zweistufig vollzogen: Auf dem digitalen System erfolgt die Bearbeitung, bis die Abfolge der Bilder perfekt ist. Nach der so erstellten Schnittliste wird dann auf der herkömmlichen Edit (gern benutzter Begriff für Schnittplatz) geschnitten.

Technik ist ein hoher Kostenfaktor für jeden Sender. Anstatt selbst Studios und Sendezentren zu bauen und in millionenteure Geräte zu investieren, nehmen die Sender zunehmend Technikdienstleister in Anspruch. Studio Hamburg fungiert als solcher für Premiere oder NDR, die dort Studios anmieten. Vox, Super RTL und Viva lassen ihre Sendeabwicklung von CBC, einem externen Unternehmen, machen. In Köln sind in den letzten Jahren mehrere »Mini-Hollywoods« mit riesigen Studios entstanden, wo Sendungen wie ›Samstag Nacht‹, ›Hans Meiser‹, ›Stern TV‹ und mehrere Daily Soaps produziert werden.

Die große Ablage: Archiv und Dokumentation

Im Archiv werden alle Sendebänder aufbewahrt – von der Fußballübertragung bis zum Werbespot. Die Redaktionen brauchen für ihre Beiträge häufig Archivmaterial aus früheren Sendungen. Bei manchen Sendern findet im Archiv die Aufzeichnung der Bilder statt, die rund um die Uhr über Satellit von den Bildnachrichten-Agenturen eingehen. Deren Korrespondenten liefern von allen Plätzen der Welt das Nachrichtenrohmaterial, das vom Sender benutzt wird, wenn keine eigenen Korrespondenten vor Ort sein können. Dem Archiv angeschlossen ist die Dokumentation. Dort werden Computerdatenkataloge gepflegt, die das vorhandene Bildmaterial nach Stichworten auflisten.

Hot Spots: Vertrieb und Marketing

Werbespots sind die einzige Einnahmequelle der Privatsender, und auch bei den Öffentlich-Rechtlichen tragen sie zur Deckung der immensen Programmkosten bei. Kaum ein Sender nutzt die gesamte, ihm zur Verfügung stehende Werbezeit aus. In der Primetime sind die Werbeinseln jedoch häufig ausgebucht. Die Landesmedienanstalten wachen als Kontrollbehörden streng über die Einhaltung ihrer Richtlinien.

Vertrieb
Manche Sender, wie beispielsweise SAT.1, haben ihre eigene Vertriebsstruktur, andere beauftragen Vermarktungsorganisationen wie MGM oder Ipa Plus. Die Zusammenarbeit mit den Sendern ist eng und wichtig für beide Seiten. ARD und ZDF haben ihre eigenen Vermarktungsorganisationen bzw. -abteilungen.

Vertriebsleute haben schicke Firmenwagen und sind zwei Drittel ihrer Zeit unterwegs, um den Sender bei Werbeagenturen zu präsentieren – und die Herrscher über Werbegelder bei Agenturen und Firmen durch nette Extras wie Essenseinladungen in freundliche Stimmung zu versetzen. Die »heiße« Arbeitsphase findet im Spätsommer statt und zieht sich bis Mitte Oktober. In dieser Zeit verteilen die Werbeagenturen den größten Teil der TV-Werbeetats, und die Sender halten in den Werbehochburgen Hamburg, Frankfurt, Düsseldorf und München aufwendige Programmpräsentationen ab. Sie stellen die Programme des kommenden Jahres vor und dokumentieren die Leistungsstärke des Senders. Dabei zählen Ratings und Marktanteile, die der Sender bisher erreichte, das Potential, das von den neuen Programmen zu erwarten ist – und die Rabatte. Große Mediaagenturen, die Millionen von Werbegeldern bei einem Sender plazieren, schlagen oft gehörigen Mengenrabatt heraus – über dessen Höhe dann eisernes Stillschweigen bewahrt wird.

Ständiger Dialog mit den Agenturen

Die Vertriebsleute sind Ansprechpartner für die Mediaplaner in den Agenturen. Wenn die Ratings gut waren, schickt der Vertrieb ein fröhliches Fax mit der Statistik der guten Quoten und Tausenderkontaktpreise (TKP) an die Agentur, zeigt die Quotenentwicklung nach unten, sind genervte Anrufe der Mediaplaner abzubiegen. Denn schlimmstenfalls kann eine Agentur zwei oder sogar eine Woche vor Ausstrahlung die gebuchten Werbespots stornieren.

Wichtigstes Handwerkszeug der Vertriebsleute sind der Tarif (die Kosten der Werbespots in den verschiedenen Zeitzonen), das Programmschema, die täglichen Ratings und der statistische Nachweis über Zielgruppen, TKP und Marktanteile. Für die agenturgerechte Aufbereitung der Daten sorgt die Abteilung Mediaservice. Beliebte Werbeumfelder wie Fußball, Hitserien oder Superfilme sind natürlich am einfachsten zu verkaufen. Neben der Spotwerbung kümmert sich der Vertrieb auch um Sonderwerbeformen wie Sponsoring (»Diese Sendung wurde ihnen präsentiert von....«) oder Dauerwerbesendungen à la ›Der Preis ist heiß‹.

Die Werbespots werden als Betacam SP-Band der Abteilung Disposition zugesandt. Dort werden die Bänder mit Codenummern versehen und innerhalb der Werbeinseln wunschgemäß plaziert. Den Sendern steht dafür eine meist speziell für sie konzipierte Software zur Verfügung. Diese Daten fließen direkt in den Sendeablaufplan ein.

Das Buch zur Serie: Merchandising

Merchandising bedeutet, das Senderlogo oder Nebenrechte an Programmen weiter zu verwerten. Als ›Alf‹ zum Serienhit wurde, tauchten plötzlich Hunderte von Artikeln mit dem Alf-Konterfei auf – alles vom Handtuch bis zur Spardose. Der Sender gibt Herstellern die Lizenz, Produkte mit der Figur oder dem Logo zu gestalten, und wird an jedem Verkauf prozentual beteiligt. Ähnliches geschieht im Musikbereich; die CD zur Sendung ist fast schon obligatorisch geworden. 1994 sangen die nicht unbedingt musikalischen Schauspieler der Serie ›Gute Zeiten, schlechte Zeiten‹ eine Weihnachts-CD ein – und landeten damit 400 000 mal auf den Gabentischen!

Zuschauerzähler und Quotendeuter: Marktforschung

Wichtigstes Werkzeug sind die täglichen Quoten. Daraus werden in der Abteilung Marktforschung Analysen und Statistiken erstellt, die fast jede Frage über die Zuschauer eines Senders oder eines Programms beantworten können. Die Redaktionen bekommen wichtige Informationen darüber, wer ihre Sendung sieht, wo es Einbrüche bei den Zuschauerzahlen gibt und wie sich die Quoten über längere Zeit hin entwickeln. Der Mediaservice arbeitet diese Daten für die Werbekunden auf (z.B. täglicher Marktanteil) und macht darüber hinaus eigene Analysen für Werbeinseln und TKPs.

Eine weitere wichtige Aufgabe ist die Programmforschung. In den letzten Jahren wurde es immer populärer, Programme zu testen. Damit werden häufig externe Unternehmen beauftragt. Sehr beliebt sind Gruppendiskussionen. Einer Runde von ca. acht Personen wird z.B. eine neue Gameshow vorgeführt. Danach wird diskutiert und beurteilt. Natürlich ergibt sich so kein sicheres Urteil. Es gibt genug Beispiele, wo Sendungen in Gruppendiskussionen durchfielen und nachher Hits wurden, aber solche Aussagen können gute Indikatoren sein. So werden manchmal auch Moderatoren getestet. Wer unsympathisch rüberkommt, erhält eine Lektion vom Imagetrainer.

Für eine gute Ausstrahlung: Öffentlichkeitsarbeit

Ein Sender ohne Öffentlichkeitsarbeit wäre wie eine Bühne ohne Licht. Das Publikum muß in anderen Medien auf den Sender und seine Sendungen aufmerksam gemacht werden. Darüber hinaus werden Promotionveranstaltungen aller Art gemacht: Info-Busse in Stadtzentren, Konzertveranstaltungen, Parties, Luftballons mit dem Senderlogo. Priorität hat die Versorgung der Fernsehzeitschriften mit allen wichtigen Informationen zum Programm: Sendeschema, Programminfos, Fotos von Stars. Sechs Wochen vor Erscheinen der Programmzeitschriften verschickt jeder Sender sein Programmschema mit ausführlicher Beschreibung aller Programme.

Nirgendwo gibt es so viele Programmzeitschriften wie in Deutschland. Allein TV-Spielfilm und TV-Movie, die beide junge Zielgruppen ansprechen, haben gemeinsam eine Auflage von knapp 4 Millionen Exemplaren!

Die Abteilung Öffentlichkeitsarbeit bearbeitet außerdem Zuschauerpost und zeigt Präsenz für den Sender bei wichtigen Medienveranstaltungen wie z.B. der Funkausstellung oder den jährlichen Medienforen. Hierfür werden Publikationen und Videos hergestellt und natürlich nette Werbeartikel wie Kugelschreiber und Feuerzeuge.

PR macht Quote

Ein Beispiel für massivste Öffentlichkeitsarbeit ist der Rummel, der um die Miniserie ›Scarlett‹ (Fortsetzung von ›Vom Winde verweht‹) bei SAT.1 veranstaltet wurde: Es gab einen Riesen-Wettbewerb um die Rolle, zahllose Presseartikel, Gewinnspiele, Programmhinweise und vieles mehr. Irgendwann wußte jeder, daß dieses Programm nun auf SAT.1 ausgestrahlt wird. Belohnt wurden all diese Aktionen mit 10 Millionen Zuschauern pro Folge und komplett ausgebuchten Werbeinseln. Dazu eine Anmerkung am Rande: Wie bereits erwähnt, ist Leo Kirch an Springer und maßgeblich an SAT.1 beteiligt. Bei Springer erscheint täglich ›Bild‹ in Millionenauflage. Wundern Sie sich also nicht, wenn da häufig auf die SAT.1-Programme hingewiesen wird! So etwas nennt man dann Medienverbund.

Justitiariat

Juristen sind vielbeschäftigte Menschen im Sender. Verträge zu formulieren und zu prüfen, gehört zu ihren Hauptaufgaben. Die Größe der Rechtsabteilung hängt von der Größe des Senders ab. Es gibt jedoch immer einen Justitiar, der den Sender in Rechtsfragen repräsentiert, vor allem bei Auseinandersetzungen mit den Landesmedienanstalten. Da geht es beispielsweise um Frequenzen, die an einen Konkurrenten vergeben wurden, oder Geldbußen, weil der Sender sich nicht an die Werberichtlinien hielt und einen Spielfilm zu häufig und mit zuviel Werbung unterbrach.

TV-Karriere: Berufsbilder

TV-Berufe im Überblick

Berufe im Bereich Redaktion

- Redakteurin im Bereich Nachrichten und Aktuelles
  Interview mit Barbara Eligmann, RTL
- Redakteurin im Bereich Unterhaltung
  Interview mit Evelyn Derenthal, Endemol, und Sonja Kochendörfer, BR
- Redaktionsassistentin
- Chefredakteurin
  Interview mit Anna Doubek, TM3
- Reporterin
- Korrespondentin
- Video-Journalistin
  Interview mit Lavinia Thiede, Hamburg 1
- Moderatorin
  Interview mit Nina Ruge, ZDF, und Ilona Christen, RTL
- Sprecherin

Berufe im Bereich Produktion
  Interview mit Inga Pudenz, PRO 7

- Produktionsleiterin
- Produktionssekretärin
- Aufnahmeleiterin
- Herstellungsleiterin
  Interview mit Nicola Tyszkiewicz, VH-1
- Filmgeschäftsführerin
- Producerin
  Interview mit Monika Schmid, Studio Hamburg
- Drehbuchautorin
- Dramaturgin
- Casting-Chefin
  Interview mit Anka Riemer, Trebitsch Film
- Regisseurin

Berufe im Bereich Öffentlichkeitsarbeit
- Pressesprecherin/Mitarbeiterin Öffentlichkeitsarbeit
  Interview mit Luca Rochus, PRO 7
- Zuschauerredakteurin

Weitere Berufe
- Programmeinkäuferin
- Programmplanerin
- Sendeablaufplanerin
- Grafik-Designerin
  Interview mit Patricia Poelk, Premiere
- Marktforscherin
- Archivarin/Dokumentarin
- Justitiarin/Juristin

Die einzelnen Berufe werden in diesem Kapitel vorgestellt, außerdem kommen Frauen aus der Praxis zu Wort. Die Ausbildungsmöglichkeiten sind zusammengefaßt dargestellt. Die Adressen der Ausbildungsinstitutionen und Informationen über deren Angebote finden Sie im Serviceteil. Ebenso die Adressen von Sendern und Produktionsfirmen.

Berufe im Bereich Redaktion

Redakteurin im Bereich Nachrichten und Aktuelles

Die Nachrichtenredakteurin plant Themen, textet, schneidet Filme; sie arbeitet mit verschiedenen externen Quellen wie Nachrichtenagenturen, Informationsdiensten oder den Berichten von Korrespondenten. Oft liefern freie Mitarbeiter Beiträge ab und recherchieren für sie. Sie entscheidet, welche Themen in die Sendung aufgenommen werden, und vergibt Aufträge an interne oder freie Reporter. In den letzten Jahren wurde der Umgang mit der Redaktions-EDV immer wichtiger. Nachrichten kommen nicht mehr per Ticker an, sondern werden direkt in das Redaktions-Computersystem eingespeist.

In jeder Nachrichtenredaktion gibt es einen CvD (Chef vom Dienst) mit der Verantwortung für die Endauswahl der Beiträge, die über den Sender gehen. In einer Konferenz am Morgen werden die Themen für die Nachrichtensendung am Abend festgelegt. Der CvD verteilt die Aufgaben, dann schwärmen die Reporter aus, die Redakteure hängen sich ans Telefon und werfen den Computer an. Es gibt für Redakteure aber nicht nur Einsätze am Schreibtisch, sondern auch »im Außendienst«. Das ist abhängig von der Kameratauglichkeit und den Gepflogenheiten im Sender. In der Nachrichtenredaktion ist Schichtdienst angesagt, Überstunden sind an der Tagesordnung.

Anforderungen
Redakteurinnen müssen belastbar sein und gegen die Zeit arbeiten können. Gefragt sind Teamgeist, Fähigkeit zu raschen Entscheidungen, starke Nerven und die Bereitschaft zu Überstunden.

Ausbildung
Journalistisches Training, siehe Serviceteil, S. 280ff.

Interview mit Barbara Eligmann
Täglich von Montag bis Freitag moderiert Barbara Eligmann (31) das RTL-Magazin ›Explosiv‹. Nach Abitur und Zeitungsvolontariat wurde sie Redakteurin und Moderatorin bei RTL Nord Live in Hamburg. 1992 startete sie mit ›Explosiv‹.

Wie sieht ein typischer Arbeitstag bei ›Explosiv‹ aus?

Ich fange um 10.30 Uhr an. Um 11.00 Uhr ist Redaktionskonferenz. Wir diskutieren die Themen und suchen die interessantesten aus. Anschließend sehe ich mir die Beiträge an und wähle gemeinsam mit dem CvD die vier aus, die gesendet werden. Nach einer kurzen Mittagspause machen wir noch eine Themenbesprechung, die auf den Meldungen und Berichten basiert, die neu hereingekommen sind. Dann sehe ich mir den Rest der Beiträge an. Um 16.30 Uhr gehe ich in die Maske. Schließlich schreibe ich meine Texte für die Moderation. Um 19.00 Uhr bin ich im Studio, um 19.10 Uhr sind wir auf Sendung.

Was raten Sie Frauen, die Journalistin werden wollen?

Ich war mit Sicherheit eine der letzten, die es ohne Studium geschafft hat. Heutzutage können selbst die Praktikanten eins vorweisen, und wir nehmen eigentlich niemanden mehr ohne Studium. Ich würde in jedem Fall raten: Zuerst das Studium und dann das Volontariat. Andersrum ist es oft problematisch, denn wenn Sie einmal Geld verdient haben und vielleicht auch ein Angebot vom Sender bekommen, dann können Sie sich nicht mehr entschließen, fünf Jahre darauf zu verzichten. Sie haben dann zwar den Fuß in der Tür, aber einfach schlechtere Voraussetzungen für die Karriere.

Wie steht's mit der Chancengleichheit?

Ich habe meinen Job gemacht, war engagiert und fleißig und bin ans Ziel gekommen, ohne daß ich Ellenbogen einsetzen oder Männer ausstechen mußte. Diese These »Frauen haben es viel schwerer und müssen viel besser sein als Männer« kann ich nicht bestätigen. Das Wichtigste ist, daß man sich engagiert. Sich irgendwo hinsetzen, das Mäuschen spielen und abwarten, bis jemand auf einen zukommt, das bringt's nicht. Man muß sagen »Hier bin ich, ich habe Lust, was zu machen, gebt mir Arbeit!« In meiner Redaktion arbeiten 25 Festangestellte, darunter knapp 70% Frauen – dabei haben wir aber keine Frauenquote. Wir stellen einfach Leute ein, die gut sind. Und es gibt immer mehr wirklich gute Frauen!

Redakteurin im Bereich Unterhaltung

Sie betreut ein Thema oder eine Sendung von der Konzeption bis hin zur Realisierung – egal ob Unterhaltung, Show, Serie oder Magazin. Häufig arbeitet ein ganzer Stab von Redakteuren für eine Sendung, die dann von einem Moderator oder einer Moderatorin präsentiert wird. Die Redakteurin ist bei Unterhaltungssendungen die Koordinatorin: Moderatoren, Regie, Technik und Mitwirkende verwirklichen unter ihrer Führung das Sendekonzept.

Die Redakteurin im Bereich Fiction entwickelt Ideen für Serien oder Fernsehfilme und beurteilt die Konzepte, die ihr von Autoren oder Produktionsfirmen in Form von Exposés vorgelegt werden. Erscheint etwas vielversprechend, werden Autoren mit der Ausarbeitung von Treatments beauftragt. Das sind ca. 10seitige Zusammenfassungen, die den Inhalt der Serienfolgen oder des Fernsehfilms skizzieren. Wenn auch die überzeugen, erhalten Autoren einen Drehbuchauftrag. Die Redakteurin bekommt die fertigen Bücher zur Abnahme vorgelegt. Gibt es Kritikpunkte – und das ist meistens der Fall – wird so lange überarbeitet, bis sie zufrieden ist. Wenn die Leitung der Serienabteilung die Abnahme »abgesegnet« hat, wird der Produktionsauftrag erteilt, und die Kostenlawine der Produktion kommt ins Rollen. Die Redakteurin ist zwar an den Kalkulationsverhandlungen beteiligt, federführend sind dabei aber Produktions- und Herstellungsleitung. Ihr Schwerpunkt ist der Inhalt, und sie entscheidet mit über die Auswahl von Regie, Autoren und Schauspielern.

Anforderungen

Kreativität und Ideen sind gefragt, sowie ein gutes Gefühl für Bilder, Sprache und den Publikumsgeschmack. Ebenfalls sehr wichtig: Kontaktfreude und die Fähigkeit zu motivieren und zu führen. Redakteurinnen im Bereich Unterhaltung sind keine Künstlerinnen. Sie müssen vor allem publikumsorientiert denken und Sendungen konzipieren, die gute Quoten erzielen.

Ausbildung

Abitur und meist auch Studium sind in der Regel Voraussetzung. Viele Redakteurinnen haben ein geisteswissenschaftliches Studium absolviert. Eine Chance hat also auch, wer keinen der wenigen Ausbildungsplätze an den Film- und Fernsehhochschulen bekommt. Daneben gibt es eine ganze Reihe von Quereinsteigerinnen in diesem Bereich. Wie überall in den Medien zählt die Praxis, die sich zukünftige Redakteurinnen bei Praktika in Sendern und Produktionsfirmen erwerben können.

Wie kommt man an diese Jobs?

Bewerben und auf die Nerven gehen! Schicken Sie Ihre Unterlagen direkt zu den Redaktionen. Der Weg über die Personalabteilung ist oft ineffektiv. Rufen Sie an, gehen Sie vorbei und stellen sich vor. Wer Biß und Ausdauer hat, gewinnt. Das sind schließlich auch die Eigenschaften, die Sie im Job brauchen. Egal, welchen Lebenslauf Sie haben – wenn Sie der Meinung sind, daß ein Fernsehjob Ihre Berufung ist, dann können Sie es zumindest schaffen, ein Praktikum in diesem Bereich zu machen. Die Persönlichkeit zählt manchmal mehr als eine passende Vita.

Vitamin B ist im Fernsehgeschäft genauso wichtig. Versuchen Sie es über Leute, die Sie kennen. Auch wenn die Ihnen nicht direkt weiterhelfen können, haben Sie so zumindest die Chance, die Namen der relevanten Ansprechpartner herauszufinden und diese direkt zu kontaktieren. Sie müssen bereit sein, für wenig oder gar kein Geld zu hospitieren – aber es lohnt sich. Die Erfahrungen, die Sie machen, kann Ihnen kein Studium vermitteln. Am besten, Sie absolvieren diese Praktika schon während des Studiums. Dann haben Sie die besten Chancen, beim Sender in einer Startposition einsteigen zu können.

Bei den öffentlich-rechtlichen Sendern gibt es Gleichstellungspläne für die Ausbildung. Frauen werden immer noch gerne in typischen Frauen-Ressorts eingesetzt (Bildung, Familie, Soziales) und haben es schwerer in den traditionellen Männerdomänen wie Sport und Politik. Aber der Trend geht eindeutig dahin, daß immer mehr Frauen eingestellt werden. Im Fictionbereich scheint die weibliche Phantasie besonders gefragt, denn dort sind die Frauen fast schon in der Überzahl.

Interview mit Evelyn Derenthal, Endemol

Beweis dafür, daß auch der Seiteneinstieg im Medienbereich zum Erfolg führen kann, ist der Lebensweg von Evelyn Derenthal (40), Redaktionsleiterin bei Endemol. Die ausgebildete Heilpädagogin managte bereits während des Studiums einen Pantomimen. Die Begeisterung in puncto Medien wurde so groß, daß sie die Idee, ihr Interesse zu einem Beruf werden zu lassen, im Kölner ›Sprungbrett Theater‹ weiterverfolgte. Dort arbeitete sie nebenbei als Regieassistentin – mit viel Enthusiasmus, geringer Bezahlung und damals noch unbekannten Künstlern wie Hape Kerkeling oder Ingolf Lück. Nach mehreren Anschlußjobs im TV-Bereich gab sie ihren Beruf auf und setzte sich ein Limit von fünf Jahren. Das Ziel: sich etablieren und von einem Beruf in den Medien leben können.

Wie war Ihr Start?

Mit dem Kauf eines Anrufbeantworters war es nicht getan. Klar, es wartete keiner auf mich. Ich habe meine Kontakte genutzt, Leute angesprochen, ihnen gesagt, was ich machen möchte, nach Möglichkeiten gefragt. Oft hatte ich Glück und bin an Leute geraten, die mir Chancen gaben. Als Regieassistentin, Aufnahmeleiterin, später als Produktions- und Redaktionsassistentin. Ich wollte unbedingt Erfahrung in der Spielfilmproduktion bekommen – deshalb habe ich dort umsonst gearbeitet. Den Job als Regieassistentin für eine Kinderserie bekam ich, weil jemand mit TV-Erfahrung und pädagogischen Kenntnissen gesucht wurde. Es war eine wirklich harte Zeit, aber so konnte ich Erfahrungen sammeln, von denen ich später profitierte.

Wovon haben Sie in der Einstiegsphase gelebt?

In den ersten eineinhalb Jahren war meine Auftragslage ziemlich dünn. Ich mußte mir einen Nebenjob suchen, der mir trotzdem Spielraum ließ. Also habe ich am Düsseldorfer Flughafen von 4 bis 7 Uhr morgens als Bodenhosteß Gepäck eingecheckt. Als Freie hast du keinen Anspruch auf bezahlten Urlaub, und wenn du dann mal Ferien machst, hast du Angst, einen super Auftrag zu verpassen. Du mußt die Finanzen immer so managen, daß genug Geld bleibt, um auftragsarme Zeiten zu überbrücken.

Worauf kommt es beim Einstieg an?

Wenn man von etwas keine Ahnung hat, dann muß man fragen, fragen, fragen und einfach um Hilfe bitten. Es hat überhaupt keinen Sinn, so zu tun, als wäre man der Oberprofi. Es ist nicht schlimm, wenn man etwas nicht kann. Es ist fatal, nicht bereit zu sein, etwas zu lernen.

Haben sich die vielen, nicht immer gut bezahlten Jobs letztendlich gelohnt?

Absolut. Ich habe nach zwei Jahren als freie Mitarbeiterin Beiträge für den WDR gemacht, hauptsächlich für das Kinder- und Kulturprogramm, und war richtig gut im Geschäft. Nach einem zweijährigen Aufenthalt in Zimbabwe bekam ich meinen ersten festen Job bei RTL. Damals war ich 34 Jahre alt und hatte es tatsächlich geschafft.

Nach zwei Jahren in der Redaktion von ›Riskant‹ (jetzt ›Jeopardy‹) wurde ich von JE Entertainment abgeworben. Dort arbeitete ich für ›Notruf‹. JE fusionierte mit Jon de Mol, es entstand das derzeit größte holländische Medienunternehmen: Endemol. Ich wurde verantwortliche Redakteurin für die ZDF-Show ›Entweder oder‹ mit Fritz Egner und tüftle jetzt an einer neuen Show.

Es war ja ziemlich mutig, sich damals einfach so ins kalte Wasser zu stürzen ...

Ich hatte diesen Traum und dachte mir: Ich versuche es. Schließlich hatte ich einen Beruf, in den ich, falls nötig, hätte zurückkehren können. Aber es hat funktioniert, und ich habe diesen Schritt niemals bereut.

Interview mit Sonja Kochendörfer, BR

Sonja Kochendörfer (37) ist Redakteurin beim Bayerischen Fernsehen mit klassischer journalistischer Ausbildung. Nach Politikstudium und Volontariat bei dpa wurde sie freie Hörfunkjournalistin. Es folgte ein kurzer Zwischenstop als CvD von Antenne Bayern, dann stieg sie beim Bayerischen Fernsehen als Redakteurin für die Jugendsendung ›Live aus dem Alabama‹ ein, sie konzipierte das Frauenmagazin ›Die da‹ und betreute den Start des täglichen ARD-Talks mit Jürgen Fliege.

Was machen Sie als Redakteurin von ›Live aus dem Alabama‹ ?

Die Sendung besteht aus Live-Talk, Einspielfilmen, einer Humorserie und Live-Musik. Ich bin dafür verantwortlich, daß alles läuft. Jeden Dienstag ist Sitzung, dann entscheiden wir, welche Einspieler freie Autoren produzieren. Jeden Freitag erhalten Redaktion und Moderatoren von den Autoren eine dicke Mappe mit Infomaterial. Am Sonntagabend treffen sich alle, um das Konzept festzuzurren: Welchen Einstieg wählen wir, in welche Richtung soll die Diskussion gehen, wann bauen wir die Zuspielungen ein. Die Beiträge werden am Sonntag geschnitten, und ich nehme sie ab. Am Montag ist Live-Übertragung – da bin ich natürlich dabei.

Muß ›Live aus dem Alabama‹ Quote machen?

Selbstverständlich – und das ist gar nicht so leicht, wenn man ›Explosiv‹ und Co. als Konkurrenz hat. Die dritten Programme haben das Problem der Überalterung, für die Kids sind Privatsender viel wichtiger. Wir basteln gerade am Konzept, um die Sendung für Jugendliche, die den Finger ständig auf der Fernbedienung haben, attraktiver zu machen.

Wie sah Ihre Arbeit für ›Fliege‹ aus?

Die Produktionsfirma Teletime hatte den Zuschlag erhalten, eine tägliche Talkshow zu machen – ›Fliege‹. Für die ARD, aber unter Federführung des BR. Hinter einer Talkshow steht ein riesiger redaktioneller Apparat. Für ›Fliege‹ arbeiten allein 20 Autoren – darunter übrigens 18 Frauen. Ich mußte erst mal mit der Produktionsfirma auf einen Nenner kommen. Die wollten in Richtung »Boulevard«, wir eher in Richtung »Lebenshilfe«. Wir haben täglich zwei bis drei Sendungen aufgezeichnet – eine äußerst anstrengende Zeit. Ich ging immer mit einem Stoß von Unterlagen nach Hause. Am Anfang habe ich alle Bios (Lebensläufe) selbst durchgelesen, um mitbestimmen zu können, worauf wir bei welchen Gästen eingehen. Außerdem war ich bei der Aufzeichnung von ›Fliege‹ für die Live-Abnahme vor Ort verantwortlich – 150 Sendungen lang. Jetzt hat ein Kollege die Sendung übernommen, der nichts außer ›Fliege‹ macht.

Sie waren im Privatfunk und sind jetzt beim öffentlich-rechtlichen Fernsehen. Welches System ist besser?

Beides hat Vor- und Nachteile. Im öffentlich-rechtlichen Fernsehen haben der Rundfunkrat und die Gremien – bestehend aus Parteien, Kirchen etc. – großen Einfluß. Bei den Privaten darf man der Werbewirtschaft nicht auf die Füße treten. Im Privatfunk wird nach Effektivität und Leistung beurteilt, man kann Aufgaben an sich ziehen. Bei den Öffentlich-Rechtlichen kommt es stark auf den Parteienproporz an. Leistung wird nicht automatisch belohnt, und die Aufstiegsmöglichkeiten sind allein schon dadurch begrenzt, daß bisher viele Leute bis zur Pensionierung hier arbeiteten. Bei den Privaten ist es durchaus üblich, nach zwei bis drei Jahren den Sender zu wechseln. – Bei den Öffentlich-Rechtlichen ist es manchmal schwer, Programmideen durchzusetzen. Aber wenn man sich dafür entschieden hat, wird einem Programm auch längere Zeit eine Chance gegeben. Bei den Privaten wird es nach anfänglichem Mißerfolg sofort gekippt. – Meine Arbeit beim BR macht mir sehr großen Spaß, die Themen sind spannend, und ständig kommen neue Herausforderungen dazu. Deshalb mache ich diesen Job. – Geld spielt dabei nicht die größte Rolle, denn bei den Privaten würde ich sicherlich mehr verdienen.

Redaktionsassistentin
Sie unterstützt die Redakteurin und übernimmt Sekretariatsaufgaben. Dazu gehören natürlich auch weniger attraktive Tätigkeiten wie langweilige Recherchen, Korrespondenz, Telefondienst oder Schreibarbeiten. Wenn Sie weiterkommen wollen, sollten Sie diesen Job als Einstieg betrachten und soviel wie möglich lernen. Wichtig ist, eigene kleine Bereiche aufzubauen und die Kompetenz ständig auszuweiten. Sie können als Assistentin entweder »nur« Sekretärin oder eine echte Hilfe mit Eigeninitiative sein – und damit haben Sie die besten Chancen, bald interessantere Aufgaben zu bekommen.

Manchen ist die Karriere geglückt, indem sie sich von einem Assistentinnen- bzw. Sekretärinnenposten aus hochgearbeitet haben. Das kann funktionieren, Sie benötigen jedoch erhebliches Durchhaltevermögen, da Sie permanent unter Beweis stellen müssen, daß Sie »zu Höherem« berufen sind.

Anforderungen
Organisationstalent, gute Umgangsformen, Fremdsprachen, Belastbarkeit.

Ausbildung
Realschule oder Abitur, kaufmännische Ausbildung, dann direkter Einstieg beim Sender.

Chefredakteurin
Redakteurin, CvD (Chefin vom Dienst), Chefredakteurin – so sehen die Sprossen der Karriereleiter aus. Die journalistische Arbeit

tritt in den Hintergrund, gefragt ist hauptsächlich Management: Dienstplanerstellung, Personal- und Etatplanung, Mitarbeiterführung und strategische Entscheidungen sind die Aufgaben der Chefredakteurin.

Anforderungen
Management-Fähigkeiten, Führungspersönlichkeit, Belastbarkeit.

Ausbildung
Journalistische Ausbildung und mehrjährige Berufserfahrung.

Interview mit Anna Doubek, TM3
Es gibt bisher kaum Frauen im deutschen Fernsehen, die auf dem Chefredaktionssessel Platz nehmen durften. Eine von ihnen ist Anna Doubek (48). Sie war jahrelang freie Fernsehjournalistin, Reporterin beim ZDF ›Heute Journal‹, moderierte die ›Tele-Illustrierte‹, das Kulturmagazin ›Aspekte‹ und das Frauenmagazin ›Nova‹ auf 3Sat. Bei Vox betreute sie vier Magazine, wurde Redaktionsleiterin bei RTL und ging schließlich als Chefredakteurin zum Münchner Frauenfernsehen TM3.

Was würden Sie einer Anfängerin im Fernsehjournalismus raten?

Das Geschäft step by step lernen: Wie baue ich eine Nachricht auf, wie schreibe ich Nachrichten, wie mache ich einen Nachrichtenfilm. In einem kleinen Sender anfangen, wo die Strukturen noch nicht verkrustet sind und man alles machen kann.

Wie bei TM3?

Der Sender ist klein, das Budget allerdings auch: 80 Millionen im ersten Jahr für täglich 18 Stunden Programm. Es gibt fünf eigenproduzierte Sendungen, wie die tägliche Talkshow oder das Elternmagazin. Filme und Serien werden eingekauft – da können wir uns natürlich nicht die teuren Hollywood-Neuerscheinungen leisten. TM3 ist eben ein Spartensender – was in sich ja eine gewisse Komik birgt: 53% der Bevölkerung als Sparte!

Was ist das Frauenspezifische an TM3?

Wir zeigen Programme, die Frauen interessieren, und die Programmacher sind Frauen. Die Inhalte gehen von Politik bis Popmusik, von Karriere bis Kosmetik. Manche erwarten von uns, daß wir nur anspruchsvolle Sendungen machen oder auf dem Besen durch die Republik reiten. Aber Frauen interessieren sich eben auch für Dinge wie Aussehen oder Mode. Den einen halten wir die Fahne der Emanzipation nicht hoch genug, andere finden uns zu intellektuell. Wir setzen konsequent auf eine Mischung aus Information und viel Unterhaltung. Außerdem – wir sind ein kommerzieller Sender, der von guten Quoten lebt. Also werden die auch eine entscheidende Rolle spielen.

Sie haben derzeit 30 Mitarbeiter. Nur Frauen?

Über zwei Drittel, und Frauen in allen entscheidenden Positionen – bis auf den Geschäftsführer. Wir produzieren nicht selbst, sondern arbeiten mit Auftragsproduzenten zusammen. Und da arbeiten hauptsächlich Frauen, sogar 70 – 80%. Bis auf einen Mann sind die Redaktionsleiter dort alle weiblich.

Sind das die zukünftigen Chefredakteurinnen der Branche?

Wenn ich mir die Frauen anschaue, die hier arbeiten – alle so um die 30 –, dann weiß ich genau, daß die sich keine Butter mehr vom Brot nehmen lassen und in ein paar Jahren ganz selbstbewußt und selbstverständlich Führungspositionen in den Medien für sich beanspruchen werden. Wenn wir irgendwann mal genauso viele durchschnittliche Frauen in Führungspositionen haben wie durchschnittliche Männer, dann haben wir's geschafft.

Karrierefrauen sind ja auch manchmal Mütter oder wären es gerne. Wie sieht das bei TM3 aus?

Ich denke, daß viele Frauen, die hier engagiert arbeiten, Kinder haben wollen. Wir werden uns Lösungsmöglichkeiten überlegen, damit sich Kinder und Karriere auch wirklich vereinbaren lassen, beispielsweise mit anderen Firmen einen Kindergarten aufziehen. Aber unabhängig davon können Mütter sich doch auch zusammentun und zu mehreren ihre Kinderbetreuung organisieren. Nicht nur Kinder gebären, sondern auch Ideen!

Reporterin

Die Reporterin ist für das schnelle Recherchieren und Bereitstellen von Informationen zuständig. Flexible Arbeitszeiten gehören zum Job, da die Arbeit von aktuellen Ereignissen bestimmt wird. Eine Fernsehreporterin arbeitet entweder als freie Journalistin oder ist fest beim Sender angestellt. In den letzten Jahren zeichnet sich auch hier immer mehr der Trend zum »Out-sourcing« ab: Anstatt Journalisten anzustellen, werden mit Produktionsfirmen Verträge über die Ablieferung von Newsbeiträgen für einen bestimmten Zeitraum geschlossen. Selbständigkeit statt Festanstellung ist angesagt.

Beispiel für den Ablauf einer Reportage: Hochwasser in Köln. Die Redaktionskonferenz beschließt, in der Hauptnachrichtensendung einen Beitrag über das aktuelle Thema zu senden. Die Nachrichtenredaktion beauftragt eine Reporterin. Sie recherchiert, wo das Hochwasser am schlimmsten ist, und verabredet Interviewtermine mit lokalen Einsatzleitern. Mit einem EB-Team (elektronische Berichterstattung: Kamera und Assistent) fährt sie vor Ort, wo Aufnahmen und Interviews mit den Betroffenen gemacht werden. Die Bildabfolge wird festgehalten, damit nachher beim Schnitt die Bilder rasch zugeordnet werden können. Zurück im Sender, muß alles rasend schnell gehen: Schnitt, Voice-over, dann das fertige Sendeband zur Sendeabwicklung, damit es während der Nachrichten zur rechten Zeit abgefahren werden kann. Alternative zum Beitrag: die Live-Schaltung zum Ort des Geschehens. Häufig beginnt die Reporterin ihren Dialog mit den Nachrichten-Moderatoren (News-Anchors) im Studio mit dem typischen »Aufsager«: »Ich befinde mich hier ...«

Das Leben einer Reporterin/Journalistin ist nicht immer ganz so aufregend, wie es scheint. Nur wenige Spitzenleute interviewen Wirtschaftsbosse und Rockstars, machen Reportagen in exotischen Teilen der Welt und decken brisante Skandale auf.

Anforderungen

Schnelle Arbeitsweise, Streßresistenz, Kameratauglichkeit und ein gutes Gespür für den Umgang mit Interviewpartnern. Sprachliche Gewandtheit, die Fähigkeit, auf Menschen zuzugehen und im Team zu arbeiten, Durchsetzungsvermögen und eine gewisse Aggressivität gehören zum Job wie das dicke Adreßbuch. Aktuelle Informationen bekommt man häufig nur, wenn man die richtigen Leute anrufen kann.

Ausbildung
Siehe Serviceteil, S. 280ff.

Korrespondentin
Als Journalistin ist sie in der Hauptsache mit Recherche, Berichterstattung und auch mit Moderation beschäftigt. Die Korrespondentin geht für mehrere Jahre ins Ausland und übermittelt regelmäßig aktuelle Berichte, Kommentare und Dokumentationen. Vor allem ARD und ZDF unterhalten ein dichtes Korrespondentennetz. Andere Länder, andere Sitten – oft kommen Korrespondenten nur mit allen Mitteln und unter Schwierigkeiten an ihre Informationen heran. In Diktaturen ist Pressefreiheit oft ein Fremdwort, und manche Regime versuchen den Journalisten eine heile Welt vorzuführen, wo keine ist.

Nicht alle Korrespondentinnen-Jobs sind glamourös, Sie können auch in einer öden Gegend landen. Und die Auslandszulagen werden schnell von zusätzlich anfallenden Kosten aufgefressen. Auslandserfahrung ist aber immer ein Plus. Wer seinen Job gut macht, steigt nach der Rückkehr häufig in eine höhere Position auf.

Anforderungen
Sie brauchen journalistische Begabung, Englischkenntnisse bzw. eine weitere Fremdsprache, Einfühlungsvermögen und eine Nase für gute Stories. Wichtig ist auch die Fähigkeit, die Wahrheit zu erkennen und hinter die Kulissen blicken zu können.

Ausbildung
Die meisten Auslandskorrespondenten kommen aus den politischen Redaktionen der Sender. Die angehende Korrespondentin muß sich in der aktuellen Berichterstattung bewährt haben und eventuell bereits auf ein Land spezialisiert sein. Die Konkurrenz um diese Jobs ist groß, eine spezielle Ausbildung gibt es nicht.

Video-Journalistin

Redakteurin, Reporterin, Kamerafrau und Cutterin in einem. Vor allem Nachrichtenagenturen und Lokalsender arbeiten mit den Allroundern, die einen Dreh komplett alleine erledigen können. Dem Interviewpartner wird das Mikro in die Hand gedrückt und mit der Betacam auf der Schulter werden die Fragen gestellt.

Anforderungen

Keine Angst vor Technik, schnelle Auffassungsgabe, journalistische Fähigkeiten, Belastbarkeit, Kontaktfreude.

Ausbildung

Das Berufsbild »VJ« (sprich: wie-dschäi) gibt es in Deutschland erst seit kurzem. Deshalb gibt es noch sehr wenig Ausbildungsmöglichkeiten. Die Bayerische Akademie für Fernsehen (siehe Serviceteil, S. 330) bietet Kurse für Videoreporter an. Fragen Sie direkt bei Lokalsendern und Fernsehnachrichtenagenturen nach, ob Volontariate angeboten werden.

Interview mit Lavinia Thiede, Hamburg 1

Der 1994 gegründete Stadtsender Hamburg 1 hat es seinen amerikanischen Vorbildern gleichgetan und schickt jeden Tag seine jungen VJs los, die aktuelle Beiträge über das Geschehen in Hamburg drehen. Eine von ihnen ist Lavinia Thiede (23).

Wie sind Sie auf die Idee gekommen, VJ zu werden?

Seit einem Schulpraktikum bei Radio Luxemburg in Düsseldorf war ich in puncto Medien »infiziert«: Immer was los und du bist dabei. Nach dem Abi ging ich direkt zu Radio Westfalica, das ist ein kleiner Lokalsender in Minden. Als feste Freie habe ich alles gemacht: Nachrichten, Interviews, Beiträge. Du fährst raus mit deinem Aufnahmegerät, machst Interviews, zurück im Sender, hörst du dein Band ab, suchst dir schöne O-Töne, schreibst einen Text dazu, vertonst das Ganze, und dann wird der Beitrag gesendet. Bei kleinen Privatsendern ist oft das kreative Chaos angesagt. Von daher war ich immer schon gewohnt, alles selbst zu machen.

Dann hatten Sie keine Lust mehr auf Radio?

Keine Lust mehr auf Minden. Ich bin einfach los nach Hamburg. Zunächst habe ich bei ›Focus‹ im Korrespondentenbüro drei Monate als Praktikantin gearbeitet. Das war ein ganz neues Gefühl, für ein etabliertes Medium zu arbeiten. Du rufst irgendwo an und sagst: »Thiede, Focus«, und die sagen sofort: »Was kann ich für Sie tun?« Aber eines war klar: Ich würde kein Volontariat bekommen, da ich nicht studiert habe. Schließlich folgte ein Praktikum bei der DFA, der Deutschen Fernsehnachrichtenagentur, die auch nach dem VJ-Prinzip arbeitet.

Wie läuft die Ausbildung zur VJ?

Jemand drückt dir eine Kamera in die Hand und sagt: »Hier ist der Aufnahmeknopf, hier verstellst du die Schärfe und da zoomst du ran, so baust du das Licht auf. Dann gehst du raus, bist völlig verzweifelt, es ist niemand da, der dir helfen könnte. Aber beim zehnten Mal klappt es. Es ist alles Learning-by-doing. Ich habe einfach irgendwann ein Tape genommen und versucht, auf unserem digitalen Schnittcomputer, dem Avid, einen Beitrag zu schneiden.

Das klingt nach ganz schön viel Eigeninitiative …

Ich habe von Anfang an sehr viel Zeit im Sender verbracht. Ich komme hier um 9.30 Uhr an und gehe oft erst um Mitternacht. Ich muß dazu sagen, ich habe keinen festen Freund, der meckern würde, weil ich nie zu Hause bin. Du mußt dich wirklich total reinhängen – das ist nicht nur mein Job im Moment, es ist mein Leben. Nur so konnte ich hier schnell einsteigen. Ich hatte ein Jahr lang ein völlig chaotisches Zimmer ohne Heizung und mit Schimmelpilz, aber egal, ich ging da ja bloß zum Schlafen hin.

Ist das Studium völlig abgehakt?

Fünf Jahre lang auf Unibänken herumsitzen? Oft kommen Leute mit einem abgeschlossenen Germanistikstudium vorbei, die sind von unserem Chaos erst mal geschockt. Die müssen dann mit 22jährigen Volontären arbeiten, die bereits alte Hasen sind, und sie selbst fangen mit 29 gerade mal an. Die Leute hier haben eher Machermentalität. Meiner Meinung nach sind Leute mit Studium in unserem Lifestylebereich fehl am Platz, die können gar keine lockeren Texte mehr schreiben.

Kann man sich Kamera und Avid-Schnitt wirklich im Alleingang aneignen?

Die Technik ist heute nicht mehr so kompliziert wie früher. Ich habe Leute, die mit dem Avid umgehen konnten, einfach so lange genervt, bis sie mir was gezeigt haben. Ein Kollege wurde täglich von mir gequält. Es gab 100 000 Fragen, 1 000 Knöpfe – du lernst wirklich am schnellsten, wenn du alles gleich praktisch anwendest. Natürlich mache ich hier nicht die tollen Kamerafahrten, und für anspruchsvolle Sachen brauchst du Experten. Aber für schnelle, aktuelle Berichterstattung sind die Bilder, die ich mache, völlig ausreichend. Und wenn mal was verwackelt ist, lasse ich's im Schnitt in Slow motion laufen, und es sieht wieder gut aus.

Was produziert die Szeneredaktion hauptsächlich?

Berichte über Premieren, Parties, Promis, die in Hamburg sind – letztere sind ganz wichtig, das wollen die Zuschauer sehen. Morgens drehe ich oft Theaterproben, abends Vernissagen oder Kinopremieren. Zwei Frauen machen die Themenplanung per Computer, es gibt einen Moderator und drei Volontäre. Wir machen das Magazin ›City Life‹ und aktuelle Beiträge für die Nachrichten. Wenn in der Stadt was los ist, fahren unsere Leute mit der SNG (Satellite News Gathering) zum Ort des Geschehens, und wir gehen live auf Sendung. Bei einem Besuch von Prinz Charles in Hamburg rückte der NDR mit 80 Leuten an, wir waren zu viert. Aber eigentlich haben wir das gleiche gemacht: eine Live-Übertragung.

Frauen und Technik – da gibt es einige Vorurteile ...

Männer stürzen sich auf Technik, Frauen sind abgeschreckt – das ging mir früher auch nicht anders. Wenn du Männer bittest, was zu erklären, kommen Sprüche wie: »Frauen können das doch eh nicht« – da mußt du tapfer drüber hinweghören und sie weiter nerven. Die andere Methode: nett fragen oder ganz charmant und bitten »Ach, erklär' mir doch mal diesen Trick«. Auf diese Masche fahren Männer ab. Egal wie: Hauptsache du lernst was. Denn was letztendlich zählt, ist, daß du deinen Job gut machst. – Wenn du dann noch gut aussiehst, sind viele Männer verwirrt, da sie immer noch nicht kapieren, daß man lange blonde Haare haben und gleichzeitig eine Kamera bedienen kann.

Moderatorin
Für viele der Traumjob schlechthin! Haben Sie sich nicht auch schon manchmal gewünscht, auf Millionen von Bildschirmen nach dem Abendessen zu erscheinen? Moderatorinnen haben einen ungeheuren Bekanntheitsgrad, und neben einem ausgezeichneten Honorar winken oft lukrative Nebenbeschäftigungen in der Werbung. Viele Moderatoren tragen nicht nur fertige Texte vor, sondern sind in die redaktionelle Arbeit eingebunden. Die Sender gehen gern auf Nummer Sicher und präsentieren immer wieder die gleichen Gesichter. Die Chance, sich als neues Talent zu beweisen, hat man am ehesten bei kleinen Sendern oder den dritten Programmen.

Ein wichtiges Hilfsmittel für alle Moderationen, egal ob live oder aufgezeichnet, ist der Teleprompter, eine Art Spiegel vor der Kamera, auf dem der Text der Moderation in Sprechgeschwindigkeit und großen Buchstaben erscheint. Dieser wird abgelesen, und es wirkt, als schauten die Moderatoren den Zuschauern immer tief in die Augen.

Anforderungen
Gute Kamerapräsenz, Lockerheit, hervorragende Allgemeinbildung, attraktives Äußeres, angenehme Stimme – und das »gewisse Etwas«, das auf dem Bildschirm rüberkommt.

Ausbildung
Es gibt den klassischen Weg, den viele der Fernsehfrauen gegangen sind: Ihre ersten Auftritte vor der Kamera hatten sie als Redakteurin oder Reporterin bei Nachrichten oder Magazinsendungen. Moderatorinnen im Unterhaltungsbereich haben die unterschiedlichsten Lebensläufe. Bei Castings wird getestet, wer vor die Kamera darf. Profis bewerben sich mit Demokassette. Für manche Sendungen werden von vorneherein nur Moderatoren mit Erfahrung gecastet. Manchmal wird aber auch Newcomern eine Chance gegeben. Dann ruft ein Sender wie Viva auf: Bewerben Sie sich – und es flattern Tausende von Bewerbungen ins Haus. Wenn Sie denken, Sie würden eine gute Moderatorin abgeben,

dann können wir Ihnen nur eins raten: Versuchen Sie es wieder und wieder, gehen Sie zu allen Castings, verschicken Sie Ihr Material an die Sender. Irgendwann werden Sie auf jemanden stoßen, der Sie gut findet.

Nicola Tyszkiewicz, VH-1, über Moderatoren-Casting
»Wir engagieren Leute mit Erfahrung, geben aber auch Newcomern die Chance, uns bei einem Casting zu überzeugen. Leute, die sich bewerben, wissen oft nicht, was es bedeutet, TV zu moderieren. Du hast kein Publikum, bist in einem ziemlich toten Raum und starrst in ein schwarzes Loch namens Kamera – das ist eine Situation, mit der muß man erst mal umgehen können.

Bei Newcomern reicht eine witzige schriftliche Bewerbung. Manche rennen uns auch persönlich die Türen ein. Alle vier bis fünf Monate findet dann ein Casting statt. Die Moderatoren in spe müssen nicht nur einen Text vortragen. Ich lasse ihnen große Freiheit – sie können was erzählen oder eine Performance abliefern. Hauptsache, sie zeigen, was sie draufhaben.

Ich teste Profis und Leute, die das noch nie gemacht haben. Ich habe so lange in der Produktion mit Schauspielern und Komparsen gearbeitet, daß ich ziemlich schnell sagen kann, ob jemand geeignet ist. Beim Casting siehst du, wie Leute sich vor der Kamera verhalten. Manche brechen völlig in sich zusammen – die Kamera läuft, und sie wissen nicht mehr, was sie sagen sollen. Es passiert häufig, daß Leute, die witzig und komisch sind, vor der Kamera versagen und schrecklich aussehen – selbst wenn sie in natura Schönheiten sind. Entscheidend ist immer, ob das Aussehen und das Talent der Moderatoren im Fernsehen rüberkommen.«

Interview mit Nina Ruge, ZDF
Nina Ruge (35) war mit 25 Studienrätin für Deutsch und Biologie. Nebenbei machte sie Hörfunkbeiträge, nahm Schauspielunterricht und kam mit der Filmproduktion in Berührung. Sie gab den Lehrberuf auf, brachte es in kurzer Zeit zur Regieassistentin für Spielfilme und wechselte dann zu Rias TV, wo sie Filmbeiträge drehte und schon bald das Frühstücksfernsehen moderierte.

Nach Zwischenstop beim ›Heute Journal‹ moderiert sie jetzt das Magazin ›Heute Nacht‹.

Wie haben Sie es geschafft, sich ohne Journalismusstudium einen prominenten Platz im Nachrichtenbereich zu erobern?

Alles 200prozentig machen und sich total reinhängen. Jeder neue Job war ein Sprung ins kalte Wasser und nur durch Learning-by-doing und enorm viel Eigeninitiative zu bewältigen. Ich wollte mich ausprobieren, habe es mir immer zugetraut und dann aber auch sehr hart dafür gearbeitet.

Wie sehen Sie Ihren Job bei ›Heute Nacht‹?

Ich bin Moderatorin und verkaufe das, was das Team zusammenstellt. Seriös, anspruchsvoll, journalistisch kompetent – aber es geht um Verkaufen und um die Quote. Daran wird auch beim ZDF der Erfolg gemessen.

Schreiben Sie Ihre Moderationstexte selbst?

Viele Leute haben das Ansagerinnenklischee im Kopf und denken, ich lese nur vor. Aber ich habe noch nie einen Text gesprochen, den ich nicht auch selbst geschrieben habe. Es gibt natürlich einen Schlußredakteur, der meine Texte liest und korrigiert, wenn er sie zu flapsig findet. Dann streiten wir uns und suchen einen Kompromiß.

Ist weibliches Aussehen im Nachrichtengeschäft verpönt?

Bei manchen Sendern, vor allem den Privaten, wird richtiggehend von den Moderatorinnen verlangt: keine offenen Haare, Stimme etwas schneidend. Ich wage es, lange blonde Haare zu haben und nicht als Neutrum aufzutreten. Als Anchor-Frau von ›Heute Nacht‹ zeige ich Persönlichkeit, optisch und intellektuell. Manche kritisieren das, für viele verkörpere ich aber dadurch ein neues Frauenbild. Eine Frau Mitte Dreißig, die attraktiv aussieht, was im Kopf hat und überzeugt.

Die meisten Sender setzen ja auf graumelierte Nachrichten-Herren …

Vor allem die Privatsender. Frauen sind für die Boulevardthemen zuständig, für Sex und Crime, die Männer für »die Wahrheit«. So ist deren Prinzip. Ich glaube, die Öffentlich-Rechtlichen geben Frauen derzeit die größten Chancen im Nachrichtenbereich. Sabine Christiansen bei der ARD, Brigitte Bastgen und Katrin Müller im ZDF sind Beispiele dafür.

Hätten Sie Chancen, einmal eine Führungsposition im ZDF zu bekommen?

So ein Job interessiert mich nicht, deshalb arbeite ich ja als Freie. Ich bin nicht der Typ für langatmige Konferenzen und taktisches Jonglieren. Das nimmt mir Energie weg, dafür bin ich zu ungeduldig. Ich möchte lieber täglich sehen, was ich produziert habe, bin ein »Macherin-Typ«. Ich denke übrigens, daß viele Frauen nach diesem sachorientierten Arbeitsmuster gestrickt sind. Und daß wir mit dieser Haltung mittelfristig Erfolg haben werden. Unternehmen, die mit ihren Produkten im Markt bestehen wollen, können es sich nicht leisten, ihre Energien in hierarchischen Räderwerken zu verschwenden.

Sie machen nebenbei Podiumsdiskussionen, Gala-Moderationen, Artikel, Fotogeschichten. Zeit für Privatleben?

Wenig. Aber ich versuche, den »Draht zu mir selbst« nicht zu verlieren und kümmere mich intensiv um Körper und Seele. Meinen Mann sehe ich nur am Wochenende, denn sein Job ist in Köln, meiner in Mainz. Da müßte schon ein mittelschweres Erdbeben geschehen, daß ich meinen Job fürs Mutter-und Hausfrau-Dasein aufstecke!

Sind Kinder ein Thema für Sie?

Nicht bei einer täglichen Sendung. Das käme nur bei einem Moderationsjob in wöchentlichem Abstand in Frage. Unter dieser Voraussetzung würde ich mich auch alleine um das Kind kümmern, wenn mein Mann und ich weiterhin an verschiedenen Orten leben sollten. Das ginge natürlich nur mit Hilfe einer Kinderfrau.

Tips für Moderatorinnen in spe?

Klein anfangen. Kameragefühl entwickeln. Sicherheit bekommen. Bei Moderation und Interviews. Und dann erst an die größeren Sachen ran. Sonst ist man überfordert. Wenn das Rotlicht angeht, mußt du ganz klar sein und alles andere ausblenden. Dann zählt nur noch, daß man es schafft, den Zuschauern zu Hause etwas rüberzubringen.

Interview mit Ilona Christen, RTL
Starmoderatorinnen verdienen sich eine goldene Nase und stehen im Rampenlicht. Sie müssen aber auch damit rechnen, irgendwann als Zielscheibe nicht ganz lupenreiner Angriffe und Skandalberichte auserkoren zu werden. Ilona Christen (44), Quotenqueen und Star-Talkerin bei RTL, bekam die Schattenseiten der Popularität zu spüren. Daß sie sich für die Ariel-Werbung engagieren ließ, brachte die Gemüter auf Kochtemperatur, und sie wurde mit Negativpresse nur so überhäuft. Als der ›Playboy‹ sie »fiese Kröte«, »Bildschirmfresse« und »das beste Argument für eine neue Christenverfolgung« nannte, platzte ihr endgültig der Kragen. Sie klagte und bekam 15 000 DM Schmerzensgeld, das sie zwei Frauenhäusern spendete.

Wie geht man mit soviel verbaler Grausamkeit um?

Ärgern, Einstecken und wieder Austeilen. Bettina Böttinger sagte mal zu mir: »Du hast 30% Marktanteil. Sei nicht so dünnhäutig.« Da hatte ich schon ein ganzes Jahr mit miesester Presse hinter mir. Permanent Vorwürfe wie: journalistische Glaubwürdigkeit verloren, Spott und Häme auch im eigenen Haus, dann die Schlagzeile mit Riesenlettern in der Bildzeitung: »Sperrt die Christen in die Waschküche!«. Jeder hat mich angegriffen – nur keine Frau. Keine einzige Kollegin.

Bekannt wurden Sie mit dem ZDF-›Fernsehgarten‹ – wieso der Wechsel zu RTL?

Mit dem ›Fernsehgarten‹ ging es 1986 los. Eine Unterhaltungsshow am Sonntagmittag, Open-air und live, vier Millionen Zuschauer. Ab da hatte ich ständig eigene Konzepte in der Tasche, die ich dem ZDF präsentierte und die abgelehnt wurden. Dann rief eines Tages ein ehemaliger Kollege, der mittlerweile bei RTL war, an und sagte: »Marc Conrad möchte dich kennenlernen. Er will, daß du eine tägliche Talkshow machst.« Ich sagte: »Der spinnt« und fuhr hin. Er präsentierte mir ein Sendekonzept mit folgender Themenliste: Sex in der Schwangerschaft. – Meine Frau ist eine Hure. – Mein Mann ist arbeitslos und hat es mir nicht gesagt. – Meine Schwester wurde vom Stiefvater vergewaltigt. Ich sagte: »Das mache ich nicht«, und Conrad sagte: »Sie machen das«. Ende 92 ging ich dann zum damaligen ZDF-Unterhaltungschef und wollte wissen, was für mich im nächsten Jahr auf dem Programm stünde. »Fernsehgarten«, hieß es, »was anderes habe ich nicht.« »So«, antwortete ich, »dann gehe ich eben zu den Privaten.« Worauf sich der Herr zurücklehnte, durch seinen Bart strich, mich ansah, meine Oberweite neu einordnete und sagte: »Sie sind 42, wo wollen Sie denn noch hin in Ihrem Alter?«

Zu RTL.

Ich unterschrieb den Vertrag, die Summe war siebenstellig. Dann hatte ich einen ungeheuren Druck, die Sache auch gut zu machen. Mittlerweile habe ich den zweiten Vertrag für meine Talkshow bis 1999.

Wie gehen Sie mit Talk-Themen um, die sehr hart an der Grenze sind?

Vorgespräche führen, sehen, wie weit man gehen kann. Das erkennt man daran, wie die Leute ihre Hände halten, wie ihre Augen aussehen, wie die Füße stehen. Sie ernst nehmen, mir vorstellen, mir wäre es passiert, wie wäre ich jetzt drauf, wenn ich das in einer Sendung erzählen sollte. Oft habe ich einen Kloß im Hals und kann nicht mehr reden. Die Kameras haben Anweisung, daß sie wegschwenken, falls ich mal weinen muß. Nach der Aufzeichnung gehe ich ins Hotel, nehme mir ein Glas Rotwein, und nachts laufen sie mir alle wieder durchs Bett mit ihren Geschichten.

Sie haben einen sehr eigenwilligen Look. Absicht?

Der hat sich so ergeben. Jacken haben einfach den Vorteil, daß sie ein Revers haben, an dem man das Mikro anheften kann. Kurze Haare – weil's immer schnell gehen mußte. Irgendsoein Federkiel-Onanierer hat mal geschrieben, ich sei eine androgyne Moderationshaubitze. Ich bin ihm sehr dankbar. Haubitzen treffen und knallen los, und androgyn heißt, ich habe von beiden Geschlechtern was. Ist doch wunderbar!

Moderatorin und Leiterin einer Redaktion mit 34 Leuten. Wie bringen Sie das alles unter einen Hut?

In der Redaktion geht es um Organisation, Themenplanung, Budgetplanung, Personaleinstellung, Urlaubsplanung. Ich lese zweimal 120 Seiten Exposé, lasse mich schminken, komme zurück, mache die Sendungen. Dann liegen hier vier große Ordner mit Briefen, Rechnungen – das Tagesgeschäft. Ich muß die Filme, die in der Sendung laufen, abnehmen oder, wenn sie noch nicht gut sind, nachdrehen lassen. Ich entscheide den ganzen Tag im 5-Minuten-Rhythmus. Ich fresse mir am Wochenende drei Kilo an und nehme sie unter der Woche wieder ab.

Dafür werden Sie auch gut bezahlt ...

Ich habe mal mit 1 200 DM angefangen und jetzt sind es 200 000 pro Monat. Damals war ich Cutterin und Bildmischerin, jetzt sehen jeden Tag 2,5 Millionen Zuschauer meine Sendung. Ich weiß, was ich wert bin. Und wenn bei RTL über Geld geredet wurde, brauchte ich nur zu sagen: »Rechnet euch aus, was ich euch an Werbeeinnahmen bringe!«

Pläne für das Leben danach?

Ich möchte kein Ladenhüter werden und zu weit über mein »Verfallsdatum« hinausgehen, ich möchte mich nicht liften lassen müssen, um dem Allgemeinbild einer attraktiven Frau auf dem Bildschirm zu entsprechen. Silvester 1999 läuft mein Vertrag hier aus. Ich denke, ich werde dann hinter die Kamera zurückkehren, Regie und Produktion machen – und vielleicht was über 30 Jahre in der Fernsehbranche schreiben.

Sprecherin

Man kennt die sonoren Fernsehstimmen aus Nachrichten- oder Magazinbeiträgen. Sie verstehen es, die richtigen Worte an der richtigen Stelle zu betonen. Sprecher erscheinen nicht vor der Kamera, sondern sprechen aus dem Off zu Bildbeiträgen. Die meisten Sprecher arbeiten frei und werden tageweise gebucht. Am besten verdienen Sie als Sprecherin nicht beim Fernsehen, sondern in der Werbung. Die Zahl der Sprecherinnen und Ansagerinnen vor der Kamera nimmt ab, der allgemeine Trend geht hin zu journalistisch ausgebildeten Moderatorinnen.

Anforderungen

Ihre Stimme ist das A und O. Sie muß nicht nur angenehm klingen, sondern Sie müssen sie auch natürlich, flüssig und ohne Versprecher einsetzen können. Oft arbeiten Sie unter Zeitdruck, wenn ein Beitrag erst auf die letzte Minute fertiggestellt wird. Sie müssen sich rasch in einen Text »einfühlen« können und ihn entsprechend rüberbringen. Für Sprecher vor der Kamera unabdingbar: attraktives Aussehen.

Ausbildung
Sprechausbildung beim Theater, einer Sprecherzieherin oder einer Schauspielschule. Wie landen Sie einen Job? Produzieren Sie ein Demo mit Ihrer Stimme und verschicken Sie es an Sender, Werbeagenturen und Produktionsgesellschaften. Wenn jemand Ihre Stimme interessant findet, werden Sie zu einer Sprechprobe eingeladen. Sie sitzen in der Sprecherkabine und müssen einen Text zu einem Beitrag sprechen. Sind Sie einmal im »Karteikasten« bei einem Sender, werden Sie immer wieder kontaktiert, wenn Ihre Stimme benötigt wird. Viele Sprecher sind Schauspieler und verdienen sich so ein Zubrot oder finanzieren sich, wenn Sie keine Engagements haben.

Berufe im Bereich Produktion

Im Produktionsbereich gibt es viele spannende Jobs – konzeptionelle, kreative und handwerkliche. Für die kreativen gilt: Nur wenige machen ihre Ausbildung bei den Filmhochschulen, die sehr begrenzte Kapazitäten haben. Ohne vorherige Praxiserfahrung werden Sie keine Chance haben, und selbst dann ist die Konkurrenz sehr groß. Geben Sie also Ihre Hoffnungen nach einer Ablehnung nicht sofort auf – die meisten, darunter auch Topleute, haben es auf dem Praxisweg geschafft. In der TV-Produktion findet man oft ungewöhnliche Lebensläufe. Wenn es mit dem Studium an der Filmhochschule nicht klappt, kommen als »Ausweichstudiengänge« Theaterwissenschaften, Visuelle Kommunikation, Grafik-Design oder ein künstlerisch-gestalterischer Kurs in Frage. Unabdingbar sind dabei die (vielen!) Praktika, die Sie absolvieren.

Für etliche Jobs im Produktionsbereich gibt es keine Ausbildung. Zum Beispiel Aufnahmeleitung: Sie steigen über Praktika und Assistenzen ein und arbeiten sich hoch. Wichtig ist, daß Sie gerne im Team arbeiten. Zu Überstunden müssen Sie bereit sein.

Die Produktion ist eine »Leute-Branche«. Es kommt darauf an, wen Sie kennen und wer Sie kennt. Jobs werden selten über Stellenanzeigen vergeben. Wenn Leute für den Dreh einer neuen Serie gesucht werden, wird telefoniert. In den Kreis derer, bei denen dann das Telefon klingelt, kommen Sie nur, wenn Sie kontinuierlich am Ball bleiben und sich immer wieder bei den Entscheidern ins Gedächtnis rufen. Wenn Sie Ihren Job gut gemacht haben, bekommen Sie auch das nächste Mal wieder eine Chance. Die meisten Produktionsjobs werden als freie Mitarbeit vergeben. Das Wechseln von einem Bereich in den anderen ist durchaus üblich. Aus der Aufnahmeleiterin wird eine Casting-Frau, aus der Regieassistentin eine Producerin.

Interview mit Inga Pudenz, PRO 7

Inga Pudenz (41) absolvierte ein Studium zur Sportlehrerin, unterrichtete, geriet durch Zufall in eine Filmproduktion als »Mädchen für alles« und machte dann eine klassische Produktionskarriere: Aufnahmeleitung, Erste Aufnahmeleitung, Produktionsassistenz, Produktionsleitung, Producerin. Als solche betreute sie bei NDR International in Hamburg die internationalen Coproduktionen, dann ging sie zu PRO 7, als Leiterin der Abteilung Eigenproduktionen. Ihr Schwerpunkt sind TV-Movies, Serien und Kino-Coproduktionen.

Wie sieht Ihr Job aus?

Ich leite regelmäßig Redaktionskonferenzen, in denen wir den aktuellen Stand aller Projekte besprechen, lese ständig Treatments durch, bewerte Inhalte, koordiniere die Mitarbeiter meiner Abteilung und entscheide, welche Projekte gemacht werden. Alle Produktionen laufen am Ende wieder über meinen Tisch, und ich muß die Abnahme machen, d.h. beurteilen, ob die fertigen Folgen so auf den Sender gegeben werden können. Ein großer Teil des Tages besteht aus Meetings mit Produzenten, Autoren, Regisseuren, um neue Projekte zu diskutieren, anzuschieben oder zu verhandeln. Oft folgt noch ein Abendessen mit Geschäftspartnern. Auf den Messen in Cannes oder Amerika pflege ich meine internationalen Kontakte. Ich habe viel mit den Kreativen auf der Produktionsseite zu tun. Natürlich lerne ich sehr interessante Leute kennen, aber glauben Sie mir, die sind auch anstrengend.

Wie viele Projekte werden Ihnen täglich angeboten?

Zwischen sechs und zehn – von der Drei-Seiten-Idee bis zum fertigen Drehbuch. Es gibt fünf freie Lektorinnen, die das alles lesen und gute Ideen herausfiltern. Und wir entwickeln eigene Stoffe.

PRO 7 gibt sich das Image eines frauenfreundlichen Senders.

In meiner Abteilung gibt es zwölf Redakteure, davon sind vier Männer. Im Sender arbeiten etliche Abteilungsleiterinnen. Unser Geschäftsführer sagt immer: »Frauen in Führungspositionen ziehen Frauen nach.« Das stimmt. – In amerikanischen Fernsehsendern sitzen seit neuestem überall Sekretäre. Ich hätte sehr gerne einen. Vielleicht kommt der Trend ja noch zu uns.

Werden Frauen auf PRO 7 auch anders dargestellt?

Bei den eingekauften Filmen kann man es ja nicht beeinflussen, aber bei allen Eigenproduktionen – den Filmen, Serien, Informationssendungen – ja, sicherlich. Bei unseren TV-Movies sind fast immer starke Frauen in der Hauptrolle zu finden. Das gab es früher so gut wie nie, wird aber derzeit auch bei anderen Sendern immer populärer.

Was würden Sie Einsteigerinnen raten?

Wer in die Produktion will, muß Englisch können. Ein längerer Auslandsaufenthalt, am besten in Amerika, ist absolut empfehlenswert. Mittlerweile ist es so, daß fast alles, was in Amerika im Fernsehen stattfindet, nach einem halben Jahr in Europa nachgeahmt wird. Wenn wir coproduzieren, drehen wir in Amerika oder Kanada mit englischsprachigen Regisseuren, die Drehbücher sind englisch, die ganze Kommunikation läuft in der Fremdsprache.

Nach welchen Kriterien suchen Sie Ihre Praktikanten aus?

Beim Bewerbungsgespräch frage ich immer: Was gefällt Ihnen an unserem Sender? Jemand, dem unsere Gameshows gefallen, ist sofort draußen, denn wir haben keine. Ganz wichtig für jede Frau, die in die Medien will: Sie muß sich vorher informieren, welche Möglichkeiten es gibt, etwas aussuchen und dann gezielt diese Richtung verfolgen. Es gibt Leute, die kommen von einer Film- und Fernsehhochschule, haben »Kunst« im Kopf, verdienen keine müde Mark und müssen dann im Café jobben. Andere Leute bewerben sich hier nach der Schule um ein Praktikum und wissen schon ganz genau, was sie wollen. Und die werden es auch schaffen.

Worauf kommt es bei der Karriere in der Produktion an?

Volles Engagement. Wir haben hier keine 38,5-Stunden-Woche, sondern es gibt viele Abende, die man opfern muß. Leistung zählt, Zuverlässigkeit, die Visionen, die man hat, Optimismus, Kreativität. Frauen müssen immer ein bißchen besser sein als Männer. Für alle Führungspositionen gilt: keine Schwäche zeigen. Frauen stört es nicht, wenn jemand mal weint, und werten dies eher als Stärke. Männer finden es schwach, dilettantisch und unprofessionell. In Meetings: laut und bestimmt reden. Auch mal auf den Tisch hauen und sagen: so nicht. Das ist ein Lernprozeß. Aber man wird von Mal zu Mal besser. Es gibt so viele Angebote – vom Rhetorikkurs bis zum Führungsseminar. Das sollten Frauen ausnutzen, denn all das kann man trainieren. Schauen Sie sich Politiker an – da ist jede Handbewegung einstudiert.

Produktionsleiterin

Fernsehproduktionen werden von einem großen Mitarbeiterstab erstellt. Die Produktionsleiterin hat die Verantwortung für die Durchführung der Produktion und die Kostenkontrolle. Im Sender arbeitet sie in den Bereichen Aktuelles, Unterhaltung und Sport direkt mit der Redaktion zusammen oder, wenn sie bei einer Produktionsfirma engagiert ist, mit den Producern.

Beispiel Serienproduktion: Die Redakteurin hat eine Produktionsfirma mit der Erstellung einer Serie beauftragt. Die Producerin (auf seiten der Produktionsfirma) beauftragt eine Produktionsleiterin, das Drehteam zusammenzustellen. Sie engagiert alle Mitarbeiter, die für die Produktion notwendig sind (Ton, Beleuchtung, Requisite, etc.) und macht mit ihnen Verträge, die auf Dauer der Produktion befristet sind. Häufig wählen Kameraleute oder

Regisseure ihre Assistenten selbst aus. Die Produktionsleiterin ist immer im Besitz eines dicken Adreßbuches. Sie muß möglichst viele Leute in verschiedenen Produktionsjobs kennen, damit sie rasch ihr Team zusammenbekommt.

Wenn die Drehbücher vorliegen, übernimmt oder überwacht sie die Erstellung des Produktions- und des Drehplanes, der genau festlegt, wann welche Szenen gedreht werden. Sie nimmt an den wichtigen Vorbesprechungen mit Redaktion, Producer und weiteren Mitarbeitern des Projekts teil, macht Motivbesichtigungen, beauftragt Architekten mit dem Bau von Kulissen, führt Verhandlungen über Drehgenehmigungen, Arbeitsverträge, Gagen, Motivmieten.

Die Produktionsleiterin legt eine Gesamtkalkulation vor und sorgt für deren Einhaltung. Wenn ein Drehtag, an dem 5 Minuten fertiggestellt werden, ca. 100 000 DM kostet, dann können Sie leicht ausrechnen, welches finanzielle Desaster droht, wenn ein solcher ins Wasser fällt. Am Ende der Produktion legt sie eine Gesamtabrechnung vor. Sie ist außerdem Ansprechpartnerin für die Industrie, die gerne ihre Produkte in der Serie plazieren möchte. Das ist zwar Schleichwerbung und nicht ganz legal, aber häufige Praxis im Produktionsgeschäft.

Anforderungen
Künstlerisches, technisches und betriebswirtschafliches Knowhow, Verhandlungsgeschick, Organisationstalent und eine ganze Menge Standfestigkeit.

Ausbildung
Es gibt keine direkte Ausbildung zur Produktionsleiterin. Diesen Job kann man erst mit viel praktischer Erfahrung in der Produktion machen. Sie können einen kaufmännischen Hintergrund haben (BWL) oder einen technischen (siehe Serviceteil, S. 312ff.). Oder Sie steigen direkt in die Praxis ein. Sie müssen dann mehrere Jahre in der Produktion arbeiten und als Produktionsassistentin Erfahrungen sammeln.

Produktionsassistentin
Sie unterstützt die Produktionsleitung und macht die unangenehmen Arbeiten – aber nur so lernt man es. Eine klassische Einstiegsposition im Produktionsbereich und Voraussetzung, um selbst einmal Produktionsleiterin zu werden.

Anforderungen und Ausbildung
Siehe Produktionsleiterin, S. 131f.

Produktionssekretärin
Wenn Sie keinen normalen Sekretärinnenjob wollen und Chaos, Hektik, verrückte Leute und späte Feierabende Ihr Ding sind, dann können Sie bei einer Produktionsfirma eine Menge Spaß haben. Sie unterstützen die Produktions- und die Aufnahmeleitung bei allen Jobs, die anfallen. Das reicht vom Kopieren der Tagesdispos bis zum Schreiben der Mitarbeiterverträge. Vorsicht: Dieser Job ist selten ein Sprungbrett zu verantwortungsvolleren Tätigkeiten. Wenn Sie in der Produktion Karriere machen wollen, dann beginnen Sie lieber als Aufnahmeleiterin oder Produktionsassistentin.

Anforderungen
Man sollte sich schnell auf neue Situationen einstellen können und ein umgänglicher Mensch sein – Produktionsleute sind oft sensibel, und man braucht zuweilen viel Fingerspitzengefühl, um mit ihnen zurechtzukommen.

Ausbildung
Mittlere Reife und eine Ausbildung bzw. Berufserfahrung im Sekretariat. Englischkenntnisse sind von Vorteil. Produktionssekretärinnen werden ständig gesucht – wenn Sie also Lust haben, in die Glitzerwelt hineinzuschnuppern, fragen Sie direkt bei den Produktionsfirmen nach. Stellen Sie sich aber darauf ein, daß nach Drehende nicht unbedingt das nächste Projekt ansteht und Sie sich wieder etwas Neues suchen müssen.

Aufnahmeleiterin

Organisation ist das A und O in diesem Job. Die Aufnahmeleiterin ist am Drehort einer TV-Produktion oder im Studio tätig. Sie bereitet vor und betreut die Produktion bei der Aufzeichnung. Bei größeren Produktionen gibt es meist die Erste und die Zweite Aufnahmeleiterin. Die Aufnahmeleitung ist *der* Einstiegsjob in die Produktion.

Erste Aufnahmeleiterin: Anhand des Drehplanes erstellt sie die Tagesdispo (mit dem Tagespensum), oft gemeinsam mit der Regieassistentin. Die Dispo wird immer am Ende eines Drehtages für den nächsten Tag verteilt. Außerdem sorgt sie dafür, daß Material und Leute zur richtigen Zeit am richtigen Ort sind, und daß die Termine wie geplant eingehalten werden. Das Besorgen von Drehgenehmigungen und das Mieten von Motiven (wenn z.B. eine Villa als Drehort angemietet wird) sind weitere wichtige Aufgaben. Sie arbeitet eng mit der Produktionsleitung zusammen, muß sich aber auch um solche Dinge wie Mittagessen und Unterkünfte kümmern.

Zweite Aufnahmeleiterin: Sie unterstützt die Erste Aufnahmeleiterin in sämtlichen Aufgaben. Bevor die Klappe geschlagen wird, sorgt sie dafür, daß am Set Ruhe herrscht und keine Störungen auftreten. Sie ist zuständig, wenn Straßen oder Passagen für den Dreh abgesperrt werden müssen.

Anforderungen

Schnelles Reaktionsvermögen, Verhandlungsgeschick, kommunikative Fähigkeiten und Organisationstalent. Ansonsten: gute Allgemeinbildung, Abitur oder Realschulabschluß, betriebswirtschaftliche Grundkenntnisse und unbedingt Führerschein. Außerdem muß man drängeln können: wenn Termine nicht eingehalten werden und das Team wieder zu lange Mittag ißt. Und nicht frustriert sein, wenn der Produktionsleiter seinen Zorn an Ihnen abläßt.

Ausbildung

Es gibt Volontariate, die Sie zur Aufnahmeleiterin ausbilden. Sie dauern zwei Jahre und werden von der Arbeitsgemeinschaft zur

Nachwuchsförderung für Film und Fernsehen, Hamburg, durchgeführt (siehe Serviceteil, S. 330), bzw. finden bei Produktionsfirmen und TV-Sendern statt, die Mitglied sind. Sender und Produktionsfirmen bilden ebenfalls Aufnahmeleiterinnen aus, im Studio sowie für Außendrehs. In der Produktion ist direkter Einstieg und Learning-by-doing der beste und oft auch kürzeste Weg.

Sie sollten vorher einige Praktika am Set machen bzw. als »Studio-Assi« arbeiten. Oft geben Ihnen die Firmen nachher die Chance, einen »richtigen« Job – als Aufnahmeleiterin – zu machen. Praktika bekommen Sie am besten durch direkte Bewerbungen bei Produktionsfirmen. Es kann etwas dauern, bis Sie Erfolg haben, denn es gibt viele Leute, die gerne mal ausprobieren wollen, wie's am Drehort so ist. Außerdem gibt es Mikis (Mitarbeiterkinder) und Kukis (Kundenkinder), die bevorzugt behandelt werden. Aber wenn Sie hartnäckig bleiben, sich nicht entmutigen lassen, viele Bewerbungen schreiben und sich persönlich vorstellen, wird es irgendwann klappen.

Herstellungsleiterin
Sie ist die Finanzministerin einer Produktion. Eine Serie wie ›Traumschiff‹ kostet 15 000 DM pro Minute. Wenn da eine Kalkulation daneben liegt, sind einige Millionen fällig. Die Herstellungsleiterin ist bei den Produktionsgesprächen zwischen Redaktion, Produktionsleitung und Producerin dabei. Sie erstellt gemeinsam mit der Produktionsleitung die Kalkulation.

TV-Projekte sind nie bis ins Detail kalkulierbar, denn man baut kein Auto, für das Teile eingekauft und zusammengeschraubt werden, sondern arbeitet stets mit einer Gleichung mit vielen Unbekannten. Ein Drehtag fällt ins Wasser, ein Schauspieler erkrankt, die Miete für die Räumlichkeiten ist doppelt so hoch wie vorgesehen, das Drehpensum ist nicht zu schaffen. Deshalb muß die Herstellungsleiterin möglichst alles, was passieren kann, zahlenmäßig einplanen. Eine weitere Aufgabe: von der Produktionsleitung ständig den Kostenstand abfordern und überwachen.

Anforderungen
Sie müssen gern und gut mit Zahlen umgehen können und brauchen viel Erfahrung im Produktionsgeschäft. In der Zusammenarbeit mit Redakteuren und Verantwortlichen im Sender sind betriebswirtschaftliche Kenntnisse und Verhandlungsgeschick nötig. Erfahrung mit Computern ist Pflicht. Kalkulationen werden per EDV erstellt, z.B. mit den Programmen Excel, Lotus oder auch eigens dafür entwickelter Kalkulationssoftware.

Ausbildung
Abitur oder kaufmännische Ausbildung, ein wirtschaftswissenschaftliches Studium und Erfahrung in der Produktion. Es gibt keinen eigenen Ausbildungsweg, Ihr bester Einstieg ist der direkte, als Assistentin der Herstellungsleitung.

Interview mit Nicola Tyszkiewicz, VH-1
Sie arbeitete zehn Jahre lang als Aufnahmeleiterin, Regieassistentin und Produktionsleiterin für Werbefilme. Bei Helmut Dietls Film ›Schtonk‹ (über den ›Stern‹ und die Hitler-Tagebücher) war Nicola Tyszkiewicz (37) für die Dreharbeiten in Hamburg verantwortlich – für alles, was mit Locations, Vorbereitung, Dreh und Postproduction zu tun hatte, und sie betreute das Komparsen-Casting mit 1 500 Leuten. Jetzt leitet sie das Production Management beim Musiksender VH-1. Außerdem hat sie zwei Töchter, zehn und 14 Jahre alt. Dank »eiserner Disziplin« schaffte sie es, Kinder und Karriere zu vereinen.

Was ist Ihrer Meinung nach wichtig beim Einstieg in die Produktion?

Ich bekam damals den Rat: Geh hin, schau dir das an, und wenn du es gut findest, dann knie dich rein, und zwar richtig. Genauso empfehle ich es Leuten, die hier anrufen und fragen, ob sie ein Praktikum machen können. Die meisten brechen nach zwei oder drei Wochen ab, weil es wirklich anstrengend ist. Aber es ist der einzige Weg. Ich habe auch mit Brötchenschmieren und Kabeltragen angefangen. Es dauert, bis du überhaupt weißt, was abläuft. Du stehst erst mal viel rum und lauerst darauf, daß du endlich erfährst, was du denn machen darfst. Meist setzen sich Leute durch, die den Blick für die Arbeit haben und einfach loslegen.

Was macht eine gute Aufnahmeleiterin aus?

Ganz wichtig ist der Cross-check. Man muß auch »in anderen Departments« denken, nicht nur für den eigenen Bereich. Weiß der Kollege, wann er wo mit seinen Sachen sein muß? Du brauchst den Überblick, und der ist eine Frage der Organisation. Genau das lernt man in der Aufnahmeleitung. Und Flexibilität: Wo bekomme ich auf die Schnelle eine Requisite her, wo gehen wir hin, wenn es regnet?

Und worauf kommt es bei der Produktionsleitung an?

Auch da ist Organisation das A und O. Das Wichtigste: das Budget einhalten. Und wenn es bei einem Posten überschritten wird, dann mußt du damit umgehen können und die Kosten umverteilen, um nicht gnadenlos zu überziehen. Du verantwortest das gegenüber dem Produzenten und dem Auftraggeber. Und manchmal ist es gar nicht so einfach, einen Star-Regisseur im Schwange seiner Kreativität im Zaum zu halten – finanziell gesehen.

Was bedeutet Production Management bei VH-1?

In erster Linie die Verwaltung des Budgets. Ich arbeite sehr eng mit der Geschäftsleitung zusammen und gebe fast täglich Feedback über den Status der Produktionsfinanzen, denn unsere Gesellschafter – MTV/Viacom in London – wollen natürlich kontinuierliche Berichterstattung über das, was wir hier leisten.

Wofür wird das Produktionsbudget ausgegeben?

Drei oder vier Teams gehen täglich raus, um Beiträge zu machen, meistens Konzertdrehs oder Interviews. Das muß geschnitten und vertont werden. Wir zeichnen Interviews mit Popstars und Moderationen für unsere 16 Shows auf. Ich koordiniere hier 35 Mitarbeiter und überwache die Kosten. Natürlich bin ich für die Redakteure und Producer immer der Buhmann, denn ich sage ihnen, wieviel sie unter Berücksichtigung des Budgets noch machen können. Und wenn der Geldtopf ausgeschöpft ist, ist eben auch Zapfenstreich!

Filmgeschäftsführerin
Sie ist für alle Zahlungen am Drehort zuständig. In bar werden Gagen für Nebenrollen (Komparsen, Musiker), Kosten für Drehgenehmigungen und Spesen ausbezahlt. Alle Kosten werden am Ende des Tages ins Kassenbuch eingetragen. Die Endsumme teilt sie der Produktionsleiterin mit. Sie prüft alle Honorarforderungen und Rechnungen und legt sie der Produktionsleiterin zur Unterzeichnung vor. Erst dann kann sie auszahlen.

Anforderungen
Gewissenhaftigkeit und Zuverlässigkeit, Spaß an der Tätigkeit am Drehort, gutes Zahlenverständnis.

Ausbildung
Abitur oder Fachabitur, kaufmännische Ausbildung oder betriebswirtschaftliches Studium. Kenntnisse im Steuerrecht, im Umgang mit Computern (Kalkulationsprogramme), Kenntnis aller Bankformalitäten. Bewerben Sie sich direkt bei den Produktionsfirmen. Es gibt Kurse in »Filmgeschäftsführung« (siehe Serviceteil, S. 329ff.). In unregelmäßigen Abständen gibt es Angebote bei Produzentenverbänden oder auch bei den Filmstiftungen der Länder.

Producerin
Die Producerin ist eine Art Produkt-Managerin für ein Fernsehprogramm. Auch im aktuellen Redaktionsbereich werden zunehmend Producer eingesetzt – allerdings nur bei den Privaten. Bei ihr laufen alle Fäden zusammen, sie trägt die Verantwortung für das Projekt. Sie braucht Know-how im dramaturgischen sowie im kaufmännischen Bereich. In einer Produktionsfirma hält sie den Kontakt zu den Sendern und schlägt Stoffe vor. Sie diskutiert Exposés und überzeugt die Redakteure davon, daß ihre Firma diese Serie am besten und effizientesten produzieren kann. In Absprache mit der Redaktion wählt sie Drehbuchautoren aus und überwacht das Schreiben der Drehbücher – auch unter dem Kostenaspekt. Schließlich sollen nicht bombastische Steven-Spielberg-Szenarios entstehen, wenn das Budget nur den Dreh auf dem Parkplatz zuläßt.

Weitere Aufgaben: Auswahl von Regie, Darstellern, Produktionsleitung, kontinuierliches Überwachen des Drehplans und der Ergebnisse im Roh- und Feinschnitt. Während ein Projekt gedreht wird, muß bereits wieder über die nächsten nachgedacht werden. Sie entwickelt ständig neue Stoffe und Projekte. Wenn eine Produktion auf Sendung geht, wird um die Quoten mitgezittert. Denn nicht nur der Sender will viele Zuschauer, auch die Produktionsfirma, denn das sichert den nächsten Auftrag.

Anforderungen
Kreative Fähigkeiten, Management-Qualitäten wie Führen und Motivieren, Durchsetzungsvermögen und eine Portion Psychologie, denn wenn es Streß gibt im Team, ist es die Producerin, bei der sich alle ausweinen oder Frust ablassen.

Ausbildung
Eine spezielle Ausbildung gibt es nicht. Die meisten Producer haben vorher inhaltlich gearbeitet oder verdienten sich ihre Sporen in der Produktion, beispielsweise als Regieassistentin.

Interview mit Monika Schmid, Studio Hamburg
Nach dem Studienabschluß in Erziehungswissenschaften wurde sie Mit-Gründerin der frauenpolitisch orientierten Zeitschrift ›Courage‹ und studierte anschließend an der Berliner Filmhochschule (DFFB). Mehrere Jahre arbeitete sie als freie Filmemacherin und wurde dann Redakteurin für Vorabendserien (›Ein Haus in der Toscana‹) und Fernsehspiele (›Tatort‹) beim Süddeutschen Rundfunk. Jetzt ist Monika Schmid (45) Producerin bei Studio Hamburg.

Was ist der Schwerpunkt in Ihrem Job?

Ich arbeite stark inhaltlich – als Creative Producer. Das bedeutet viel dramaturgische Arbeit an den Drehbüchern. Ich beauftrage Autoren, die so lange verbesserte Fassungen schreiben, bis die Redakteurin beim Auftraggeber und ich zufrieden sind. Die finanzielle Verantwortung für ein Projekt hat in erster Linie die Herstellungsleitung. Aber ich setze den Autoren natürlich Grenzen, was sie in die Drehbücher hineinschreiben dürfen. Wenn zu viele Autojagden, Massenszenen oder Drehs in New York drin sind, wird die Umsetzung nämlich zu teuer.

Arbeiten Sie immer mit denselben Drehbuchautoren?

Nein, aber man versucht, sich einen Pool guter Drehbuchautoren heranzuziehen. Diese Autorenpflege ist sehr wichtig. Wenn vom Sender eine bestimmte Anfrage kommt (»Wir hätten gerne eine Serie mit einem verrückten Kommissar«), muß ich wissen, wer so etwas schreiben könnte. Im ›Spiegel‹ stand zu lesen: Es gibt in Deutschland vielleicht 500 Autoren, 40 davon sind gut. Die Ausbildung von Drehbuchautoren steckt in Deutschland, im Vergleich zu den USA, noch in den Anfängen.

Beschäftigen Sie noch zusätzlich eine Dramaturgin?

Bei größeren Serien mit zahlreichen Folgen. Dann kümmert sich ein Script Editor nur um die Drehbücher. Während die ersten Folgen schon gedreht werden, müssen die Bücher für die nächsten geschrieben werden. Begabte Dramaturgen sind noch immer selten. Zur Zeit bewerben sich häufig Script Editoren aus dem Bereich der Daily Soaps als Dramaturgen.

Wann ist Ihr Job am stressigsten?

Wenn die Produktion läuft und die Bücher nicht rechtzeitig fertig sind oder aufgrund der Krankheit eines Schauspielers umgeschrieben werden muß. Dann heißt es Tag und Nacht arbeiten, damit die Produktion nicht zum Stillstand kommt.

Unter den Producern bei Studio Hamburg gibt es überwiegend Frauen. Zufall?

Der Job erfordert gute Kommunikationsfähigkeit, Einfühlsamkeit, Vielseitigkeit und Ausdauer. Offenbar ist unser Geschäftsführer der Ansicht, daß Frauen das besser können.

Drehbuchautorin

Serien und Fernsehfilme gehören zu den Sendungen, die in der Publikumsgunst am höchsten stehen, und alle großen Sender sind ständig auf der Suche nach neuen, erfolgreichen Konzepten. Als Drehbuchautorin können Sie viel Geld verdienen – pro Drehbuch für eine Serienfolge zwischen 10 000 und 15 000 DM, aber es ist eben nicht so einfach, etwas Erstklassiges zustande zu bringen. Außerdem sitzen alle Etablierten fest im Sattel. Doch je mehr Sender Fiction produzieren, desto größer wird der Bedarf, und Nachwuchstalente erhalten eine Chance.

Jeder größere Sender und jede Produktionsfirma beschäftigt eine Person oder eine ganze Abteilung damit, die eingereichten Konzepte, in der Branche Exposés genannt, auf etwas Brauchbares durchzuchecken. Autorinnen, die zum ersten Mal etwas einreichen, haben es erfahrungsgemäß schwer, denn meistens wollen die Producer auf Nummer Sicher gehen und beauftragen lieber jemand, der bereits Erfahrung hat. Dennoch wurden Autoren schon auf diese Weise entdeckt.

Aber nicht nur für Fiction-Produktionen braucht das Fernsehen seine Wortschmiede, sondern auch für Shows und andere Unterhaltungsprogramme. Autorin oder Dramaturgin ist ein idealer Job für Mütter. Man schreibt zu Hause und korrespondiert per Telefon, Fax und Internet mit dem Auftraggeber.

Anforderungen

Gutes visuelles Vorstellungsvermögen. Gebraucht werden nicht Romane mit vielen inneren Monologen, sondern gute Dialoge und Action, die sichtbar gemacht werden kann. Sie müssen Ideen haben und sie TV-gerecht umsetzen können. Viele Serien und Fernsehfilme greifen gesellschaftliche Trends auf, deshalb sollten Sie über alles Bescheid wissen, was derzeit im Lande los ist. Wichtig ist auch eine gute Allgemeinbildung und ein Gespür für aktuelle oder universelle Themen.

Ausbildung

Die Filmhochschulen haben in ihrem Studienangebot natürlich das Fach »Drehbuch« (siehe Serviceteil, S. 305ff.). Alle Filmhäuser in der BRD (siehe Serviceteil, S. 329) bieten Drehbuchseminare an, die einen Einstieg vermitteln können. Die meisten Drehbuchautoren sind aber Autodidakten. Einige haben Germanistik oder Literatur studiert, arbeiten als Journalisten oder Schriftsteller. Manche haben völlig andere berufliche Hintergründe –

unter den Krimiautoren gibt es ehemalige Kriminalbeamte und sogar Kriminelle, die in der Zelle begannen, ihre Geschichten aufzuschreiben. Ganz so extrem muß die Vorbereitung aber nicht laufen. Sie brauchen Ideen und müssen sie zu Papier bringen – das ist immer der Anfang. Ein sehr empfehlenswertes Buch zum Thema: ›Drehbuchschreiben für Fernsehen und Film‹ von Syd Field, Peter Märthesheimer und Wolfgang Längsfeld (München 1992).

Dramaturgin
Sie bearbeitet Drehbücher und ist oft »Script Doctor«, legt Hand an die Dialoge, streicht überflüssige Szenen und achtet darauf, daß aus einer konfusen Story eine runde Geschichte wird. Dramaturginnen redigieren, schreiben aber »nebenbei« oft auch selbst.

Anforderungen und Ausbildung
Siehe Drehbuchautorin, S. 140f. Oft kommen Dramaturginnen aus dem Journalismus oder dem Theaterbereich.

Casting-Chefin
Sie besetzt die Rollen für Serien und Fernsehfilme oder sorgt dafür, daß die richtigen Kandidaten für Unterhaltungsshows gefunden werden. Sie ist entweder beim Sender oder der Produktionsfirma angestellt oder arbeitet in einer Casting-Agentur.

Anforderungen
Menschenkenntnis, psychologische Fähigkeiten, Gespür für »Typen«.

Ausbildung
Vorherige Erfahrung in der Produktion, beispielsweise als Regieassistentin oder Aufnahmeleiterin. Alternativ dazu Direkteinstieg bei einer Casting-Agentur als Assistentin.

Interview mit Anka Riemer, Trebitsch Film
Anka Riemer (44) ist Casting-Direktorin bei Trebitsch Film, einer großen Hamburger Produktionsfirma. Viel Erfahrung mit Schau-

spielern bekam sie durch ihre Jobs als Werbefilm-Producerin und Produktionsleiterin.

Wählen Sie die Schauspieler für einen Film oder eine Serie selbst aus?

Nein, ich schlage sie vor. Ich spreche mit Producer und Regie, die dann später auch die Entscheidung treffen, lese das Drehbuch und verschaffe mir so eine Vorstellung, wie die Person für eine bestimmte Rolle aussehen soll. Wer mit Casting zu tun hat, muß wissen, welche Schauspieler »im Markt« sind, und sich viele Fernseh- und Theaterproduktionen ansehen. Außerdem muß man die Typen kennen, die gerade im täglichen Leben angesagt sind – d.h. Augen auf in der U-Bahn, und Viva wird ab und zu zum Pflichtprogramm.

Wie kommen Sie an Informationen über die Schauspieler?

Die meisten sind bei Agenturen, wo ich Demomaterial wie Fotos und Kassetten anfordere. Manche schicken Bewerbungen, und einigen davon gebe ich dann auch die Chance eines persönlichen Gesprächs. Ich kann mittlerweile sehr schnell erkennen, ob jemand das Zeug zum Star hat – davon gibt es wirklich nur wenige. Kleinere Rollen werden anhand der Unterlagen besetzt, für wichtige Rollen wird gecastet. Alle Schauspieler, die in Frage kommen, werden eingeladen und müssen bestimmte Textpassagen, meist zwei bis drei Seiten aus dem Drehbuch, vor laufender Videokamera und im Beisein der Regie spielen. Anhand des aufgezeichneten Materials wird dann entschieden, wer die Rolle bekommt.

Regisseurin

Welche berühmten weiblichen Filmregisseure fallen Ihnen ein? Noch immer ist die Regie eine Männerdomäne – vielleicht kommt es daher, daß die Person im Regiestuhl über den ganzen Produktionstrupp befiehlt, manchmal wie ein kleiner Feldherr Anweisungen an die Umstehenden brüllt und deshalb der Eindruck entsteht, dies könnten nur hartgesottene Jungs. Zur Zeit gibt es in Deutschland ca. 500 Film- und TV-Regisseure. Nur 20% sind Frauen, wobei sie vor allem im Fernsehbereich vertreten sind.

Was die Regisseurin tut, ist jeder Kinogängerin eigentlich klar: Sie setzt das Drehbuch filmisch um, gibt den Schauspielern die Anweisung, wie sie zu spielen haben, und hat vorher ein entscheidendes Mitspracherecht bei deren Auswahl. Auch auf die Inhalte hat sie Einfluß. Bei Serien ist es üblich, daß die Regisseurin eine Regiefassung des Drehbuchs vorlegt – mit ihren persönlichen Änderungen, was Dialoge oder Schauplätze betrifft. Am Set (Drehort) ist die Regisseurin oberste Autorität.

Sie steht mit der Produktionsleitung in engem Dialog, denn die beiden sind es, die aus geduldigem Drehbuchpapier ein lebendiges filmisches Werk schaffen sollen – und dabei nicht das Budget überziehen, das Team motivieren und das Bestmögliche aus den Schauspielern herausholen sollen.

Die Regisseurin entscheidet, mit welcher Kameraperspektive gearbeitet wird – gemeinsam mit Kamerafrau oder -mann. Nach jedem Drehtag sichtet sie das abgedrehte Material. Sie arbeitet immer mit einer inneren Uhr, die Tagespensum heißt. Für jede Produktion steht ein bestimmtes Budget zur Verfügung, und daraus ergibt sich, wie viele Drehminuten man an einem Tag in den Kasten bekommen muß, um nicht in Verzug zu geraten und damit das Budget zu gefährden. Nachdrehs – wenn eine Szene nicht akzeptabel ist oder wenn sie von der Redaktion abgelehnt wird – kommen teuer, denn dann müssen Schauspieler und Team nochmal exakt dasselbe machen. Die einzelnen Sequenzen werden von einer Cutterin zum Rohschnitt zusammengestellt. Das Werk ist erst vollständig nach der Endabmischung, bei der Regisseurin, Cutterin und Tonmeisterin zusammenarbeiten.

Regie für Non-ficton, d.h. für Shows oder Livesendungen, bedeutet Arbeit unter großem Streß. Denn da gibt es keine zweiten »Takes«, alles muß beim ersten Mal klappen.

Anforderungen

Kreativität, visuelles Denken, künstlerische Begabung und Führungsqualitäten: Initiative, Durchsetzungskraft, Motivationsfähigkeit. Beim Fernsehen wird man natürlich nie eine weltberühmte Regisseurin, dafür muß man zum Film gehen. Auch wer allein an künstlerischen, dokumentarischen oder experimentellen Werken interessiert ist, für den ist TV nicht das richtige. Sicherlich gibt es Nischen, vor allem bei den Öffentlich-Rechtlichen, diese werden jedoch immer enger. Das Gros an TV-Ware sind massenattraktive Programme, und daran sollten Sie Spaß haben.

Ausbildung
Entweder ein Hochschulstudium (z.B. Germanistik, Theaterwissenschaften, Psychologie) und parallel dazu Praxiserfahrung, oder ein Platz bei einem der begehrten Film-/Regie-Studiengänge an den Filmhochschulen (siehe Serviceteil, S. 305ff.). Einsteigerkurse werden von den Filmhäusern (siehe Serviceteil, S. 329) angeboten. Sie müssen auch nach der Hochschulausbildung erst verschiedene Produktionsjobs durchlaufen, ehe Sie selbst »Und bitte!« rufen dürfen. Der Nachteil der meisten Studiengänge ist, daß sie nicht genügend Praxisnähe haben. Manche Regieaspiranten steigen deshalb lieber direkt in die Produktion ein und versuchen, über mehrere Jobs und Jahre hinweg, sich hochzuarbeiten.

Regieassistentin
Sie ist die rechte Hand der Regisseurin – vor und während des Drehs. Ihr Hauptaufgabengebiet liegt aber nicht im Bereich der Umsetzung, sondern der Organisation. Sie arbeitet am Drehplan mit und erstellt – in Absprache mit der Produktion – einen detaillierten Plan (Drehbuchauszug) jeder Szene, die gedreht wird – das betrifft alles von Auftritten der Schauspieler über Deko und Requisite bis hin zu den Einstellungen. Grundlage dafür ist das Drehbuch.

Die Regieassistentin ist meist für die Besetzung der Statistenrollen verantwortlich und arbeitet bei Drehs, die viele Statisten erfordern, mit einer Komparsenführerin zusammen. Mit der Aufnahmeleitung erstellt sie die Tagesdispo, den Plan für das tägliche Drehpensum. Sie macht sich Notizen über geplante Schnittfolgen und übernimmt auch schon mal kleinere Drehs wie Standbilder oder Zwischenschnitte. Die Wünsche der Regisseurin werden meist durch ihre Assistentin übermittelt, sie ist also in ständigem Dialog mit der Aufnahmeleitung.

Bei Dreharbeiten geht ständig etwas schief, allein schon deshalb, weil so viele Leute involviert sind und so viele Sachen klappen müssen. Oft hat die Regisseurin neue geniale Einfälle, die aber schwer umzusetzen sind, und mit denen keiner gerechnet hat. Als Assistentin brauchen Sie deshalb starke Nerven. Sie bekommen den ganzen Druck seitens der Regie ab, andererseits ist es auch ein phantastischer Platz, um zu lernen, denn Sie haben mit allen Bereichen der Produktion zu tun. Aus der Regieassistentin wird nicht automatisch ein Regisseurin, eigentlich in den seltensten Fällen. Ihr Schwerpunkt ist die Organisation, nicht die »Kunst«.

Anforderungen
Den Überblick bewahren können, Organisationstalent, Kreativität, Umgänglichkeit.

Ausbildung
Regieassistenten haben die unterschiedlichsten Werdegänge und Ziele. Manche kommen aus dem Produktionsbereich und haben sich als Aufnahmeleitung die ersten Sporen verdient, andere sind über Praktika »reingerutscht«. Für manche ist der Job eine Durchlaufstelle, andere üben ihn jahrelang aus. Eine richtige Ausbildung gibt es nicht.

Bildregisseurin
Sie hat, im Gegensatz zur Regisseurin, nichts mit den Inhalten einer Produktion zu tun. Die Bildregisseurin ist vor allem bei Live-Produktionen dabei, egal ob Nachrichten, Talkshow oder Sport. Sie kontrolliert aus dem Regieraum bzw. dem Ü-Wagen den Übergang von einer Einstellung in die andere. Sie muß blitzschnell ihre Anweisungen an die Kameraleute und hauptsächlich an die Bildmischerin geben: »Kamera 1, jetzt Kamera 2, jetzt den Satelliten, rüber auf die Grafik, wieder Kamera 1, jetzt das Telefon!« Am meisten ist sie gefordert, wenn etwas nicht nach Plan läuft: Eine Kamera fällt aus, ein Satelliten-Link bricht zusammen, oder die Schaltung nach Tokio klappt zum dritten Mal nicht.

Anforderungen
Absolute Streßresistenz, gutes Sehvermögen, technisches Know-how, Teamfähigkeit.

Ausbildung
Es gibt keine offizielle Ausbildung. Einstieg in die Praxis über eine Assistenz bei Sendern oder Produktionsfirmen und dann Learning-by-doing.

Kamerafrau/Kameraassistentin
Leni Riefenstahl, umstritten u.a. wegen ihrer Propagandafilme über die Reichsparteitage, umjubelt wegen ihrer Bilder von der Olympiade 1936, war Kamerafrau und Regisseurin – eine der ersten Frauen in Deutschland, die sich hinter das Objektiv wagten. Allzu viele gibt es von ihnen immer noch nicht, aber zumindest im Studiobereich sind die Volontärsgruppen mittlerweile mit deutlich mehr Frauen besetzt. Rund 1 500 Kameraleute gibt es hierzulande, davon sind 10% weiblich.

Kameraarbeit ist kreativ und handwerklich. Einstellungen wählen, Licht setzen, Schärfe ziehen, schwenken, Kamerafahrten machen. Für die Kamera im Studio sind die Einstellungen vorgegeben. Bei einer Live-Show teilen sich mehrere Kameraleute die Arbeit. Der Erste Kameramann bzw. die Erste Kamerafrau bestimmen über Ausleuchtung und Lichteffekte, die anderen handeln auf Anweisung der Regie.

Optimal ausgeleuchtete Bühnen und Gesichter sind immer das, was die Regie sehen will. Bei Fiction-Produktionen (16-mm) und auch Dokumentationen tanzt die Kamerafrau nicht einfach nach der Pfeife der Regisseurin, die Wahl der Einstellungen und Perspektiven ist Teamarbeit zwischen den beiden. Sie ist bei den Mustervorführungen der Cutterin dabei, um sofort den Check zu machen, ob ihre Aufnahmen technisch in Ordnung sind.

Ganz anders ist aktuelle Kameraarbeit (EB, elektronische Berichterstattung mit Betacam SP). Wenn vor Ort ein Bericht für die Nachrichten gedreht wird, verlassen sich die Redakteure auf die Bilder, die die Kamerafrau eigenständig macht, denn der Beitrag muß in der Regel schnell gestrickt sein. Die Kameraassistentin übernimmt die Tonarbeit, denn bei EB werden Bild und Ton zusammen aufgezeichnet.

Anforderungen
Technische und künstlerische Fähigkeiten, körperliche Fitneß (Kameras sind schwer!), gutes Sehvermögen, Farbsicherheit.

Ausbildung
Um 35- oder 16mm-Kamerafrau zu werden, müssen Sie mehrere Jahre als Kameraassistentin arbeiten, erst dann dürfen Sie selbst hinter die Arri-Kamera. Bei der EB-Kamera geht es wesentlich schneller. Die größeren TV-Sender bieten Volontariate an, ebenso Produktionsbetriebe. Gerade in der aktuellen Berichterstattung haben Sie sehr schnell die Chance, die Kamera zu bedienen. Für EB-Kamera ist der beste Einstieg ein Praktikum oder Volontariat. Ähnliches gilt auch für die Studiokamera. In den Filmhochschulen werden Sie mit Kameraarbeit vertraut gemacht, eine Fachschulausbildung bietet die Staatliche Fachschule für Optik und Fototechnik, Berlin (siehe Serviceteil, S. 316). Einsteigerkurse gibt es bei den Filmhäusern oder privaten Akademien (siehe Serviceteil, S. 329ff.).

Interview mit Alex Brandt, freie Kamerafrau
Mit 14 begann sie die Ausbildung an einer Wiener Fotografie-Fachschule, dann absolvierte Alex Brandt (25) die klassische Kameralaufbahn beim ORF. Sie lernte das Handwerk mit elektronischen Kameras und Filmkameras, im Studio, am Set und im Ü-Wagen. Sie drehte Musikvideos, Werbefilme, und arbeitet jetzt in Hamburg mit einer Produktionsfirma zusammen, die für den Musiksender VH-1 produziert.

Welche Drehs machen Sie für VH-1?

Alles vom Trailer bis zur Studiokamera. Viele Interviews und Konzerte – manchmal mit meinen Lieblingsmusikern. Bei Außendrehs bin ich oft nur mit einer Person aus der Redaktion unterwegs und meinem Assi, der auch Ton macht.

Die Produktion von Musikvideos ist um einiges aufwendiger.

Da hast du Assistent, Dolly-Grip, Regie, Aufnahmeleitung, etc. – den ganzen Stab. Du mußt Musik in Bilder umsetzen, das ist spannend – aber natürlich suchst du dir die Geschichte nicht aus, sondern machst das, was vorgeschrieben ist. Früher dauerte die Produktion einige Tage. Heute werden die Clips oft in 18 Stunden abgedreht. Da mußt du deine Einstellungen verdammt schnell im Kasten haben.

Wie kommt man an Jobs ran?

Die Leute sehen sich deine Musterrollen an und entscheiden dann, ob ihnen deine Arbeit gefällt. Das ist es, was letztendlich in diesem Job zählt, und natürlich Mundpropaganda.

Als Frau in der »Männerdomäne« Kamera – lief der Einstieg problemlos?

Ich habe sehr jung angefangen, und das hat einen großen Vorteil: Es streßt dich nicht besonders, wenn Männer dich schräg anmachen. Ich hatte immer extreme Outfits, meistens Glatze oder absoluter Kurzhaarschnitt. Daß alle perplex waren, war gut für mich. Wenn Leute erstaunt sind, kannst du sie »überwältigen« und von dir überzeugen.

Wie reagieren die Kollegen?

Ich habe zwei Assistenten, beide sind Ende 20. Die Jungs haben kein Problem mit mir als Chefin – sonst könnte ich auch nicht mit ihnen zusammenarbeiten. Unter den Lichttechnikern sind ganz wenig Frauen. Da gibt es liebe Jungs und absolute Machos. Die sind mir unterstellt und haben teilweise wirklich Schwierigkeiten mit Frauen. Aber ich bin die Chefin und muß sagen: »Junge, geh da hoch, nimm den 2-KW-Scheinwerfer und setz ihn um, ich brauche ihn woanders.« Und dann muß er das tun, ob er will oder nicht.

Und die Reaktionen Ihrer Auftraggeber?

Kamera ist Dienstleistung, wir arbeiten für Kunden, die ein erstklassiges Produkt haben wollen. Sie müssen davon überzeugt sein, daß du ihnen Qualität verkaufst. Natürlich gibt es Vorurteile gegenüber einer Kamerafrau. Aber wenn du gut genug bist, kommen die Leute auf dich zurück.

Was sagen Sie zu der Behauptung, die Kamera sei zu schwer für eine Frau?

Alle Kameraleute kennen Rückenschmerzen – du schleppst 15 bis 20 Kilo durch die Gegend. Das ist eine Frage der Technik. Ich kenne keine Kamerafrau, die einen Bandscheibenschaden hat, aber einige Männer.

Was braucht eine Frau, die hinter der Kamera stehen will?

Fähigkeit, Mut, Durchsetzungskraft, Abgebrühtheit, Forschheit. Ganz wichtig: Du stehst als Frau da, und das muß selbstverständlich sein. Du mußt lernen, nicht immer alles auf die Goldwaage zu legen. Sonst vermutest du hinter allem einen Angriff, bist ständig in Abwehrstellung – und wirst auf die Dauer nur noch bissig. Für mich gilt die Devise: Ich mache Kamera und bin in erster Linie Mensch.

Film- und TV-Komponistin

Ein lukrativer Randbereich: Serien brauchen Titelmelodien, Vorspanne, eingängige Jingles. Es gibt einen kleinen Kreis etablierter Musiker, die fürs Fernsehen komponieren und sich dabei eine goldene Nase verdienen (wegen der Gema-Tantiemen). Die meisten arbeiten mit elektronischen Klangerzeugern, Sequenzern und Samplern, um Melodien für Millionen zu erfinden. In der Regel sind es Musiker, die bereits erfolgreiche Titel produziert oder geschrieben haben. Einige wenige Studiengänge haben sich auf diesen Bereich spezialisiert, siehe Serviceteil, S. 328.

Cutterin

Der Begriff »schneiden« wird immer noch verwendet, obwohl gar kein Band mehr geschnitten wird, zumindest nicht bei TV-Bildern, vielmehr wird es kopiert. Für Filmmaterial ist er jedoch zutreffend, denn hier werden die Negativstreifen geschnitten und aneinandergeklebt. Für die zwei Arten des Filmschnitts ist jeweils eine gesonderte Ausbildung notwendig.

Wenn die Redakteurin mit ihrem aktuellen Bildmaterial vom Außendreh zurückkommt, zieht sie sich mit der Cutterin in den Schneideraum zurück. Dort bedient die Cutterin die Edit (Schnitteinheit), und aus dem Rohmaterial wird ein fertiger Beitrag mit Aufblenden, Überblenden, Tricks oder auch digitalen Effekten hergestellt. Für den Ton und das Einblenden von Musik ist sie ebenfalls zuständig. Anhand der Schnittliste werden die Bilder ausgewählt, die in den Beitrag aufgenommen werden sollen. Gleichzeitig macht sie Sprachaufnahmen, wenn für den Beitrag ein Voice-over gesprochen werden muß. Die Sprecher sitzen in einer der Schnitteinheit angeschlossenen Sprachkabine und stehen per Mikro mit der Cutterin in Kontakt.

Bei manchen Beiträgen kann die Cutterin ihre eigenen Vorstellungen einbringen und verwirklichen. Es kommt stark auf die Redakteurin an, wie intensiv diese mit der Cutterin zusammenarbeitet. Gute Cutterinnen haben schon oft einen Beitrag oder sogar ganze Filme gerettet, indem sie schwierige Bildsequenzen durch ihren Schnitt zu einem homogenen Ganzen zusammenfügen.

Bei Fiction-Produktionen arbeitet die Cutterin mit der Regisseurin zusammen. Am Ende eines jeden Drehtages wird das belichtete Filmmaterial zum Kopierwerk geschickt. Am nächsten Tag geht es direkt zur Cutterin und kann dann von ihr zum Rohschnitt zusammengefaßt werden, in der Regel auf einem digitalen Schnittsystem wie z.B. Avid. Manchmal sieht sich die Regisseurin erst den kompletten Rohschnitt an. Die Cutterin fertigt den Mischplan an, d.h. wie Ton und Geräusche beigefügt werden sollen. Der Endschnitt erfolgt zusammen mit Regisseurin und Tonmeisterin.

Anforderungen

Technisches Interesse, »Gefühl« für Bilder und Beiträge, Konzentrationsfähigkeit, gutes Seh- und Hörvermögen. Cutterinnen sollten großes Interesse an visueller Gestaltung haben und technisch immer auf dem neuesten Stand sein. Von den ca. 1 500 Cuttern sind über 80% Frauen. Früher gab es kaum Männer in diesem Beruf, das ändert sich jedoch zunehmend.

Ausbildung

Abitur oder mittlere Reife, dann Lehre in einem fotografischen Beruf. Oder direkter Einstieg über Praktika bzw. ein Volontariat bei TV-Sendern, Produktions- und Postproduktionsfirmen, die die Nachbearbeitung von Filmmaterial übernehmen. Es gibt keine einheitliche Ausbildung. Für öffentlich-rechtliche Cutter-Volontäre stehen zur Verfügung: Schule für Rundfunktechnik, Nürnberg, und Arbeitsgemeinschaft zur Nachwuchsförderung für Film und Fernsehen (NDR), Hamburg. Mittlerweile gibt es bei Filmhäusern und anderen Instituten (siehe Serviceteil, S. 329ff.) für die verschiedenen Schnittsysteme Einsteiger-Kurse. Eine Hochschulausbildung gibt es an der Hochschule für Film und Fernsehen in Babelsberg (siehe Serviceteil, S. 307).

Interview mit Britta Benecke, freie Cutterin
Britta Benecke (27) ging nach dem Abitur zu einer kleinen Produktionsfirma, wo sie ein Jahr lang als Praktikantin im Schnitt arbeitete. Danach landete sie einen Job bei Vox und ist mittlerweile freie Cutterin – mit Aufträgen von Vox, Viva und Super RTL.

Ist ein Praktikum der übliche Einstieg?

Ja, das haben fast alle meine Kollegen gemacht. Am Anfang habe ich nur Kassetten kopiert und erst nach und nach durfte ich selbst an die Edit. Es läuft immer ähnlich ab. Du wirst jemandem zugeordnet, der die Ausbildung schon hinter sich hat. Oft hat der dann die Meinung: »Ich ziehe mir hier doch nicht meine eigene Konkurrenz ran«, und bringt dir nichts bei. Wenn du Glück hast, organisiert dein Arbeitgeber Schulungen. Die sind ziemlich teuer und kosten circa 1200 DM am Tag.

Wie entwickelt sich die Arbeit einer Cutterin?

Du fängst auf auf einem Dreierschnittplatz mit kleinem Mischer an und arbeitest dich zur digitalen Schnitteinheit hoch. Am Anfang machst du relativ einfache Sachen, meist im Nachrichtenbereich. Da geht es nur um Schnelligkeit, technisch ist das nicht sehr aufwendig. Die Sequenzen werden schnell aneinandergeheftet, Sprachaufnahme drauf und ab zur Sendung. Dann geht es weiter mit Magazinen, bei denen es stark auf die Bildästhetik ankommt: funktionierende Übergänge, Effekte, Verschönerungen. Wie stellt man beispielsweise eine Traumsequenz dar? Da kannst du deine Phantasie mit Hilfe der Technik verwirklichen.

Ihr Spezialgebiet sind Programmankündigungen für Spielfilme. Wie werden diese Promos hergestellt?

Einen großen Teil der Arbeit kann ich zu Hause erledigen. Ich schaue mir den Film auf Videokassette an und überlege, was ich dazu machen will. Beispiel Actionfilm: Zeige ich nur harte Actionszenen oder auch die romantischeren Teile? Du kannst einen Film je nach Auswahl der Szenen völlig anders »verkaufen«. Das Ziel ist immer, die Zuschauer so neugierig auf den Film zu machen, daß sie einschalten. Ich wähle die Filmszenen aus, mache die Schnittliste, suche die passende Musik aus, denke mir einen passenden Text aus und gehe in den Schnitt. Sprachaufnahme, Abmischen von Musik und O-Tönen, und das Promo ist fertig. Eine Cutterin ist sonst immer das »ausführende Organ«. Bei Promos kann ich meine eigenen Ideen verwirklichen.

Was ist besonders wichtig für den Job?

Daß du immer auf dem neuesten Stand der Technik bist. Sonst bist du ganz schnell weg vom Fenster. Avid, die neue Generation von Schnittgeräten, ist voll digital, fast PC-Arbeit. Das ist auch die Zukunft, und das muß jede Cutterin draufhaben.

Haben Sie noch einen Tip für Einsteigerinnen?

Ja, aber der hat nichts mit dem Schnitt zu tun. Er heißt: sich nicht unter Wert verkaufen. Ich bin am Anfang mit sehr wenig Geld eingestiegen und mußte dann alle drei Monate bei meinem Vorgesetzten auf der Matte stehen, um wieder nach mehr Geld zu fragen. Mittlerweile kenne ich meinen Marktwert genau. Ich weiß, was ich zu bieten habe und fordere entsprechende Bezahlung.

Beleuchterin

Die Beleuchterin sorgt bei TV-Produktionen im Studio und draußen für das rechte Licht. Wenn Sie jemals Dreharbeiten beobachtet haben, dann wissen Sie, daß selbst in hellen Räumen noch gleißendes Scheinwerferlicht aufgestellt wird, denn die Kameras benötigen hohe Lux-Zahlen, um deutliche Bilder aufzunehmen. Die Beleuchterin montiert die Scheinwerfer und richtet sie ein. Sie wartet ihre Scheinwerfer, auch kleinere Reparaturen muß sie ausführen. Die Kamerafrau legt die Lichtstimmung für eine Szene fest. Für jede Art der »Lichttemperatur« gibt es die entsprechende Lichtausrüstung. Wenn die Beleuchterin alles eingerichtet hat, wirft die Regisseurin einen prüfenden Blick in die Kamera und sagt, ob sie damit zufrieden ist.

Wird außerhalb des Studios gedreht, dann muß die Stromversorgung sichergestellt sein. Denn Sie können nicht mal eben beim Nachbarn fragen, ob Sie einstöpseln dürfen, wenn mehr als 1 000 Watt leuchten sollen. Im Studio sieht die Arbeit anders aus. An der Studiodecke hängen Hunderte von Scheinwerfern, und es bedarf meist mehrerer Stunden, um das Licht optimal einzurichten. Schließlich sollen die Gegenstände erstrahlen und keine Schatten auf die Gesichter der Personen fallen.

Anforderungen
Körperliche Fitneß, denn Scheinwerfer sind nicht gerade leicht. Teamfähigkeit, schnelle Auffassungsgabe und das »Auge« für Lichtverhältnisse und Lichtstimmungen werden ebenfalls vorausgesetzt.

Ausbildung
Mittlere Reife oder auch qualifizierter Hauptschulabschluß, abgeschlossene Berufsausbildung, z.B. als Elektromechanikerin oder Elektrikerin. Dann direkter Einstieg bei TV-Sendern und Produktionsfirmen. Von der Assistentin kann man sich zur Oberbeleuchterin/Beleuchtungsmeisterin hocharbeiten. Männer sind in der Überzahl, aber es gibt die eine oder andere Beleuchterin.

Bühnenbildnerin
Im Fernsehstudio sehen die Dekorationen immer ein bißchen lächerlich und nach Pappmaché aus – wenn das Ganze dann zu Hause auf dem Bildschirm erscheint, wirkt es oft bombastisch. Das ist das Werk der Bühnenbildnerin. Sie denkt sich die Kreationen aus und setzt sie mit ihrem Team um. Oft ist selbst ein aufwendiger Studiobau günstiger, als vor Ort zu drehen.

Am Anfang jedes Bühnenbildes stehen Skizzen, die mit der Redakteurin der Sendung abgestimmt werden. Bei größeren Aufbauten wird oft mit Modellen gearbeitet. Wenn diese genehmigt sind, wird gebaut. Die Bühnenbildnerin muß dabei auf ihr Budget achten, aber auch darauf, daß keine Farben und Materialien verwendet werden, die im Fernsehbild verschwimmen oder spiegeln. Sie stimmt sich deshalb vorher mit Kamera, Maske und Kostümbildnerin ab, um einen einheitlichen »Look« zu schaffen.

Dekos müssen für jede Show, Talkshow, für jedes Magazin, jede Serie gebaut werden. Oft genügt eine »Einmalausstattung«, bei manchen Magazinen wechselt die Studiodeko aber bei jeder Sendung. Arbeit gibt es also genug, aber in den Kreis der Auserwählten zu kommen, die angerufen werden, wenn es um ein neues Bühnenbild geht, ist schwierig. Immer wichtiger werden technische Hilfsmittel wie CAD (Computer Aided Design). Auch mit virtuellen Studios sollten sich zukünftige Bühnenbildnerinnen anfreunden.

Anforderungen

Sie müssen künstlerisch denken und ihre Ideen handwerklich umsetzen. Gefordert sind Stilsicherheit, Kenntnis aktueller Trends, Phantasie, Verständnis für die optische Wirkung und Sinn fürs Finanzielle.

Ausbildung

Bühnenbildner für die TV-Produktion kommen häufig aus dem Theaterbereich. Nicht selten sind es auch Autodidakten, die sich von einer Assistenz aus hochgearbeitet haben. Manche kommen von Kunsthochschulen oder haben Architektur studiert. Früher genügte eine Fachausbildung im Bühnen- oder Szenenbau, heute wird diese zuweilen neben dem Studium verlangt. Auf jeden Fall muß Praxiserfahrung vorgewiesen werden. Ein Weg ist also: Absolvieren Sie ein Kunst- oder Architekturstudium und Praktika bei Theatern oder TV-Sendern. Es gibt außerdem spezielle Studiengänge – an der Fachhochschule Rosenheim und der Staatlichen Hochschule für Gestaltung in Karlsruhe (siehe Serviceteil, S. 321).

Requisiteurin
Alle Requisiten, Dekorationen und »Kleinteile«, die später auf dem Bildschirm zu sehen sind, besorgt die Requisiteurin. Sie arbeitet eng mit der Regisseurin und vor allem mit der Bühnenbildnerin zusammen. Bei Serien liegt ihr das Drehbuch vor, anhand dessen sie ihre »Einkaufsliste« macht. Sie braucht Phantasie und gute Verbindungen, wenn von der Regie außergewöhnliche Dinge wie Zirkuselefanten oder ein Auto Baujahr 1928 verlangt werden. Auch Maskenmaterial und Kostüme organisiert sie. Sie muß das Ganze rechtzeitig bereitstellen, aufbauen, abbauen, archivieren und wieder zurückgeben. Außerdem ist sie für die Verwaltung der Requisitenkosten zuständig.

Bei größeren Drehs gibt es eine Außen- und eine Innenrequisiteurin. Erstere ist für die Beschaffung der benötigten Requisiten und die termingerechte Lieferung zuständig, letztere baut die angelieferten Teile zusammen – so, wie Bühnenbildnerin und Regisseurin sich das vorstellen. Bei Historienfilmen ist die Requisite besonders aufwendig – da muß alles stimmen, vom silbernen Löffel bis zum Kronleuchter.

Anforderungen
Handwerkliches Geschick, gute Allgemeinbildung, Organisationstalent, die Kunst des Improvisierens – und hervorragende Kontakte. Sicherheit im Umgang mit Stilen und gutes ästhetisches Empfinden sind wichtig. Den Führerschein brauchen Sie unbedingt, da sehr häufig Sachen transportiert werden müssen.

Ausbildung
Qualifizierter Hauptschulabschluß, besser Realschulabschluß, kaufmännische Grundkenntnisse, abgeschlossene Lehre als Schreinerin, Tischlerin, Raumausstatterin, Malerin. Dann zweijähriges Volontariat bei Theater, Film oder Fernsehsender. Die Stellen für Requisiteure werden ausgeschrieben, aber am besten ist es, Sie kontaktieren Sender oder Produktionen direkt. Diverse Hochschulen (siehe Serviceteil, S. 323ff.) bieten Ausbildungen an, dafür ist Abitur die Voraussetzung.

Bühnenmeisterin/Studiomeisterin
Sie macht gemeinsam mit ihrem Team die Auf- und Umbauten im Studio oder am Produktionsort. Außerdem überwacht sie die Sicherheitsvorschriften wie z.B. Brandschutz. Sie bekommt ihre Anweisungen von der Bühnenbildnerin und koordiniert die Termine. Im Studio ist der zügige Abbau besonders wichtig, damit die Moderatoren der nächsten Sendung, die dort aufgezeichnet wird, nicht in der falschen Kulisse stehen.

Anforderungen
Körperliche Fitneß und sehr viel Durchsetzungsvermögen. Bühnenmeister ist ein traditionell männlicher Beruf.

Ausbildung
Abgeschlossene Lehre, z.B. als Schreinerin, und abgeschlossene Ausbildung beim TV-Sender als staatlich geprüfte Studiomeisterin.

Bühnenhandwerkerin
Nach den Vorgaben der Bühnenbildnerin baut und zimmert sie die Dekorationen zusammen. Sie muß maßstabsgetreu arbeiten und die Vorlagen bzw. Modelle fernsehgerecht umsetzen.

Anforderungen
Handwerkliches Geschick und gutes Vorstellungsvermögen. Gefühl für die Umsetzung der künstlerischen Entwürfe.

Ausbildung
Abgeschlossene Berufsausbildung, z.B. als Tischlerin, Schreinerin, Malerin, Raumausstatterin, dann direkter Einstieg bei TV-Sendern oder Produktionsfirmen.

Kostümbildnerin
Jedes Jacket, jede Perlenkette, die in einer TV-Serie getragen wird, hat die Kostümbildnerin ausgesucht. Sie »kennt« die Helden der Geschichte aus dem Drehbuch und macht sich ihr Bild von ihnen. Gemeinsam mit der Regisseurin legt sie die Typen fest und

wie sie auszusehen haben. Die Millionärsgattin bekommt Chanelkostüme, die Putzfrau Billig-Leggins. Schwieriger wird es, wenn die Handlung im vorigen Jahrhundert oder zur Römerzeit spielt. Dann müssen die Kostüme entworfen und geschneidert werden – die anspruchsvollste Aufgabe einer Kostümbildnerin.

Bei zeitgenössischen Inhalten geht die Kostümbildnerin einkaufen. Oft auch leihen große Modefirmen ihre Modelle aus, denn sie haben verständlicherweise Interesse daran, ihre Mode auf dem Bildschirm wiederzusehen. Die Kostümbildnerin überwacht die Anschaffung, behält die Übersicht über ihr Budget, weist Änderungen an, wenn den Schauspielern die Sachen nicht passen. Sie achtet darauf, daß keine feinstreifigen Stoffe getragen werden, denn das erzeugt einen Flimmereffekt. Unter ihrer Anweisung sorgen die Garderobieren dafür, daß die Kleider immer frisch gereinigt und in gutem Zustand zur Verfügung stehen. Wenn die Kostüme angeliefert bzw. angefertigt sind, müssen sich alle Darsteller zur Kostümprobe einfinden, damit die Regisseurin diese abnehmen, d.h. für gut befinden, kann.

Anforderungen
Neben Stilsicherheit und ästhetischem Empfinden sind Einfallsreichtum, unkonventionelle Ideen, handwerkliches Geschick und Organisationstalent gefragt.

Ausbildung
Entweder Schneiderlehre und dann eine Assistenz bei TV-Sendern, TV-Produktionen, Film oder Theater. Oder Studium mit Fachrichtung Mode oder Design an einer der Hochschulen für Kunst und Design (siehe Serviceteil, S. 317ff.) oder dem Lette-Verein (siehe Serviceteil, S. 332), begleitet durch Praktika. Letzteres ist heute der Weg, der zu mehr Erfolg führt. Manche schaffen auch den Sprung von der Garderobiere zur Kostümbildnerin. Die Fachhochschule Hamburg und die Hochschule für Bildende Künste Dresden bieten eigene Studiengänge mit Fachrichtung Kostümbild an (siehe Serviceteil, S. 323ff.).

Garderobiere
Die Kostümbildnerin stellt anhand des Drehbuches einen »Kostümauszug« zusammen. In dieser Arbeitsgrundlage für die Garderobiere sind die Kostüme aufgelistet, die für die einzelnen Szenen benötigt werden. Bei kleineren Produktionen übernimmt die Garderobiere selbst das Erstellen des Kostümauszugs. Sie stellt die Kleidungsstücke bereit und achtet darauf, daß die Anschlüsse von einer Szene zur anderen stimmen – der Held darf nicht plötzlich ein grünes Jackett tragen, wenn er vorher ein rotes anhatte. Sie hält die Garderobe in Schuß, ändert, repariert und sorgt dafür, daß die nicht mehr benötigten Teile zurückgehen. Accessoires oder Sonderanfertigungen stellt sie auch selbst her.

Alle Fernsehsender mit Live-Programmen haben festangestellte Garderobieren, die sich um die Kleidung der Moderatoren kümmern. Die TV-Garderobiere ist die Ansprechpartnerin für die Modefirmen, die ihre Kollektionen kostenlos zur Verfügung stellen.

Anforderungen
Handwerkliches Geschick und Organisationstalent. Freundliche Art im Umgang mit Schauspielern und Moderatoren.

Ausbildung
Qualifizierter Hauptschulabschluß oder mittlere Reife, danach abgeschlossene Schneiderlehre. Der Einstieg erfolgt bei Theater, Film, TV-Produktionen oder TV-Sendern. Die Stellen werden manchmal ausgeschrieben, aber es ist ratsamer, den direkten Kontakt zu suchen. Praktika in diesem Bereich sind zwar ungewöhnlich, aber versuchen sollten Sie es trotzdem, wenn es schwierig ist, eine Direktanstellung zu bekommen.

Maskenbildnerin
Warum sehen die meisten TV-Promis immer so blendend aus? Nicht alle sind Naturschönheiten, und auch wenn – ohne das Werk der Maskenbildnerin wären sie auf dem Bildschirm nur halb so schön. Maskenbildnerinnen, die beim Fernsehen angestellt sind, schminken Moderatoren, Nachrichtensprecher, Gäste.

Männer werden hauptsächlich gepudert (damit das Gesicht nicht glänzt), Frauen bekommen den ganzen Malkasten. Auch das Frisieren gehört dazu.

Bei TV-Produktionen ist die Arbeit der Maskenbildnerin um einige Aufgaben erweitert: Sie stellt aus unterschiedlichen Materialien Masken her, setzt Haarteile ein, fertigt Perücken und Bärte an. Während des Drehs schminkt sie nach und paßt auf, daß nichts verrutscht und keine Nase glänzt. Die anspruchsvollsten Aufgaben haben Maskenbildner beim Film. Man denke nur an Horror- oder Science-Fiction-Filme. Beim Fernsehen liegt der Schwerpunkt auf Make-up, Frisur und dem Hinschminken von Wunden/Verletzungen.

Anforderungen
Gutes stilistisches Empfinden, ein »Gefühl« für Gesichter und den richtigen Einsatz des Make-ups, Freundlichkeit im Umgang. Ein typischer Frauenberuf, es gibt nur wenige männliche Maskenbildner.

Ausbildung
Eine abgeschlossene Friseurlehre ist die Voraussetzung für ein Volontariat als Maskenbildnerin bei TV-Sendern, Produktionsfirmen, Film oder Theater. Nach zwei Jahren erfolgt die Maskenbildnerprüfung zur Erlangung des Diploms. Bewerben Sie sich direkt um einen Volontariatsplatz. Wollen Sie die Friseurlehre umgehen, müssen Sie ins Ausland. Innerhalb Europas gibt es vor allem in England (London) diverse Schulen, deren Kosten aber entsprechend hoch sind.

Geräuschemacherin
Bei Film- und Fernsehaufnahmen gibt es zwei verschiedene Arten von Geräuschen: Die »Atmo«, die atmosphärischen Hintergrundgeräusche am Drehort (Stimmengewirr, Verkehr, Vogelgezwitscher), und die eher zufälligen Geräusche (Schlagen von Türen, Regengeprassel, Donner, Quietschen). Wenn letztere in der Originalaufnahme zu leise sind, werden sie künstlich im Tonstudio

erzeugt. Die Geräuschemacherin ergänzt oder ersetzt fehlende Geräusche.

Obwohl es heute CD-Archive mit Geräuschen aller Art gibt, ist die traditionelle Art des Geräuschemachens immer noch die häufigste. Der Geräuschemacherin werden alle Filmsequenzen im Rohschnitt vorgeführt, die eine Nachvertonung brauchen. Im Tonstudio erzeugt sie diese Töne live – mit oft sehr ungewöhnlichen Mitteln: Pferdegetrappel durch zwei aufeinander geschlagene Kokosnüsse. Das wird so lange wiederholt, bis es mit dem entsprechenden Bild synchron ist.

Anforderungen
Sehr gutes Gehör, viel Phantasie und Experimentierfreude mit Klängen.

Ausbildung
Viele Geräuschemacher haben bereits als Tonmeister gearbeitet. Die meisten sind freiberuflich tätig und werden von Produktionsfirmen engagiert. Festanstellungen gibt es nur in sehr großen Filmstudios. Dort wird auch ausgebildet. Der beste Einstieg ist die Assistenz bei einem erfahrenen Geräuschemacher.

Pyrotechnikerin
Es gibt sowieso nur wenige Repräsentanten dieses Berufsstandes und noch ist keine Frau darunter. Action im Fernsehen lebt – neben den Verfolgungsjagden – von Explosionen, Autos, die durch die Luft fliegen, und Häusern, die zerbersten. Pyrotechniker arbeiten absolut präzise. Der Sprengstoff muß wohldosiert sein und genau zum richtigen Zeitpunkt hochgehen – wenn die Asche wieder auf dem Boden liegt, ist alles im Kasten oder es wird mit viel Aufwand wiederholt. Im Kinofilm haben die Pyrotechniker ihren wahren Spielplatz – was wäre Arnold Schwarzenegger ohne feurig krachende Handgranaten! Bei TV-Produktionen hält sich der Einsatz der Sprengexperten allein schon aus budgetären Gründen in Grenzen.

Anforderungen
Was kann man dazu sagen? Lust an der Gefahr und Perfektionismus vielleicht!

Ausbildung
Dies ist kein Lehrberuf, da es so wenige Vertreter dieses Faches gibt. Für den Umgang mit den hochexplosiven Materialien bedarf es allerdings einer Spezialausbildung als Sprengmeisterin. Am besten können Sie das Gewerbe dann als Assistentin eines erfahrenen Pyrotechnikers erlernen, eine andere Möglichkeit gibt es im Moment nicht. Falls Sie sich dazu entschlossen haben – schreiben Sie uns eine Postkarte! Das würden wir zu gern wissen.

Berufe im Bereich Bild- und Tontechnik

Tonmeisterin/Tontechnikerin

Tonleute werden überall gebraucht: bei der Aufzeichnung einer Sendung im Studio, beim Dreh draußen vor Ort, bei der Nachbearbeitung und Abmischung. Ihre Arbeitsgeräte: Bandmaschinen, Mischpulte, Mikrofone, Effektgeräte. Sie sind für die Qualität der Tonaufzeichnungen zuständig und die Wartung der Geräte.

Tonmeisterin beim Sender: Sie ist verantwortlich für alles, was mit dem Aufnehmen und Übertragen des Tons zu tun hat. Bei der Studioproduktion (oder Ü-Wagen-Einsätzen vor Ort) plaziert sie die Mikros und sitzt bei der Aufzeichnung »hinter der Glasscheibe« bzw. im Ü-Wagen, wo sie am Mischpult die Tonqualität überwacht. Bei Shows und Talkshows werden sehr viele drahtlose Mikros eingesetzt. Oft ist die Tonassistentin mit im Studio, damit sie, falls eins ausfällt, schnell ein neues ans Revers heften kann.

Tonmeisterin am Drehort: Der gute Ton einer filmischen Produktion ist genauso wichtig wie erstklassiges Bildmaterial. Beides wird separat voneinander aufgenommen (im Unterschied zur EB-Aufzeichnung, vgl. EB-Kamera, S. 147f.). Bei Außendrehs ist die Analyse der Tonverhältnisse besonders wichtig. Danach entscheidet die Tonmeisterin, wo sie die Mikros plaziert. Nicht selten muß eine Einstellung ihretwegen nochmals gedreht werden, weil gerade ein Bus mit quietschenden Reifen durch den Dialog der Schauspieler fuhr. Die Tonmeisterin überwacht die Aufzeichnung, die Tonassistentin ist dafür zuständig, den Ton zu »angeln«. Das Mikrofon wird am »Galgen«, einer langen Stange, befestigt und so über die Köpfe der Schauspieler gehalten, daß die Stimmen deutlich aufgenommen werden können, das Mikro selbst aber nicht zu sehen ist. Vielleicht ist Ihnen schon manchmal bei Low-Budget-Filmen aufgefallen, daß oben ein schwarzes Ding ins Bild hängt ... Die Assistentin nimmt die »Atmo« – Originalgeräusche wie Straßenlärm und Stimmengewirr – separat auf. Denn manchmal müssen die Stimmen der Schauspieler nachsynchronisiert werden, und dafür wird dann die passende Geräuschkulisse benötigt.

Tonmeisterin in der Mischung: Im Gegensatz zu den Tonmeistern bei der Film- und Fernsehproduktion am Set ist sie in der Regel festangestellt. Die Endabmischung einer Produktion machen Regisseurin, Cutterin und Tonmeisterin zusammen. Es liegen alle Bänder vor: der Film und die Tonbänder mit O-Tönen der Schauspieler, Atmos, Geräuschen und der Filmmusik. Das muß zur Zufriedenheit aller abgemixt werden. Ein weiteres Einsatzgebiet für Tontechniker ist die Synchronisation.

Anforderungen
Gutes Hörvermögen, technisches Interesse, körperliche Fitneß.

Ausbildung
Lehre als Radio- und Fernsehtechnikerin oder in einem ähnlichen technischen Beruf und dann Einstieg bei Sender oder Produktionsfirma als Tonassistentin. Daneben gibt es private Institutionen wie die SAE-Schulen (siehe Serviceteil, S. 332f.). Allerdings sind diese mit hohen Kosten verbunden. ARD und ZDF restrukturieren ihre Tontechniker-Ausbildung gerade. Früher gab es eigene Lehrgänge an der SRT (Schule für Rundfunktechnik) in Nürnberg. Die wurden abgeschafft, und es gibt jetzt nur noch kurze Weiterbildungsseminare. Wahrscheinlich wird die Tontechniker-

Ausbildung ein Teil des neuen Berufsbildes der Mediengestalterin. Da dies jedoch noch nicht feststeht, fragen Sie am besten bei ARD und ZDF gezielt nach dem neuesten Stand.

Toningenieurin
Manche nehmen dieselben Aufgaben wahr wie Tonmeister, andere haben sich auf anspruchsvolle Bereiche wie Aufzeichnungen von Opern und Konzerten spezialisiert. Toningenieure sind am häufigsten in der Musikproduktion zu finden. Voraussetzung für den Titel ist immer ein abgeschlossenes Studium.

Anforderungen
Sie müssen Interesse an der Technik und an den künstlerischen Aspekten haben, Musikalität, hervorragende Ohren und selbst ein Instrument spielen können.

Ausbildung
Studium Toningenieurswesen, siehe Serviceteil, S. 312ff. Es ist von großem Vorteil, wenn Sie bereits erste praktische Erfahrungen in einem Tonstudio für Musikaufnahmen machen konnten. Die Absolventen der Hochschule in Detmold werden im Fernsehen und Hörfunk eingesetzt, wenn es um Aufnahmen geht, bei denen Musik (Orchesterproduktionen, Opern) im Mittelpunkt steht. Tonleute bei Sendern und Produktionsfirmen haben in der Regel eine praktische Ausbildung, Mitarbeiter mit Studium sind eher die Ausnahme.

Bildingenieurin/Sendeingenieurin
Die bildtechnischen Anlagen im Sender sorgen für die einwandfreie Aufzeichnung und Übertragung des Sendesignals – im Studio und bei Außenaufnahmen. Die Bildingenieurin bedient und wartet die Geräte. Bei Live-Sendungen überwacht sie den Aufbau sämtlicher Bildgeräte und arbeitet eng mit Kamera und Beleuchtern zusammen. Die Sendeingenieurin kontrolliert den laufenden Sendebetrieb und sorgt für die Übertragung des Sendesignals. Bei diesen Jobs ist Schichtarbeit im TV-Sender angesagt.

Anforderungen
Exzellentes Sehvermögen, technisches Verständnis, Teamfähigkeit und Belastbarkeit – und keine Scheu davor, im Uni-Hörsaal als Frau in der absoluten Minderheit zu sein.

Ausbildung
Hochschul- bzw. Fachhochschulstudium. Nachrichtentechnik und Elektrotechnik werden an zahlreichen Hochschulen in Deutschland angeboten. (Spezielle Studiengänge siehe Serviceteil, S. 312ff.) Noch sind die meisten Mitarbeiter in der Bildtechnik Berufspraktiker, die »Studierten« setzen sich aber langsam durch.

Interview mit Ida Shahnazari, CBC
Ida Shahnazari (31) studierte Maschinenbau in Teheran und kam nach Deutschland, um Luft- und Raumfahrttechnik zu studieren. Nach einem Jahr war ihr klar: »Ich werde nie einen Job in diesem Beruf bekommen. Luft- und Raumfahrttechnik zählt immer zum nationalen Sicherheitsbereich in einem Land. Mit einem persischen Paß undenkbar.« Also sattelte sie um auf Medientechnik (Stuttgart), stieg als Bildtechnikerin bei Vox ein und gehört jetzt als Sendeingenieurin zur CBC, Dienstleister in Sachen Sende- und Studiotechnik für Vox, Viva 1, Viva 2 und Super RTL.

Wie sehen Ihre täglichen Aufgaben aus?

Die CBC betreut vier Sender, für jeden gibt es ein rechnergestütztes Automationssystem, die LMS. Von jeder Sendeleitung bekommen wir am Tag vorher die Sendeablaufplanung. Wir sorgen dafür, daß die Programme, die sich auf Beta-Kassetten mit einer speziellen Codenummer befinden, in der LMS geladen werden und zur richtigen Zeit laufen. Wir sind auch für die Werbebreaks verantwortlich – die richtigen Spots müssen zur richtigen Zeit abgefahren werden. Werbung ist die heilige Kuh des Privatfernsehens – wenn die nicht korrekt on-air geht, haben wir ein Problem. Alles, was hier über Leitung, Satellit, aus dem Studio oder der LMS ankommt, kontrollieren wir und geben dann das Signal on-air.

Ist das bei jedem Sender so organisiert?

Im Prinzip ja. Aber manche Sender trennen die einzelnen Bereiche strikt, bei uns arbeiten die Leute übergreifend. Wir machen hier auch den MAZ-Bereich, die Aufzeichnung und die Schaltraum-Endkontrolle, ob Bild und Ton einwandfrei sind. Bei Übertragungen wie Tennis machen wir den sogenannten Downlink, d.h. wir holen die Fernsehbilder, die irgendwo auf der Welt aufgezeichnet werden, vom Satelliten herunter und geben sie on-air.

Worauf kommt es in diesem Job besonders an?

Schnelles Reaktionsvermögen. Wenn ein Problem auftaucht, hast du keine Zeit, lange zu überlegen. Die Maschine kann mal haken, es gibt einen Kassettenstau, oder der Rechner stürzt ab. Dann heißt es in Windeseile den Schaden beheben oder eine Alternative finden. Natürlich sind das Streßsituationen, und bei Live-Übertragungen ist immer ein bißchen Kribbeln dabei. Aber Erfahrung und Routine verschaffen Sicherheit.

In der Fernsehtechnik gibt es ständig Neuerungen. Wie bleibt man auf dem laufenden?

Von CBC aus besuchen wir regelmäßig Kurse. Ich war jetzt schon einige Male bei der SRT, der Schule für Rundfunktechnik, in Nürnberg. Auch die Hersteller der Geräte bieten Kurse an. Wir bestellen außerdem die neueste Fachliteratur. Ständig am Ball bleiben – das würde ich raten. Kinder sind bei unserem Job ein echtes Problem. Du darfst in der Schwangerschaft keine Nachtschicht machen. Und wenn du aussetzt, kommst du völlig raus, denn die Technik schreitet so schnell voran.

Frauen und Technik, eins der beliebtesten männlichen Vorurteile. Haben Sie damit zu kämpfen?

In meiner Abteilung gab es nie Probleme. Extern ist es anders. Wenn Leute wegen einer technischen Frage anrufen und ich am Apparat bin, dann wollen die erst mal einen Mann sprechen. Ich weiß genau, die denken, sie haben die Sekretärin an der Strippe. Wenn ich sage: »Kann ich Ihnen weiterhelfen?« ist die Antwort: »Es geht um was Technisches.« Da hilft dann nur noch, daß ich ganz protzig sage: »Ich bin SENDEINGENIEURIN, ich bin mir sicher, ich kann Ihnen helfen.«

Bildmischerin

Sie ist das Bindeglied zwischen Regie und Technik bei der Aufzeichnung von Sendungen oder bei der Live-Übertragung. Während im Studio die Moderatorin ihren Beitrag spricht, werden die Bilder der Kamera in den angrenzenden Regieraum übertragen. Dort sitzt die Bildmischerin mit Redakteurin und (Bild-)Regisseurin und mischt die Bilder: Sie schneidet von einer Kameraposition zur nächsten, überblendet oder geht zu MAZ-Einspielern über. Dabei steht sie ständig über Lautsprecher oder Kopfhörer in Kontakt mit den Kameraleuten im Studio. Von der Regisseurin hört sie während der ganzen Zeit »Kamera 1, jetzt 3, jetzt 4, Kamera 1....«. Das ist Hochleistungssport für beide. Je mehr Bildquellen es gibt, desto komplizierter ist der Job. Wenn noch digitale Effekte und Tricks dazukommen, wird es richtig spannend.

Die Bilder, die sie mischt, werden aufgezeichnet bzw. gehen live über den Sender. Zur Vorbereitung einer Sendung arbeitet sie das Drehbuch bzw. das Manuskript der Redakteurin durch. Außerdem nimmt sie an den Proben vor der Aufzeichnung teil, damit sie ihren Ablaufplan skizzieren kann.

Die Assistentin übernimmt unter Anleitung verschiedene Aufgaben, vor allem am Mischpult. Dort gibt es beispielsweise eine »Vorschauebene«, wo auf einem eigenen Monitor die Vorbereitungen für Blenden oder Tricks getroffen werden.

Anforderungen

Exzellentes Sehvermögen, Farbsicherheit, Konzentrationsfähigkeit und: Sie müssen sehr gut unter Streß arbeiten können.

Ausbildung

Mittlere Reife oder Abitur, Lehre in einem verwandten Berufsfeld und/oder direkter Einstieg bei einem TV-Sender oder einer Produktionsfirma als Assistentin oder Volontärin. Da bildtechnische Kenntnisse die Voraussetzung sind, ist der Einstieg auch über die Bildtechnik oder den Schnitt möglich.

Bildtechnikerin
Sie ist im Bereich der Bildtechnik für eine Vielzahl von Aufgaben zuständig: Sie baut die Geräte auf und ab, bedient sie und überwacht, ob sie korrekt funktionieren. Ihr Arbeitsfeld ist das Studio, der Ü-Wagen sowie am Set vor Ort. Als Medienbetriebstechnikerin (Meßtechnikerin) ist sie speziell für Wartung und Reparatur der Geräte zuständig.

Anforderungen
Exzellentes Sehvermögen, Farbsicherheit, gutes technisches Verständis. Außerdem sollten Sie körperlich fit sein, denn Sie müssen ab und zu schwer tragen.

Ausbildung
Abitur oder Fachhochschulreife oder mittlere Reife, abgeschlossene Lehre (Radio-, Fernsehtechnikerin, nachrichtentechnische Berufe wie z.B. Funkelektronikerin) und dann direkter Einstieg bei TV-Sender oder Studiobetrieb als Assistentin oder Volontärin. ARD und ZDF restrukturieren ihre Bild- und Tontechnikerausbildung gerade. Sie wird umgewandelt in die Ausbildung zur Fernsehtechnischen Assistentin oder Mediengestalterin, die Bild und Ton »kann« (siehe S. 169f.). Fragen Sie bei ARD und ZDF gezielt nach dem neuesten Stand.

Interview mit Tanja Kuhn, CBC
Tanja Kuhn (28) studierte Fotoingenieurswesen an der FH Köln. Sie wurde für kurze Zeit Vertriebsingenieurin für Fernsehobjektive bei Canon und arbeitete dann drei Jahre lang bei großen Sportveranstaltungen als Bildtechnikerin im Ü-Wagen. Jetzt ist sie Sendeingenieurin bei CBC, Köln.

Wie sieht ein Ü-Wagen-Einsatz aus?

Auf der Dispo steht, wie viele Kameras benötigt werden, welche Kabel usw. Man muß dafür sorgen, daß alles an Bord ist, bevor der Ü-Wagen losfährt. Das ist ein Riesen-LKW mit 18-Meter-Hänger, und jedesmal rollt ein ganzer Troß an: Bildingenieure, Tontechniker, Kameraleute, MAZ-Techniker, Kabelhilfen, die Fahrer.

Was macht eine Bildtechnikerin genau?

Du koordinierst die Kabelhilfen und sagst ihnen, wo die Kabel liegen müssen. Dann werden die Kameras aufgestellt und verkabelt. Autorennen sind am schlimmsten. Der Hockenheimring ist mittlerweile fest verkabelt, aber in Spa verlegst du Kilometer von Kabeln. Sie wurden auch schon mal grün angesprüht, damit sie wie Rasen aussahen. Wenn die Kameras stehen, wird alles durchgecheckt: Kameras, Monitore, Leitungen, es folgt die technische Probe, dann kann's losgehen. Bei der Übertragung bist du im Ü-Wagen für die Überwachung der technischen Qualität der Bilder zuständig: beispielsweise Weißabgleich – das kennt man ja von der Videokamera zu Hause -, Kontrast und Helligkeit der Bilder.

Worauf kommt es bei Sportübertragungen besonders an?

Live-Übertragungen sind hektisch, und du brauchst volle Konzentration. Du mußt unter Zeitdruck arbeiten können – das Spiel fängt zu einer bestimmten Zeit an, und bis dahin muß alles stehen. Wenn etwas kaputt geht, mußt du es reparieren können oder improvisieren. Oft hast du einen 14-Stunden-Tag, der aus Aufbau, Übertragung und Abbau besteht. Wichtig ist, daß du dich mit den Kollegen wirklich gut verstehst, denn du bist nicht nur den ganzen Tag mit ihnen zusammen, sondern verbringst auch die Freizeit mit ihnen. Und sie sind der Ersatz für deine Freunde.

Warum sind Sie ausgestiegen?

Ich war selten zu Hause, und für Privatleben blieb kaum Zeit. Nach drei Jahren hatte ich einfach Lust, wieder ein geregeltes Leben zu führen und einen geregelten Job in einem Sender zu haben.

Mediengestalterin

Viele Jobs in der Produktionstechnik und der Bild- und Tontechnik sind mit Berufspraktikern besetzt, die eine Lehre absolviert haben und dann direkt eingestiegen sind. Durch betriebliche Weiterbildung, externe Kurse oder auch eigene Initiative haben sie sich das nötige Fachwissen angeeignet. Praktikanten gelten als billige Arbeitskräfte, um später, nach dem Training-on-the-job, im Team eingesetzt zu werden. Aber: Die Technologie wandelt sich schnell, und die Branche expandiert. Deshalb werden immer mehr Leute gebraucht – mit Top-Ausbildung.

Dafür soll das neue Berufsbild der Mediengestalterin sorgen. Es ist ein ganz normaler Ausbildungsberuf mit Lehre im Betrieb und theoretischer Ausbildung an der Berufsschule. Seit 1996 bieten Sender und Produktionsfirmen diese Ausbildung an. Natürlich wird es noch eine Weile dauern, bis sich alles eingespielt hat, aber man kann davon ausgehen, daß Mediengestalter, die jetzt starten, nach Abschluß ihrer Ausbildung ohne Schwierigkeiten einen Arbeitsplatz finden werden.

Mediengestalter sollen universell einsetzbar sein: in der Bild- oder Tontechnik, bei öffentlich-rechtlichen oder privaten Sendern. Die Ausbildung vermittelt die Grundlagen der Ton- und Bildtechnik, ebenso Schnitt und Kameraassistenz. Spezialisierungen hängen davon ab, auf welchem Gebiet der Ausbildungsbetrieb tätig ist. Die Ausbildung dauert drei Jahre, und um die kommen auch Abiturienten mit der sonst üblichen Lehrzeitverkürzung nicht herum.

Sie können bei allen größeren Sendern und Produktionsbetrieben nachfragen, ob diese Ausbildung angeboten wird. Bei ARD und ZDF wird dieser Beruf möglicherweise die klassische Bild- und Tontechniker-Ausbildung ersetzen. In Hamburg lief ein erfolgreicher Modellversuch unter Federführung des NDR. 15 Leute wurden ausgebildet, darunter vier Frauen. Die Macher beklagen, daß sich zu wenig Frauen für diesen Beruf bewerben, denn die Bereitschaft, diese verstärkt in die Ausbildung aufzunehmen, sei groß. Also, nichts wie ran an die Mediengestaltung!

Berufe im Bereich Vertrieb und Marketing

Vertriebsleiterin

Sie sorgt dafür, daß Geld reinkommt. Die Vertriebsleiterin betreut mit ihrem Team die Werbekunden und Werbeagenturen. Da es deren Ziel ist, ihre Werbung so günstig wie möglich zu plazieren, müssen sie von den Vertriebsleuten mit allen wichtigen Informationen über den Sender versorgt werden: Tarif (Kosten der Werbeblöcke), Reichweiten, Einschaltquoten, Programminhalte. Die Kunden werden in regelmäßigen Abständen besucht, präsentiert werden die neuesten Daten des Senders. Die großen Mediaagenturen schließen gerne »Deals« ab, die es ihnen ermöglichen, ein millionenschweres Paket an Werbezeit mit einem saftigen Rabatt zu erwerben. Offiziell schweigen die Verkäufer darüber, diese Praxis gibt es aber bei fast allen Sendern.

Die Vertriebsleiterin koordiniert die Aktivitäten der Werbezeiten-Verkäufer, die meist nach Nielsen-Gebieten (Einteilung der BRD in Marktforschungssegmente) vorgehen. Bei den »Key-accounts«, also den wichtigsten Kunden, führt sie selbst die Verhandlungen. Sie entscheidet über Promotion-Aktionen und Kunden-Veranstaltungen, wie »Incentive-Reisen«. Das sind Kurztrips (z.B. zum Tennis nach Wimbledon), zu denen die Kunden eingeladen werden, um sie dem Sender gewogen zu machen.

Alle Vertriebsleute arbeiten eng mit dem Mediaservice zusammen (von dort bekommen sie Einschaltquoten der Werbespots und weitere Infos über Zuschauerzusammensetzung) und mit der Dispo (dort gehen die Werbebuchungen ein). Sie kommen in den Genuß eines Firmenwagens und sind viel unterwegs – auch zu allen wichtigen Werbetreffs, Messen und Medienveranstaltungen, wo ihre Kunden anzutreffen sind. Es gibt Spezialisten unter den Vertriebsleuten, die sich nur mit Sonderwerbeformen beschäftigen: Teleshopping-Sendungen und Direct-Response-Werbung.

Anforderungen
Kontaktfreudigkeit, Verkäuferpersönlichkeit, gute Umgangsformen, wirtschaftliches Denken und Argumentieren, Sicherheit bei Präsentation vor Kunden.

Ausbildung
Abitur und ein betriebswirtschaftliches Studium. Dann direkter Einstieg beim TV-Sender oder bei einer Vermarktungsgesellschaft, zunächst als Assistentin. Nach erfolgreicher Tätigkeit im Innendienst fangen Sie an, die Vertriebsleute zu begleiten und

können dann Ihren eigenen Vertriebsbereich übernehmen. Das Gehalt setzt sich meist aus einem Fixum und einer Umsatzbeteiligung zusammen.

Marketingleiterin
Sie sorgt dafür, daß der Sender bei den Kunden positiv dargestellt wird. Das geschieht durch bunte Broschüren, Tarifinformationen, Videos, Anzeigen in der Fachpresse, Werbegeschenke und Promotion-Veranstaltungen. Ihre Tätigkeit erfolgt in enger Abstimmung mit der Vertriebsleitung. Sie beauftragt ihre Mitarbeiter oder Grafiker mit der Herstellung der Werbematerialien.

Beim Festsetzen der Werbekosten (Tarif) arbeitet sie mit der Vertriebsleitung zusammen. Sie muß immer darüber Bescheid wissen, was die Konkurrenz macht, und deren Strategien kennen. Wichtig ist auch eine enge Zusammenarbeit mit den Programmleuten, um alle Programminfos, die für die Kunden wichtig sind (z.B. Start von neuen, eigenproduzierten Serien, Einkauf eines großen Filmpaketes), sofort weitergeben zu können. Häufig untersteht der Mediaservice der Marketingleiterin. Hier werden alle Daten über die Werbereichweiten des Senders analysiert und für die Werbekunden aufbereitet.

Anforderungen
Wirtschaftliches und marketingorientiertes Denken, Kreativität, gute Kenntnisse des TV-Business, Teamfähigkeit.

Ausbildung
Abitur und ein betriebswirtschaftliches Studium mit Schwerpunkt Marketing, Erfahrung im Marketingbereich, am besten in einem Medienunternehmen. Stellen werden meistens ausgeschrieben. Nach dem Studium können Sie als Assistentin beim TV-Sender einsteigen.

Dispoleiterin/Disponentin
Sobald die Vertriebsleiter einen Werbezeiten-Deal gemacht haben, beginnt die Arbeit der Dispo. In ein meist betriebsspezifi-

sches Computersystem werden die Werbeblöcke eingegeben, die der Kunde bzw. die Mediaagentur gekauft hat. Von der Agentur werden die Werbespots einzeln auf Betakassetten angeliefert. Die Disponentin prüft diese, versieht sie mit Code-Nummern und sorgt dafür, daß die Kassetten von der Sendeabwicklung eingeladen und zum richtigen Zeitpunkt ausgestrahlt werden.

In der »heißen Buchungsphase« im September, wenn die Agenturen über die Hälfte ihrer Budgets plazieren, steht in der Dispo das Telefon nicht mehr still, und die Dispoleute sind hektisch damit beschäftigt, die gebuchten Spots auf die Werbeinseln zu verteilen. Eine wichtige Vorarbeit der Dispoleiterin ist das Festlegen dieser Werbeinseln. Sie tut dies gemeinsam mit der Programmplanung – unter Beachtung der rechtlichen Einschränkungen für Länge und Anzahl der Unterbrechungen.

Anforderungen
Spaß am Arbeiten mit EDV, Belastbarkeit, Arbeiten unter Streß, verbindlicher Umgangston am Telefon.

Ausbildung
Es gibt keinen klassischen Ausbildungsweg für diesen Job. Mit einer kaufmännischen Lehre oder einer anderen abgeschlossenen Berufsausbildung können Sie direkt als Assistentin einsteigen. Training-on-the-job ist angesagt.

Merchandising-Managerin
Fast alle Sender bewerben Bücher und CDs – passend zur Erfolgsserie. Das sind die Produkte der Merchandising-Managerin. Sie verhandelt über Kooperationen mit Verlagen und Plattenfirmen und vergibt Lizenzen für das Logo des Senders oder seine Programme.

Anforderungen
Ideenreichtum, Verhandlungsgeschick, kaufmännisches Verständnis, marketing-orientiertes Denken.

Ausbildung
Abitur oder Fachabitur, in der Regel betriebswirtschaftliches Studium, aber es gibt auch Chancen für Leute mit anderen Studienabschlüssen. Der Einstieg erfolgt meist als Assistentin in diesem Bereich. Die größeren Sender haben eigene Merchandising-Abteilungen, kleinere arbeiten mit Merchandising-Agenturen zusammen.

Interview mit Alexa Gref, RTL
Alexa Gref (31) stieg nach dem Dolmetscherstudium als Assistentin bei RTL ein, baute den damals neuen Bereich Merchandising/Licensing mit auf und ist jetzt Leiterin dieser Abteilung.

Was war Ihr erstes Produkt?

Ein Fan-Buch zu der Serie ›Knight Rider‹ mit David Hasselhoff. Obwohl RTL damals noch über eine geringe Reichweite verfügte, lief die Serie sehr gut, vor allem bei den jungen Zuschauern. Es gab bereits ein Knight-Rider-Buch, das aber im Durchschnitt nur 1 000 Stück pro Jahr verkauft hatte. Die Idee war, das Buch mit RTL-Logo rauszubringen und nicht über den Buchhandel, sondern den Schallplattenhandel zu vertreiben. Die Schallplattenhändler weigerten sich zunächst, das Buch zu ordern. Als wir nach jeder Sendung einen Trailer zeigten mit dem Hinweis »Ab sofort im Schallplattenhandel erhältlich«, stürmten jedoch die Teenies in die Plattenläden, und die Händler haben sich ganz schnell umentschlossen. Innerhalb von vier Monaten wurden 250 000 Stück verkauft. Das gilt auch heute noch als sehr gute Zahl.

Welche Idee war ein besonderer Knüller?

Die CDs zur eigenproduzierten Soap ›Gute Zeiten, schlechte Zeiten‹. Damit haben wir genau den Geschmack des Publikums getroffen. Wir bringen jedes Jahr drei CDs raus: Zwei Hitkopplungen und eine Weihnachts-CD, auf der die Stars der Serie selbst singen. Pro CD werden bis zu 500 000 Einheiten verkauft. Das ist für uns natürlich sehr einträglich, denn wir sind an den Tonträgerverkäufen immer prozentual beteiligt – mit zwei oder drei DM pro Stück.

Weitere Merchandising-Produkte?

Ein paar Beispiele: eine Lederwaren-Kollektion unter dem Namen von Birgit Schrowange, das Fertighaus im Rahmen unserer Soap ›Unter uns‹, der RTL-Motorroller in den Farben Rot, Gelb, Blau.

Wie sieht Ihre tägliche Arbeit aus?

Telefonieren, mit Leuten reden, Termine machen. Man muß kreativ sein, gute Ideen haben und die richtigen Leute an einen Tisch kriegen. Viele Ideen entstehen, wenn man sich abends beim Essen trifft. Ich bin ständig unterwegs, fünf- bis sechsmal im Jahr in den USA, diverse Messen in Europa. Ich muß ständig Kontakte pflegen – mit den Firmen und auch mit den Schauspielern der Serien, denn die müssen ja ihre Rechte zur Verfügung stellen.

Es fällt auf, daß nur Frauen für Sie arbeiten. Zufall?

Wir haben ein sehr gutes Klima in der Abteilung. Dieses Jahr werde ich zwei bis drei neue Mitarbeiter einstellen, und ich tendiere dahin, wieder nur Frauen zu nehmen. Ich habe schon oft erlebt, daß Männer unter Profilneurosen leiden. Das brauche ich hier nicht.

Wie sieht es mit Frauen in Führungspositionen bei RTL aus?

Es gibt inzwischen ca. 40 Ressortleiter, davon sind fünf Frauen, ich bin eine davon. Auf der nächsten Ebene der Bereichsleitung gibt es neben zwölf Männern nur eine Frau.

Berufe im Bereich Öffentlichkeitsarbeit

Pressesprecherin, Mitarbeiterin Öffentlichkeitsarbeit

Diese Berufe gleichen sich im Prinzip, ob TV oder Print. Die Beschreibung finden Sie im Kapitel »In die Presse geraten« (S. 58ff.).

Interview mit Luca Rochus, PRO 7

Luca Rochus (28) volontierte bei einer Tageszeitung und schrieb anschließend für eine Fernsehzeitschrift. PRO 7 holte sie als Redakteurin in die Presseabteilung. Als der Münchner Sender mit Produktionen wie der Talkshow ›Arabella‹ und eigenen TV-Movies und Serien startete, übernahm sie die Pressearbeit für diese

Programme und schließlich die Leitung der Abteilung »Programmpresse Kommunikation«.

Pressearbeit für PRO 7. Was genau machen Sie?

Unsere Arbeit ist sehr vielseitig, kreativ und spannend. Wird beispielsweise ein neues Movie gedreht, sind wir bereits beim Dreh dabei. Sobald die Schauspieler gebucht sind, stellen wir der Presse die neue Eigenproduktion vor. Wir machen die Set-Betreuung, laden zu Fototerminen am Drehort ein, oder veranstalten auch Pressereisen ins Ausland. Erst wenn das Programm ausgestrahlt wird, treten wir wieder in Aktion. Wir texten und layouten Pressemappen, organisieren Screenings (Vorführungen) und Pressekonferenzen, vermitteln Interviews. Das Ziel ist natürlich immer, daß möglichst viel – und gut – über das Programm geschrieben wird. In Zeiten, in denen wenig gedreht wird, muß man kreativ sein, sich »zeitlose« Themen überlegen. Der Sender sollte immer im Gespräch sein. Ich arbeite mit vielen interessanten Leuten zusammen – den Stars und den Journalisten. Dabei kommt mir sehr zugute, daß ich selbst »auf der anderen Seite« gearbeitet habe und die Anforderungen der Journalisten kenne.

Wie viele Leute arbeiten in Ihrer Abteilung?

In der Abteilung Kommunikation, in der Programmpresse und Unternehmenspresse zusammengefaßt sind, insgesamt 26. Neben dem Unternehmenssprecher gibt es weiter fünf Männer. Wir haben vor kurzem Leute gesucht und ganz bewußt gesagt, laß uns mal Männer einstellen, denn die sind unterrepräsentiert.

Man hört häufig die Ansicht, daß die Zusammenarbeit unter Frauen problematisch ist. Wie sind Ihre Erfahrungen?

Bei uns gibt's da keine Probleme. Wir sind ein eingeschworenes Team. Ich achte bei einer Einstellung vor allem darauf, daß die Person das Team optimal ergänzt und zu uns paßt. Es nützt mir gar nichts, wenn jemand fachlich top ist, sich aber nicht in die Abteilung einfügen kann.

Bei so vielen Frauen – wie gehen Sie mit dem Thema Kinder um?

Gerade ist eine Redakteurin schwanger, sie wird auf freier Basis weitermachen. Dann gibt es zwei Kolleginnen mit Kindern, die halbtags arbeiten. Das ist in diesem Bereich sehr gut möglich.

Zuschauerredakteurin
Jeder Sender muß sich mit den Reaktionen seiner Zuschauer befassen. Die Zuschauerredakteurin bekommt die guten wie die schlechten in brieflicher oder telefonischer Form und verarbeitet sie weiter. Kommentare zu einzelnen Sendungen werden der Redaktion zur Verfügung gestellt, sie verschickt Autogrammkarten oder sortiert die Post, die für ein Zuschauer-Gewinnspiel eingeht. Am Telefon muß sie manchmal aufgebrachte Zuschauer beruhigen oder Auskunft darüber erteilen, auf welcher Frequenz der Sender zu empfangen ist. Viele Sender setzen inzwischen Telefonsysteme ein, die die Anrufer mit aufgezeichneten Nachrichten versorgen, so daß die Zuschauerredaktion nicht mehr »zugeschüttet« wird.

Anforderungen und Ausbildung
Oft wird dieser Job von Praktikanten erledigt. Es ist ein guter Weg, in den Semesterferien Geld zu verdienen und Erfahrung beim Sender zu sammeln.

Weitere Berufe

Programmeinkäuferin
Im Frühjahr und Herbst sind sie alle in Cannes anzutreffen. Dort findet zweimal im Jahr die MIP statt, die größte Programmesse Europas, bei der die Programmeinkäufer im Auftrag ihres Senders die Ausstrahlungsrechte für Filme und Serien erwerben. Daneben gibt es verschiedene kleine Messen und die große NATPE in USA. Und den Rest des Jahres verbringen Programmeinkäufer damit, Material zu sichten. Natürlich geht es nicht immer so glamourös zu, aber der internationale Aspekt ist ein großer Pluspunkt dieser Jobs.

Für alle Sender sind Kaufprogramme ein wichtiger Bestandteil ihres täglichen Angebotes. Die Programmeinkäuferin bewertet das angebotene Material und hält mit der Programmdirektion Rücksprache, die einem Kauf zustimmen muß. Wenn der Handel abgeschlossen ist, geht die verwaltende Tätigkeit los. Sie überwacht, daß das richtige Material mit Fotos, Begleittexten etc. geschickt wird und veranlaßt Synchronisationen. Mit der Programmplanung des Senders bespricht sie die »Neuzugänge« und sucht den richtigen Sendeplatz.

Anforderungen
Hervorragende Englischkenntnisse, wenn möglich weitere europäische Fremdsprachen. Intensives Film-Know-how, großes Interesse an Fiction-Programmen aller Art. Gute »Nase« dafür, welches Programm den Publikumsgeschmack trifft. Verhandlungsgeschick, betriebswirtschaftliche Kenntnisse.

Ausbildung
Abitur und Hochschulstudium, geisteswissenschaftlich oder kaufmännisch, dann Direkteinstieg in die Abteilung Filmeinkauf als Assistentin. Alternativ dazu: vorherige redaktionelle Tätigkeit und dann Wechsel in den Filmeinkauf.

Programmplanerin
Die Programmplanerin ist für das Programmschema eines Senders verantwortlich. In enger Abstimmung mit der Programmdirektion und den einzelnen Redaktionen legt sie fest, wann welches Programm ausgestrahlt wird. Bei der Auswahl der Spielfilme muß sie Indizierungen und Jugendschutzvorschriften beachten (z.B. Ausstrahlung von Filmen, die ab 18 freigegeben sind, erst nach 22 Uhr).

Ihre Langfristplanung berücksichtigt, wann eine Serie ausläuft und wann die neue starten muß, die ähnliche Zielgruppen anspricht. Bei Spielfilmen muß sie den Ablauf der Lizenzzeit und die Ausstrahlungshäufigkeit berücksichtigen. Sie plant immer wochenweise, und zwar mit sechs Wochen Vorlauf. Die Tagesplanung ist die Basis für den Abdruck in der Tageszeitung. Die Programmplanerin arbeitet mit einem EDV-System. Dort gibt sie das Programmschema ein, so daß es von der Sendeablaufplanung weiterverarbeitet werden kann.

Die Leiterin ist mit der strategischen Planung beschäftigt, hält ständigen Kontakt mit Redaktion und Programmdirektion und muß auf Quoteneinbrüche mit schnellen Entscheidungen reagieren. Die Mitarbeiter sind vor allem für die Tagesplanung und die Eingabe in die EDV zuständig.

Anforderungen
Sicherer Umgang mit dem Computer und vernetztes Denken und Handeln, denn es müssen ständig viele Interessen (Redaktionen, Werbung, Lizenzen) unter einen Hut gebracht werden.

Ausbildung
Für diesen Beruf gibt es keine Ausbildung. Learning-by-doing bzw. Training-on-the-Job sind angesagt. In den meisten Sendern sind Praktika möglich. Wer sich für eine Tätigkeit in diesem Bereich interessiert, kann so einen guten Einblick bekommen. Fast alle Programmplaner haben ein abgeschlossenes Hochschulstudium. Die Fachrichtung ist eher nebensächlich.

Sendeablaufplanerin
Sie bekommt das Programmschema von der Programmplanung, die Werbeinseln von der Dispo, und muß beides zum Sendeablaufplan zusammenführen.

Anforderungen und Ausbildung
Siehe Programmplanerin.

Grafik-Designerin
Bilder, Grafiken, Landkarten gehören zum festen Bestandteil jeder Nachrichtensendung, und auch in Magazinen oder anderen Programmen sind die visuellen Spielereien nicht mehr wegzudenken. Ihre Erstellung ist die Aufgabe der TV-Grafikerin. Sie arbeitet an Schriftgeneratoren, der Paintbox und an Grafik-Computern.

Bei den Nachrichtengrafiken geht es vor allem um Schnelligkeit. Die Nachrichten-Grafikerin arbeitet immer mit Deadlines und muß die Bilder pünktlich für die Nachrichtensendung fertig haben. Ein kreativeres Arbeitsfeld ist die Herstellung von Trailern für die On-air-promotion, d.h. für Programmhinweise aller Art.

Das Material bekommt die Grafikerin von der jeweiligen Redakteurin, und mit ihr spricht sie auch ihr Konzept ab. Vorspanne und Logos für Sendungen werden ebenfalls von der Grafik hergestellt. Die Chef-Grafikerin ist für die Corporate Identity des Senders zuständig.

Anforderungen
Phantasie, Wissen, welche Trends und Stile angesagt sind, gute Allgemeinbildung. Fundierte grafische Kenntnisse. Liebe zum Spielen mit Bildern, Farben, Worten, Typographie. Sicherer Umgang mit Musik und akustischen Elementen.

Ausbildung
Abgeschlossenes Studium im Bereich Grafik-Design, möglichst mit Spezialisierung auf TV-Grafik, dazu begleitende Praktika in der Grafik-Abteilung. Siehe Serviceteil, S. 317ff. Umfassende Praxiserfahrung kann in manchen Fällen ein Studium ersetzen, wenn jemand mit seinen ungewöhnlichen Ideen überzeugt.

Interview mit Patricia Poelk, Premiere
Patricia Poelk (40) studierte Kunst und jobbte während des Studiums fünf Jahre lang bei der Tagesschau in der Grafik. Dort lernte sie alles von der Pike auf, auch den Umgang mit den damals neuen elektronischen Geräten. Sie ging zu SAT.1 und baute die Nachrichtengrafik mit auf, wurde vom Pay-TV Premiere abgeworben und ist dort jetzt Art Directorin. Ihre Karriere und zwei kleine Töchter bringt sie bestens unter einen Hut – dank »außerordentlicher Disziplin«, Kinderfrau und kooperativem Ehemann.

Womit beschäftigt sich die Art Direction?

Wir liefern das optische Konzept für Eigenproduktionen und die Verpackung von Filmen und anderen Programmelementen. Logos, Vorspänne, Übergänge von einem Programm zum anderen – und die On-air-promotion, mit der wir unsere Programme bewerben. Außerdem sorgen wir für den einheitlichen Auftritt des Senders: bei klassischer Werbung, Werbespots und Messeauftritten. Die Publikumswerbung macht zwar eine Agentur, aber wir stehen in sehr engem Kontakt. Denn alles, was wir machen, muß dem Corporate Design entsprechen. Damit gibt sich jeder Sender eine Identität und versucht, in der Konkurrenzlandschaft unverwechselbar zu werden.

Wie viele Leute arbeiten für Sie?

Wir haben 13 Festangestellte in der Art Direction. Im Design-Bereich sind die meisten Frauen, während die On-air-promotion eher männlich besetzt ist. Design war schon immer ein klassisches »Frauenfach«. – Wir arbeiten nur mit Computern, niemals mit Papier und Stift, alles ist vollelektronisch und digital. Die Frauen bei uns haben keine Berührungsängste mit der Technik – was man ja manchmal als Vorurteil hört.

Was machen Sie mit Berufsanfängern?

Die muß ich erst mal ausbilden. Bis sie wirklich selbständig arbeiten können, dauert es zwischen drei und sechs Monaten. Es gibt in der Grafik vier Grafik-Computer und diverse Schriftgeneratoren, auf denen wir neue Mitarbeiter schulen, dann geht es in den Ton und ins virtuelle Studio.

Was ist ein virtuelles Studio?

Im virtuellen Studio gibt es keine Kulissen mehr, jeder Hintergrund wird durch Computerbilder erzeugt. Das Studio sieht aus wie ein großes, hellblaues Bassin. Dort stehen zwei Kameras, die mit Großcomputern verbunden sind. Aus den Rechnern kommt das Bild, das als Kulisse dienen soll. Im Blue-Screen-Verfahren wird es eingestanzt und liefert den Hintergrund für die Aufnahme. Das Bild ist aber nicht statisch, sondern wird bei jedem Kameraschwenk »mitgerechnet«, d.h. so verändert, daß es einen anderen Ausschnitt des Hintergrundes zeigt. Man hat dadurch irre Möglichkeiten, kann grafische Elemente einfügen, den Moderator mitten in einen grafischen Raum stellen, Bewegtbild hineinprojizieren. Auf Knopfdruck können andere Räume geschaffen werden.

Wann wird das virtuelle Studio eingesetzt?

Bei fast 80% unserer Studio-Aufzeichnungen. Das virtuelle Studio erzeugt nie Gemütlichkeit, die Atmosphäre ist eher cool, High-Tech und gut, wo Dynamik angesagt ist. Ich setze es im Sport ein – da kann der Moderator direkt in den Tabellen stehen –

oder überall, wo es spektakulär wird, wie bei der Moderation von Rockkonzerten. Ich gehe davon aus, daß immer mehr Sender mit virtuellen Studios arbeiten werden.

Ist es für die Moderatoren schwierig, mitten in einem blauen Raum ohne Kulissen zu stehen?

Nach vier Stunden Probe haben manche schon aufgegeben. Der Raum hat keine Ecken, auch der Fußboden ist blau, er hat etwas von einer blauen Gummizelle. Auch das Team sieht nur blau. Man braucht eine ganze Weile, um sich daran zu gewöhnen.

Wie sollte der Einstieg in den Bereich TV-Design aussehen?

Grafik-Design-Studium, Praktika, einen Sender suchen, der einem gefällt, von der Pike auf alles lernen. Wenn ich neue Mitarbeiter einstelle, mache ich ihnen sehr klar, daß es sich für sie um ein völlig neues Feld handelt. Das Medium ist bewegt und es arbeitet mit Musik – ein himmelweiter Unterschied zu einer Printanzeige. Man braucht einen Sinn für die Kombination aus bewegtem Bild und Musik – eine Art Rhythmusgefühl. Ich habe die Leute bisher meist richtig eingeschätzt, aber ob jemand das Feeling wirklich hat, stellt sich erst im Job heraus.

Marktforscherin

Beim Fernsehen geht es fast immer um die Quote. Die Marktforscherin arbeitet mit den Daten, die der Sender von der GfK, dem Institut, das mit der Quotenerfassung beauftragt ist, bekommt. Sie analysiert sie und bereitet sie für die Programmleute auf. Die Marktforscherin erstellt detaillierte Analysen über die Zusammensetzung der Zuschauer und die Entwicklungen im Zuschauerverhalten. Ihr wichtigstes Handwerkszeug ist der Computer, auf dem sämtliche Analysen erstellt werden.

Ein weiterer Bereich ist die Programmforschung. Zusammen mit Marktforschungsinstituten führt sie Gruppendiskussionen mit Zuschauern durch, in welchen Programme oder Moderatoren getestet werden. Besonders wichtig sind diese Tests bei neuen Programmen, denn die Aussagen der Testpersonen können Anhaltspunkte dafür liefern, was verbessert werden muß.

Anforderungen
Begabung für Mathematik und Statistik, Genauigkeit, Fähigkeit, komplexe Statistiken verständlich zu interpretieren.

Ausbildung
Studium der Sozialwissenschaften oder Psychologie mit Schwerpunkt Statistik oder BWL. Einstieg als Assistentin oder über Praktika. Diese können auch in Media-Agenturen absolviert werden, da hier ebenfalls mit TV-Quoten gearbeitet wird.

Archivarin/Dokumentarin
Siehe Mediendokumentarin, S. 56f.

Justitiarin/Juristin
Siehe dazu die Berufsbeschreibung unter »In die Presse geraten: Jobs und Karriere bei den Printmedien« (S. 57).

Senkrechtstart oder Hindernislauf: Der Einstieg in die TV-Branche

Wenn Sie den TV-Job-Dschungel durchforstet und einen Beruf gefunden haben, der Ihren Fähigkeiten und Neigungen entspricht, oder von dem Sie glauben, daß er Ihnen Spaß machen könnte – dann kann es losgehen. Sie müssen sich um einen Ausbildungsplatz bemühen. Wer heute beim Fernsehen so richtig Karriere machen will, braucht fast immer ein abgeschlossenes Studium. Für den Produktionsbereich gilt das bedingt. Ohne die Bereitschaft zu (ständigen) Überstunden und engagierten Einsatz geht es nicht. Headhunting – das Abwerben von Mitarbeitern – ist in der Branche durchaus üblich. Ebenso eine relativ kurze »Verweildauer« bei einem Job bzw. einem Sender, gerade bei den Privaten. Zwei Jahre nach dem Einstieg steht meist der erste Wechsel an.

Studium

Viele Hochschulen haben nur begrenzte Ausbildungsplätze. Der Studienbeginn ist meistens im Herbst, die Aufnahmeprüfungen sind teilweise aber ein halbes Jahr vorher. Lassen Sie sich deshalb von allen Schulen, die Sie interessieren, sofort die Bewerbungsunterlagen zuschicken, damit Sie Ihre »Bewerbungs-Deadlines« planen können.

Wie bereits erwähnt: Es wird Ihnen häufig passieren, daß Ihre Bewerbung abgelehnt wird, besonders von Wunsch-Institutionen wie Filmhochschulen oder Journalistenschulen. Lassen Sie sich deshalb nicht entmutigen. Versuchen Sie es wieder und listen Sie sich alle Alternativen auf.

Wenn Sie bei der Hochschule für Film und Fernsehen nicht genommen werden, dann suchen Sie sich eben eine andere Hochschule mit einem Medienstudiengang und kompensieren das, was Ihnen dort praktisch nicht vermittelt wird, durch zahlreiche Praktika beim Fernsehen. Diesen Satz haben Sie schon an vielen Stellen des Buches gelesen: Praxis ist das A und O. Ohne sie fehlen Ihnen Erfahrung, Kontakte und damit spätere Anstellungschancen. Werfen Sie nie die Flinte ins Korn. Sie können es auch ohne Eliteschulen schaffen – mit der nötigen Praxis. Und so kommen Sie an die begehrten Praktika:

Praktika/Hospitanzen

Bei ARD und ZDF werden jedes Jahr über 1 000 Praktikanten bzw. Hospitanten (die Bezeichnungen sind gleichbedeutend) in fast allen Bereichen angestellt. Einen Monat bis zu sechs Monaten lang haben Sie die Chance, ein Berufsfeld oder eine Abteilung kennenzulernen. Sie können »hineinriechen« und herausfinden, was Ihren Vorstellungen entspricht und zu Ihnen paßt. Sie bekommen wertvolle praktische Erfahrungen und genauso wertvolle Kontakte zu den Mitarbeitern. Als Praktikantin sind Sie zunächst mal eine Belastung für Ihre Kollegen, und Sie müssen Ihnen beweisen, daß Sie mehr können als nur Kaffee kochen und kopieren. Fragen Sie viel und bieten Sie immer wieder an, Arbeiten zu übernehmen. Ihre Eigeninitiative wird einen positiven Eindruck hinterlassen und ist zugleich der einzige Weg, etwas zu lernen.

Wenden Sie sich an die Ausbildungsbeauftragten der Sender bzw. an deren Personalabteilungen, um sich über die Möglichkeiten eines Praktikums zu informieren. Sie sollten auch versuchen, sich direkt in Ihrer Wunschabteilung zu bewerben. Die Alternative für Mutige: Vereinbaren Sie ein Gespräch mit einem Abteilungsleiter oder gehen Sie vorbei, und versuchen Sie die Leute zu überzeugen, daß Sie die geeignetste Person für ein Praktikum sind. Wenn Sie jemanden kennen, der oder die gerade ein Praktikum absolviert, fragen Sie, ob Sie die Nachfolge antreten können. Von großer Bedeutung sind ordentliche Bewerbungsunterlagen.

Bei den Öffentlich-Rechtlichen hat die Ausbildung lange Tradition, sie unterliegt festen Bestimmungen, und meist bestehen auch genaue Vorstellungen, was eine Praktikantin an Erfahrung mitbringen muß. Die Privaten vergeben Praktika meist etwas lockerer und spontaner. Dies trifft auch für die Produktionsfirmen zu. Wenn dort eine Produktion ansteht, können Sie sogar von heute auf morgen einen Job bekommen. Die Altersgrenze für Praktikanten und Volontäre liegt bei ca. 30 Jahren.

Lernen und bezahlt werden?
Die Öffentlich-Rechtlichen bezahlen 500 – 900 DM im Monat, bei den Privaten ist es meist Verhandlungssache. Seien Sie gegebenenfalls bereit, ohne Geld zu arbeiten. Das gilt vor allem für Produktionsfirmen. Ein oder zwei Monate halten Sie es durch. Wenn Sie Ihren Job gut machen, können Sie »nachtarocken«.

Volontariate

Die öffentlich-rechtlichen Sender bieten die meisten Volontariate an. Auch bei großen Privatsendern stehen Plätze zur Verfügung. Da deren Zahl immer unterschiedlich ist, sollten Sie sich direkt an die Sender wenden und die aktuellsten Informationen über die Vergabe von Volontariaten abfragen. Die Auswahl wird aufgrund der schriftlichen Bewerbungen getroffen, die Sie beim Sender einreichen. Oft hilft Vitamin B, Sie können es aber genauso ohne schaffen. Je mehr Erfahrung Sie bereits durch Praktika, Kurse oder Studium haben, desto größer sind Ihre Chancen. Bei kleineren Sendern haben Sie den Vorteil, daß Sie schnell sehr viel machen dürfen, allerdings müssen Sie dafür dann auch häufig auf die gründliche Ausbildung verzichten, die Ihnen bei den Öffentlich-Rechtlichen gewährt wird.

Fordern Sie Bewerbungsunterlagen bei den Sendern an (ARD und ZDF verschicken Infoblätter), bzw. erkundigen Sie sich, was Ihre Bewerbung beinhalten sollte. Tun Sie dies so früh wie möglich, damit Ihnen genug Zeit bleibt, gewünschte Arbeitsproben herzustellen oder Praktika zu absolvieren.

Während Praktika und Hospitanzen frei gestaltbar sind, gibt es für Volontariate einen bundeseinheitlichen Tarifvertrag inklusive Regelung der Bezahlung. Die Öffentlich-Rechtlichen haben eigene Hausverträge. Die Volontariate dauern 18 Monate bis zwei Jahre, in Ausnahmefällen länger. Für folgende Berufe gibt es bei den öffentlich-rechtlichen Sendern Volontariatsplätze: Archivarin, Aufnahmeleiterin, Ausstatterin, Bildmischerin, Bildregisseurin, Cutterin, Cutterassistentin, Dokumentarin, Dokumentationsassistentin, Garderobiere, Kamerafrau/Kameraassistentin (Film und EB), Kostümbildnerin, Maskenbildnerin, Produktionsassistentin, Redakteurin, Regisseurin, Requisiteurin, Sprecherin, Szenenbildnerin. Privatsender und Produktionsfirmen bieten ebenfalls Volontariate an, gerade im Bereich Redaktion, Produktion, Kamera oder Schnitt.

Angriff auf die Lauscher: Jobs und Karriere im Hörfunk

Wie funktioniert Hörfunk?

»Es ist 8 Uhr – die Nachrichten« ... »Achtung Autofahrer, auf der A1 Richtung Hamburg kommt Ihnen ein Fahrzeug entgegen« ... »In den Charts auf Platz 19: der neue Titel von Madonna«. Das Radio, unser liebstes Informations- und Hintergrundmedium. Ob morgens im Badezimmer oder bei der Autofahrt auf dem Weg zur Arbeit. Über 80% der Deutschen hören täglich Radio, im Durchschnitt fast drei Stunden lang. In jedem Haushalt stehen vier Radiogeräte, und zwischen 1975 und 1988 nahm die Hörfunknutzung um 45% zu.

Der Vorteil des Radios ist seine Hörernähe. Der Lokalsender kann rasch live dabei sein, wenn etwas Interessantes in der Region geschieht, und die Hörer haben oft die Möglichkeit, während der Sendung anzurufen oder ihre Musikwünsche loszuwerden. Das geht hin bis zur Rendezvous-Vermittlung per Funk.

Radio Dual: ARD plus Privatfunk

Wie auch im Fernsehbereich gilt das duale Rundfunksystem: Seit Beginn der 80er Jahre sind Privatradios auf lokaler und landesweiter Ebene zugelassen – neben den öffentlich-rechtlichen Sendern der ARD. Diese finanzieren sich aus den Gebühren und haben die Aufgabe der Grundversorgung mit Information, Bildung und Unterhaltung. Innerhalb eines Funkhauses, wie z.B. des WDR, gibt es mehrere »Wellen«. Sie richten sich mit unterschiedlichen Inhalten an unterschiedliche Zielgruppen: 1Live, WDR2, WDR3, WDR4 und WDR5. Bayern und Berlin betreiben neben ihren regulären vier »Wellen« außerdem je einen reinen Nachrichtenkanal. Die Werbung ist auf die reichweitenstarken Kanäle beschränkt, die »Minderheitenwellen« (Kultur- und Klassiksender) sind werbefrei.

Die Privaten sind kommerzielle Unternehmen, die sich über Werbung finanzieren – analog zum TV-Markt. In der Regel wird ein Sender mit einem Programm betrieben. Es gibt erfolgreiche Anbieter wie Antenne Bayern, die seit mehreren Jahren in der Gewinnzone sind, und weniger erfolgreiche. Meist waren es kleine und kleinste Sender mit zu geringen Werbeeinnahmen, die nach kurzer Zeit wieder schließen mußten – weil die Reichweite winzig oder die Konkurrenz zu groß war. Mittlerweile gibt es in fast jeder mittelgroßen Stadt ein Lokalradio.

Nord-Süd-Gefälle: Die Radiolandschaft in Deutschland

Wegen unterschiedlicher Mediengesetzgebung in den einzelnen Bundesländern gibt es so etwas wie eine Nord-Süd-Trennung beim Privatfunk. Im Norden bekamen wenige Sender große, reichweitenstarke Frequenzen, im Süden wurde eine Struktur mit vielen kleinen regionalen Anbietern geschaffen. Inzwischen haben alle öffentlich-rechtlichen Sender in ihrem Sendegebiet private Konkurrenten. Hier einige Beispiele: Dem Bayerischen Rundfunk stehen Antenne Bayern und zahlreiche Lokalradios gegenüber (von denen allerdings jedes zweite noch tief in den roten Zahlen steckt), mit dem Hessischen Rundfunk konkurriert Radio FFH. In Nordrhein-Westfalen teilt sich der WDR die Hörer mit 46 lokalen Sendern, z.B. Radio Köln.

Wettbewerb in diesem Sendegebiet ist nichts Neues, denn hier strahlte schon seit den 60er Jahren die private Konkurrenz von Radio Luxembourg ein. Die Luxemburger gelten als Vorreiter in Sachen Privatfunk, denn sie waren die ersten, die voll auf Unterhaltung setzten und die Nähe zu den Hörern suchten. Nach den ersten Aufrufen, die Hörer sollten »doch mal schreiben«, gab es säckeweise Post. Heute ist auch Radio Luxembourg nur noch einer von vielen.

Ein wirklich bundesweit verbreitetes Programm gibt es nicht. Das öffentlich-rechliche DeutschlandRadio ist nur auf wenigen UKW-Frequenzen zu empfangen. Star*Sat Radio versuchte, sein Musik-Programm bundesweit über Satellit zu verbreiten, scheiterte aber 1992 damit. Klassik Radio und Radio Melodie sind außer auf Satellit auch auf terrestrischen Frequenzen zu empfangen, sonst könnten sie sich nicht halten. Radioropa versucht, sich als bundesweiter Informationssender zu etablieren. Bisher nutzen jedoch zu wenige das Radio über Kabel und Satellit, fast alle Hörer haben immer noch die Antennen ausgefahren.

Deutschland, deine Wellen: Die größten Sender der BRD
Im deutschen Markt strahlen derzeit rund 199 Radiosender ihr Programm aus. Die ARD betreibt 47 regionale Hörfunkprogramme, davon werden einige zusätzlich in mehrere Lokalsender auseinandergeschaltet. ARD und ZDF sind die größten Arbeitgeber bei Hörfunk und Fernsehen – dort arbeiteten 1994 insgesamt 147 700 Feste und Freie. Unter den 199 privaten Hörfunksendern gibt 18 große Landeswellen, die 1994 einen Umsatz von 330 Millionen DM erzielten, die Lokalradios nahmen 444 Millionen DM ein. Von den 7 000 Mitarbeitern im privaten Hörfunk arbeiteten 5 300 im Programmbereich. Darunter sind 3 000 Journalisten. Knapp 5 400 Leute waren bei den lokalen, rund 1 600 bei den landesweiten Privatsendern tätig.

Verlegerradio: Wem gehören die Privatsender?

Es sind vor allem lokale und regionale Zeitungsverlage, die sich bei den Privatradios engagieren. Als die Frequenzen in den 80er Jahren vergeben wurden, schlossen sich häufig mehrere Verlage zu einer Anbietergemeinschaft zusammen. Der Grund: Angst vor der Konkurrenz. Viele Zeitungsverleger fürchteten, daß die neuen Sender ihren Blättern die Werbekunden wegnehmen würden, also entschlossen sie sich, selbst Radio zu machen, damit das Geld im Hause bleibe. Auch ein Vorteil für die Sender: Die Budgets der Verlagsradios sind schlagkräftig, und die journalistischen Kapazitäten, z.B. Korrespondenten, können mitgenutzt werden. Radio Hamburg, an dem der Springer-Verlag beteiligt ist, startete beispielsweise mit 11 Millionen DM Jahresetat.

N-Joy yourself: Die Gegenoffensive der ARD

Die Antwort der öffentlich-rechtlichen Sender auf den Erfolg der Privaten ließ nicht lange auf sich warten. Einige erweiterten ihr Programmangebot durch neue Wellen und besetzten Frequenzen, die nun nicht mehr für die Privaten zur Verfügung standen. In Bremen nahm deshalb erst 1996 der bislang einzige Privatsender seinen Betrieb auf.

Außerdem wurden viele Sender näher an den Privaten positioniert: weniger Wortanteil und mehr Musik, so geschehen bei Servicewellen wie B 3, SWF 3 oder NDR 2. SWF 3 hatte immer schon eine Sonderstellung: Die »Mutter aller Pop- und Servicewellen« machte seit ihrem Start 1974 Hits aus den Charts, sowie Comedy und witzig-freche Moderationen salonfähig. In Hamburg und Köln wurden von den Öffentlich-Rechtlichen neue, jugendorientierte Programme aus der Taufe gehoben, die ein komplett »privates« Styling haben. N-Joy Radio (werbefrei) aus Hamburg und 1Live aus Köln feiern derzeit Erfolge.

Einmal im Jahr: Radioquoten

Beim Fernsehen werden sie täglich ermittelt, beim Hörfunk nur einmal im Jahr: die Reichweiten. Das gemeinsame Instrument ist die MA, die Media-Analyse. Diese Befragung wird von der AG.MA (Arbeitsgemeinschaft Media-Analyse) durchgeführt. Sie liefert den Sendern und den Werbeagenturen die Planungsdaten der Hörfunknutzung. 1992 wurde zum ersten Mal gesamtdeutsch befragt – mit 35 000 Interviews.

Die Teilnehmer sind repräsentativ für die Bevölkerungsschichten in der BRD. Befragt werden sie nach den Sendern, die sie hören und ihren demographischen Daten (Alter, Beruf, Einkommen). Ihre Hörgewohnheiten müssen sie in einem Viertelstundenraster angeben. Als Ergebnis erfahren die Marktforscher die Zahl der »Hörer pro Stunde« und der »Hörer gestern«. Diese Daten liefern dem Sender die Quittung für ein Jahr Arbeit: Kommt man bei der Zielgruppe an, konnten neue Hörer gewonnen werden, in welchen Programmstrecken hat die Quote zugelegt. Die Werbeagenturen plazieren dementsprechend ihre Werbung. Fast alle Sender geben jedoch zwischendurch kleinere Befragungen in Auftrag. Denn auf Bewegungen bei den Hörgewohnheiten kann man nicht nur einmal im Jahr reagieren.

Hörerwanderungen
Fast alle Öffentlich-Rechtlichen haben Hörer an die Privaten verloren. Beispiel Hamburg: Hier sind seit 1986 private Radiosender zugelassen. Bis dahin hatte NDR 2 eine durchschnittliche Stundenreichweite von 1,9 Millionen Hörern. Dann starteten Radio Hamburg, RSH und Radio FFN. Die Reichweite von NDR 2 ging auf 860 000 Hörer pro Stunde zurück, die drei neuen Sender erreichten gemeinsam 1,1 Millionen. Weitere Programme wurden zugelassen: OK Radio, Radio 107 und Cora Radio. Letzteres mußte schon nach einem halben Jahr Konkurs anmelden. Die andern beiden konnten anfänglich auch keine nennenswerten Reichweiten erzielen. Erst als sie ihr Programm umstrukturierten, kam wieder Bewegung in den Hamburger Radiomarkt: OK Radio formierte sich zum Hitradio für sehr junge Zielgruppen, und aus Radio 107 wurde Alsterradio mit Schlagern für die ältere Generation – mit je 60 000 Hörern pro Stunde, die sie den anderen Sendern »wegnehmen« konnten. – Antenne Bayern ist übrigens der erfolgreichste private Radiosender in Deutschland mit durchschnittlich 690 000 Hörern pro Stunde.

Spots in der Kombi: Radiowerbung

Wie auch beim Fernsehen, war die Werbezeit knapp und zu 100% ausgebucht, solange es nur öffentlich-rechtliche Sender gab. Jetzt ist Konkurrenzkampf angesagt. Die Sender verkaufen nur lokale Werbung selbst, die nationalen Spots verkaufen Vermarktungsorganisationen. Die zwei größten sind: ARD-Werbung/Media Marketing auf der öffentlich-rechtlichen und RMS (Radio Marketing

Services) auf der privaten Seite. Rundfunkwerbung wird in der Regel als »Kombi« verkauft: Agenturen erwerben für ihre Kunden ein ganzes Paket an Werbezeit auf mehreren Sendern. Das gilt für nationale Werbung; der Fliesenmarkt von gegenüber bucht direkt bei seinem Lokalsender.

Der Sender entscheidet, wann er Unterbrecherinseln für Werbung schafft und wie viele Spots darin zu hören sind. Die nutzungsintensivste Zeit für Radio ist der Morgen. Es wird beim Aufstehen, im Bad oder auf der Fahrt zur Arbeit gehört. Auch tagsüber bis ca. 18 Uhr haben viele Hörer eingeschaltet. Danach werden es immer weniger, denn nun sind andere Freizeitaktivitäten oder Fernsehen angesagt. Das Gros der Werbeschaltungen wird also tagsüber gesendet.

Das Radio ist immer noch ein wenig das Stiefkind der Werbung. Nur knapp 9% der Werbegelder fließen in den Hörfunk – das waren 1995 aber immerhin rund 1 Milliarde DM. Die ARD verkauft die meiste Werbung, im Jahr rund 600 Millionen DM. Diesen Erfolg verdanken sie Reichweitengiganten wie WDR 4, Bayern 1 und MDR 1.

Erst UKW, dann DAB: Die digitale Revolution

In den letzten Jahren wurden immer mehr Programme zugelassen und das UKW-Netz immer dichter belegt. Die Anzahl der Plätze ist jedoch beschränkt – Sie wissen selbst, was passiert, wenn zwei Sender sehr dicht beieinander liegen: Sie können keinen mehr auf Ihrem Radiofrequenzband störungsfrei einstellen. Deshalb wird derzeit an einer Neuerung in der Hörfunktechnik gebastelt, die uns von allen rauschenden Übeln befreien soll: das Digital Audio Broadcasting, kurz DAB genannt. Die Übertragungsqualität wird so gut wie bei einer CD sein, und jeder Sender hat immer eine gleichbleibende Frequenz. Das hat den Vorteil, daß man einen Sender nur einmal einzustellen braucht und ihn dann bundesweit ohne Suchen und Drehen empfangen kann. Störungen durch hohe Berge, Wettereinflüsse oder andere Sender werden durch ein spezielles Korrekturverfahren verhindert.

Heute sind bereits 16 Radiosender in CD-Qualität zu empfangen – allerdings mit relativ aufwendigen Geräten, so daß kaum jemand diese Angebote nutzt. Bis die DAB-Revolution wirklich zum Tragen kommt, werden wir die Schwelle zum dritten Jahrtausend weit überschritten haben. Dann können 80 Sender parallel ihr Programm ausstrahlen. Bereits jetzt machen sich die Plattenfirmen darüber Gedanken: Wer wird ihre CDs kaufen, wenn uns 80 Sender die Musik in bester Qualität ins Haus senden?

Auf der Jagd nach den Hörern: Formatradio

Früher glichen Sender oft Gemischtwarenläden – ähnlich wie TV-Vollprogramme. Es gab von jedem Programmgenre etwas, und auch die Musik wurde recht bunt gemixt. Seit die Privatsender mit den Öffentlich-Rechtlichen und untereinander um die Hörergunst konkurrieren, kursiert das Schlagwort Formatradio in aller Munde. Es bedeutet schlicht, daß ein Sender sich eine klare Ausrichtung gibt und auf eine bestimmte Zielgruppe spezialisiert. Diese Hörerschaft will er möglichst intensiv an sich binden, um hohe Einschaltquoten zu erzielen.

Unverkennbar wird ein Sender auch durch sein allgemeines Erscheinungsbild gemacht – die Art der Moderation, der Nachrichten, die »Programmverpackung« (z.B. Jingles, siehe S. 197), die Promotion (Gewinnspiele, Sonderaktionen), das Verhältnis von Wortbeiträgen und Musik – und die Werbung. In den USA ist der Radiomarkt aufgesplittet in reine Nachrichten/Talk-Sender und Musikkanäle ohne redaktionelle Inhalte. In Deutschland ist die Mischung aus beiden Elementen nach wie vor üblich und von den Hörern auch gewünscht. Hier zwei Beispiele für gängige deutsche Radioformate – mit amerikanischen Bezeichnungen.

Adult Contemporary (AC)

AC-Sender sprechen die Zielgruppe zwischen 25 und 49 Jahren an. Es werden hauptsächlich aktuelle Titel und Recurrents (Hits, die wieder aufgetaucht sind) gespielt, ergänzt durch Musik aus den 70er und 80er Jahren. Der Informationsgehalt ist je nach Sender unterschiedlich hoch.

SWF 3 ist zum Beispiel ein AC-Sender mit vielen Informationsanteilen. Es gibt zur vollen Stunde Nachrichten, zur halben Stunde die Schlagzeilen, zusammen mit Wetter und Verkehrsnachrichten. Am Morgen sind ausführliche Nachrichten und Hintergrundinformationen zu hören, ebenso mittags. Ins Programm eingestreut werden Reportagen, Interviews, Umfragen und Rubriken. Es gibt feste Comedy-Elemente und Specials. Die Moderation hat einen hohen Stellenwert, die Moderatoren sind Stars und prägen das Programm. Promotion ist ebenfalls wichtig, aber nicht so häufig wie beim Contemporary Hit Radio. Interaktion mit den Hörern hat einen hohen Stellenwert, es gibt Hotlines für Hörerwünsche. Oft werden Konzerte veranstaltet oder gesponsert. Bei SWF 3 gibt es sogar einen 60 000 Mitglieder starken Hörerclub mit dem Logo des berühmten Elches (eine markante SWF 3-Figur – für alle, die ihn noch nie gehört haben).

Contemporary Hit Radio (CHR)
Es gibt keine gelungene Übersetzung. Da das deutsche Privatradio viel US-Amerikanisches kopiert, kursieren zwangsläufig ebensoviele Anglizismen. Zielgruppe sind die 14- bis 29jährigen. Es ist weltweit das erfolgreichste Radioformat. Gespielt werden die aktuellen Hits aus den Charts, Recurrents und erfolgreiche Titel aus den 80er Jahren. Die Information beschränkt sich auf stündliche Nachrichten und wenig Redaktionelles, außer in der Frühsendung und abends, wenn das Autoradio während der Heimfahrt von der Arbeit läuft. Dann gibt es auch Verkehrshinweise.

Die Moderation ist dynamisch und »trendy«, aber knapp. Es gibt keine langen Beiträge: Ansagen und Absagen von Titeln, die Zeit, das Wetter und Verkehrshinweise. Häufig läuft dazu Musik im Hintergrund. Das Programm soll ständig im Fluß sein. Promotion wie Gewinnspiele und Vergabe von Tickets finden ständig statt, und Jingles teilen den Hörern immer wieder mit, daß sie die beste aller Radiostationen hören.

Ein weiteres Beispiel: das »Arabella Format« – Schlager und »Easy Listening« für 40- bis 60jährige, eingesetzt von Radio Arabella, München, oder Alsterradio, Hamburg. Beide haben großen Erfolg bei der Zielgruppe. Wirkliche Spartenprogramme wie Klassikradio (in Hamburg und München) haben es nicht leicht im Werbemarkt; ihr Betrieb ist oft nur möglich, weil einige Enthusiasten »aus dem Wohnzimmer« ein Programm mit einem Mikrobudget machen. Anders beim Spartensender Bayern 5: Die Infowelle des BR war von Anfang an ein Erfolg. Nach den viertelstündlichen Nachrichten folgen Hintergrundberichte aus Politik, Wirtschaft, Kultur, etc. und Werbung. Die Hörer schalten kurz rein, sind nach 10 – 15 Minuten umfassend informiert und zappen weiter.

Musik: Der Computer wählt aus

Die Privatsender haben alle Musik als Programmschwerpunkt. Kulturprogramme, literarische Hörspiele und reines Wortprogramm sind Domäne der Öffentlich-Rechtlichen, und dort hauptsächlich in den sogenannten Minderheitenprogrammen zu finden. Die Wellen mit hohen Reichweiten setzen ebenfalls auf Musik.

Früher waren es allein die Musikredakteure, die durch ihre Musikkenntnis und großen Plattensammlungen das Programm prägten. Heute schlägt der Musik-Computer (Selector) vor, welche Titel gespielt werden. In eine riesige Datenbank werden alle Titel eingegeben, die zum Musikformat passen. Sie werden nach Interpret (Mann/Frau), Tempo, Länge und verschiedenen anderen Schlüsseln kategorisiert. Manche Titel können nur zu bestimmten Ereignissen gespielt werden, andere eignen sich besonders gut für den Morgen oder den Abend.

Für die 40 topaktuellen Titel wird eine »Playlist« angelegt – nicht vom Computer, sondern von Musikchef oder -chefin. Die »Rotation« besagt, wie oft diese Titel pro Tag gespielt werden – bei den Tophits kann das bis zu sechs Mal sein. Formatradios kommen ohne den Musik-Computer nicht mehr aus. Ziel ist immer, das Programm möglichst homogen erscheinen zu lassen. Unpassende Titel – ein unbekannter Oldie im Hitradio – würden nach Meinung der Radioprofis nur die Hörer verschrecken und dazu führen, daß sie »weiterkurbeln«. Kollege Computer weiß, daß er nicht zwei »Slow-to-slow«-Titel (fangen langsam an und hören langsam auf) »back-to-back« (hintereinander) einsetzen darf, und wann er »Thank god, it's christmas« ins Programm nehmen muß.

Musikuhren

Der Computer wird von der Musikuhr angesteuert. Pro Stunde wird festgelegt, welche Art von Titeln gespielt werden soll. Erst eine Frau mit einem gefühlvollen Stück, dann ein Mann mit einer schnellen Nummer, oder als Starter nach den Nachrichten ein Titel, den 80% der Hörer kennen. Jede Stunde hat eine andere Musikuhr, denn morgens wollen die Hörer Powermusik, abends eher etwas Ruhigeres. Der Computer wählt unter den Titeln, die zur Verfügung stehen, einen aus, für den die Vorgaben zutreffen. Zwischen den Musiktiteln liegen die Segmente für Wortbeiträge, Jingles und Werbung. Moderationen erfolgen zwischen zwei Titeln, ihre Länge richtet sich danach, wieviel Zeit neben Musik, Nachrichten und Werbung noch da ist. Die typische Beitragslänge ist 1.30 (eineinhalb Minuten).

Musik- bzw. Programmuhren sind bei den Sendern wohlgehütete Geheimnisse, denn schließlich ist es genau der Musikmix in Verbindung mit dem Mix an Wortbeiträgen, der ein Programm ausmacht. Privatsender wie Radio RSH oder Radio FFH haben diese Technik von Anfang an eingesetzt. Aber auch die öffentlich-rechtlichen Sender (N-Joy Radio) haben begonnen, damit zu arbeiten.

Bei diesem System haben Musikstücke, die nicht den Kriterien entsprechen, kaum Chancen. Kritiker sprechen deshalb immer wieder von Verflachung und einem musikalischen Radio-Einheitsbrei. Auch als der WDR sein erstes Programm zu 1Live umstrukturierte, beklagten viele, daß damit sämtliche Programmnischen verschwanden, wo Musik gespielt wurde, die eben nicht aus den Charts kam und dahin auch nie gelangen wird.

Jingles, Image-IDs und Drop-ins: Die Radioverpackung

Jeder Sender, der auf sich hält, nennt Programmelemente bei ihrem amerikanischen Namen. Zu den wichtigsten und beliebtesten gehören die Jingles: vorproduzierte, gesungene »Verpackungselemente«, mit welchen der Sender Aufmerksamkeit erzeugt und auf etwas hinweist nach dem Motto »Hallo, Achtung, jetzt kommt was«. Mit Jingles prägen die Sender ihr »On-air-image« und versuchen, sich unverwechselbar zu machen. Meistens sind sie zwischen 3 und 6 Sekunden lang. Jeder Sender hat ein ganzes Paket dieser Jingles, die ins laufende Programm eingestreut werden. Sie teilen Namen und Frequenz des Senders mit, einen eingängigen Slogan, die Ankündigung fürs Wetter – der Phantasie sind keine Grenzen gesetzt.

Image-IDs sind vorproduzierte, gesprochene Verpackungselemente, in der Regel mit Musik unterlegt. »Radio RSH – die Stimme des Nordens«, »SWF 3 – Radio aus dem wilden Süden« oder »FFH – Hit für Hit ein Hit«. Sie haben dasselbe Ziel wie die Jingles: die Hörer zu binden und ihnen zu bestätigen, daß sie die richtige Wahl auf dem Frequenzband getroffen haben. Drop-ins sind vorproduzierte, kurze Elemente, die immer wieder benötigt werden: »Die britischen Top 40 am Samstagnachmittag« oder auch Ansagen von Promis »Hi, this is Jon Bon Jovi and you are listening to Radio xy«.

Das waren nur ein paar Beispiele aus dem Radiojargon. Es gibt noch »Sounder«, akustische Elemente, die eine Nachricht »anmelden«, Show-opener, d.h. Erkennungsmelodien für eine Sendung, und und und. Im dicht besetzten Hörfunkmarkt ist das akustische Design das A und O. Wenn die Hörer beim Suchen nach einem Sender »hängenbleiben«, weil ihnen die Musik gefällt, dann müssen sie möglichst bald erfahren, welcher Sender es ist – auch wenn sie ihn schon in ihrem Autoradio einprogrammiert haben.

Einer für alle: Mantelprogramme

Das Prinzip stammt vom Zeitungsmarkt, wo kleine, lokale Blätter den Mantel (alle überregionalen Seiten) von einer größeren regionalen Zeitung übernehmen, da ihre Ressourcen nur für die Lokalberichterstattung reichen. Der Zeitungsteil »Lokales« oder »Umgebung« wird in den Mantel eingelegt. Genauso funktionieren auch Radio-Mantelprogramme. Kleine Sender mit Minimalbudget könnten es sich gar nicht leisten, ein Vollprogramm zu stemmen. RTL-Radio aus Luxemburg beliefert die baden-württembergischen Lokalradios mit Musik, dafür bekommt RTL pro Stunde 2,5 Minuten nationale Werbezeit. Größter Mantelprogrammanbieter ist Radio NRW, das 44 Stationen in NRW beliefert. Ein Kuriosum: Der WDR ist an Radio NRW beteiligt.

Syndication

Syndication-Programme werden von Sponsoren finanziert. Ein gutes Beispiel ist »Southern Songs«, das von Southern Comfort gesponsert wurde. Ein Produzent (der Syndicator) stellt die Sendung nach professionellen Ansprüchen her und liefert sie dem Sender kostenlos. Als Gegenleistung bekommt der Sponsor Werbespots innerhalb des Programms und kann dadurch, daß sein Name damit assoziiert wird, von einem positiven Image-Effekt profitieren. Der Sender hat so Zugriff auf ein Programm, für das er nichts bezahlen muß.

Syndicators verkaufen aber Programme auch »ganz normal« ohne Sponsoring. An einer Sendereihe mit nie gehörten O-Tönen der Beatles etwa haben zahlreiche Sender Interesse, da das Material nur schwierig zu beschaffen ist. Also wird sie eingekauft. Es wird davon ausgegangen, daß diese Art der Programmzulieferung in Zukunft zunehmen wird.

Die Geschäftsbereiche eines Hörfunksenders

Große öffentlich-rechtliche Sender haben entsprechend viele Mitarbeiter und können die Arbeit auf viele Leute verteilen. Ihre Strukturen sind oft sehr komplex. Es gibt eine Vielzahl an Redaktionen, wobei vor allem der Nachrichtenbereich (ähnlich wie beim Fernsehen) großes Ansehen genießt.

Ein kleiner privater Lokalsender hat wahrscheinlich nur ein paar Angestellte – hier muß oft eine einzige Person in einem sogenannten Selbstfahrerstudio all das leisten, was sonst drei Techniker und eine Redakteurin erledigen würden. Die Arbeit dort ist meist intensiver, und es werden keine Spezialistinnen, sondern Generalistinnen benötigt. Die Unternehmensstruktur ist weniger kompliziert, es gibt weniger Redaktionen bzw. Ressorts. Ein kleiner Sender kann sich keine Korrespondenten leisten, die Öffentlich-Rechtlichen haben ein umfassendes Korrespondentennetz.

Es ist schwierig, ein einheitliches Bild von der Struktur eines Radiosenders zu entwerfen aufgrund der Unterschiede zwischen den öffentlich-rechtlichen und den privaten Sendern. Dennoch: Die nachfolgend beschriebenen Bereiche sind in der einen oder anderen Form in jedem Sender vorhanden.

Musik und Worte: Die Redaktionen

Hier herrschte früher ein grundsätzlich anderes Verständnis: Bei den Öffentlich-Rechtlichen war eine Redaktion nur für den inhaltlichen Teil des Programms zuständig. Die Produktion übernahmen Techniker. Bei den Privaten mußten die Programmitarbeiter immer schon mit Technik umgehen können. Im Selbstfahrerstudio erledigt eine Person alles alleine, von Moderation und Wechseln der CDs bis zum Einstarten der Jingles. Die beiden Systeme gleichen sich im Moment immer mehr an. Auch die ARD-Sender arbeiten mit Selbstfahrerstudios, und die neue digitale Technik zwingt die Redakteure zu lernen, ihre Beiträge selbst zu schneiden. Die großen Privaten lassen eine Moderatorin nicht mehr im Studio allein, sondern stellen ihr jemanden aus der Technik bei, damit sie sich wieder voll auf die Moderation konzentrieren kann.

Die Ressorts der Öffentlich-Rechtlichen: Nachrichtenredaktion, Zeitfunk und Magazine, Sport, Politik, Wirtschaft, Landfunk, aktuelle Kultur, Literatur, Hörspiel, Kinderfunk, Jugendfunk, Schulfunk, Erwachsenenbildung, Wissenschaftsredaktionen, Kirchenfunk, Unterhaltungsmusik, Volksmusik und volkstümliche Musik, ernste Musik, Unterhaltung Wort, Service, Regional-, Heimat- und Ausländerprogramme.

Bei den Privaten fällt die Liste einiges knapper aus: Es gibt viel weniger Redaktionen, denn die meisten Sender konzentrieren sich auf Musik – was nicht heißen soll, daß Wortbeiträge unter den Tisch fallen. Die Information wird als »Zusatznutzen« angesehen. Bei Radio RPR, einem großen Privatsender in Rheinland-Pfalz, gibt es beispielsweise nur folgende Redaktionen: Musik, Unterhaltung, Aktuelles, Politik und Sport. An der Spitze der Redaktionen steht immer die Programmdirektion.

Musik

Die meisten Hörer schalten wegen der Musik ein – oder aus. Im Radio werden Hits gemacht, es ist das Medium, das den Kauf einer CD am meisten beeinflußt. Hitparaden richten sich entweder nur nach den Verkaufszahlen oder nach Verkaufszahlen und »Airplay«. Es ist schwer zu sagen, ob ein Titel erst in den Charts sein muß, um im Radio gespielt zu werden, oder umgekehrt. In jedem Fall hat die Plattenindustrie größtes Interesse, ihre Produkte zu plazieren und macht dabei auch vor Bestechungen nicht Halt.

Radioprofis haben herausgefunden, daß sich die Hörer nicht mehr als 40 Titel merken können, deshalb ist das die Größe der sogenannten Playlisten. Sie bestehen aus den ca. 15 absoluten Hits, die gerade aktuell sind. Der Rest ist Geschmackssache – der Hörer. Je besser ein Sender dies einschätzen kann, desto treuer wird ihm das Publikum sein. Aus den vielen Hits in spe müssen die richtigen ausgewählt werden. Sie sollen die Top-Hits optimal ergänzen, könnten aber auch selbst zu Hits werden. Die Playlisten werden ständig aktualisiert und passen natürlich zur Musikfarbe bzw. dem Format des Senders. Alle gespielten Titel werden im Sendeprotokoll festgehalten. Dies ist die Grundlage für die Abrechnung der fälligen Tantiemen mit der GEMA.

Nachrichten und Aktuelles

Nachrichten, Verkehrshinweise und Wetter sind für die Hörer die wichtigsten Informationen, die ihnen das Radio liefert. Neben dem reinen Vorlesen der Nachrichten werden auch andere journalistische Formen in die Nachrichten integriert: O-Töne (Original-Töne, z.B. das Zitat eines Politikers) und Berichte von Korrespondenten – entweder live per Standleitung oder live am Telefon. Standleitungen sind die teurere Lösung und bieten hohe Sendequalität. Diese ist dem Livebericht aber nicht immer zuträglich, denn die Hörer haben eher das Gefühl, daß die Korrespondentin wirklich live am Geschehen dran ist, wenn es in der Telefonleitung ordentlich kracht.

Auch bei den Nachrichten werden Verpackungselemente eingesetzt: Erkennungsjingles (meist zusammen mit einem Satz wie »15 Uhr – die Nachrichten«), Soundeffekte, ein unterlegtes Musik- oder Rhythmusbett. Jeder Sender schafft sich seine eigene Art der Nachrichtenübermittlung und behält diese, sobald sie bei den Hörern etabliert ist, für lange Zeit bei. Denn Hörer sind Gewohnheitsmenschen, und Kontinuität fördert die Glaubwürdigkeit.

Wie im TV-Bereich ist die Information ein Schwerpunkt der Öffentlich-Rechtlichen. Zahlreiche Journalisten und Korrespondenten sorgen für umfassende und kompetente Berichterstattung. Landesweite Privatsender räumen der Information ebenfalls großen Stellenwert ein. Kleinere Sender beschränken sich aus budgetären Gründen auf ein Minimum.

Wortredaktion

Radio ist Theater im Kopf, sagen die Macher. Nicht zu Unrecht, denn bei jedem Menschen steigen unterschiedliche Bilder vor seinem geistigen Auge auf, wenn er etwas hört. Beim Fernsehen wird ihm dieser Akt der Visualisierung abgenommen. Wortbeiträge werden entweder frei im Programm plaziert oder gehören zu wiederkehrenden Rubriken – Börse, Kino, Horoskop, Geburtstag des Tages, Radiocomics, Minihörspiele, Veranstaltungstips. Sehr beliebt: Call-ins, die direkte Aufforderung an die Hörer, jetzt zu einem bestimmten Thema anzurufen, um die Meinung zu sagen oder an einem Gewinnspiel teilzunehmen. Und Interviews. Die gibt es entweder live im Studio, am Telefon oder aufgezeichnet. Letzteres wird auch gemacht, um auf Nummer Sicher zu gehen, gerade wenn es sich um schwierige Gesprächspartner handelt. Bei der Ausstrahlung wird dann aber so getan, als sei es live. Wenn Stars live im Studio sind, erhalten Hörer manchmal die Möglichkeit, anzurufen und das zu fragen, was sie schon immer wissen wollten. Viele Radiomacher schwören, daß Beiträge, die länger als eineinhalb Minuten sind, die Hörer langweilen. Statt Beitrag wird deshalb im Jargon treffend »1.30'er« gesagt.

Wortbeiträge sind teuer, denn es wird mehr Personal und Technik dafür benötigt, als wenn einfach nur Musik abgefahren wird und die Moderatorin Anrufe von Hörern entgegennimmt. Bei jedem Landessender der ARD gibt es Wellen mit sehr hohem Wortanteil, meist aus den Bereichen Politik, Kunst und Kultur. Dort sind genügend Ressourcen vorhanden, und die Beschäftigung mit diesen Themen gehört außerdem zum Programmauftrag. Bei Privatsendern lastet oft ein hoher Druck auf den Mitarbeitern, mit wenig Leuten dennoch gute News und Beiträge zu fabrizieren.

Immer on-air: Sendestudios

Ein Sender braucht mindestens zwei Studios, die fast identisch sind. Wenn eines ausfällt, muß immer ein Reservestudio zur Verfügung stehen, damit der Sendebetrieb nicht unterbrochen wird. Was letztendlich als Programm auf Sendung geht, ist eine Mischung aus verschiedenen Tonquellen. Die Musik kommt hauptsächlich von CDs, aber auch von Schallplatten, Dat-Kassetten (digitale Audiokassetten) oder Kassetten. Weitere Tonquellen sind: Tonbänder, Cartridges (spezielle Radiokassetten), Mikrofone, Telefonleitungen, Nachrichtenstudio und Einspielungen von Außenveranstaltungen. Über ein Mischpult im Sendestudio werden all diese Elemente zusammengefahren. Cartridges sind relativ langlebige Spezialkassetten, die bei zunehmender Digitalisierung des Hörfunks überflüssig werden. Dann wird ein Beitrag ganz einfach auf der Festplatte gespeichert.

Transportables Sendestudio
Es ist ähnlich aufgebaut wie ein festes Studio, kann aber zu allen Orten, wo »Action« ist, hintransportiert werden. Dies ermöglicht dem Sender, live vom Popkonzert, dem Volksfest oder von der Demo zu berichten. Es liefert das Sendesignal direkt zum Sender. Die Geräte sind in praktische Flightcases (widerstandsfähige Koffer) verpackt, ähnlich wie das Equipment von Rock-Bands, damit der Auf- und Abbau zügig vonstatten gehen kann und sie keinen Schaden nehmen. Die Megaversion davon sind die tonnenschweren Ü-Wagen, die eingesetzt werden, um Konzerte live zu übertragen oder aufzuzeichnen und Sendungen vor Ort live zu übertragen. Eine der bekanntesten Sendungen im WDR-Sendegebiet ist beispielsweise ›Hallo Ü-Wagen‹, mit der Radio-Urgestein Carmen Thomas bekannt wurde.

Analog und digital: Die Produktion

Hier werden Beiträge bearbeitet und alles an Schall und Klang hergestellt, was der Sender braucht. Produktionselemente für Beiträge (Musikbett, Soundelemente), Werbeproduktionen für Kunden und natürlich die »Verpackung« – sämtliche Jingles, Promos und akustische Elemente, die vom Sender eingesetzt werden. Produziert wird an Produktionsplätzen, im Zweitstudio oder im separaten Produktionsstudio.

Die Techniker in der Produktion greifen dafür auf viele unterschiedliche Tonquellen zurück. Es gibt Sound-Bibliotheken zu kaufen, ebenso Musikpakete für die musikalische Unterlegung von Beiträgen und Jingles. Auf CD gibt es alles vom Preßlufthammer bis zu fertig produzierter Kurzmusik für alle Anlässe, ob Rockfanfare oder Klassiktusch. Alternativ dazu können Sounds mit Hilfe von Samplern, Sequenzern und Synthesizern auch selbst hergestellt werden. Bearbeitet werden diese Tonquellen entweder mit neuen digitalen Workstations oder im traditionellen analogen Mehrspurverfahren. Die Mitarbeiter der Produktion archivieren das, was sie hergestellt haben, auf Cartridges oder eben digital. In großen Sendern gibt es oft Hunderte von Jingles und weiteren Elementen, auf die ständig zurückgegriffen wird.

Produktionsplätze

Sie sind mit der nötigen Technik (Mischpult, Bandmaschinen, Aussteuerungsinstrumenten etc.) ausgestattet, um Kassetten zu überspielen, Korrespondentenbeiträge und Interviews aufzuzeichnen und um Beiträge zu schneiden. Meist gibt es einen Produktionsplatz, der für das Überspielen von Werbung reserviert ist. Die Agenturen liefern ihre Werbung auf Tonbändern an. Diese Spots werden dann auf Cartridges oder auch digitale Speicher überspielt.

Digitale Produktion

Manche Sender haben sehr aufwendige Produktionsstudios mit 16- oder sogar 24-Spurtechnik. Diese sind komplex zu bedienen, und es bedarf erfahrener Tontechniker. Der nächste Sprung ist die digitale Technik – die von der »normalen« Redakteurin allerdings viel einfacher erfaßt werden kann. Die Produktionsplätze bestehen aus Rechner, Bildschirm und Keyboard. Hier können Beiträge in digitaler Qualität und viel schneller als vorher hergestellt werden, und das von den Redakteuren selbst. In den USA ist diese Technologie bereits etabliert, in Deutschland wird gerade umgestellt. Manche öffentlich-rechtliche und private Sender laufen bereits digital. Für Redakteure bedeutet es, daß sie in Zukunft ihre Beiträge selbst am Computer schneiden und dazu nicht mehr jemanden aus der Technik brauchen.

Technische Tricks

Alle Sender arbeiten mit Limitern/Kompressoren: Effektgeräte, wie sie auch bei Musikproduktionen verwendet werden, die zu laute Signale runterfahren und leise Signale anheben. Das hilft gegen Übersteuerungen und führt dazu, daß mit einem insgesamt lauteren Sendepegel ausgestrahlt werden kann und der Sound mit mehr Druck aus dem Lautsprecher kommt.

Soundprocessing bedeutet die Bearbeitung eines Tonsignals, um seine Qualität zu verbessern. Mikrofonprozessoren sorgen dafür, daß die Stimme einer Moderatorin optimal eingestellt wird. Denn für das Radiomikrofon gilt ähnliches wie beim Gesang durch ein Mikro: Jede Stimme braucht eine andere Einstellung. Ist diese einmal festgelegt, kann sie auf dem Mikrofonprozessor abgespeichert und von der Moderatorin jederzeit per Knopfdruck wieder abgerufen werden. Es gibt sogar einen »De-Esser«, der S- und Zischlaute unterdrückt.

Und hier ein Beispiel an Radiotechnik, das Sie sicher kennen: Die Moderatorin löst per Knopfdruck ein Signal aus, das bei Autoradios die »ARI-Funktion« aktiviert: Der Verkehrsfunk schaltet sich dann automatisch ein und unterbricht die Kassette, die gerade gehört wird. Das dafür notwendige Gerät trägt den hübschen Namen: Hintz-Triller-Generator.

Her mit dem Werbegeld: Vertrieb und Marketing

Der Vertrieb im Radio erfolgt analog zu dem im Fernseh-Bereich. Oberstes Ziel der Vertriebsleute ist es natürlich, Werbezeiten zu verkaufen. Bei größeren Sendern sind dies in erster Linie nationale, 30sekündige Werbeschaltungen. Dafür engagieren sie eigene Leute oder freie Handelsvertreter. Sonderwerbeformen sind gerade bei kleinen Sendern sehr populär: Eine Bank präsentiert die Klassikcharts, ein Reiseveranstalter das Gewinnspiel, eine Kaffeefirma den Wetterbericht und ein Getränkehersteller die neuesten Hits aus Amerika. Auch Packages aus Spotwerbung und Sponsoring sind üblich.

Darüber hinaus bieten viele Sender ihren Kunden die Produktion der Hörfunkspots im Sender an. Das bedeutet für den Sender einen Zusatzverdienst, da er sowieso über alle technischen Möglichkeiten verfügt, und für den Kunden ist das Problem gelöst, woher er einen Werbespot nehmen soll, wenn er keinen passenden hat. Die Werbekunden der kleinen Sender sind lokale Werbetreibende – der Teppichmarkt gegenüber und die Diskothek um die Ecke. Gerade sie greifen häufig auf die Spotproduktion im Hause zurück. Radio ist ein schnelles, flexibles Medium. Der Werbespot für eine kurzfristige Ausverkaufsaktion kann in einem halben Tag produziert und geschaltet werden.

Marketing im Hörfunk bedeutet die Plazierung des Senders im Markt und der Erfolgscheck, ob er bei der Zielgruppe Erfolg hat. Die wichtigsten Daten darüber liefert die Media-Analyse. Daraus kann der Sender die für die Werbewirtschaft entscheidenden Kennzahlen berechnen:

- Durchschnittliche Hörer pro Viertelstunde
- Marktanteil: Welchen prozentualen Anteil hat das Programm an der Hördauer insgesamt
- Weitester Hörerkreis: Wie viele Hörer haben das Programm an mindestens einem Tag innerhalb der letzten 14 Tage gehört
- Tausender-Kontakt-Preis: Basiswert, um die Kosten für 1000 Hörerkontakte bei den verschiedenen Radiosendern zu vergleichen (Schaltkosten geteilt durch die Anzahl der Hörer in Tausend)

Marketing-Service
Auch in der Werbung muß sich ein Sender von seinen Konkurrenten absetzen. Die kreativen Mitarbeiter der Abteilung Marketing-Service denken sich senderspezifische Konzepte für Sonderwerbeformen aus und realisieren diese. Dabei wird eng mit Vertrieb und Produktion zusammengearbeitet. Beispiele sind gemeinsame Aktionen mit Werbekunden: die Präsentation einer Konzertreihe, ein Bandwettbewerb, ein Gewinnspiel oder auch soziale Aktionen wie »Spenden für Bosnien«.

Jonglieren mit den Spots: Disposition

Die »Dispo« erfaßt alle Werbebuchungen, die eingehen, und plaziert die Spots je nachdem, wo noch etwas frei ist. Sie schickt dem Kunden die Auftragsbestätigung zu, fakturiert und stellt die Rechnung. Sie kümmert sich außerdem um das Mahnwesen.

Für Technik und Programm liefert sie Tagesdispos, die alle Spots enthalten, die an einem Tag ausgestrahlt werden. Nach der Ausstrahlung werden Bestätigungen verschickt. Jeder Auftrag wird in einer Datenbank gespeichert – mit allen relevanten Informationen (Kundennummer, Ansprechpartner, Rabatte). Für weitere Marketingaktivitäten ist diese Datenbank die Grundlage.

On-air und off-air: Promotion

Ein Medienunternehmen hat immer zwei Adressatengruppen für seine Promotion: die Nutzer, in diesem Fall die Hörer, und die Werbekunden. Ziel der Promotionabteilung ist es, das Produkt »Programm« bei der Zielgruppe zu positionieren: die Hörerbindung steigern, neue Hörer gewinnen, ein bestimmtes Image vermitteln und festigen (oder korrigieren). Es gibt beim Radio zwei Arten der Promotion: On-air-promotion (Aktionen auf dem eigenen Sender sollen die Hörer stärker binden) und Off-air-promotion (Aktionen außerhalb des Senders sollen neue Hörer erreichen).

Eine radiotypische Promotion-Aktion ist die Übertragung von Live-Events. Das kann die Übertragung eines Rockkonzertes, ein Studio auf einer Messe mit Interviews, der Bericht über ein Stadtfest, eine Geschäftseröffnung oder der Karnevalszug sein. Jeder Sender macht Gewinnspiele, manche Promotionabteilungen konzipieren Hörerclubs oder Zeitschriften. Schließlich werden Merchandising-Artikel mit dem Aufdruck des Senders verkauft (z.B. Uhren) oder verschenkt (der unumgängliche Kugelschreiber).

In den letzten Jahren setzen immer mehr Sender Promos als Werbung für bestimmte Programmelemente ein. Dies funktioniert genauso wie Trailer beim Fernsehen. Gerade bei Aktionen des Senders oder besonders wichtigen Sendungen (»Die Morning-

Show mit Tom und Sabine«) können Promos die nötige Aufmerksamkeit bei den Hörern wecken. Außerdem dienen sie als Puffer für nicht ausgebuchte Werbeblöcke.

Hörfunk-Karriere: Berufsbilder

Hörfunkberufe im Überblick

Berufe im Bereich Redaktion

- Redakteurin
- Nachrichtenredakteurin
- Musikredakteurin
- Chefin vom Dienst (CvD)
  Interview mit Petra Bocken, Radio Hamburg
- Redaktionssekretärin/Redaktionsassistentin
- Chefredakteurin
  Interview mit Ina Rumpf, Radio Köln
- Reporterin
- Korrespondentin
- Moderatorin
  Interview mit Tina Busch, Viva
- Sprecherin
- Autorin
- Regisseurin und Aufnahmeleiterin
- Producerin

Berufe im Bereich Technik
  Interview mit Kerstin Witte, NDR
- Toningenieurin
- Tontechnikerin
  Interview mit Yütte Reischmann, NDR
- Mediengestalterin

Berufe im Bereich Vertrieb und Marketing
- Vertriebsmitarbeiterin, Marketingleiterin, Disponentin
  Interview mit Andrea Anders, OK Radio

Berufe im Bereich Redaktion

Redakteurin

Sie ist für den Inhalt und die Form einer Sendung verantwortlich, sucht die Leute aus, die das Sendekonzept umsetzen sollen – Autoren, Reporter, Moderatoren – und verfaßt selbst Beiträge. Ihren Job macht sie »im Hintergrund«, und die Zuhörer erfahren nur dann etwas von ihr, wenn sie auch »Redakteurin am Mikrofon« ist. Ansonsten sind es andere, die ihre Sendung präsentieren. Oft werden diese Präsentatoren von den Hörern für die Macher eines Programms gehalten, eigentlich sind sie aber nur die Ausführenden.

Bei den Öffentlich-Rechtlichen gibt es den Trend, stark zwischen Redaktion und Moderation zu trennen. Die Redakteure sind festangestellt und kümmern sich um die Inhalte, die Moderatoren sind frei und kommen vor der Sendung in den Sender, wo ihnen das, was sie präsentieren sollen, vorgelegt wird. Natürlich schreiben sie in den meisten Fällen ihre Moderationen selbst – aber immer basierend auf dem, was die Redaktion ausgearbeitet hat. Die ARD-Sender bieten Programme der unterschiedlichsten Ausrichtung an, und ebenso divers sind die Ressorts, in denen Bedarf für Spezialisten herrscht. Bisher wurde die Hörfunk-Produktion von Technikern übernommen. Seit der Einführung der digitalen Technik müssen immer mehr öffentlich-rechtliche Redakteure ihre Beiträge selbst schneiden.

Bei den Privaten betreut eine Redakteurin oft mehrere Ressorts. Bei soviel »Lieferverpflichtung« übernehmen das Recherchieren, Bearbeiten und Herstellen der Beiträge hauptsächlich Reporter oder freie Mitarbeiter. Die Privatfunk-Redakteurin koordiniert und sorgt dafür, daß genügend Beiträge zur Verfügung stehen – und daß die Rubriken, für die sie zuständig ist, termingerecht mit Inhalt gefüllt werden. Sie ist oft gleichzeitig Moderatorin und übernimmt auch die Produktion ihrer Beiträge. Bei komplizierten Aufnahmen bekommt sie Hilfe von der Technik, ansonsten gehen Redaktion, Technik und Moderation Hand in Hand. Ermöglicht wird dies vor allem durch die moderne Studiotechnik, die sich auch ohne Ingenieurstudium bedienen läßt. Gern wird bei den Privaten die Berufsbezeichnung »Broadcaster« gebraucht.

Nachrichtenredakteurin
Die Nachrichtenredakteurin wählt Nachrichten aus, bearbeitet Texte von Nachrichtenagenturen, Reportern und Korrespondenten, formuliert sie um und legt sie den Moderatoren und Sprechern vor. Sie organisiert Interviews am Telefon und bearbeitet O-Töne für die Nachrichten. Ihr Nachrichten-Arbeitsplatz heißt im Radiojargon »News-Desk« und enthält alle entsprechenden technischen Geräte (Tonband, Cartridge-Maschine bzw. digitalen Schnittplatz) für die Produktion.

Nachrichtenredaktionen arbeiten im Schichtbetrieb. Der Tag einer Nachrichtenredakteurin beginnt mit dem Lesen von Zeitungen und dem Durchsehen der Meldungen der Nachrichtenagenturen am Computerterminal. In den Redaktionskonferenzen wird entschieden, welche Themen gemacht werden. Wenn kurz vor der Sendung noch eine heiße Meldung reinkommt, wird es hektisch.

Anforderungen
Für die *Rundfunkredakteurin* gilt, wie für die Kolleginnen bei Print und TV: Sie muß belastbar sein und gut unter Streß arbeiten können. Kontaktfreudigkeit, schnelle Auffassungsgabe, Vielseitigkeit und eine »Schreibe für die Spreche« gehören ebenfalls dazu.

Ausbildung
Siehe Serviceteil, S. 280ff.

Musikredakteurin
Sie macht die Musikplanung des Senders – unter Berücksichtigung des Formats und mit Hilfe von Kollege Computer. Sie wählt

aus, welche Titel in die Playlist kommen und welche Kriterien der Musik-Computer für die Auswahl der Titel benutzt. Bei den Öffentlich-Rechtlichen haben Musikredakteure häufig ein Spezialgebiet – Klassik, Jazz, Blues, Volksmusik, die ganze Palette. Sie sind dann gleichzeitig Autoren, die für die jeweiligen Spezialsendungen schreiben.

Einladungen und kleine Geschenke von Plattenfirmen sind keine Seltenheit. Die Promoter der Plattenfirmen sind häufige Besucher, denn sie wollen die Musikredakteure davon überzeugen, unbedingt den aktuellen Titel ihrer phantastischen neuen Band zu spielen, damit es ein Hit wird. Mit Hilfe der Plattenfirmen organisiert die Musikredaktion Interviews mit Popstars oder gemeinsame Konzertveranstaltungen.

Anforderungen
Musikalität, umfangreiche Musikkenntnis, journalistische Fähigkeiten, EDV-Kenntnisse. Im Bereich Pop braucht man ein gutes Gespür für Hits, in der Klassik fundiertes Musikwissen.

Ausbildung
Für E-Musik (der Begriff wird leider immer noch verwendet: ernste klassische Musik): Einschlägiges Studium (Musik, Musikwissenschaften) und selbst ein Instrument spielen. Für den Bereich Pop: Die Lebensläufe der Musikredakteure sind so unterschiedlich wie die Musik selbst. Einige steigen über ein Volontariat ein, dann sind Learning-by-doing und intensive Beschäftigung mit Musik angesagt. Viele kommen aus der Musikbranche. In jedem Fall muß eine Musikredakteurin schnell den Umgang mit dem Musik-Computer lernen.

Chefin vom Dienst (CvD)
Innerhalb einer Schicht gibt es immer eine verantwortliche Person, CvD oder Schlußredakteurin genannt. Sie nimmt die Inhalte der Sendungen ab und fungiert als letzte Entscheidungsinstanz, z.B. ob ein Beitrag ins Programm genommen wird oder nicht, und auch, ob er archiviert werden soll.

Anforderungen
Journalistische Fähigkeiten und Erfahrung, Entscheidungsfreudigkeit, Durchsetzungsvermögen.

Ausbildung
Siehe Redakteurin, S. 209f.

Interview mit Petra Bocken, Radio Hamburg
Petra Bocken (31) ist CvD beim größten Lokalsender der Hansestadt (Musik: Adult Contemporary, 30% Wortanteil). Während des Politik-Studiums probierte sie in den Semesterferien verschiedene journalistische Betätigungsfelder aus: PR beim Landtag in Düsseldorf, Yellow-Press, Rheinische Post, Nachrichtenagentur Reuters und schließlich Hörfunk. Bei Radio Hamburg stieg sie als Moderatorin ein, bekam parallel dazu eine Redaktionsstelle. Aber: »Auf Dauer kann man nicht beides machen.« Sie entschied sich für die Redaktion und wurde zur CvD des Senders befördert.

Wie sieht ein Tag im Leben der CvD von Radio Hamburg aus?

Als erstes mache ich morgens die Tageseinteilung der Reporter. Ich entscheide, wer wohin geht und über welche Geschichten berichtet wird. Die Frühreporter fangen um 6 Uhr an und beliefern die Frühsendung und die Nachrichten. Ab 10 Uhr werden Pressekonferenzen veranstaltet. In Abstimmung mit den Nachrichtenredakteuren und den Reportern wähle ich aus, welche besucht werden. Dann ist erst mal Lesen angesagt: alle relevanten Zeitungen, von Bild bis Süddeutsche und natürlich die lokalen. Man vergleicht und holt sich Anregungen. – Dann beginnt die erste Redaktionskonferenz. An jedem Tag gibt es zwei: um 10.15 Uhr und 15.15 Uhr. Es geht um das Tagesgeschäft, wir besprechen, was die Nachrichten planen, worüber die Reporter berichten, welche aktuellen Themen gemacht werden – von Politik bis Klatsch. Außerdem habe ich jeden Tag eine Besprechung mit dem Chefredakteur. Dazu kommen regelmäßige Konferenzen mit der Programmdirektion und den Redakteuren, wo es um Strategien geht und wir unsere Performance analysieren.

Arbeiten Sie selbst noch journalistisch?

Nein. Ich organisiere und delegiere, gebe Anstöße, suche Themen aus – aber ich bin keine »einsame Entscheiderin«. Bei Radio Hamburg ist die CvD zentrale Anlaufstelle für alle Programmanfragen von innen und außen.

Welche Redaktionen gibt es bei Radio Hamburg?

Wir hatten früher das klassische Prinzip der einzelnen Ressorts – Sport, Politik, News, Unterhaltung usw. Das System haben wir abgeschafft und arbeiten jetzt mit Senderedakteuren, die für gesamte Programmstrecken verantwortlich sind. In Anlehnung an die USA gibt es das »AM (Vormittags)-Team« und das »PM (Nachmittags)-Team«, die dafür verantwortlich sind, ihre Sendestrecken optimal zu gestalten. Und das funktioniert sehr gut. Die Leute im Team haben unterschiedliche Schwerpunkte, ergänzen sich – und arbeiten alle für ein Produkt.

Wann ist die wichtigste Sendezeit?

Morgens. Wir stecken die meiste Energie in unsere Frühsendung von 5 bis 10 Uhr – das machen eigentlich alle Sender. Am Nachmittag, zwischen 14 und 18 Uhr, gibt es seit neuestem eine Radioshow mit zwei Moderatoren, denn wir betrachten diese Zeit als »zweite Primetime« und wissen, daß wir mit dem richtigen Programm eine Menge Hörer abholen können. Am Abend hören deutlich weniger Leute – der Wortanteil wird verringert, und wir bieten Spezial-Sendungen an, z.B. die Loveline mit Schmusemusik.

Wie schaffen Sie aus den einzelnen Programmelementen ein rundes Programm?

Die Musikredaktion stellt die Musiktitel pro Stunde zusammen, aus der Redaktion kommen Nachrichten und redaktionelle Themen, von den Producern kommen die Verpackungselemente. Der Job der Moderatoren ist es dann, alles zu verbinden. Wenn die Musiktitel und Programmelemente einer Stunde feststehen, dann ergibt sich aus deren Länge, wieviel Zeit für Moderationen da ist. Das sind mal 30 Sekunden und mal drei Minuten.

Sie haben selbst mehrere Jahre vor dem Mikro gearbeitet. Warum fiel die Entscheidung für die Redaktion?

Es gehört einiges dazu, eine gute Moderatorin zu sein, und es ist toll, in der Öffentlichkeit zu stehen. Aber ich wußte nach einer Weile genau, daß mein stärkstes Interesse bei der inhaltlichen Arbeit liegt. Ich wollte die sein, die entscheidet, was ins Programm kommt. Und das kannst du nur da, wo ich jetzt sitze.

Redaktionssekretärin/Redaktionsassistentin
Mit Briefeschreiben ist es in einer Redaktion nicht getan. Die Redaktionssekretärin organisiert und koordiniert das Tagesgeschäft der Redaktion. Als Redaktionssekretärin hat man die Chance, zur Assistentin befördert zu werden und so enger mit den Redakteuren zusammenzuarbeiten und auch eigene Bereiche zu betreuen.

Anforderungen
Unter Zeitdruck und bei großer Hektik arbeiten können, rasche Auffassungsgabe, Interesse am aktuellen Zeitgeschehen, Teamfähigkeit.

Ausbildung
Klassische Sekretariatsausbildung, dann direkter Einstieg beim Sender.

Chefredakteurin
Es gibt in Deutschland zur Zeit eine Handvoll weiblicher Chefredakteure, Tendenz steigend. Der Job ist näher dran am Management als am Journalismus, denn es geht um strategische Entscheidungen, Personalplanung und Budgets.

Anforderungen
Management-Fähigkeiten, Führungspersönlichkeit, Belastbarkeit.

Ausbildung
Journalistische Ausbildung und mehrjährige Berufserfahrung als CvD.

Interview mit Ina Rumpf, Radio Köln

Ina Rumpf (39) begann ihre journalistische Laufbahn während des Studiums (Germanistik und Publizistik) mit einem Praktikum beim Südwestfunk. »Ich habe mich einfach beworben und wurde erstaunlicherweise angenommen, obwohl ich keinerlei Vitamin B hatte.« Dort durfte sie sich auch in der Moderation ausprobieren und kam so gut an, daß sie als freie Mitarbeiterin engagiert wurde. Sie machte Beiträge und moderierte bei SWF 1, SWF 2, SWF 3 und RIAS 2. Das Studium hing sie an den Nagel, als sie den Job der CvD bei Radio ffn in Niedersachsen annahm. Sie avancierte zur stellvertretenden Chefredakteurin und wurde dann von Radio Köln auf den »Chefredakteurssessel« geholt.

Radio Köln ist eine von 45 Lokalstationen in NRW, die das Mantelprogramm von Radio NRW übernehmen. Wie funktioniert das?

Radio Köln sendet eigenes Programm von 6 Uhr bis 12 Uhr und von 16 Uhr bis 18.20 Uhr. Zwischen 18.20 Uhr und 20 Uhr läuft »Bürgerfunk«. Der Rest der Sendezeit ist Mantelprogramm. Radio NRW liefert uns zur vollen Stunde die Weltnachrichten, wir ergänzen mit Lokalnachrichten, Beiträgen und Verkehrsservice. Wir bekommen außerdem einen Musikfahrplan mit der entsprechenden Musik angeliefert und ergänzen ihn durch typisch kölsche Einsprengsel – von BAP bis »Kölsche Weihnacht«. In den eigenen Programmstrecken senden wir in erster Linie lokale Themen. Wir haben einen Wortanteil von 30 – 40 Prozent – das ist sehr hoch und auch unsere Stärke.

Als Chefredakteurin ist man ständig auf Trab.

Es gibt 17 Festangestellte in der Redaktion, die ich leite, plus einen Stamm freier Mitarbeiter. Ich nehme an den beiden Redaktionskonferenzen teil und versuche, möglichst nahe am Programm zu bleiben. Dann ist es natürlich meine Aufgabe, die langfristigen Ziele des Senders zu suchen und das Programm zu optimieren. Das geschieht im Moment mit Blick auf die Konkurrenzsender des WDR, 1Live und WDR 2, die nach kommerziellen Kriterien formatiert wurden, um uns Hörer abzunehmen. Da steht man als Chefredakteurin unter Zugzwang. Bei Promotion-Aktionen des Senders arbeite ich intensiv mit unserem Vermarkter zusammen. Nebenbei habe ich noch eine Menge repräsentative Pflichten. Dienstplangestaltung, Personal-, Etatplanung – das alles landet natürlich auf meinem Schreibtisch.

Wie gelangt man in die Chefetage?

Man muß alle Bereiche genau kennen. Das heißt: erst Erfahrung als Reporterin sammeln, als Moderatorin und Redakteurin. Dann kann es weitergehen in die leitende Redakteursrolle und die Chefredaktion. Wenn ich mir Konzepte ausdenke, weiß ich genau, was es heißt, sie umzusetzen, weil ich das alles selbst mal gemacht habe. Nur so kann man eine gute Führungskraft sein.

Sonst noch Tips für Hörfunk-Starterinnen?

Schließen Sie Ihr Studium ab. Meines habe ich nicht mehr ganz beendet, denn dazu war ich beruflich zu sehr eingespannt und saß auch schon zu fest im Sattel. Die Konkurrenz um die Einstiegsplätze ist, im Vergleich zu damals, aber noch härter geworden: Es bewerben sich Leute mit abgeschlossenem Studium und Berufserfahrung um ein Volontariat.

Nicht viele Radiofrauen konnten bisher die Chefetage erklimmen. Wie ist die Reaktion der Männer auf die weibliche Vorgesetzte?

Männer finden es erst mal interessant, wenn in ihren bisher exklusiven Kreis eine Frau kommt. Die beobachten dann: Wie redet die jetzt mit uns? Bleibt sie sachlich oder setzt sie ihre Weiblichkeit ein? Es gibt Männer, die versuchen mit mir umzugehen wie mit ihrer Mutter – die emotionalen Tricks. Dann habe ich erlebt, daß Männer sich richtig gewehrt haben: »Von einer Frau lasse ich mir nichts sagen!« Das amüsiert mich schon fast. Denn ich könnte dem eine Dienstanweisung geben – was mir aber zu albern ist. Ich kenne auch viele Männer, die damit keine Probleme haben oder die es sogar gut finden. Als ich hierher kam, fragte ich meinen männlichen Stellvertreter als erstes, ob er denn Probleme mit einem weiblichen Chef habe. Und der war ganz entsetzt, daß ich mit so einer seltsamen Frage ankomme.

Kommt der Beweisdruck von allen Seiten?

In den Chefetagen sitzen bis jetzt hauptsächlich Männer, die finden es nicht so toll, wenn eine Frau ankommt, um an einem ihrer Stühle zu sägen. Ich mußte natürlich Überzeugungsarbeit leisten und des öfteren Äußerungen hören wie »'ne Frau? Kann die das denn überhaupt?« oder »Wie hat die das gemacht, wie sieht die denn aus?« Das ärgert mich dann besonders. Ein Kollege, dem diese Frage über mich gestellt wurde, gab zur Antwort: »Weiß ich nicht, ich weiß nur, daß ihr Gehirn funktioniert.« Hätte ich nicht besser sagen können.

Wie gehen Sie denn mit solchen Kommentaren um?

Ich reagiere überhaupt nicht, weil ich mich darüber so ärgere, daß ich meinen Ärger gar nicht adäquat zeigen kann. Dabei würde ich nur verlieren. Ich halte es für gefährlich, immer zu schauen: Machen die jetzt was, weil ich eine Frau bin? Da hat man sich schon auf das Spielchen eingelassen. Es muß zur Selbstverständlichkeit werden, für einen selbst und die Umwelt. Man muß mit der Einstellung rangehen: Ich bin eine Frau, NA UND?

Wie stehen die Chancen für Frauen im Radio?

Der Einstiegsweg ist geebnet. Mehr als die Hälfte der Bevölkerung sind Frauen und wollen sich im Programm wiederfinden, außerdem hören Männer auch gerne Frauen. Ich würde den Frauen einfach zu mehr Mut raten. Es bewerben sich beispielsweise immer wesentlich weniger Frauen als Männer unaufgefordert um einen Redakteurs- oder Moderationsjob. Männer trauen sich das zu, Frauen sind viel vorsichtiger, obwohl sie es genauso könnten.

Reporterin

Die Redakteurin ist Schreibtischtäterin – die Reporterin steht draußen an der Nachrichtenfront. Feste Dienstzeiten gibt es oft nicht, sie richten sich nach den aktuellen Ereignissen. Eine Reporterin lebt von vielen Kontakten auf allen Ebenen – und Leuten, die ihr manchmal auch ungefragt Informationen liefern. Sie erledigt nicht nur die Aufträge der Redaktion, sondern bringt auch selbst Themen ein. All das gilt für die Reporterin im Hörfunk, Fernsehen oder bei einem Printmedium. Das Handwerkszeug der Hörfunkreporterin ist ihr Aufnahmegerät, mit dem sie Interviews vor Ort führt. Fertig produziert (geschnitten) werden die Beiträge im Sender.

Anforderungen
Schnelligkeit, Streßresistenz und ein gutes Gespür für den Umgang mit Interviewpartnern. Eine Nase für interessante Geschichten und Blickwinkel. Gewandtheit im sprachlichen Ausdruck – auch am Mikrofon. Rasches Einarbeiten in ein Thema, guter Draht zu Menschen, Fähigkeit zu »Networking« und Kontaktpflege.

Ausbildung
Siehe Serviceteil, S. 280ff.

Korrespondentin
Für sie gilt, wie für die Kollegin beim Fernsehen: Nur größere Sender können sie sich festangestellt leisten – allen voran die Öffentlich-Rechtlichen. Im Inland ist Bonn (und nach dem Regierungswechsel Berlin) der spannendste Korrespondentenplatz. Fast noch wichtiger als Pressekonferenzen und Regierungserklärungen sind Gespräche nach Feierabend und »semipersönliche« Kontakte, um sich die nötigen Hintergrundinformationen zu beschaffen. Hektisches Rund-um-die-Uhr-Arbeiten ist nicht selten. Die Korrespondentin liefert ihre News in allen journalistischen Formen ab: Reportagen, Kommentare, Berichte, Glossen, Live-Interviews – und muß sie auch mit der entsprechenden Schnelligkeit selbst produzieren können. Neben den fest angestellten gibt es zahlreiche freie Korrespondenten. Manche sind bei einer Zeitung tätig und werden für »Spezialrecherchen« engagiert, weil sie sich auf bestimmten Fachgebieten besonders gut auskennen.

Auslandskorrespondenten für Hörfunk werden nur an den wichtigsten Orten des Weltgeschehens plaziert. Für die übrigen Gebiete werden Agenturen oder dortige Zeitungsjournalisten herangezogen. Eine Auslandskorrespondentin arbeitet in der Regel für mehrere Sender, und entsprechend sind auch ihre Beiträge gestrickt. Sie verfaßt einen Text, der allen dient. Im Sender wird der Beitrag dann passend für die Sendung zurechtgeschnitten.

Anforderungen und Ausbildung
Siehe TV-Korrespondentin, S. 117f.

Moderatorin

Viele haben die Vorstellung, eine Moderatorin müsse sich einfach auf ihren Stuhl im Studio schwingen und lustig drauflosplappern. Der einfachste Job der Welt. Er ist es mit Sicherheit nicht, aber für den Hörer soll es so klingen. Nur mit Dampfplauderei, Sprücheklopfen, Zeitansagen und den Namen von Interpreten und Musiktiteln ist es nicht getan. Die Moderatorin ist so gut wie die Redaktion, die hinter ihr steht. Sie muß bestens vorbereitet in ihre Sendung gehen. Wer informiert ist, ist sicher und kann die nötige Lockerheit aufkommen lassen. Das gilt genauso für informative wie unterhaltende Moderationen zwischen Musiktiteln.

Früher gab es eine strikte Trennung zwischen Unterhaltungsmoderatoren und journalistischen Moderatoren. Diese Grenze wird immer mehr aufgehoben, denn: Hörer haben für seriöse journalistische Inhalte oft mehr Interesse, wenn sie unterhaltsam präsentiert werden. Arbeitsplatz der Moderatorin ist immer häufiger das Selbstfahrerstudio, das sie alleine bedient. In regelmäßigen »Air-checks« wird die Qualität der Moderatoren von ihren Kollegen oder Vorgesetzten beurteilt.

Anforderungen

Zur Moderatorin ist man geboren – sagen die meisten Radioprofis. Die Veranlagung allein genügt jedoch nicht. Natürlich muß eine Moderatorin eine angenehme Stimme haben. Schrille Töne wirken abschreckend auf die Hörer. Viel wichtiger ist jedoch, wie sie sie einsetzt. Bei vielen Sendern sollen einfach gute Laune und Drive rüberkommen. Weitere Voraussetzungen: gut informiert sein über alles, was gerade passiert und in ist, Menschenkenntnis, gute Allgemeinbildung, erträglicher Humor, Intelligenz und körperliche Fitneß, denn mehrere Stunden auf Sendung zu sein, ist anstrengend.

Ausbildung

Viele Moderatoren haben als Redakteure angefangen, Sendungen zu moderieren. Manche waren vorher Musiker, kennen sich mit der Technik bereits aus. Andere kommen von Schauspielschulen oder sind Sprecher und können mit einer geschulten Stimme aufwarten. Disc-Jockeys (bzw. D-Janes, im Slang die weibliche Ausgabe) bringen gute Voraussetzungen für Musikmoderation mit. Die Bewerbung erfolgt mit einer Demokassette. Jemand im Sender muß Ihnen eine Chance geben, sich vor dem Mikrofon zu bewähren. Vor allem die Nachtstunden nach 24 Uhr bieten gute Übungsflächen für eine Nachwuchsmoderatorin, denn in dieser Zeit gibt es keine Werbung und wenig Hörer – Fehler haben also kaum Konsequenzen. Andrea Anders von OK Radio: »Die meisten unserer Moderatoren fangen als Praktikanten an, machen dann mal eine Nachtsendung oder fahren über ein Jahr lang eine Wochenendschicht. Und wenn sie das gut machen, geht's weiter.«

Interview mit Tina Busch, Viva

Mit 17 startete sie als Moderatorin bei Radio Bremen. Mittlerweile ist Tina Busch (27) Musikchefin von Viva. Die Zwischenstationen: Redakteurin und Moderatorin bei Radio ffn, dann bei Radio Hamburg, Musikchefin bei OK Radio, Moderatorin bei NDR2. Über ihre rasante Hörfunkkarriere sagt sie: »Am Anfang ging mir alles nicht schnell genug – rückblickend würde ich sagen: Es hätte auch langsamer laufen können. – Ich würde aber nichts ändern wollen!«

Bei OK-Radio waren Sie erst Moderatorin und dann Musikchefin. Warum gingen Sie weg?

Es gab Strukturänderungen, und ich bin schlichtweg rausgeschmissen worden – weil ich zu teuer war, so die Begründung. Ich hatte damals bereits das Angebot, für NDR 2 als Moderatorin zu arbeiten. Ohne wäre ich sicher erst mal ziemlich deprimiert gewesen. Der Sender wurde vom Hitradio zum soften Musiksender umfunktioniert, es mußten Kosten gespart werden. Es gab kein böses Blut zwischen der Geschäftsleitung und mir, aber wenn du so lange und so intensiv für einen Sender arbeitest, dann geht dir eine Kündigung schon an die Nieren. Außerdem habe ich gelernt, wie wenige Leute wirkliche Freunde sind. Beispielsweise für die Leute von den Plattenfirmen war ich von einem Tag auf den anderen völlig uninteressant. Das hat mir die Augen geöffnet.

Sie waren lange Moderatorin. War es für Sie denn von Anfang an ganz easy, sich vor ein Mikro zu setzen und loszureden?

Nein, nicht von Anfang an. Aber ob du das grundsätzlich kannst, stellt sich schnell heraus und hat viel mit Begabung zu tun. Ich habe immer noch die Kassette mit meiner ersten Moderation – man hört förmlich das Zittern meiner Knie. Die Sicherheit kommt erst mit der Zeit. Wenn ich moderiere, habe ich nicht die Vorstellung, daß mir jemand zuhört. Ich moderiere so, als würde ich zu meiner besten Freundin reden. Verstellen bringt nicht viel, das merken die Hörer. Du mußt du selber sein – natürlich nicht, wenn du Streß mit deinem Freund hattest und am liebsten losbrüllen würdest! Dann mußt du Profi genug sein, daß man es nicht merkt. Man braucht immer dieses »Lächeln in der Stimme«.

Und die Vorbereitung? Gehen Sie einfach rein ins Studio und legen los?

Das kommt darauf an. Bei einer Magazinsendung – das gilt jetzt für das, was ich beim NDR gemacht habe – gehe ich zwei bis drei Stunden vorher in den Sender und bereite mich nach den Vorgaben der Redaktion auf die Themen vor. Die Redaktion legt fest, was in einer Sendung passiert, ich bin die, die es umsetzt. Da heißt es: Du hast heute ein Interview mit Herrn xy, hier ist das Infomaterial, lies es dir durch, wir möchten gerne folgendes von ihm wissen. Oder man setzt sich zusammen und diskutiert, worauf ein Interview hinauslaufen soll. Ich höre mir die Beiträge vorher an, um passende Anmoderationen und Übergänge zu finden. Manchmal werden Moderationen auch vorgelegt, besonders wenn der Zeitdruck groß ist. Dann schreibe ich sie mir nur noch »mundgerecht«. Du mußt aber selbst über das aktuelle Zeitgeschehen Bescheid wissen und morgens zwei, drei Zeitungen lesen. Das ist beim NDR beispielsweise ein Standard, den jeder halten muß.

Wie ist das bei reinen Musikstrecken?

Da ich mich mit Musik sehr gut auskenne, brauche ich mich nicht besonders vorzubereiten. Ich habe viele Anekdoten einfach auf Lager. Andere schreiben sich vorher zu jedem Titel was auf. Du mußt dir die Waschzettel der CDs durchlesen, Musikzeitschriften lesen, Viva und MTV anschauen. Es gibt auch einen News-Service aus England, der nur Klatsch und Tratsch von Musikern und Stars verbreitet. Auch das mußt du lesen. Es kommt immer auf deinen Moderationsstil an. Manche Moderatoren kalauern und versuchen, was Witziges zu sagen, andere sind sehr seriös und erzählen nur die Fakten. Dann gibt es noch Leute, die viel über Musik allgemein erzählen. Die vierte Variante sind die, die nur verraten, welcher Titel das war und wie spät es ist. Das sollte man ganz schnell vergessen.

Was ist das Wichtigste bei einer Moderation?

Erfahrung und Persönlichkeit. Theoretische Ausbildung ist sicher wichtig, um die Grundbegriffe zu vermitteln, aber ohne Praxis nützt dir das nichts. Beispielsweise Interviews mit Künstlern. Du kannst Pech haben, und da sitzt der arroganteste Mensch, der einfach seinen Mund nicht aufmacht – was tust du? Dann gibt es Leute, die ihren Mund nicht mehr zukriegen. Du mußt wissen, wie du auf Leute zugehst und wie du tolle O-Töne aus ihnen rauslockst. Manchmal hilft ein Eröffnungsjoke, manchmal mußt du ihnen sagen, wie toll du die neue Platte findest. Das alles ist eine Sache der Erfahrung.

In Ihren Jobs mußten Sie sich immer wieder neu »etablieren« und behaupten. Wie haben Sie das geschafft?

Du mußt dir als Frau immer ganz klar darüber sein, wie du agierst. Bei Konferenzen mußt du dich gerade hinsetzen und laut sprechen, sonst hört dir keiner zu. Ich habe das selbst am Anfang oft genug erlebt und mein Verhalten konsequent geändert. Du mußt ganz prägnant formulieren. Überleg dir vorher, was du sagen willst – das lernt man bei Rhetorikkursen. Das sind alles Tricks, auf die gerade Frauen achten sollten. Ich war jahrelang in Meetings die einzige Frau und hatte auch sonst hauptsächlich mit Männern zu tun. Als Frau stehst du häufig unter kritischem Beschuß. Bei OK Radio gab es einen Kollegen, der von Anfang an eine »Fehlerliste« über mich geführt hat. Er hat alles notiert, was ich irgendwann mal falsch gemacht hatte. Und die hat er bei einem Meeting unserem Chef präsentiert. Da fällt dir erst mal nichts dazu ein. Ganz wichtig ist, daß du von vorne herein einen guten Start hast. Bei einem neuen Job habe ich mich meist in den ersten zwei Wochen ruhig verhalten und beobachtet. Wenn du weißt, wie es in der Abteilung läuft und welche Leute was wie machen, dann weißt du auch, wie du dich verhalten mußt. Das hat bisher immer funktioniert.

Sprecherin
Die Nachrichtensprecherin liest live die Nachrichten. Die Texte legt ihr die Redaktion vor. Die Produktionssprecherin nimmt Texte auf Band auf, die später zu einer Sendung zusammengeschnitten werden. Egal ob Werbung, intellektueller Kommentar oder Comedy. Sprecher sind entweder fest angestellt und arbeiten im Schichtdienst, oder sie sind frei und werden für bestimmte Aufgaben engagiert. Oft sprechen Redakteure oder Autoren ihre Texte selbst. Gerade in kleineren Sendern ist kein Budget für teure Sprecher da, und deshalb muß auch schon mal die Technikerin für den Job herhalten. Im Sender erhalten fast alle Mitarbeiter, die ans Mikrofon gelassen werden, eine Sprechausbildung. Meist handelt es sich um Seminare oder es kommen stundenweise Sprechtrainer ins Haus. In Zukunft werden im Nachrichtenbereich weniger Sprecher gebraucht, denn der Trend geht hin zu Präsentatoren, die den Hörern über längere Strecken das Programm präsentieren – natürlich mit der entsprechend geschulten Stimme.

Anforderungen und Ausbildung
Siehe Sprecherin TV, S. 127f.

Autorin
Siehe Autorin Print, S.39.

Regisseurin und Aufnahmeleiterin
Diese Jobs gibt es nur noch bei den Öffentlich-Rechtlichen. Regisseure werden bei großen Hörspielen eingesetzt, Aufnahmeleiter bei großen Klassikproduktionen, wenn ein Konzert des Rundfunkorchesters aufgezeichnet oder übertragen wird. Die Arbeits-

teilung Regisseurin/Aufnahmeleiterin ist im Hörfunk aber überholt. An diese Stelle treten Producer mit mehr Gesamtverantwortung und viel technischem Know-how.

Producerin

Immer mehr Sender schaffen Stellen für Producer, die nach anglo-amerikanischem Vorbild an der Schnittstelle zwischen redaktionellen und technischen Aufgaben stehen. Sie sind nicht für den Inhalt verantwortlich, sondern für Gestaltung, »Verpackung« und Ablauf. Das Team der Zukunft besteht aus Moderatorin im Selbstfahrerstudio, Redakteurin und Producerin. Diese sorgt für das richtige Verhältnis zwischen Musik und Wort, begleitet ganze Sendestrecken und übernimmt technische Funktionen – alles mit dem Ziel, das Programm homogen und »durchhörbar« zu gestalten. Producer stellen Jingles, Promos, Musikproduktionen und ganze Hörspiele her. Ihr Job ist es, mit allen zur Verfügung stehenden technischen Mitteln eine Sendung optimal zu produzieren und die Stimmung bestmöglich rüberzubringen.

Zwei bis drei Stunden vor einer Sendung wird deren Ablauf durchgegangen. Redakteurin, Producerin und eventuell auch Autoren entscheiden über Inhalte, aktualisieren und schreiben um. Die Producerin »layoutet« die Beiträge, indem sie sie nachbearbeitet: mit Effekten, Geräuschen oder Musik. Auch akustische Gags gehören dazu. Eine Stunde vor Sendung kommt die Moderatorin dazu. Comedy-Elemente sind das Tüpfelchen auf dem i und werden zuletzt hinzugefügt. Dann kann es »on-air« gehen.

Anforderungen

Technisches Interesse, musikalische Begabung, Kreativität. Mehrjährige Erfahrung im Bereich Tontechnik, Umgang mit Hard-Disk-Recording-Systemen (digitale Aufnahmetechnik), redaktionelles Know-how für die inhaltliche Gestaltung, Musikkenntnisse (Auswahl von Musikbett und passenden Sounds) und das Komponieren von Musik mit digitaler Studio-Technik (Sequenzer und Sampler), Erfahrung im Umgang mit Sprechern.

Ausbildung
Der Einstieg erfolgt beim Sender im Bereich Redaktion und Technik, dann wächst man in den Producer-Job hinein. Ein Sender schickt angehende Producer zu Fortbildungskursen, die das nötige Know-how im Umgang mit der digitalen Produktionstechnik vermitteln. Der ganze Technikbereich im Hörfunk ist wegen der Digitalisierung im Umbruch. Die Öffentlich-Rechtlichen schicken ihre Mitarbeiter zu Lehrgängen an die SRT (Schule für Rundfunktechnik) in Nürnberg.

Petra Bocken von Radio Hamburg beschreibt die Anforderungen an Radio-Producer bei ihrem Sender: »Producer müssen technisch versiert sein, aber auch einen redaktionellen Hintergrund haben. Häufig sind es Leute, die als Volontäre anfingen und dann ihr Faible für die Technik entdeckten. Die Producer schaffen das ›akustische Layout‹, das Klangkonzept, das jeden Sender unverwechselbar macht. Die Vorbilder kommen aus Amerika. Der Hamburger Radiomarkt ist sehr hart umkämpft – und das hört man. Jeder Sender hat ein sehr differenziertes Layout, um sich möglichst deutlich von der Konkurrenz abzusetzen. In Städten, in denen weniger Sender gegeneinander antreten, ist das längst nicht so ausgeprägt.

Producer haben in ihrer Freizeit oft mit Musik zu tun. Eine gewisse Vorbildung ist unerläßlich: Musik muß geschnitten und manchmal selbst komponiert werden. Was einen guten Producer ausmacht, ist das kreative Element«.

Berufe im Bereich Technik

Die Hörfunktechnik ist derzeit im Umbruch von analog zu digital. Bei öffentlich-rechtlichen und privaten Sendern. Die Aufgabenbereiche in der Tontechnik verändern sich, und es kommt zu einer personellen Umstrukturierung.

Interview mit Kerstin Witte, NDR
Kerstin Witte (50) ist jetzt Personalrätin beim NDR. Zuvor hat sie in fast allen technischen Bereichen des NDR-Hörfunks gearbeitet

– als »Technikerin mit der besonderen Aufgabe eines Ingenieurs« bei Aufnahmen im Studio und in der Ü-Technik.

Wie läuft Hörfunkproduktion bei den öffentlich-rechtlichen Sendern ab?

Die Idee für einen Beitrag entsteht in der Redaktion. Bei den Produktionsleitern wird der technische und personelle Bedarf angemeldet. Diese schalten sich mit dem Dispositionsbüro zusammen: Wo ist ein Studio frei, ein Ü-Wagen – und es kann losgehen. Bei sehr großen Produktionen, wie Hörspielen oder großen Features, bekommt die Technik die Manuskripte, damit sie die Inhalte bei der Auswahl der Produktionskapazitäten berücksichtigen kann. Musikaufnahmen, z.B. solche mit dem Orchester des NDR, sind sehr komplex und erfordern den Einsatz von Tonmeistern und Toningenieuren. Allerdings werden solche Großproduktionen immer weniger. Der Schwerpunkt liegt heute nicht mehr auf vorproduzierten Sendungen, sondern Livemoderationen.

Wo entstehen aktuelle Beiträge für die Nachrichten?

Im »Aktualitätenzentrum«, das aus mehreren Schneideräumen und Studioeinheiten besteht, stellen eine technische Kraft und ein Redakteur gemeinsam den Beitrag her. Die Technik muß nicht, wie bei Großproduktionen, vorbestellt werden, sondern man kann jederzeit reingehen. Die Schnittplätze sind noch analog, aber es wird derzeit Zug um Zug digitalisiert.

Wie lief bisher die Ausbildung der Mitarbeiter?

Im Bereich Tontechnik kommen die meisten von der Schule für Rundfunktechnik in Nürnberg, dann folgt eine lange Einarbeitungszeit im Sender. Manche haben Nachrichtentechnik, Elektrotechnik studiert oder eine Ausbildung zum Toningenieur gemacht.

Tonschnitt im Radio war ein traditioneller Frauenberuf.

Anfang der 70er Jahre war die Trennung noch sehr eindeutig: die Frauen an den Maschinen, die Männer an den Mischpulten. Die Frauen schnitten die Bänder, die Männer machten die Mischung – die besser bezahlte Tätigkeit. Die Toningenieure waren in der Regel Männer. Dann brachen die Frauen in diese Domäne ein – und es gab auch die ersten Jungs als Techniker. In den frühen 70ern wurden die Ingenieurinnen immer noch an die Schneidemaschine gestellt – was dazu führte, daß einige mit Prozessen drohten. Also hat man sie rangelassen – und siehe da, sie kriegten den Job am Mischpult wunderbar hin.

Was verändert digitale Technik?

Bisher läuft es noch so: Hinter einer dicken Glasscheibe sitzt die Moderatorin oder der Moderator, auf der anderen Seite jemand aus der Technik, der für die Ausstrahlung des Programms sorgt. Diesen Job werden demnächst Geräte machen. Der Moderator wird das Sendesignal per Knopfdruck auslösen – so wie das bereits im Selbstfahrerstudio praktiziert wird. Früher, als Bänder noch hin- und hergetragen wurden, brauchte man einen Ablaufregisseur, der alles koordinierte und wußte. Im digitalen Hörfunk ist alles per Computer vernetzt – man kann sich die Beiträge aus einem Speicher holen und bearbeiten.

Wird es weniger Jobs geben?

Digitale Technik bedeutet, daß der ganze technische Bereich auf ein Drittel runtergefahren wird. Es wird zu einer massiven Umstrukturierung innerhalb der ARD kommen. Letztlich wird es nur noch drei große Bereiche geben: die Verwaltung, das Programm und einen »streng« technischen Bereich für die Wartung.

Wie werden sich die Jobs verändern?

Es werden Aufgaben entstehen, für die redaktionelle und technische Kenntnisse erforderlich sind. Eine Redakteurin muß ihren Beitrag selbst schneiden und senden. Das funktioniert alles per Computer und ist dank moderner Technik für den Menschen im Studio auch machbar. Radio Bremen 4 sendet bereits voll digital, N-Joy ebenso. Jede ARD-Anstalt hat inzwischen einen digitalen Sender, und das wird sukzessive ausgeweitet.

Sie haben das neue Berufsbild »Mediengestalter/Mediengestalterin Bild und Ton« mitentwickelt.

Der NDR startete die Ausbildung 1996 als Test. Der Andrang ist enorm. Ohne daß irgendwie dafür Werbung gemacht worden wäre, bekommen wir ständig Bewerbungen. Leider von zu wenig Frauen – ich hoffe, die ziehen bald nach!

Toningenieurin
Siehe Toningenieurin TV, S. 164.

Tontechnikerin
Tontechnikerinnen befassen sich mit Mikrofonen, Reglern, Verstärkern, Bandaufnahmegeräten, Tonfrequenztechnik und deren praktischer Anwendung. Sie sorgen für die Übertragung des Sendesignals und werden im Hörfunkschnitt eingesetzt.

Anforderungen
Neben technischen Kenntnissen werden musikalische Fähigkeiten verlangt. Außerdem sind Belastbarkeit, Flexibilität und die Bereitschaft zu Schichtdienst gefragt.

Ausbildung
Wer akademisch orientiert ist und Toningenieurin werden möchte, studiert an Universitäten oder Fachhochschulen im Bereich Elektrotechnik das Spezialgebiet Nachrichtentechnik. Hierzu gehören Hochfrequenztechnik, Signalverarbeitung sowie optische oder akustische Nachrichtentechnik. (Siehe auch Serviceteil, S. 162ff.) Die Öffentlich-Rechtlichen bilden ihre Tontechniker und Tonmeister an der »Schule für Rundfunktechnik« in Nürnberg aus. Bewerbungen gehen direkt an die Rundfunkanstalten.

Daneben gibt es einen dritten Weg: den der Autodidakten. Ohne formelle Ausbildung erobern sich Technikfreaks, von Haus aus häufig Musiker, dieses Berufsfeld. Wer souverän mit der Tontechnik der eigenen Band umgeht, hat gute Chancen, im Tonstudio einer Hörfunk- oder Fernsehstation eine Anstellung zu finden.

Interview mit Yütte Reischmann, NDR
Yütte Reischmann (32) kam auf Umwegen zur Tontechnik. Ihre erste Ausbildung machte sie an der Fachoberschule für Ernährung und Hauswirtschaft.

Wie kommt man von der Hauswirtschaft zur Technik?

Durch viele Praktika: In der Gießerei, im Werkzeugbau, in der Elektronik-Produktion bei Siemens. Beworben habe ich mich dann unter anderem an der Hamburger Fachhochschule für Elektrotechnik. Das hat nicht geklappt, ich stand immer nur auf der Warteliste.

Wann wurde es ernst mit der Tontechnik?

Als nichts so lief, wie ich mir das vorgestellt hatte, habe ich ein Studium der Elektrotechnik an der Fernuniversität Hagen angefangen. Dort nahm ich die Grundlagen mit und habe nach drei Semestern wieder aufgehört, weil mir das Studium zu theoretisch war.

Das hört sich nicht nach gezielter Karriereplanung an.

War es auch nicht. Ernst wurde es, als ich beim Norddeutschen Rundfunk eine Lehre als Funkelektronikerin angefangen habe. Doch auch hier gab es noch einmal eine Schleife. Meinen Gesellenbrief habe ich schließlich als Nachrichtengerätemechanikerin gemacht. Und dann hatte ich Glück. Während einer NDR-Party sagte ich dem Chef des Hörfunks, wie schade es sei, daß der NDR keinen Job für mich habe. Das Ende vom Lied: Er lud mich ein, mich zu bewerben. Und nun bin ich seit sechs Jahren Tontechnikerin beim NDR.

Ohne weitere Ausbildung?

Der NDR hat mich angelernt. Ich war noch sechs Wochen an der Nürnberger Schule für Rundfunktechnik. Dort habe ich den sogenannten »B-Kurs«, den Schnellkurs, gemacht. Und es ging los.

Wie arbeitet es sich als Frau in einer Männerdomäne?

Richtig gut. Ich komme mit Technikern besser zurecht als mit Frauen in einer Großküche. Männer haben mich in meiner Fachkompetenz immer ernstgenommen. Ein guter Nachrichtenmechaniker ist ein guter Nachrichtenmechaniker. Unabhängig vom Geschlecht.

Wie hoch ist der Frauenanteil im Beruf?

Wir sind mehr Frauen als Männer. Man mutet Frauen eher zu, Technik und Kreativität miteinander zu verbinden. In dieser Hinsicht sind Frauen stärker.

Wie sieht Ihr Arbeitsalltag aus?

Im allgemeinen sitze ich in einem Schneideraum und warte darauf, was kommt. In der Regel ein aktueller Beitrag, der noch nicht bearbeitet ist. In diesem Beitrag sind Versprecher des Redakteurs, viele Äähs und Mhms und so. Mein Job ist es dann, aus dem Rohmaterial einen sendefähigen Beitrag zu machen. Der Schnitt an sich ist ziemlich öde. Was den Job interessant macht, sind die Menschen und die Themen, mit denen ich es zu tun habe. Ein einstündiges Feature zum Beispiel ist ein sehr spannendes Projekt. Aus O-Tönen, Musik und Verblendungen eine Sendung zu komponieren, macht richtig Spaß.

Wie lange wird an einer einstündigen Sendung gearbeitet?

Acht bis sechzehn Stunden. Aber leider ist es bei uns so, daß wir als Techniker nicht durchgehend an einer Sendung arbeiten. Wir wechseln täglich die Räume, haben Schichtdienst. So kann es vorkommen, daß ich zwei Stunden an einer Sendung arbeite, und am nächsten Tag übernimmt das jemand anderer.

In welchen Bereichen werden Tontechnikerinnen nach der Digitalisierung arbeiten?

Ihre Domäne wird in Zukunft das Hörspiel sein, die Musikproduktion, das lange Feature. Einige meiner Kollegen sind in die Redaktion gegangen, andere in die CD-/Musikproduktion. – Grundsätzlich werden in Zukunft Tontechniker gesucht, die auch redaktionell einiges drauf haben. Multitalente eben. Der Beruf heißt dann Mediengestalter. Außerdem entstehen zur Zeit immer mehr Produktionsfirmen, die für den Hörfunk produzieren. Ich kann mir vorstellen, daß auch da Arbeitsplätze für Tontechniker entstehen.

Trüben verwirrende Zukunftsaussichten auch schon mal den Spaß an der Arbeit?

Nein. Tontechnikerin ist einfach der schönste Beruf, den ich mir vorstellen kann. Er beinhaltet alles: Handwerk, Psychologie, permanentes Lernen durch die Sendungen, die bearbeitet werden müssen. Und auch wechselnde Dienstzeiten finde ich toll. – Was ich mir allerdings schwierig vorstelle, ist einige Jahre Erziehungsurlaub zu nehmen. Beim Neustart wüßte ich gar nicht mehr, wie es läuft. Die technische Entwicklung ist atemberaubend schnell.

Mediengestalterin

Dieser Beruf wird langfristig die klassische Tontechniker-Ausbildung ersetzen. Siehe Mediengestalterin TV, S. 169f.

Berufe im Bereich Vertrieb und Marketing

Vertriebsleiterin, Marketingleiterin, Disponentin

Ob Hörfunk oder TV: Diese Jobs beinhalten dieselben Tätigkeiten. Bitte lesen Sie dazu die Beschreibungen der Jobs für den Fernsehbereich. Auch die Anforderungen und die Ausbildung sind identisch.

Interview mit Andrea Anders, OK Radio

Andrea Anders (32) studierte Bibliothekswesen und stieg – nach einem kurzen Gastspiel im Buchhandel – als Marketing-Assistentin beim Hamburger OK Radio ein. Dort arbeitete sie sich hoch, vom »Mädchen für alles« zur Vertriebsleiterin und schließlich zur Marketing-Direktorin.

Wie sieht das Konzept von OK Radio aus?

Wir nennen es OK Magic 95 und machen ein Soft-AC-Programm: Adult Contemporary – zeitgenössische Musik für Erwachsene. Schwerpunkte: Gefühl und »soft«. Balladen, ruhige Songs bis höchstens Mid-Tempo, von Künstlern wie Mariah Carey, Whitney Houston, Seal. Auch deutsche Bands wie PUR oder eine Hardrockband mit einem ruhigen Titel. Es wird nicht nach Musikrichtungen ausgewählt, sondern nach Stimmung. Die Zielgruppe sind die 20- –40jährigen.

Wer entscheidet, welche Musik gespielt wird?

Unter anderem die Hörer. Wir haben unsere eigene Research-Abteilung, die jeden Tag Musikforschung betreibt. Hier geht nichts on-air, weil der Programmdirektor sagt »das finde ich toll«. Alle Titel werden getestet, indem wir Leute aus unserer Zielgruppe telefonisch befragen. Wir nennen keinen Sendernamen, um die Interviewpartner nicht zu beeinflussen. Aus bestimmten Musiktiteln werden kurze Ausschnitte, man nennt sie auch »hooks«, vorgespielt, und die Interviewteilnehmer können sich dazu äußern: ob sie ihnen gefallen, ob sie sich daran sattgehört haben, zu welchem Sender sie ihrer Meinung nach passen. So machen das heute die meisten Sender.

Gibt es noch mehr »Research«?

Ja – »Auditorien«. Man sucht eine große Gruppe von Leuten,

in der Regel mit Hilfe eines Research-Institutes, und spielt ihnen über längere Zeit viele verschiedene Titel vor. Damit kann man sogenannte Hit-Pools abtesten – darunter hauptsächlich ältere Songs. In unserem neuen Format spielen wir viele dieser Titel. Da stellt sich dann beispielsweise die Frage: Nehmen wir »What a wonderful world« von Louis Armstrong rein, weil es gerade wieder in der Werbung aufgetaucht ist? Das wird im Auditorium ausgetestet. Elvis Presley hatte ja einige wunderschöne Balladen, das wollen aber die Hamburger nicht hören. Wir haben die Zielgruppe befragt, und das Thema Elvis ist im Moment durch.

Wer wählt nun letztendlich die Musik aus, die bei OK Magic läuft?

Wir arbeiten natürlich mit Musik-Computer, der für jede Stunde die Titel vorschlägt. Der Programmdirektor entscheidet, welche Titel in das Auswahlverfahren reinkommen. Wir geben bestimmte Kriterien vor: Nach einer weiblichen Interpretin darf nicht noch eine kommen. Oder: Wenn wir den Titel einer Band spielen, dann darf der nachfolgende nicht vom Sänger dieser Band gesungen werden. Klassisches Beispiel dafür wären Genesis und Phil Collins. Der Computer macht die Grobplanung, der Programmdirektor und die Musikredakteure verfeinern die Auswahl. Sie entscheiden dann auch, wie mit den Ergebnissen der Marktforschung umgegangen wird. Wir fragen in der Research beispielsweise nach dem »Burn-out-Wert« – ob die Hörer sich an einem Song aus den Charts sattgehört haben. Falls ja, nehmen wir ihn aber vielleicht trotzdem ins Programm. Solche Entscheidungen müssen Menschen treffen – stur nach dem Computer hätte das keinen Sinn. Radio ist schließlich ein lebendiges Produkt.

Wie verkaufen Sie Ihre Werbespots?

Wir haben ein lokales Team hier im Haus, das den Hamburger Markt betreut. Das sind nicht nur lokale Kunden, sondern auch Markenartikler, die ihren Hauptsitz in Hamburg haben. Ich selbst bin oft bei diesen Terminen dabei. Außerdem sind wir in diversen »Kombis«, die ein bundesweit Werbetreibender buchen kann. Das wird von der RMS, Radio Marketing Services, gemacht. Buchung, Disposition und Rechnungsstellung werden komplett erledigt und per Datenfernübertragung in unser Computersystem eingespielt. Dafür bekommt der Vermarkter einen Prozentsatz, der vorher ausgehandelt wird. Die dritte Schiene ist die nationale Einzelvermarktung: wenn ein Kunde, der in Frankfurt oder München sitzt, eine besondere Aktion in Hamburg machen will. Beispielsweise die Brauerei, deren Biermarke in Hamburg nicht so gut läuft, und die jetzt etwas für ihren Absatz tun muß. Das könnte dann eine Szene-Party sein, die OK Magic und der Kunde gemeinsam präsentieren.

Was kostet ein Hörfunkspot?

Hörfunkspots sind in der Regel 30 Sekunden lang, es gibt auch 15- und 20-Sekünder. Der 30-Sekünder kostet bei uns zwischen Montag und Samstag 295 DM. Das gilt für die Kernzeit im Radio von 6.00 bis 18.00 Uhr. Die meisten Kunden buchen morgens, zwischen 6.00 und 9.00 Uhr, und in der »Drivetime«, wenn die Leute von der Arbeit nach Hause fahren, so 15.00 bis 18.00 Uhr. Nach 18.00 Uhr wird es billiger und die Werbung weniger.

Tauschen sich die Radio-Frauen in ihrer Position untereinander aus?

Ja, denn der Kreis ist ziemlich überschaubar. Wir kennen uns und haben oft auch privat Kontakt. Wenn zum Beispiel Headhunter Leute suchen oder eine interessante Stelle frei wird, dann ist der Informationsfluß ganz gut. Aber Männer haben »Networking« sicher besser drauf als wir Frauen. Innerhalb des Verbands für privaten Rundfunk und Fernsehen (VPRT) nutzen die Frauen schon mal die Gelegenheit zum Austausch. In so einer Runde kann man sich Rat holen. Fast alle Kolleginnen sind in der gleichen Situation: männliche Geschäftsführer und Kollegen. Mein Traum wäre es ja, eine Organisation zu gründen: »Women in Radio«, ein Forum für alle Radio-Frauen. In Amerika gibt's das.

Mega-Zukunft Multimedia: Ausbildung und Jobs in den Neuen Medien

Aktionsbühne Multimedia

»Die Zukunft einer digitalen Wunderwelt hat in den Arbeits- und Wohnzimmern gutverdienender Familien bereits begonnen – und entwickelt sich rasant. Immer mehr deutsche Haushalte wollen sich einen PC ins traute Heim stellen, der neben Textverarbeitung und Tabellenkalkulation auch Videoclips zeigen, Musikstücke vorspielen und die Bankgeschäfte erledigen kann.« So schrieb ›Focus‹ im April 1995. Multimedia boomt, ob im trauten Heim oder in der Firma.

Multimedia, elektronischer Informations-Super-Highway, globaler Datenaustausch – Schlagworte, die heute jeder benutzt – aber was steckt dahinter? Multimedia bedeutet das Zusammenwachsen von Technologien und Märkten der Telekommunikation, der Informationsverarbeitung, der Unterhaltungselektronik und des Fernsehens. Im Klartext: Integration von verschiedenen Medien. Auf dem Multimedia-PC oder per Online-Verbindung können gleichzeitig Texte, Daten, Musik und Bilder konsumiert und bearbeitet werden.

Die wichtigsten Neuentwicklungen sind: die Digitalisierung der Medientechnik, und, unter dem Stichwort Multimedia: die Erweiterung der Online-Dienste und der Siegeszug der CD-ROM. Zu früh eingeläutet wurde die Einführung des interaktiven Fernsehens. Es gibt zwar eine Reihe von Versuchen, allen voran in den USA, und auch hier in Deutschland. Die Ergebnisse lassen jedoch darauf schließen, daß über einen flächendeckenden Einsatz des interaktiven Fernsehens erst im nächsten Jahrtausend ernsthaft nachgedacht werden kann. Ebenso über die Vision vom Super-Highway, auf dem 500 TV-Sender übertragen werden und jeder sich jederzeit per »Video-on-demand« einen Film ins Wohnzimmer holen kann. Das »digitale Radio«, das eine Übertragung in CD-Qualität garantiert und den Plattenbossen angst macht, wird den UKW-Empfang frühestens in 15 Jahren ablösen.

Das größte Stück der Multimedia-Torte werden sich zunächst die Hersteller von Spielen, Nachschlagewerken und Lern-/Informationsprogrammen auf CD-ROM sichern. Wie sich die Online-Zukunft in Deutschland entwickelt, steht noch in den Sternen. Die Frage ist, ob sich genug Leute finden, die geschäftlich und privat Zugang zum weltweiten Netz und zu speziellen Diensten suchen, und die bereit sind, dafür in die Tasche zu greifen.

Multimedia-Unternehmen

Fast alle Mediengiganten haben sich Multimedia-Präsenz auf ihre Fahnen geschrieben. Für sie gehört Multimedia zu den zentralen Zukunftsmärkten. Es gibt weltweite strategische Allianzen zwischen Telekommunikationsunternehmen, Fernsehgesellschaften, Unterhaltungskonzernen und der Computerbranche – Hardware wie Software. Und auch die deutschen Medienunternehmen wollen mitmischen, denn es zeichnen sich glänzende wirtschaftliche Gewinnperspektiven ab. Zumindest auf lange Sicht.

Bertelsmann erwartet bereits für das Jahr 2000 einen Zwei-Milliarden-Umsatz im Multimedia-Bereich. Zusammen mit America Online betreibt der Gütersloher Medienriese einen Online-Dienst in Deutschland. Bertelsmann hat sich außerdem an Pixelpark, einem der führenden Multimediaproduzenten, beteiligt. Burda und Springer engagieren sich bei Europe Online, Burda ist am CD-ROM-Hersteller Navigo beteiligt.

Neben den Multis gibt es viele kleine Multimedia-Firmen. Um einen Online-Dienst aufzubauen, bedarf es hoher Investitionen, um Multimedia zu produzieren, kann man als Computer-Freak oder Grafik-Crack auch mit einem Bankkredit anfangen. So wurden viele kleine und Kleinstunternehmen gestartet und manche von ihnen derart erfolgreich, daß sie von Großkonzernen eingekauft wurden, so geschehen bei Pixelpark. Anfangs kleine Firmen wie Facts & Fiction in Köln oder Mac Guffin in München sind in kürzester Zeit explosionsartig gewachsen. Es gibt in der BRD derzeit rund 600 Unternehmen. Weitere Auskünfte dazu kann der

Deutsche Multimedia Verband in München geben (siehe Serviceteil, S. 335). Immer mehr Werbeagenturen beschäftigen sich mit Multimedia, die großen Agenturen haben bereits Multimedia-Abteilungen gegründet.

Online-Dienste

Online-Dienste machen den PC zum Kommunikationsmedium. Im Moment noch per Electronic Mail, bald schon per Video Mail. Ein reich bestückter elektronischer Kiosk bietet sich den Nutzern an. Virtuelle Räume können durchwandert werden. Homeshopping per PC in der »Virtuellen Mall (Einkaufszentrum)« oder elektronische Zeitungen werden zur multimedialen Realität.

Wie funktioniert Online?

Über Datenleitungen werden Text, Audio, Video, Grafik und weitere Daten komprimiert und dann per Modem über Telefonleitungen in Sekundenschnelle verschickt. Wer am Netz hängt, hat weltweiten Zugriff auf alles, was dort angeboten wird. Das reicht vom Archiv der Library of Congress in den USA über die »Web-Site« (eine bestimmte Adresse im Internet) zur Rolling-Stones-Tour bis hin zum Online-Schwätzchen über die neuen Theorien von Stephen Hawking. Und: Man kann selbst große Datenmengen in kürzester Zeit einmal um den Erdball verschicken. Die Neufassung des Drehbuchs für den verzweifelten Regisseur in New Orleans wird bequem aus Hamburg in ein paar Minuten übers Netz geschickt. Keine Luftpost-Eilsendung oder Fax-Folter sind mehr nötig. Alles, was man dazu braucht, ist ein 4'86er-PC, ein Modem, eine Telefonleitung und den Zugang über einen (kostenpflichtigen) Service-Anbieter.

Geschichte

Das amerikanische World Wide Web (WWW), entstanden als Teil des Internets, ist die Mutter aller Online-Dienste. Das Internet wurde in den 60er Jahren für militärische Zwecke konzipiert, um die Kommunikation der amerikanischen Kommandozentralen auch nach einem vernichtenden Schlag weltweit aufrechterhalten zu können. In der Folgezeit stand es den Universitäten zur Verfügung, die noch heute kostenlosen Zugang haben. Es wurde kein Service an sich angeboten, sondern der Zugriff auf Netze und Datenbanken in der ganzen Welt. Dieses Konzept wurde von kommerziellen Unternehmen aufgegriffen und in Amerika zum Erfolg, der sich jetzt in Deutschland und Europa fortzusetzen scheint. Anstatt nur den Zugang zu Netzen zu schaffen, werden zusätzlich eigene Dienste gegen Gebühr angeboten.

Angebot

E-Mail (»Electronic Mail« oder elektronische Post) ist eines der wichtigsten Internet-Angebote. Von einem Online-Nutzer zum anderen können Daten verschickt werden. Das Einladen von Bildern nimmt sehr viel Zeit in Anspruch, Text pur geht wesentlich schneller. Ein weiteres Beispiel: IRC (Internet Relay Chat), wo man sich mit anderen Usern online unterhalten kann – man tippt Fragen und Antworten einfach direkt ein.

Im WWW gibt es »Browser-Software«, die einem bei der Suche nach einer bestimmten Information im Internet-Dschungel behilflich ist. In den Anfängen des Internet gehörten die meisten angeschlossenen Netze (Hosts) zu Hochschulen. Inzwischen sind es in der Mehrzahl kommerzielle Anbieter – 1995 gab es 6,6 Millionen Hosts weltweit. In Deutschland sind es ca. 200 000.

Kommerzielle Online-Dienste

Die Abonnenten von CompuServe oder America Online haben nicht nur Zugang zu dem, was der Online-Dienst jeweils anbietet, sondern auch zum Internet. Das kostet einen monatlichen Grundbetrag plus Bezahlung für die Zeit, in der man am Netz hängt – plus die Telefongebühren für die Leitung (in der Regel Ortstarif). Bestimme »Premiumdienste« (Börse, Fachinformationen) kosten nochmal extra. Beispiel CompuServe 1995: Grundgebühr 9,95 Dollar (15 DM), fünf Stunden pro Monat freie Benutzung, jede weitere Stunde kostet 2,95 Dollar (4,50 DM).

Online-Dienste hatten in Deutschland keinen leichten Start. Während 6,5 Millionen Franzosen ihren Minitel lieben, kam der Bildschirmtext der Deutschen Telekom auf gerade mal 400 000 Teilnehmer. Dann kam die große Wende, dank des weltweiten Multi-Media-Hype. Als T-Online (Datex J) hat der Service mittlerweile über 800 000 Abonnenten.

Die Online-Anbieter in Deutschland: T-Online (Service der Telekom), CompuServe, America Online – in einem Joint-Venture mit Bertelsmann (1996 gestartet) und Europe Online von Burda, Springer und diversen anderen Gesellschaftern. Auch Bill Gates tummelt sich im Online-Markt: Mit Windows 95 wurde das Microsoft Network gestartet. Computerhersteller wie Apple und IBM werden folgen.

Inhalte

Alles aus Bereichen wie Bildung, Wirtschaft, Politik, Reisen, Wetter, Unterhaltung, Electronic Shopping, Homebanking. Typische Angebote von Online-Diensten sind: Telefonbücher, Lexika, Flug- und Fahrplanauskünfte, Veranstaltungsinfos, Fachinformationsdienste, Wirtschafts- und Finanzdienste, Nachrichtenagenturen, Computer-Support und Erotiktreffs à la Beate Uhse. Dazu kommt der Zugriff auf das Internet.

Für viele Unternehmen, darunter auch TV-Sender, Radiostationen und Verlage, gehört es inzwischen zum guten Ton, Präsenz im Internet zu haben. Sie wollen ihre Zuschauer-/Hörer-/Leser-Bindung damit festigen und was fürs Image tun. Es gibt WDR-Online genauso wie FAZ-Online.

Nutzer

In den USA waren es 1995 zwischen 9 und 10 Millionen Online-Benutzer, in Deutschland wurden folgende Zahlen gemeldet: Datex-J: 830 000, Internet: 310 000, CompuServe: 260 000. Online-Dienste werden zur Hälfte kommerziell, zur Hälfte privat genutzt. Von einer immer noch recht kleinen, exklusiven Zielgruppe, wie die Marktforschung belegt. Der typische User – weltweit und auch in Deutschland – ist männlich, Ende 20, hat einen hohen Bildungs- und Einkommensstand. Daß sich das ändern und erweitern wird, hoffen die Großkonzerne, die mächtig in ihre Online-Dienste investieren.

Online-Umsätze
Die Prognosen liegen weit auseinander. Bertelsmann geht davon aus, daß mit Online-Diensten im Jahr 2000 weltweit 10 Milliarden DM umgesetzt werden, davon 1,5 Milliarden in Deutschland. Andere Anbieter rechnen mit globalen Umsätzen von bis zu 200 Milliarden Dollar.

CD-ROM

Der CD-ROM-Markt boomt – nicht zuletzt dank der Kids. Zwar ist eine CD-ROM ein Speichermedium von gigantischer Kapazität (soviel wie 460 Disketten!) und somit ein erstklassiger Datenträger im Arbeitsumfeld, aber der intensivste Absatz-Push kommt vom Privatmarkt. Häufig sind es die Kids, die ihre Eltern in die Mulitmedia-Abteilungen von Vobis oder MediaMarkt zerren und sie zwischen 3 000 und 5 000 DM aus dem Geldbeutel schütteln lassen, damit zu Hause die allerneueste Multimedia-Station inklusive Sound-Karte steht.

Fast 3 Millionen CD-ROM-Laufwerke hat es nach Schätzungen 1995 in Deutschland gegeben, Tendenz: mega-steigend. Damit wird dann schon mal ins Bertelsmann Universal Lexikon reingeschaut – aber hauptsächlich und am liebsten gespielt. Knapp 6 000 verschiedene CD-ROM-Titel soll das Repertoire in Deutschland derzeit umfassen. Daß die Pornoindustrie auch mit Erfolg auf das neue Medium setzt, sei hier am Rande erwähnt.

Die CD-ROM ist durch ihre hohe Speicherkapazität ideal geeignet, um Text, Bild, Ton und Film/Bewegtbild zu vereinen. 200 000 Seiten Text, 4 000 Bilder, 10 Stunden Ton oder 90 Minuten Video passen auf eine CD-ROM. Weitere Verbesserungen führen derzeit dazu, daß noch mehr Daten gespeichert werden können. Die neuen CD-ROMs sind außerdem vom Benutzer bespielbar – ideal, um riesige Datenmengen darauf abzuspeichern. Sie sind vorerst noch dem professionellen Bereich vorbehalten. Zwei Formate, die wenig Erfolg hatten: die CD-i von Philips, die über einen eigenen Player läuft, der an den Fernseher angeschlossen wird, und die Video-CD von Sony, die als Konkurrenz für die Video-Kassette geplant war. Durchgesetzt hat sich das CD-ROM-Laufwerk, das an einen 4'86-PC mit mindestens 8 Megabyte angeschlossen wird. Weltweit sind, laut Schätzungen, 50 Millionen Laufwerke installiert. Früher oder später wird die Diskette durch die CD-ROM ersetzt werden. Die Endvision: Die User holen sich sogar ihre Software online ab.

Inhalte

Bisher wird hauptsächlich Material zweitverwertet. Aus bereits bestehenden Büchern, Filmen, CDs wird eine CD-ROM zusammengebastelt. Es gibt zwei Klassen: die sogenannten »Datensampler«, wo ohne spezifische Aufbereitung alle möglichen Daten zu einem Thema auf die CD-ROM gepackt werden. Diese Produktionen sind relativ günstig herzustellen und gehen für rund 50 DM über den Ladentisch. Anders bei CD-ROMs, die speziell als solche konzipiert wurden. Hier belaufen sich die Entwicklungskosten schon mal auf eine Viertelmillion, und dementsprechend teuer werden sie auch verkauft – Preise für Nachschlagewerke gehen bis 150 oder sogar 180 DM.

Produktion

Die Herstellung einer CD-ROM übernehmen häufig externe Dienstleister, wenn die Firmen, die die Software besitzen – also Filmproduktionen, Verlage, Plattenfirmen –, keine entsprechenden Abteilungen haben. Die Entwicklung und Umsetzung erfolgt ähnlich wie bei einer TV- oder Filmproduktion:

Das Projekt steht unter der Ägide der Produktion, d.h. des CD-ROM-Herstellers. Dort werden Konzepte für CD-ROMs entwickelt bzw. für Kunden mit vorhandener Software ausgearbeitet. Es gibt eine Produktionsleitung mit Gesamtverantwortung für das Projekt. Autoren konzipieren Struktur und Inhalt der CD-ROM. Wichtig ist, daß das Konzept den Möglichkeiten des Mediums gerecht wird. Die CD-ROM ist ein interaktives Medium, deshalb müssen Benutzeroberflächen geschaffen werden, die es ermöglichen, daß man sich leicht in einem Lexikon oder Lernprogramm zurechtfindet. Das »Screendesign« (wie benutzerfreudlich ist eine Oberfläche) ist ein entscheidender Qualitätsfaktor.

Für die Umsetzung der Inhalte nach den Vorgaben sorgen Regisseure bzw. Producer. Um die technische Realisierung kümmern sich Spezialisten, die aus dem Grafikbereich oder der Programmierung kommen. Wenn nötig, werden Tonfachleute hinzugezogen. Viele Firmen arbeiten mit Macintosh-Computern. Die optimale grafische Gestaltung einer CD-ROM ist ein hohes Stück Programmierkunst. Die Grafiker und Programmierer verwenden dafür Softwaretools, allerdings ist die Technologie noch nicht vollständig ausgereift.

Weitere Multimedia-Produkte

POI (Point of sale) Terminals sind interaktive Stationen, die dem Kunden im Laden, am Point of sale, die Möglichkeit bieten, sich intensiv über ein Produkt zu informieren und über verschiedene Ebenen immer tiefer einzusteigen. Ein Beispiel: Solch ein Terminal steht in einer Bank und informiert über neue Bausparmöglichkeiten. Der Kunde kann seinen Einkommensstatus eingeben, zusammen mit verschiedenen anderen Daten. Der Computer wird ihm dann ein aktuelles Angebot machen – oder beispielsweise ausrechnen, wieviel er bereits für seine Mietwohnung ausgegeben hat und wie hoch seine monatliche Belastung abzüglich Steuerersparnis wäre, wenn er dem Angebot der Bank nachkäme.

POS (Point of interest) Terminals wollen nichts verkaufen, sondern lediglich informieren. Das beste Beispiel sind Stadt-Informationssysteme, mit welchen beispielsweise ein touristisch attraktiver Ort auf alle seine Angebote aufmerksam machen möchte. Das reicht von den Adressen der Hotels bis zu den Öffnungszeiten vom Hallenbad. Der Einstieg über Benutzeroberflächen ist identisch mit dem POI Terminal.

Digitale Medientechnik

Hörfunk

Der PC wird schon bald das gesamte Arbeiten in Studios und Redaktionen bestimmen. Musik und Wortbeiträge werden digital abgespeichert. CDs, Schallplatten oder Kassetten werden nicht mehr ein- oder aufgelegt – alles kommt aus dem digitalen Speicher für Musik und Wort, einer gigantischen Festplatte. Gehandhabt wird dies nicht mehr von Technikern, sondern von den Redakteuren selbst.

An digitalen Workstations schneiden und bearbeiten die Redakteure ihre Beiträge. O-Töne aus Interviews werden eingespielt und digital weiterverarbeitet. Auf ihren PCs am Schreibtisch können sie die Meldungen der Nachrichtenagenturen abrufen, bearbeiten, über das hausinterne Netz an andere Mitarbeiter verschicken. Reporter, die Beiträge liefern, speisen sie über Datenleitungen direkt ins Netz. Niemand muß mehr Bänder verschicken oder mit Kassetten durchs Haus laufen.

Fernsehen

Auch im Fernsehbereich wird die Digitaltechnik Arbeitsweisen und Berufsbilder verändern. Die Verwendung von digitalen Schnittplätzen setzt sich immer mehr durch. In nicht allzu langer Zeit wird auch hier vernetzt gearbeitet werden. Bildsignale, die beispielsweise von einer Kamera kommen, werden in ein Netz eingegeben, können von Redakteuren am Arbeitsplatz angeschaut und an digitalen Schnitteinheiten bearbeitet werden.

Wo das »virtuelle Studio«, das bewegte Hintergrundbilder mit dem Rechner erzeugt, eingesetzt wird, fallen Jobs für Bühnenbildner und Kulissenbauer weg, statt dessen sind Hardware-Operators und Software-Operators gefragt, die die digitalen Studiokulissen im Rechner programmieren und sich um den Einsatz der komplexen Technik – Rechner plus Kamera – kümmern. Bis zum Jahr 2000 werden sich diese technologischen Entwicklungen bei Rundfunk und Fernsehen durchgesetzt haben. Natürlich wird kein Sender auf die Fachleute in den Bereichen Bild- und Tontechnik verzichten können. Die müssen dann allerdings zusätzlich für den Umgang mit den digitalen Signalen ausgebildet sein. Die Jobs an der Schnittstelle zwischen Mensch und Maschine werden auf lange Sicht weniger werden: ob Bildtechnikerin, Cutterin, Tontechnikerin oder MAZ-Technikerin. Und für Redakteure heißt es: technisches Know-how aneignen.

Neue Jobs

Multimedia ist ein zukunftsträchtiger Arbeitsbereich. Aber es bedeutet auch: Umstrukturierung der klassischen Arbeitsplätze sowie neue personelle Anforderungen. Die Gewerkschaften haben Multimedia als »Stellenkiller« bezeichnet, treffender wäre wohl »Stellenveränderer«. In der EU wird sogar davon ausgegangen, daß bis zu vier Millionen neue Arbeitsplätze entstehen. Verläßliche Voraussagen dazu sind aber schwer zu treffen. Die Schätzung der Branchenkenner für den deutschen Markt 1996: ca. 3000 neue Mitarbeiter. Neue Jobs entstehen bei allen Unternehmen, die im Umfeld Multimedia zu finden sind:

- Unterhaltungsindustrie
- Medienproduzenten
- Computer-, Hardware- und Softwareproduzenten
- Netzbetreiber
- Serviceprovider (Service-Anbieter)
- Hersteller von Unterhaltungselektronik
- Werbeagenturen

Zur Herstellung einer CD-ROM, eines interaktiven Werbeterminals oder für das Betreiben eines Online-Dienstes werden Mitarbeiter in Technik, Grafik/EDV, Konzeption, Marketing & Vertrieb und Verwaltung benötigt. Neue Anforderungen stellen sich an Techniker und Projektplaner, die den Neuen Medien gerecht werden müssen. Ebenso an die Grafiker und Programmierer, die beispielsweise eine CD-ROM entwerfen sollen. Sie müssen mehrere Medien kombinieren können und mit Hilfe des Computers auf einer Plattform zusammenbringen. Programme wie Macromedia Director oder Authorware helfen bei der Herstellung.

Woher kommt qualifiziertes Personal für diese Jobs? Der Multimedia-Bereich steckt noch in den Kinderschuhen, und die Lebensläufe derer, die sich in ihm tummeln, sind äußerst bunt. Wenige kommen von den Hochschulen. Dort gibt es inzwischen innerhalb weniger Grafik-Design-Studiengänge Spezialisierungen auf Multimedia. Außerdem gibt es mittlerweile kostenpflichtige Ausbildungen an Privatschulen wie der SAE in Berlin. Eine Übersicht finden Sie im Serviceteil, S.334f.

Multimedia-Freaks

Im Moment sind die meisten Multimedia-Meister Autodidakten. Sie haben entweder eine grafische Ausbildung hinter sich oder kommen aus dem EDV-Bereich, wo sie Erfahrungen als Programmierer sammeln konnten. Denn darum geht es auch hauptsächlich in der Multimedia-Produktion; der Rechner ist das wichtigste Handwerkszeug. Mit großer Faszination für die virtuellen Welten sind die »Freaks« dann in die neue Technologie abgetaucht. Um Freaks handelt es sich wirklich: Wenn man nachts zur Geisterstunde durch eine Multimedia-Produktion streift, sind viele Arbeitsplätze immer noch besetzt. Fast besessen könnte man sie nennen – die meisten scheinen Multimedia zu ihrem wichtigsten Lebensinhalt zu machen.

Gefragt sind neben dem Umgang mit der Technologie analytische und gestalterische Fähigkeiten. Man muß sich rasch in einen neuen Bereich einarbeiten können und fähig sein, etwas zu entwickeln, was benutzerfreundlich ist. Denn die aufwendigste CD-ROM nützt nichts, wenn man ein Computer-Crack sein muß, um problemlos von einer Informationsebene zur anderen zu kommen. Und man muß ungewöhnliche Ideen haben, die sich grafisch umsetzen lassen. Der Bereich Computer Animation (die Dinos in Jurassic Park) gewinnt immer mehr an Bedeutung bei der Multimedia-Produktion. Bilder werden nicht mehr mit einer Kamera aufgenommen und dann weiterbearbeitet, sondern digital erzeugt – gerechnet.

Wo sind die Frauen?
Noch sind sie unterrepräsentiert. Je mehr Leute aus dem Grafikbereich sich etablieren, desto mehr weibliche Multimedialisten wird es geben, denn die Frauen haben an Grafikhochschulen die Hälfte der Plätze besetzt. Wer im Moment im Multimedia-Dschungel etwas werden will, muß rasch einsteigen und in der Praxis Erfahrung sammeln. Da kommt es stark auf Eigeninitiative an. Die Ausbildung an den Hochschulen ist noch nicht ausgereift. Teilweise ist dort noch nicht die kostenträchtige Technik vorhanden, die in der Praxis eingesetzt wird. Praktika sind in der Branche gang und gäbe. Von den Firmen wird das oft sehr locker gehandhabt. Da darf ein Mitarbeiter schon mal seine Bekannte anschleppen, die dann drei Wochen neben ihm sitzt. Und wenn sich zeigt, daß sie was draufhat, wird sie vielleicht sogar für das nächste Projekt engagiert. Auch die Arbeitsämter haben Multimedia entdeckt und finanzieren Umschulungen.

Multimedia-Producer

Was muß sie oder er alles können und kennen? Als Basisvoraussetzung die Computer-Betriebs-Systeme: DOS, Windows, Macintosh; die Computer-Hardware: Grafikkarten, Soundmodule, Schnittstellen und die Speichermedien: Disketten, CDs, Festplatten. Umgang mit Netzen, Datenfernübertragung, Internet.

Programmiersprachen wie BASIC oder Applescript müssen beherrscht werden. Dann der Umgang mit Grafikprogrammen wie Photoshop oder Illustrator, dem Scanner und schließlich der 3-D-Grafik und Computer Animation. Um Multimedia-Produkte (CD-ROMs, POI/POS-Systeme) herzustellen, sind Kenntnisse im Umgang mit Audio- und Videomaterial Voraussetzung: vom Hard-Disk-Recording von Musik bis zum Online-Editing von bewegten Bildern. Und schließlich muß man wissen, wie man alles zusammenfügt. Und auf Windows-Basis konvertiert. Denn die Programmierarbeit geschieht in der Regel am Mac, während die fertige CD-ROM unter Windows läuft.

Telearbeit

Kein Multimedia-Job, sondern sozusagen ein Nebeneffekt von Multimedia: die Arbeit am PC von zu Hause aus. Auch und gerade für Jobs in den Medien interessant. Die Telekom hat ihre Angebotspalette erweitert, um den Firmen den Schritt in Richtung Heimarbeit zu erleichtern. Es wird davon ausgegangen, daß bis zum Jahr 2000 in Deutschland 1,5 Millionen »unternehmensgeführte« Telearbeitsplätze entstehen. Das Volumen für freiberufliche Telearbeitsplätze liegt noch um einiges höher.

Telearbeit erübrigt den Stau morgens auf der Autobahn, spart Zeit und erhöht die Lebensqualität. Eine sehr interessante Alternative gerade für Mütter! Während Baby schläft, sitzt Mama im Arbeitszimmer am PC und kommuniziert mit den Kollegen im Büro per Datenleitung. So gelangt der fertige Artikel in die Redaktion und das redigierte Drehbuch zur Producerin, ohne daß sie einen Fuß vor die Tür setzen muß. Die Recherche erfolgt nicht mehr in der Bibliothek um die Ecke, sondern per Internet im weltweiten Informationsarchiv.

Grenzenlos: Ausbildung in Europa und Amerika

Deutsche Mediengiganten machen vor, wie es geht. Längst haben sie internationale Beziehungen geknüpft und sind mit ihren Zeitungen und Zeitschriften, mit ihren Radio- und Fernsehbeteiligungen auf dem europäischen und amerikanischen Markt vertreten. Die Journalistenausbildung und die europäischen Netzwerke hinken dieser Entwicklung noch hinterher. Bislang gibt es keine klaren Ausbildungskonzepte. Aber erste Bildungseinrichtungen, Stiftungen und Institutionen kümmern sich um grenzenlose Kommunikation.

Solche Bemühungen haben zur Zeit eine kleine Plattform. Wenig bemerkt von der Öffentlichkeit organisierte beispielsweise das Erich-Brost-Institut für Journalismus in Europa eine Tagung für Medienfachleute mit dem Thema »Neuigkeiten in der Journalistenausbildung«. Oder die freie Universität Berlin lud ein, sich über »europäisch-amerikanische Perspektiven der Ausbildung« Gedanken zu machen.

Positive Entwicklungen, aber auch viele Fragen begleiten einen Journalismus, der über die Grenzen hinweg arbeitsfähig ist. Ist die Ausbildung in den einzelnen Ländern vergleichbar? Welche Ansprüche an Qualität können international zugrunde gelegt werden? Welche Rolle spielt das Berufsethos? – Antworten auf solche Fragen sind unter anderem das Ziel des Erich-Brost-Institutes. Diese private, nicht profitorientierte Institution organisiert Netzwerke, fördert internationale Beziehungen und praktischen Journalistenaustausch.

Dennoch ist es bislang eine Herausforderung an das persönliche Engagement, sich einen Auslandsaufenthalt zu organisieren. Um in die Ferne zu schweifen, muß aus vielen einzelnen Bausteinen ein persönlicher Pfad gepflastert werden. Dieses Kapitel gibt eine Übersicht der Fördermöglichkeiten für Auslandsaufenthalte. Außerdem wird beschrieben, welche Möglichkeiten andere Länder für eine medienspezifische Ausbildung bieten. Adressen der beschriebenen Institute, Auslandsuniversitäten und Stiftungen finden sich im Serviceteil.

Für auslandsinteressierte Berufseinsteigerinnen gibt es im Prinzip drei Wege, ihrem Ziel nahezukommen. Einer führt über persönliche Beziehungen. Niemand spricht gern darüber, aber es gibt Beispiele: Irgend jemand in der Familie, im Bekanntenkreis kennt jemanden, der in einem großen Verlag oder bei einer Nachrichtenagentur arbeitet, dort vielleicht etwas zu sagen hat. Diese Verlage haben Auslandsbüros. Und manchmal, vor allem, wenn der Verlagsangestellte und der eigene Vater Rotarier oder Mitglieder im Lions-Club sind, ist es möglich, dort ein Praktikum zu machen. So kommt beispielsweise eine Zahnarzttochter aus Bayern über den Umweg eines Hamburger Verlages nach New York. Es ist niemandem zu verübeln, solche Kontakte zu nutzen. Sie stehen nur nicht jeder Einsteigerin offen.

Der zweite Weg, der etwas mehr Mut und Eigeninitiative abverlangt, geht über das Motto »einfach-drauflos«. Wer nach Abitur und Volontariat einige Auslandssemester einlegt, hat gute Chancen, in dem entsprechenden Land bei einem deutschen Auslandsbüro als freie Mitarbeiterin anzufangen. Und wenn es am Anfang bloß die Recherche für einen Artikel ist, der nicht gedruckt wird, oder die Arbeit für einen Beitrag, der nicht gesendet wird: Durch Auslandsbüros bekommen Berufseinsteigerinnen neue Kontakte. Adressen der Büros deutscher Medien im Ausland können bei den Verlagen erfragt werden.

Der dritte Weg auf das internationale Parkett führt über bereits bestehende Fördermöglichkeiten und Netzwerke. Zahlreiche Stiftungen unterstützen unabhängig von der Fachrichtung Auslandsaufenthalte deutscher Studentinnen und Studenten. Außerdem gibt es deutsche Institute, die gezielt den journalistischen Nachwuchs auf Reisen schicken. Einige werden hier vorgestellt.

Allgemeine Auslandsstipendien

Eins vorweg: Bei der Bewerbung um ein Stipendium heißt die Devise: Keine Angst vor hohen Anforderungen. Wenn da »Begabte« gefördert werden, wird Begabung noch lange nicht an der Abiturdurchschnittsnote gemessen. Fördereinrichtungen sind eher an der »Gesamtpersönlichkeit« interessiert.

Stipendien bieten neben der materiellen auch eine ideelle Förderung. Durch fachwissenschaftliche Betreuung, durch gemeinsame Arbeit mit anderen Stipendiaten, durch Studienreisen erweitern sich Kenntnisstand und Horizont. Für Stipendiatinnen in spe gibt es einige Spielregeln: Zuerst einmal gilt es, Kontakt mit der jeweiligen Fördereinrichtung aufzunehmen und sich Informationen schicken zu lassen. Das Stipendienangebot ist groß. Wenn Sie die Bedingung einer Stiftung nicht erfüllen, schauen Sie sich die anderen genauer an. Häufig kann man sich nicht selbst bewerben. In diesem Fall gilt: Nicht warten, bis ein Hochschullehrer Ihr Talent entdeckt. Informieren Sie sich, welche Hochschullehrer Kontakte zu welchen Stiftungen haben, und sprechen Sie diese einfach an.

Deutscher Akademischer Austauschdienst (DAAD): Der DAAD vergibt Stipendien und verfügt über weltweite Informationen über Studien- und Fördermöglichkeiten. Voraussetzung, um vom DAAD gefördert zu werden, ist ein mindestens dreisemestriges Studium an einer deutschen Universität. Bewerbungsunterlagen und Informationen können direkt beim DAAD angefordert werden. Unter anderem gibt es dort Studienführer für europäische Länder, die USA, China, Japan und Kanada.

Fulbright-Kommission: Diese Kommission vergibt Stipendien für deutsche Studierende, die ihr Studium an einer amerikanischen Hochschule ergänzen wollen. Voraussetzung für eine Förderung ist der Nachweis der fachlichen Qualifikation durch Gutachten und ein mindestens viersemestriges Studium an einer deutschen Universität.

Studienstiftung des deutschen Volkes e.V.: Die Studienstiftung hat es sich zur Aufgabe gemacht, Begabte zu fördern. Bewerberinnen sollen von einem Hochschullehrer vorgeschlagen werden. Gefördert werden Sprachkurse, Praktika und Auslandsstudien.

Carl-Duisberg-Gesellschaft: Die Carl-Duisberg-Gesellschaft ist eine gemeinnützige Organisation, deren Ziel die internationale Weiterbildung ist. Auch Studierende und junge Berufstätige werden hier unterstützt. Vermittelt werden Praktika oder Praxissemester während eines Hochschulstudiums. Für bestimmte Berufsgruppen werden Arbeits- und Informationsaufenthalte weltweit vermittelt.

Stiftung der Universität Augsburg: Die Augsburger Universität bietet all ihren Studentinnen und Studenten Unterstützung an, wenn sie im Ausland studieren wollen. Für Bedürftige gibt es ein monatliches Stipendium. Ansonsten wird mit einem einmaligen Beitrag gefördert. Anträge sollen auf einem Formblatt jährlich bis Mitte Februar an den Universitätsrektor gestellt werden. In Augsburg werden die Fächer Theologie, Wirtschafts- und Sozialwissenschaften, Rechtswissenschaften, Philosophie, Mathematik und Naturwissenschaften angeboten.

Auslands-Förderprogramme für Medienberufe

Arthur F. Burns Fellowships/Asia-Pacific-Fellowships: Jeweils zehn Journalistinnen und Journalisten bekommen regelmäßig die Chance, befristet für ca. drei Monate in den Vereinigten Staaten oder der Region Asia-Pacific zu leben und zu arbeiten. Die amerikanische Förderung sieht eine mehrtägige Einführungsveranstaltung und ein mindestens zweimonatiges Praktikum bei US-Medien vor. Stipendiaten erhalten eine einmalige Zahlung in Höhe von 4 500 US-Dollar. Das Höchstalter beträgt 32 Jahre. Das Asia-Pacific-Programm ermöglicht den Aufenthalt in Hongkong, Indonesien, Malaysia, Vietnam oder China. Stipendiaten sollen mindestens 25 Jahre, höchstens 35 Jahre alt sein. Sie erhalten eine einmalige Zahlung in Höhe von 6 500 DM.

Erasmus-Förderung: Allgemeines Ziel dieser Förderung ist die »Mobilität von Hochschulstudenten«. Ein europaweites Netz organisiert den studentischen und informellen Austausch. Studierende der Fachkombination Medienkommunikation können im Rahmen des Erasmus-Programms an folgenden Universitäten ein Auslandsstudium absolvieren: University of Stirling (Film and Media Studies), University of London (Media Education and Media Studies). Außerdem bestehen Austauschprogramme mit der Washburn University in Topeka (Kansas/USA) und mit der University of Alabama in Tuscaloosa.

Robert-Bosch-Stiftung GmbH: In Zusammenarbeit mit der Berliner Universität vergibt diese Stiftung Fördergelder für zwei- bis sechsmonatige Praktika in der Wissenschafts- oder Presseabteilung eines forschungsintensiven Unternehmens. Bewerbungen sind direkt an die Freie Universität Berlin, Fachbereich Kommunikationspolitik, Förderprogramm Wissenschaftsjournalismus, zu richten.

Journalismus und Öffentlichkeitsarbeit in Europa

Neben zeitlich befristeten Auslandsaufenthalten gibt es die Möglichkeit, sich ganz für eine Ausbildung im Ausland zu entscheiden. Im Serviceteil finden Sie Adressen ausländischer Universitäten und Hochschulen, von denen Sie Informationsmaterial über entsprechende Studiengänge anfordern können. Über spezielle Aufenthaltsbedingungen einzelner Länder für Ausländer informiert die jeweilige Landesbotschaft in Deutschland.

Die Medien in Österreich und in der Schweiz haben einen ähnlich freien, nicht formalisierten Zugang wie in Deutschland. Allerdings läßt sich auch hier ein Trend zur Akademisierung von Publizistik und Journalismus beobachten. Als gute Ausbildungsadressen in Österreich gelten die Publizistikstudiengänge in Salzburg, Wien, Graz und Klagenfurt. Die Chance, im tagesaktuellen Journalismus ein Volontariat zu bekommen, ist gering, aber nicht aussichtslos. Die Lage im Zeitschriftenbereich ist ein wenig entspannter. Gute Möglichkeiten bieten sich über die Schiene der freien Mitarbeit. Deutsche Reifezeugnisse werden in Österreich als Nachweis der Hochschulreife anerkannt. Außerdem sind deutsche Studierende aufgrund von bilateralen Abkommen von der Zahlung der Studiengebühren für ausländische Studierende befreit.

In der Schweiz gibt es an Universitäten kein Hauptstudienfach im Bereich Journalismus oder Medien. Allerdings bieten die Universitäten Bern, Freiburg, St. Gallen und Zürich ein deutschsprachiges Nebenfachstudium an. Medien als französischsprachiges Nebenfach hat die Universität Neuchâtel im Programm. – Wer in der Schweiz als Ausländerin studieren will, muß per Kontoauszug oder Bescheinigung von Verwandten oder Freunden nachweisen, daß ein Studium finanziell möglich ist. Angesichts der hohen Zahl interessierter Schweizerinnen und Schweizer ist die Bereitschaft entsprechender Einrichtungen, Ausländer aufzunehmen, recht gering.

Studiengang Europajournalismus: Einen eigenständigen Studiengang Europajournalismus bietet die Universität Wien an. Der Hochschulkurs dauert ein Jahr. Am Ende des Studiums wird ein Abschlußzertifikat ausgestellt. Der Kurs richtet sich an Studierende kurz vor Studienabschluß sowie an Hochulabsolventinnen und -absolventen, die zwei Fremdsprachen beherrschen. Der Lehrgang beginnt immer im Sommersemester.

Ressortübergreifend vermittelt diese Ausbildung Inhalte aller journalistischen Genres. Kenntnisse über Printmedien, Hörfunk und Fernsehen werden ebenso vermittelt wie kommunikationswissenschaftliche Grundkenntnisse. Außerdem umfaßt die Ausbildung ein zwölfwöchiges Praktikum, das in den vorlesungsfreien Monaten bei Zeitungs-, Zeitschriften-, Hörfunk- oder Fernsehredaktionen zu absolvieren ist.

European Journalism: Das Gutenberg-Netzwerk ist ein nach den Erasmus-Förderrichtlinien anerkanntes Hochschulkooperationsprogramm und bietet unter anderem den Studiengang »European Journalism« an. Für diese Ausbildung haben sich mehrere europäische Journalistenschulen zusammengeschlossen. Die Schulen bieten spezielle Aufbaustudien. Jedes Jahr werden neben je acht dänischen und niederländischen auch zehn Studierende anderer Nationalitäten zu dem einjährigen Aufbaustudium zugelassen. Während ihres Studiums reisen die Studierenden in andere europäische Staaten und produzieren dabei ein Magazin über »European Affairs«. Das Studium beginnt im September und wird ausschließlich in englischer Sprache durchgeführt. Zum Zusammenschluß der Schulen gehören

Deutsche Journalistenschule, München,
School of Communications, Dublin City University,
Department of Journalism, City University London,
Escuela de Periodismo, Universidad Autónoma de Madrid,
Centre de Formation des Journalistes, Paris,
School voor Journalistiek en Voorlichting, Utrecht,
Danish School of Journalism, Aarhus.

Europäische Weiterbildung – Öffentlichkeitsarbeit: In Belgien, Gent, wird unter der Abkürzung MARPE ein »Europäisches Masterprogramm Öffentlichkeitsarbeit« angeboten. Nach einer fünfzehnmonatigen Studiendauer endet das Programm mit dem Abschluß »Master of Arts in European Public Relations«. An dem Programm beteiligte Hochschulen sind

Hoger Instituut voor Bedrijfsopleiding (Koordination), Gent,
Freie Universität Berlin,
Hogeschool Eindhoven,
Université de Paris,
University of Exeter, Plymouth,
Instituto des Novas Profissoes, Lisboa.

Ausgebildet werden sollen hochqualifizierte PR-Fachleute für das Management, die in europäischen Dimensionen denken und handeln können. Das Studium findet in mindestens drei europäischen Ländern statt. Unterrichtssprachen sind Englisch und Französisch. Schwerpunkte sind Sprachausbildung, Public Relations und der Themenkreis Europa. Als praktische Phase ist ein Forschungsprojekt vorgesehen, das im jeweiligen Heimatland durchgeführt wird. Die Ausbildung endet mit einer Examensarbeit (80 bis 100 Seiten) und einer mündlichen Prüfung.

Deutsche Bewerbungen sind an die Freie Universität Berlin zu richten. Zugelassen wird, wer den Abschluß eines Hochschulstudiums in Publizistik oder Kommunikationswissenschaften als Hauptfach oder die Zwischenprüfung im Hauptfach Publizistik an der FU Berlin und drei Studienjahre mit dem Schwerpunkt Öffentlichkeitsarbeit nachweisen kann. Darüber hinaus ist die Studienabsicht schriftlich zu begründen. Die Studiengebühren betragen 2500 ECU (rund 5000 DM). Sie sind bei Studienbeginn an die kooperierende Hochschule in Gent zu bezahlen.

Medienwissenschaften international: Einen internationalen Ergänzungsstudiengang Medienwissenschaften bietet die Universität Kassel in Kooperation mit der Université de Bourgogne in Dijon und der University of Manchester an. Die Studiendauer beträgt zwei Semester. Das Studium wird im Rahmen des Erasmus-Programms gefördert.

Voraussetzung für die Teilnahme ist ein erster Studienabschluß an einer wissenschaftlichen oder einer Kunsthochschule und die Fähigkeit, das Studium in deutscher und in französischer Sprache zu absolvieren.

Inhalte des Studiums sind Massenkommunikation, Text- und Medienanalyse. Außerdem geht es um den Erwerb von Fertigkeiten im Umgang mit Video- und Studiotechnik. In betreuter und freier Studioarbeit wird unter anderem Wissen über rechnergesteuerte Bildherstellung vermittelt.

Amerika spezial: Journalismus und Film

Ein Vergleich zwischen US-Medien und deutschen Medien ist wie ein Vergleich zwischen Rumba und Walzer. So kommen beispielsweise viele neue Layout-Ideen für europäische Zeitungen und Zeitschriften aus Amerika. Auch die elektronischen Medien holen sich Anregungen von US-Film- und Fernsehgesellschaften oder Radiostationen.

Wie nirgendwo sonst werden in Amerika Printjournalisten dazu ausgebildet, Schreiben und optische Gestaltung miteinander zu verbinden. Woran sich deutsche Medienfachleute langsam herantasten, das hat in Amerika schon Tradition: Reporter müssen grafisch denken können. Layouter müssen journalistisch denken können. Das beste Beispiel für »grafischen Journalismus« bietet die Zeitschrift ›US-Today‹. Sie ist an jedem größeren Bahnhof an Kiosken erhältlich und immer einen Blick wert.

Eine der renommiertesten Journalistenschulen ist die Columbia School of Journalism in New York. Unter 900 Bewerbungen jährlich wählt die Schule knapp 180 zukünftige Medienfachleute aus. Voraussetzungen für eine Aufnahme sind bereits vorhandene Erfahrungen, erworben bei einer Zeitung oder Zeitschrift oder bei einem elektronischen Medium. Außerdem müssen 10 000 US-Dollar Aufnahmegebühr gezahlt werden. Ein entsprechender Betrag muß für die laufenden Lebenshaltungskosten vorgewiesen werden.

Die Ausbildung dauert neun Monate und beinhaltet neben allen journalistischen Formen und Gattungen die Bereiche Print, Hörfunk und Fernsehen. Pflichtkurse im ersten Semester sind Advanced Reporting and Writing. Hier geht es um Themen wie Vorspann, Textstruktur, Nachrichten, Reportage, Presserecht. Daneben werden Spezialkurse wie Lokaljournalismus, Wirtschaftsjournalismus, Auslandsreportage belegt.

Der zweite Ausbildungsteil dient der Spezialisierung. Hier werden Hörfunk- und Fernsehsendungen produziert oder in einer Lehrredaktion Printmedien erstellt. Parallel neben allen Ausbildungsteilen wird an dem Master's Project, der Magisterarbeit, gearbeitet. Als Abschluß wird ein 20 bis 40 Seiten langer veröffentlichbarer Artikel vorgelegt.

Neben der Möglichkeit über die Arthur F. Burns Fellowships oder über die Freie Universität Berlin nach Amerika zu kommen, gibt es auch die Chance, sich durch eigene Initiative ein Praktikum bei einem US-Medium zu suchen. Entsprechende Informationen sind über die Arthur F. Burns Fellowships zu erhalten.

Großes internationales Ansehen genießen amerikanische Filmschulen (ausgewählte Anschriften im Serviceteil). Informationen über Aufnahmebedingungen und Kosten erhalten Sie direkt von diesen Schulen selbst. Als unumstrittene Nummer eins gilt hier, ebenso wie im journalistischen Bereich, die Columbia University, School of Arts, Film School, in New York. Im ersten Studienjahr stehen Drehbuch, Regie, Schauspiel, Licht und Kameraführung auf dem Programm. Im zweiten Jahr wird eine Entscheidung für einen Schwerpunkt verlangt: Regie, Drehbuch oder Produktion. Im dritten Jahr wird dann ein Produkt hergestellt. Allerdings ist die Filmausbildung in den USA nicht billig. Die Studiengebühr an der Columbia University beträgt 12 000 US-Dollar im Jahr.

Die zweitbeste Ausbildung nach der Columbia-University bietet die Northwestern-University, Medill School of Journalism. Neben der erstklassigen journalistischen Ausbildung vermittelt diese Universität das Film- und Radiohandwerk. Erst vor wenigen Jahren wurden die Studios mit Hilfe von Millionenbeträgen auf den technisch neuesten Stand gebracht. Für die Filmausbildung zahlen Studierende 9 900 US-Dollar pro Jahr, angehende Journalisten sind derzeit mit 18 625 US-Dollar dabei.

Nicht universitär ausgerichtet ist das American Film Institute in Los Angeles. Sich hier für einen Kurs zu bewerben, ist eine harte Herausforderung. Gefordert werden neben außergewöhnlichem Talent sehr gute Arbeitsproben. An dem American Film Institute lehren Profis der Filmbranche. Die Kursgebühr beträgt 11 000 US-Dollar.

Ebenfalls in Los Angeles ist eine andere Top-Filmschule. Die University of California in Los Angeles (UCLA) hat so berühmte

Filmemacher wie Francis Ford Coppola hervorgebracht. In allen Studiengängen wird besonders darauf geachtet zu vermitteln, wie Projekte finanziert werden können. Von 600 Bewerbern jährlich werden 50 zu einem Gespräch eingeladen. 18 zukünftige Filmemacher werden letztendlich genommen. 4 000 US-Dollar kostet die Ausbildung im Vierteljahr.

Wer es trotz hoher Lebenshaltungskosten und Studiengebühren mit einer amerikanischen Filmausbildung ernst meint, sollte den nächsten Urlaub in den USA verbringen und die Fahrtroute an den Filmschulen entlang planen. Besser als jede Werbebroschüre der Schulen ist allemal eigener Augenschein. Das gleiche gilt übrigens für die Filmausbildung in europäischen Ländern.

Raus aus dem Jammertal, rein in die Chefetage

Immer noch sitzen in den Chefetagen der Medienunternehmen vor allem Männer und wenig Frauen. Werden sie nicht gelassen oder wollen die Frauen selbst nicht? Wie kann frau Karriere machen? Vier Medienfrauen aus Print, TV, Produktion und Hörfunk sagen ihre Meinung.

»Frauen haben gute Chancen – sie müssen nur wollen«

Gisela Marx (53) ist Journalistin und seit 22 Jahren Inhaberin der Produktionsfirma Filmpool. Nach Geschichtsstudium und Volontariat drehte sie Filmbeiträge für den WDR, machte Talkshows und wurde Hörfunk-Moderatorin des WDR-Morgenmagazins – für 27 Jahre. Parallel dazu gründete sie ihre eigene Produktionsfirma mit heute zehn festen Mitarbeitern. Schwerpunkte sind Dokumentationen, Magazine, Fernsehspiele und Serien, so auch ›Motzki‹ mit Wolfgang Menge als Autor.

Was hat sich für Frauen im Medienbereich geändert?

Sie entscheiden zwar noch nicht über Programminhalte, präsentieren aber wesentlich mehr Sendungen als früher. Inzwischen gibt es in fast allen öffentlich-rechtlichen Sendern Frauenbeauftragte. Und mehr Männer, die Frauen Chancen geben – weil es ihnen wichtig ist oder weil sie sich damit schmücken wollen. Der WDR ist der Sender mit den meisten Auslandskorrespondentinnen, WDR 2 hat eine Hörfunkwellenchefin, Arte eine Chefredakteurin. Da tut sich was.

Was bewirkt die Arbeit der Frauenbeauftragten?

Bei gleicher Qualifikation wird oft eine Frau bevorzugt. Mehr Frauen sind im Sender präsent, und das Bewußtsein verändert sich so langsam – auf beiden Seiten. Frauen lernen, Anspruch auf Führungspositionen zu erheben. Männer erkennen: Das sichere

Leben im Artenschutzgebiet namens »Mann« ist vorbei. Und sehen, daß es letztendlich auch nicht anders ist, für eine Frau als Chef zu arbeiten.

Was müssen Frauen noch lernen, das Männer können?

Durchsetzungsvermögen. Männer werden von Anfang an auf Leistung und Erfolg getrimmt. Frauen haben so etwas Höflich-Zurückhaltendes. Sie haben oft das Gefühl, sie müßten entdeckt und ihr Talent erkannt werden. Nach dem Motto: »Der muß doch sehen, wie gut ich bin«. Und sie werden immer noch so erzogen, daß sie denken, es sollte jemand kommen und sie holen. In diesem harten Mediengeschäft ist das eine vollkommen unzeitgemäße Haltung. Die Frauen, die sehr deutlich zeigen: »Hier bin ich«, haben sicher die gleichen Chancen wie Männer.

Sind Frauen zu wenig selbstbewußt?

Frauen sind selbstkritischer. Frauen fragen: Ist es das Richtige für mich, will ich das, kann ich das? Ich finde es absolut richtig, diese drei Fragen zu stellen. Aber wenn Sie alle drei mit »ja« beantwortet haben, dann sollte die Konsequenz sein, auch dafür zu kämpfen.

Ihre Prognose: Wie sieht es in zehn Jahren für Frauen in den Medien aus?

Die Bereitschaft, Frauen zu fördern, oder auch die Einsicht, daß es sein muß, ist in den Medien größer als in anderen Branchen. In zehn bis 15 Jahren werden in den entscheidenden Positionen viel mehr Frauen sitzen. Ich kenne eine ganze Reihe von Frauen um die 40, die gerade auf dem Sprung sind. Die ganz klar wissen, um die 50 bin ich Programmdirektorin, Hauptabteilungsleiterin, Intendantin. Natürlich sind diese Frauen karriereorientiert.

Wie sieht es mit der Frauenförderung in Ihrer eigenen Firma aus?

Selbstverständlich gebe ich Frauen den Vorzug. Wenn ich als Frau das nicht tue – wer soll es denn sonst machen. Von Frauen in gehobenen Positionen erwarte ich, daß sie bevorzugt Frauen einstellen.

»Karriere ist ein Frage des Charakters«

Elke Schneiderbanger (36) ist Chefredakteurin bei Antenne Bayern und TV-Moderatorin. Nach einem Tageszeitungs-Volontariat stieg sie beim Privatradio Charivari in Nürnberg ein, brachte es zur Chefredakteurin und wechselte zu Antenne Bayern. Parallel dazu moderierte sie für das Bayerische Fernsehen, SAT.1 und zuletzt für das ZDF die Show ›Wunderbar‹.

Es war immer selbstverständlich für Sie, Karriere zu machen?

Das entspricht meinem Charakter. Es gibt nicht einen weiblichen und einen männlichen Führungsstil, sondern nur Führungsqualitäten, und die hat man oder hat man nicht. Ich glaube, es ist im Beruf leichter, als Chefin akzeptiert zu werden, als auf der privaten Ebene. Männer haben immer noch Probleme, mit einer Frau zusammen zu sein, die beruflichen Erfolg hat – vielleicht sogar mehr als sie selbst. Das ist jedenfalls meine Erfahrung.

Sonst kein Unterschied bei der Karriere zwischen Männern und Frauen?

Doch, zwei: Bei den Karriere-Männern wartet nachts um halb elf die Frau zu Hause und hat noch ein Süppchen gekocht. Auf die Karrierefrauen wartet niemand. Die haben in der Regel keinen, der ihnen den Rücken frei hält, sondern eher eine Doppelbelastung.

Und der zweite Unterschied?

Männer gelangen oft unverdient in eine höhere Position. Einer geht weg, und da ist einer, der nachrückt und »reinrutscht«. Plötzlich sind 70% der Stellen mit mittelmäßigen Führungskräften besetzt. Davon leben zahllose Management-Seminare. Bei Frauen ist das völlig anders. Wenn sie eine Position erreichen wollen, müssen sie verdammt fähig sein und sich anstrengen. Die Frauen, die es geschafft haben, sind auch wirklich gut.

Haben Sie einmal etwas nicht erreicht, weil Sie eine Frau sind?

Nein, und wenn, dann wäre es müßig, sich darüber aufzuregen, denn ich kann ja mein Geschlecht nicht ändern. Man muß wissen, was man will, dieses Ziel verfolgen, und dann erreicht man es auch. Eines meiner Ziele war es, TV-Unterhaltung zu machen.

Dafür habe ich mich engagiert und, wie man sieht, ein halbes Jahr später hatte ich eine Fernsehsendung.

Engagieren Sie sich für die Frauen in Ihrem Unternehmen?

Nein. Ich schätze dieses Zitat: Man kann entweder Karriere machen oder für die Sache der Frau kämpfen. Ich behandle Männer und Frauen absolut gleich und werde deshalb auch nie eine Frau bevorzugen. Ich gehe nach den Anforderungen und bewerte die Qualifikation. Als Chef stelle ich Frauen allerdings gerne ein, weil sie seltener nach einer Gehaltserhöhung fragen, sondern lieber darauf warten, bis man man ihre Leistungen honoriert – was ich auch gerne tue.

Aha. Weitere Unterschiede?

Beim Vorstellungsgespräch frage ich einen 25jährigen Mann, was er liest. Er sagt »›Spiegel‹, ›Zeit‹, und ›Monitor‹ ist meine Lieblingssendung« – und ich sehe ihm an, daß er nichts davon tut. Wenn ich einer Frau die gleiche Frage stelle, dann erzählt sie, daß sie ›Brigitte‹ abonniert hat und ›Lindenstraße‹ kuckt.

Frauen sind also zu ehrlich?

Ergreifend ehrlich. Das ist zwar schön, weil man weniger Überraschungen erlebt. Aber sie katapultieren sich mit ihrem Verhalten oft selbst aus der engeren Auswahl heraus. Wenn ich eine Frau frage »Trauen Sie sich CvD zu?«, dann sagt sie: »Also ich weiß nicht so recht, ich bin am Überlegen, ich habe das noch nie gemacht.« Ein Mann sagt sofort: »Klar. Kein Problem. Wieviel Geld bekomme ich?«

Und wenn sich hinterher herausstellt, daß er das doch nicht konnte?

Ich habe gelernt, Antworten einzuordnen. Männer überschätzen sich gern, Frauen tun das Gegenteil. Sie sind zuverlässig und sehr belastbar. Nur mit Männern wäre ich aufgeschmissen.

»Anpassen oder Umgestalten?«

Inge von Bönninghausen (57) ist Redakteurin und Moderatorin beim WDR. Nach der Promotion in Germanistik wurde sie Assistentin des Fernsehdirektors beim Saarländischen Rundfunk. Sie wechselte als freie Autorin zum WDR und betreut jetzt das von ihr konzipierte Frauenmagazin ›Frauenfragen‹. Sie schreibt Bücher, hält Vorträge und ist Vorsitzende des Deutschen Journalistinnenbundes.

Frauen steigen ein, Männer ziehen an ihnen vorbei. Wieso?

Ich hatte selbst schon mal einen Abteilungsleiter, der bei mir als freier Mitarbeiter angefangen hat. Männer-Netzwerke funktionieren besser. Sei es die Gruppierung im Studium oder der gemeinsame Kneipenbesuch. Männer gehen auf jede noch so langweilige Konferenz und stellen sich dar. Frauen empfinden das als Zeitverschwendung. In den oberen Etagen sitzen nur Männer, die sich kennen und vernetzt sind. Viele Jobs werden im Vorfeld ausgeklüngelt. Qualität und Leistung zählen da nicht unbedingt. Man trifft sich auf Empfängen, Vorträgen, bei Medien-Events – man(n) ist präsent. Zu vielen »Zirkeln der Macht« haben Frauen keinen Zugang. Außerdem müssen sie sich Gedanken machen, wie sie Job und Familie unter einen Hut bringen, Männer so gut wie nie.

Was sollten Frauen tun, um weiterzukommen?

Einerseits würde ich einer Frau raten: Klotz ran, mach auf dich aufmerksam, geh zu allen Konferenzen, mach dich wichtig. Andererseits denke ich: Sollen sie denn jetzt auch noch diese Spielregeln übernehmen? Frauen stehen in dem Zwiespalt zwischen Anpassungsdruck und dem Willen zur Umgestaltung. Was ja wirklich wünschenswert wäre. Denn ein System, in dem es nicht mehr um die Sache an sich geht, ist ziemlich marode.

Etwas ändern können aber nur Frauen in Führungspositionen.

Da sind wir am Ausgangspunkt. Frauen wollen sachorientiert und inhaltlich arbeiten. Wenige haben Lust auf hierarchische Grabenkämpfe, um auf der Karriereleiter hochzuklettern. Ich selbst habe beim WDR auch keine Karriere im klassischen Sinn gemacht. Ich tue das, was ich inhaltlich und politisch wichtig finde. Nicht ganz oben zu sein, bedeutet aber auch, nicht wirklich Macht zu haben, zum Beispiel über Sendeplätze, Sendeabläufe und Etats zu entscheiden. Frauen sollten sich nicht auf einmal in die knallharten Manager verwandeln, aber mit Bestimmtheit ihr Ziel verfolgen und keine Angst vor Managementaufgaben haben. Geliebt werden gehört nicht zum Arbeitsvertrag. Daran müssen sie sich gewöhnen.

»Frauen müssen sich Netzwerke schaffen«

Ingrid Scheithauer (40) ist für die Medienberichterstattung der Frankfurter Rundschau verantwortlich, deren Redaktion sie seit 1984 angehört. Sie studierte Politik und Kommunikationswissenschaft in Mainz, München und Stanford, Californien. Die Medienexpertin gehört verschiedenen Jurys an, war Mitglied der von Bundespräsident Richard von Weizsäcker eingesetzten Kommission »Medienverantwortung«, moderiert auf zahlreichen Konferenzen und nimmt Lehraufträge an den Universitäten Heidelberg und Frankfurt wahr.

Sie sind oft als einzige Frau auf den Medien-Konferenzen präsent.

Sicher so manches Mal, weil den Herren in letzter Minute einfällt: »Hilfe, wir brauchen noch eine Frau.« Wenn die Männer sich in der Bel Etage der eigenen Unternehmen umschauen, finden sie keine weiblichen Wesen, die etwas zu sagen hätten. Die Intendanten der Öffentlich-Rechtlichen sind eine Runde von Herren mittleren Alters. Das ZDF ist dabei trauriger »Spitzenreiter«, am höchsten in der Hierarchie steht dort eine Hauptabteilungsleiterin Innenpolitik. Es gibt keine einzige Geschäftsführerin bei den kommerziellen Sendern. Bertelsmann beschreibt die Verhältnisse im Unternehmen genau. Auch weltweit gesehen steht meines Wissens keine Frau an der Spitze eines Medienkonzerns. Der Fortschritt auf diesem Gebiet ist eine Schnecke.

Wie sieht die Situation bei der Frankfurter Rundschau aus?

In den vergangenen zehn Jahren hat sich in der Redaktion sehr viel geändert. Von rund 180 Redakteuren sind 45 Frauen; immerhin 25%. Das setzt sich fort bei den leitenden Redaktionsmitgliedern. Von den 31 Namen, die im Impressum stehen, sind immerhin neun Frauen. Das ist ein Fortschritt, und wir liegen damit über dem Durchschnitt. Von der Hälfte ist das immer noch weit entfernt, und das Verlags-Management ist immer noch »frauenfrei«.

Was könnte Frauen den Sprung zum Medien-Top-Job erleichtern?

Neben den Chefs, die auf Frauen setzen, sind weibliche Rollenmodelle wichtig. Das Problem ist, es gibt kaum welche in Top-Positionen. Eine Studentin sagte einmal zu mir: »Das Thema ist mir eigentlich egal, ich bin in Ihre Vorlesung gekommen, weil Sie eine Frau sind.« Das hat mich zunächst irritiert, aber dann ist mir klar geworden, daß Berufsanfängerinnen nach einer Orientierung suchen: Wie agiert, wie redet eine Karrierefrau. Männer hingegen haben eine Vielzahl von möglichen Vorbildern.

Wenn frau kein Role-model hat, woran soll sie sich orientieren?

»Brave Mädchen kommen in den Himmel, böse Mädchen überall hin«, ist eine fabelhafte Maxime. Lamentieren hilft nicht weiter. Frauen dürfen keine Angst vor Konfrontation haben. Sie müssen sich etwas zutrauen, fordern und sich zu Wort melden – das berühmte »Klappern, das zum Handwerk gehört«. Frauen sollten ihre Scheu vor Macht ablegen. Das halte ich für äußerst wichtig. Es geht nicht um Macht als Selbstzweck, sondern um Macht im Sinne von Entscheidungskompetenz. Macht bedeutet Freiräume für die Verwirklichung eigener Ideen zu haben, und eröffnet die Chance, Freiräume für andere zu schaffen.

Heißt das, männliche Eigenschaften erlernen?

Wir müssen ja nicht alle wie Maggie Thatcher werden. Frauen, die Karriere machen, sollen Frauen bleiben, ihre Vielfältigkeit bewahren und ihre soziale Kompetenz nicht verlieren. Sonst kommt das Gegengewicht, das diese Branche und diese Gesellschaft brauchen, nie zustande, und die männlichen Spielregeln werden nicht in Frage gestellt. Das kann nur geschehen, wenn Frauen in Kopf, Geist und Seele nicht wie Männer werden. Von deren nicht immer gerechtfertigtem Selbstbewußtsein könnten sie aber durchaus etwas übernehmen.

Gibt es Networking unter den Medienfrauen?

In Ansätzen. Ich selbst praktiziere das sehr intensiv. Die Medienfrauen sollten viel vernetzter arbeiten und mit mehr weiblicher Solidarität agieren. Journalistinnen müssen sich darum kümmern, daß sie für das Interview eine Expertin auf den Schirm holen und nicht einen Experten. Weibliche Kompetenz, die ja da ist, muß öffentlich gemacht werden.

Sechs Praxis-Tips für den Weg nach oben

Es hat keinen Sinn, drumherum zu reden: Die Lage ist ernst. Frauen in den Medien sind jünger, besser qualifiziert und liefern bessere Ergebnisse als Männer – so die Erfahrungen der Journalistenausbilder. Zwar stellen sie mit 31% aller Journalisten personell einen größeren Anteil als je zuvor, doch schaut man sich in der Führungsriege um, dann herrschen dort Männer. Der Grund: Frauen lassen sich in wenig prestigeträchtige Ressorts abschieben oder richten es sich in diesen Ressorts gemütlich ein. Während Männer aufstiegsverdächtige Bereiche wie Politik, Wirtschaft, Wissenschaft, Lokales und Sport belegen, sind Frauen in den Fächern Unterhaltung, Ratgeber, Soziales und Familie zu Hause. Wie im richtigen Leben? Ja!

Denn: Im Alter von 34 Jahren und aufwärts verschwinden Journalistinnen statistisch gesehen in einem »schwarzen Loch«. Stellen sie in der Altersgruppe der 25- bis 34jährigen einen Anteil von 52,6%, so sind sie zwischen 35 und 44 Jahren nur noch mit 26,5% vertreten. Frauen steigen also aus oder um. Und zwar genau in einer Phase des Berufslebens, in der es um Karrierechancen geht.

Einsteigerinnen dürfen sich keine Illusionen machen. Wie überall gibt es auch in den Medien erschwerte Bedingungen für Frauenkarrieren. Und obwohl Kommunikation zur Profession wird, bietet das gesamte Berufsfeld wenig Möglichkeiten, ein ausgefülltes Privatleben zu führen. Im Gegenteil: Arbeitszeiten bis spät in die Abendstunden, Wochenend- und Feiertagsdienste, Unzuverlässigkeit gegenüber Freunden »weil immer etwas dazwischenkommen kann« machen aus vielen Medienleuten »asoziale Wesen«.

Steuern Frauen in den Medien statt in die Chefetagen geradewegs in ein Jammertal? Ja, wenn sie sich der Stolperfallen nicht bewußt sind. Nein, wenn sie klar strukturiert an ihre Berufsplanung gehen. Das Gebot der Stunde lautet: Netzwerke aufbauen und nutzen.

Positive Grundstimmung nutzen

Männer und Frauen sind gleichberechtigt. Andere Überlegungen sind nicht fortschrittlich. Das wissen auch Chefredakteure und Personalchefs. Sie haben persönlich nichts gegen Frauen in verantwortlichen Positionen. Im Gegenteil: Bei der Nachrichtenagentur Agence France-Presse etwa ist man ausgesprochen stolz auf einen hohen Frauenanteil und auf solche, die Chefsessel anstreben.

Was aber der fortschrittlichste Personalverantwortliche nicht verändert (obwohl er es könnte), sind Strukturen, die es Frauen schwer machen, sich in den Medien zu behaupten. Betriebskindergärten gibt es so gut wie gar nicht, Arbeitszeiten sind partnerschafts- und kinderfeindlich. Und so lautet der Stoßseufzer vieler Entscheider: »Wir würden Frauen ja gern Verantwortung übertragen. Aber die wollen ja nicht.« – Wer also weiblich ist und Lust auf eine Karriere in den Medien hat, sollte diese Lust frühzeitig verdeutlichen und Vorgesetzte beim Wort nehmen, sie gegebenenfalls an ihre Worte erinnern.

Selbstsicherheit erwerben

Frauen arbeiten sachorientiert, konzentriert und machen wenig Aufhebens um sich und ihre Leistungen. Frauen sind an journalistischen Inhalten interessierter als am beruflichen Aufstieg. Frauen sind mehr auf das Schreiben konzentriert als auf Verwaltungstätigkeit. Außerdem haben sie ein ausgeprägtes Bedürfnis nach menschlichen Kontakten. – Das ist liebenswert. Aber falsch.

Denn ein Medienbetrieb ist kein Familienersatz. Hier weht der Wind schon einmal heftig und von vorn. Hier tummeln sich viele eitle Menschen, in Konferenzen melden sich viele Selbstdarsteller zu Wort. Gut arbeiten allein genügt nicht. Inhalte müssen auch gut verkauft, in Konferenzen durchgesetzt werden. Dazu braucht es eine gehörige Portion Selbstsicherheit. Vier goldene Regeln für Gespräche/Konferenzen helfen dabei, diese Selbstsicherheit auszustrahlen:

1. Sich nicht unterbrechen lassen.
2. Auf Antworten bestehen.
3. Das eigene Thema nicht untergehen lassen.
4. Männer und Frauen nicht in Watte packen.

Keine Angst vor dem Erfolg

Frauen, die Karriere machen wollen, stehen früh auf, trinken miesen Kaffee, müssen Probleme lösen, die sie nicht geschaffen haben, für Leute, die sie nicht mögen. Sie müssen zeitweilig autoritär und immer stark sein und dürfen vor einer 60-Stunden-Woche nicht zurückschrecken. An all diesen Dingen, die beruflichen Erfolg verbittern, läßt sich unmittelbar und sofort nichts ändern.

Man kann das aber auch anders sehen: Luxus, den der Erfolg mit sich bringt, äußert sich in Flexibilität, Freiheit und Geld. Beruflicher Aufstieg bedeutet weniger Vorgesetzte, mehr Handlungsspielraum, hohe Zeitsouveränität. In diesem Sinne heißt Karrieremachen auch Freiheit haben.

Sicher ist richtig, daß erfolgreiche Frauen aufgrund der gesellschaftlichen Arbeitsteilung einen anderen Preis für ihre Karriere zahlen als Männer. Wer sich dessen frühzeitig bewußt ist, kann gegensteuern.

Führen will gewollt sein

»Alles hört auf mein Kommando.« Diesen Befehl eines U-Boot-Kommandanten, der keinen Widerspruch duldet, kann man auch in den Medien zu hören bekommen. Dann nämlich, wenn ein

Chefredakteur kurz vor Andruck oder Sendetermin wegen der Aktualität eine Geschichte »kippt« und eine andere aufnimmt. In solchen Momenten gibt es nichts zu diskutieren. Da handeln Verantwortliche allein. Ohne Rückendeckung. Mit vollem Risiko.

Führungskräfte haben oft eine einsame Position. Dieser Wermutstropfen sollte Frauen nicht davon abhalten, eine Führungsposition anzustreben. Personalberater sind sich einig: Frauen haben ideale Führungsqualitäten. Sie sind kommunikativ, teamfähig und sozial kompetent.

Führen heißt nicht nur fördern, sondern auch fordern. Wie das Leben so spielt, stimmen die Interessen der Mitarbeiter nicht immer mit den Unternehmensinteressen überein. Der Job einer Führungskraft besteht unter anderem darin, für solche Situationen Lösungen zu finden. Und dafür wird die Führungskraft von der Unternehmensleitung und/oder den Mitarbeitern nicht immer geliebt. – Wer eigentlich gar nicht führen will, der wird in der Chefetage Atemnot bekommen.

Viele Wege sind möglich

»Auch krumme Wege kann ich gut leiden.« Das sagt Anne Volk, Chefredakteurin der ›Brigitte‹. Und in der Tat: Vergleicht man Biographien klassischer Karrieremänner mit denen klassischer Karrierefrauen, so bleibt unterm Strich: Frauen haben eine abwechslungsreichere Laufbahn. Der »berufliche Lebenslauf« von Frauen ist nicht immer geradlinig, aber interessant.

Von Auslandsaufenthalten ist da die Rede, von Phasen der Muße und Orientierung, von mehreren kleinen Ruhestrecken, in denen frau über das Leben und über sich sinniert. Diese Lebensläufe beweisen: Mehrere Wege führen zum Erfolg.

Diese Art der Lebensplanung ist zukunftsweisend. Geht sie doch weg vom eindimensionalen Karrieremenschen, der zwar ein Ferienhaus in Südfrankreich hat, aber nicht die Zeit, es zu beleben. Und hin zur gefestigten, belastbaren Führungskraft, der vernetztes Denken nicht fremd ist.

Wer es schafft, das Leben nicht nur als Kärrner-Arbeit zu definieren, sondern auch als Nachmittag im Freibad oder Schnäppchenjagd im Schlußverkauf, geht gelassener an den Beruf heran. Geradlinigkeit und Leistungseifer allein genügen nicht mehr.

Ressortfallen umgehen

Gleich zu Beginn eines journalistischen Berufslebens lautet die Devise: Achtung vor Ressortfallen. Freundlich im Ton und hart in der Sache, gilt es bereits in den Lehrjahren, Markierungslinien abzustecken. Spätestens dann, wenn die Volontärin zur Weihnachtsreportage in einen Kindergarten geschickt wird mit den Worten: »Das ist eine Lesegeschichte mit Human touch«, ist es allerhöchste Zeit für die junge Frau, ihren Anspruch auf »harte Politik« deutlich zu machen: Die Begleitung des Ministerbesuches, das Interview mit der Wirtschaftsgröße, der politische Kommentar. Wen das alles nicht interessiert, wer lieber die Wochenendausgabe mit »bunten Geschichten« machen will, muß sich nicht wundern, wenn er bei späteren Beförderungen auf der Strecke bleibt. Chefredakteure rekrutieren sich so gut wie nie aus den Bereichen der »soften Themen«.

Bewerbung und Vorstellung

Im Vorfeld: Klarheit schaffen

Sie haben gerade Abitur gemacht und möchten sich das Arbeitsfeld Medien erobern. Dieser Vorsatz birgt Chancen auf Erfolg, wenn Sie die Sache mit dem Einstieg und der Bewerbung klug anstellen. Ganz wichtig sind folgende Fragen: Was will ich? Und warum? Bereits hier sollte deutlich werden, in welche Richtung der berufliche Weg gehen soll. Ist das Fernziel die Lokalredakteurin, die Magazinredakteurin, der Nachrichtenjournalismus, die Fachzeitschriftenredakteurin? Möchten Sie als Cutterin zum Fernsehen? Oder sehen Sie Ihre Zukunft in der Tontechnik beim Hörfunk? Auch wenn es in diesem frühen Stadium noch nicht möglich ist, eine 100%ige Antwort zu geben, so kann das Nachdenken über Fernziele nicht schaden. Wer nicht weiß, wohin er will, kann auch nicht ankommen.

Wie bewerbe ich mich richtig? Am Beispiel des Journalismus werden hier einige Faustregeln benannt, die aber auch für andere Medienbereiche gelten. Bewerbung, Vorstellungsgespräch und PR in eigener Sache sind berufsübergreifend.

Weil es wie ein Lottogewinn ist, gleich nach dem Abitur mit einem Volontariat zu beginnen, steht erst einmal eine Ausbildung oder ein Studium ins Haus. Für angehende Journalistinnen bedeutet das: Ein Studium der Publizistik ist genauso gut wie das Studium von Geistes- oder Naturwissenschaften. Wer die Zukunft eher im Fachzeitschriftenbereich sieht, kann auch eine handwerkliche Ausbildung machen.

Parallel dazu ist das Beobachten des Medienmarktes ein absolutes Muß. Die Fachzeitschriften der ›journalist‹ und ›Menschen machen Medien‹ der beiden großen Journalistengewerkschaften bieten monatlich einen Überblick über freie Stellen. Außerdem sollte vor einer konkreten Bewerbung das eigene Talent getestet werden: bei der Heimatzeitung, der Hochschulzeitung, bei lokalen Radio- oder Fernsehsendern. Probieren Sie alles mögliche aus, um herauszufinden, was Ihnen am meisten Spaß macht, was Sie am besten können.

So gerüstet (Fernziel im Kopf, erste praktische Erfahrungen, die Hälfte des Studiums/der Ausbildung absolviert), können die ersten Initiativbewerbungen formuliert werden. Sollte es auf Anhieb mit einem Volontariat klappen, wäre das schön ... aber nicht die Regel. Dennoch: Initiativbewerbungen sind ein ideales Übungsfeld. Sollten Sie eine Absage bekommen, ist das der Normalfall. Für ihn gilt: hartnäckig bleiben, aus alten Fehlern lernen, Bewerbungsunterlagen optimieren.

Die Bewerbung: PR in eigener Sache

Sie haben sich aus guten Gründen für eine Tageszeitung, einen Verlag, eine Zeitschrift entschieden, die für Ihr Volontariat in Frage kommt. Rufen Sie dort an und fragen Sie, an wen Sie Ihre Bewerbung schicken können. In den meisten Häusern wird solch ein Anruf freundlich beantwortet. Geht man mit Ihnen bereits beim ersten Telefonkontakt ruppig um, dann fragen Sie sich, ob Ihre Zukunft wirklich in einem solch unwirtlichen Haus liegt.

Wenn Sie wissen, zu wessen Händen Sie Ihre Bewerbungsunterlagen schicken, ersparen Sie sich die Anrede »Sehr geehrte Damen und Herren« und schreiben »Sehr geehrte Frau Meier«. Weil es mehr Bewerberinnen und Bewerber als freie Stellen gibt, werden Sie alles vermeiden, was Ihre Leser langweilt: Argumente statt Floskeln.

Formal besteht eine Bewerbung aus vier Bausteinen: Dem Anschreiben, einem guten Foto, dem Lebenslauf und Zeugnissen sowie (wenn vorhanden) Arbeitsproben.

Das Anschreiben: Kurz und aussagekräftig (maximal eine Seite) schildert das Anschreiben, warum Sie sich um ein Volontariat bei genau diesem Medium bewerben. Ihre Leser wollen wissen, weswegen Sie für das Medium Ihrer Wahl interessant sind. Spätestens jetzt sollten Sie Ihren Berufswunsch präzise formulieren und begründen können. Außerdem sollten Sie Fähigkeiten benennen können, die Sie zu einer talentierten Journalistin machen. Unbedingt verboten sind Schreibfehler, Tipp-Ex-Flecken, Eselsohren und schmuddeliges Papier.

Das Foto: Einige Arbeitgeber verzichten mittlerweile auf die Foto-Forderung. Doch sicher ist sicher: Lassen Sie Fachleute ran. Neutral ist ein Schwarzweißfoto im Format 55 mal 40 bis 155 mal 105 Millimeter. Auf die Fotorückseite gehören Name und Adresse.

Lebenslauf: Für Bewerbungen aus eigener Initiative oder als Reaktionen auf Stellenmarktanzeigen genügt ein tabellarischer Lebenslauf. Wesentliche Punkte sind: Personalien, Bildungsweg, praktische Arbeit, besondere Kenntnisse, Kontakte und/oder Hobbys.

Zeugnisse/Arbeitsproben: Für eine Kurzbewerbung reichen das wichtigste oder die beiden wichtigsten Zeugnisse. In einer vollständigen Bewerbung wird der Lebenslauf möglichst lückenlos mit den nötigen Zertifikaten belegt. Wichtig: nie im Leben Originale verschicken. Legen Sie saubere Kopien zur Bewerbung. Sollten bereits Arbeitsproben existieren, legen Sie auch davon Kopien bei.

Die vier Bewerbungsbausteine werden nach einer letzten Kontrolle (Rechtschreibung, Zeichensetzung, Grammatik) in einen Umschlag gepackt und verschickt.

Das Bewerbungsgespräch: Sachlich, klar, offen

Was ziehe ich an? Wie soll ich mich benehmen? Was soll ich sagen? Was tue ich, wenn ich nicht mehr weiter weiß? Vielleicht kriege ich einen Hustenanfall! Bestimmt werde ich knallrot im Gesicht! Und überhaupt: Die wollen mich sowieso nicht haben. – Wer sich am Vorabend eines Bewerbungsgesprächs mit solchen Gedanken verrückt macht, hat gute Chancen, daß es schiefläuft. Gehen Sie einfach davon aus, daß Ihr Gegenüber im positiven Sinne an Ihnen interessiert ist. Nicht nur Sie wollen etwas von Ihrem zukünftigen Arbeitgeber. Ihre Gesprächspartner wollen auch etwas von Ihnen.

Kleiden Sie sich so, daß Sie sich gut fühlen. Verzichten Sie auf das teure City-Kostüm und hohe Hacken, wenn Sie sonst ausschließlich in Jeans herumlaufen. Eine gute Jeans mit Jackett und flache Schuhe tun es auch. Umgekehrt: Wer sich besser mit einem schicken Rock bewegen kann, sollte auf das Tragen legerer Kleidung verzichten.

Bleiben Sie inhaltlich das Original. Sie haben im Anschreiben nicht gelogen, tun Sie es im Bewerbungsgespräch auch nicht. Gehen Sie nicht mit der Einstellung ins Gespräch, daß Sie eine bestimmte Rolle spielen müssen. Entweder Sie passen zum Verlag und er zu Ihnen – oder eben nicht. Wenn nicht: Es gibt auch noch andere Arbeitgeber.

Häufig sitzen im Bewerbungsgespräch mehrere Verlagsvertreterinnen und -vertreter. Chefredakteure, Chefs vom Dienst, Geschäftsführer: Sie alle wollen einen Ersteindruck von dem neuen Arbeitnehmer. Im Idealfall gelingt es, mit allen ein gutes Gespräch zu führen. Interessant für Verlagsleute sind nicht immer Themen wie Spaltenbreite, Layout oder Ethik im Journalismus, sondern auch Small-talk. Wer als Hobby Kochen angegeben hat, darf sich nicht wundern, wenn er nach einem guten Soßenrezept gefragt wird.

Wenn Sie gelassen, höflich, neugierig und offen in ein Bewerbungsgespräch hineingehen, profitieren Sie in jedem Fall davon: Entweder Sie haben den Job. Oder Sie kommen zu der Erkenntnis, daß dieser Verlag nichts für Sie ist.

Wenn es nicht geklappt hat, und der Antwortbrief des Verlages mit den Worten beginnt: »Leider müssen wir Ihnen mitteilen ...«, gibt es zwei Reaktionsmöglichkeiten: Triumph der Selbstzweifel oder aus der Ablehnung das Beste machen. »Abgelehnt« heißt nicht »nicht geeignet«. Die Zentralstelle der Arbeitsvermittlung der Bundesanstalt für Arbeit schreibt hierzu: »Heutzutage braucht ein Stellensuchender oft eine große Portion Energie, Geschick und Ausdauer.« Deswegen gilt: Nerven behalten, Anschreiben neu formulieren, einen anderen Verlag suchen und von vorne anfangen.

Zwischen Mikrofon und Mikrowelle: Mütter in den Medien

Wenn für Sabine Paulsen morgens um 10 Uhr der Arbeitsalltag beginnt, macht sie erst mal Kaffeepause. Seit sechs Uhr ist sie auf den Beinen. Sohn Jan (13 Jahre), Fahrschüler, wird um halb sieben »abgefrühstückt«. Tochter Lea (5 Jahre) steht um halb acht auf. Nach dem Frühstück kommt sie in den Kindergarten. Wenn der lohnabhängige Arbeitstag vorbei ist, hat die berufstätige Mutter noch lange nicht Feierabend. Vor 23 Uhr ist an Ruhe nicht zu denken. »Das geht nur mit generalstabsmäßiger Organisation und viel Disziplin«, kommentiert die 36jährige ihre Rolle als berufstätige Frau und Mutter.

Mit dieser Beurteilung steht sie nicht allein. Alle Frauen, die einen Medienberuf und Kinder unter einen Hut bringen wollen, sind Großmeisterinnen im Organisieren. Die Anspannung geht so weit, »daß ich mich manchmal vorsätzlich zerstreuen muß, um wieder lockerzulassen«. Nicola Tyszkiewicz (37), Leiterin Production Management bei VH 1, jongliert ebenfalls mit zwei unterschiedlichen Lebensbereichen.

Jede fünfte Journalistin in Deutschland hat ein Kind. Jede sechste Journalistin hat zwei Kinder. Nur ein verschwindend geringer Anteil deutscher Medienfrauen wagt es, drei oder mehr Kinder zu haben und gleichzeitig zu arbeiten. Diese Zahlen konfrontieren mit einer soziologischen Grundwahrheit dieser Gesellschaft: Mutterschaft und Karriere in den Medien schließen sich für den Großteil der Frauen aus. Anders bei den männlichen Kollegen. Von denen haben viele Kinder. Diese Relation läßt sich noch zuspitzen: 20,7% der Männer in den Medien haben zwei Kinder. Aber nur 13,2% leben mit ihren Kindern zusammen. Arbeitssucht und Fahnenflucht – oder, anders ausgedrückt: Wenn Frauen Kinder kriegen, wollen sie mit ihnen leben. Wenn Männer Kinder haben, heißt das für sie noch lange nicht, daß sie auch die Vaterrolle übernehmen.

Jung, professionell, sehr gebildet – und ein bißchen diskriminiert? Nicht Leid und Heldentum von Müttern in den Medien soll hier beklagt werden. Das gibt es zwar. Aber es gibt auch einige Frauen, die es schaffen, Kinder und Beruf miteinander zu vereinbaren. Fünf Dinge ähneln sich in allen Biographien: der Mut, Vorgesetzten flexible Arbeitszeiten abzuringen, Organisationstalent, Disziplin und das Schimpfen auf das deutsche Schulsystem.

Nicola Tyszkiewicz: »Meine Kinder gehen auf eine französische Schule. Die geht jeden Tag bis halb vier, und sie bekommen dort auch ein Mittagessen. Das deutsche Schulsystem ist ein echtes Problem für berufstätige Frauen.« Mit Kreativität und dank alternativer Formen der Kinderbetreuung gelingt es der Management-Leiterin, Familienleben und Berufsleben zu vereinbaren.

Henriette Hoffmann (32), Marketingleiterin des größten deutschen Hörfunkvermarkters, hat ihr Problem über den Sprung von der Festanstellung in die freie Existenz gelöst. »Ich habe meinem ehemaligen Vorgesetzten den Vorschlag gemacht, von zu Hause aus als freie Beraterin für ihn zu arbeiten. Er hat sich das sehr lange überlegt und letztendlich auch zugestimmt.« Aber so ganz frei wollte der Vorgesetzte seine Spitzenkraft nicht sehen. »Ich arbeite exklusiv und bekomme eine pauschale Summe pro Monat.«

Ein Rollentausch hilft Patricia Poelk (40), Leiterin Grafik-Design beim Pay-TV Premiere, zwei Töchter im Alter von fünf und acht Jahren und einen Beruf zu haben. Nach jeweils einem halben Jahr Babypause ging Patricia Poelk wieder ins Büro. Ihr Mann, ein Lehrer, nahm anschließend Erziehungsurlaub und hielt ihr den Rücken frei. »Es gab dann einen Punkt, wo wir uns bewußt dafür entschieden haben, daß ich beruflich durchstarte. Als Lehrer hat mein Mann einen viel geregelteren Ablauf als ich.«

Doch ein Halbhausmann allein genügt noch nicht. Damit kein Sand ins Alltagsgetriebe kommt, gibt es im Hause Poelk eine Kinderfrau, die »fast zur Familie gehört«. Der Grund: »Man ist in Deutschland eigentlich nicht in der Lage, Kinder und Beruf zu vereinbaren. Ganztagsschulen, Kindergartenplätze sind rar. Das ist ein Riesenproblem.« Und: »Viele berufstätige Frauen geben fast ihr gesamtes Gehalt für die Kinderbetreuung aus. Da stimmt doch etwas nicht an diesem System.«

Wie auch immer: Hindernisse legen nicht nur starre Arbeitszeiten, fehlende Kindergartenplätze und Ganztagsschulen oder gemeine Männer in den Weg. Auch von Kolleginnenseite weht der Wind eisig, wenn Frauen arbeiten und Kinder haben wollen. »Wer Kinder hat, soll sich um sie kümmern.« – »Als Frau muß man sich entscheiden: entweder Pampers oder Pagemaker.« – »Wenn sich eine Kollegin in den Mutterschutz verabschiedet, schreibt man die innerlich ab.« Solche Statements von Frauen machen nicht gerade Mut und lassen an vielzitierter Frauensolidarität arge Zweifel aufkommen. Negative Kommentare verunsichern viele, die mit dem Gedanken spielen, beides zu wollen. Hierzu Henriette Hoffmann: »Viele versuchen, einem ein schlechtes Gewissen einzureden. Damit muß man leben, davon darf man sich nicht beeindrucken lassen.«

Trotz vieler Frauenförderprogramme, trotz Gleichstellungsbeauftragter, Mutterschutz, Sicherung der Rentenansprüche und einiger Teilzeitmöglichkeiten bleibt das Mutter-Dasein wohl auch in naher Zukunft ein Problem, das Frauen vorerst individuell lösen müssen. Wer sich nicht entmutigen läßt, wird, da sind sich berufstätige Mütter einig, mit einem Mehr an Lebensqualität belohnt. Und, was auch nicht zu verachten ist: »Mein Horizont hat sich durch die Situation erweitert.« So jedenfalls sieht Henriette Hoffmann ihr Dasein als berufstätige Frau.

Der Mut, unkonventionelle Wege zu gehen, gehört also dazu. Wer die Erfahrung, mit Kindern zu leben, trotz aller Schwierigkeiten nicht missen will, kann sich mit einigen Grundregeln das Leben erleichtern.

Selbstorganisation

Zeitmanagement ist für berufstätige Mütter in den Medien das A und O. Kindergarten, Zahnarzt, Abholzeiten vom Hort und berufliche Termine müssen akribisch aufeinander abgestimmt sein. Die besten Chancen, Kinder und Karriere zu vereinbaren, haben Frauen in Medien, die nicht tagesaktuell arbeiten. Hier kommen Zeitschriften in Frage. Aber auch Radio- und Fernsehstationen haben

Redaktionen, in denen Magazine oder Beiträge mit langer Anlaufzeit entstehen. Wer als Mutter mit Kindern bei Tageszeitungen oder in aktuellen Redaktionen arbeiten will, kann flexible Arbeitszeiten aushandeln. Gängigstes Modell ist das Job-Sharing: Zwei Kolleginnen teilen sich eine Arbeitsstelle. Doch auch Tageszeitungen verfügen über Ressorts, in denen Kindererziehung mit der Arbeit vereinbar ist. Wochenendjournale und das Feuilleton sind beispielsweise Sparten, in denen über flexible Arbeitszeiten geredet werden kann.

Hausarbeit delegieren

Ein Weg, sich neben der Arbeit Zeit für ein Leben mit Kindern zu schaffen, ist das Delegieren von häuslichen Aufgaben. Wer Hemden bügelt, sonnabends vormittags die Wohnung putzt, das Auto eigenhändig wäscht und den großen Einkauf selbst macht, darf sich über Zeitmangel nicht beklagen. Für all das gibt es mittlerweile Dienstleister. Diese Zeitersparnis ist freilich nur dann sinnvoll, wenn das eigene Gehalt nicht vollständig dafür reserviert ist, die Dienstleistungen zu bezahlen. Dennoch gehen einige Mütter auch diesen Weg, um neben der Kindererziehung einer Erwerbsarbeit nachzukommen.

Hausarbeit delegieren: das heißt auch, wenn vorhanden, den Lebenspartner in das Konzept »Kind und Karriere« einzubinden. Von vornherein muß klar sein, daß Väter sich gleichermaßen an Kindererziehung und Versorgungsleistungen im Haushalt beteiligen. Eigentlich ist das heutzutage eine Selbstverständlichkeit. Zahlen, Fakten und Erfahrungsberichte vieler Mütter allerdings belegen: Auch »Selbstverständlichkeiten« müssen eingefordert werden.

Politisch überzeugen

Wenn es berufstätige Mütter nicht selbst tun, dann tut es so schnell niemand anders: Wo immer es geht und wo immer es Erfolg verspricht, ist es nötig, politisch zu argumentieren. Erwiesenermaßen gibt es in Deutschland zu wenig Möglichkeiten, Kinder unterzubringen. Was in Frankreich, Irland, England selbstverständlich ist, nämlich Ganztagskindergärten und -schulen, läßt deutsche Familienpolitiker immer noch ungläubig staunen. Und warum sollen Betriebe, die die entsprechende Größe haben, keine Betriebskindergärten zur Verfügung stellen? Auch flexible Arbeitszeiten, Teilzeitarbeitsplätze fallen nicht vom Himmel. Hier gilt es, in der Auseinandersetzung mit den jeweiligen Arbeitgebern Beharrlichkeit an den Tag zu legen.

Gemeinsam läßt sich Überzeugungsarbeit besser bewältigen. Betriebsräte, Gewerkschaften, Vereine und Verbände stellen Informationsmaterial und Argumentationshilfen zur Verfügung. Außerdem tut es gut zu wissen: Es handelt sich nicht um ein persönliches Problem. Familienfreundliche Arbeitsorganisation ist eine gesellschaftliche Aufgabe.

Neue Berufsfelder schaffen

Ein populäres Beispiel für eine unorthodoxe Lösung des Problems »Kindererziehung und Arbeit« ist die Moderatorin Margarethe Schreinemakers. Als prominente Chefin ihrer eigenen Produktionsfirma definierte sie selbst die Regeln, nach denen ihr Vertrag ausgehandelt wurde. Wesentlicher Bestandteil der Verträge ist eine »Kinderklausel«, die es ihr erlaubt, nach der Geburt eines Kindes angemessen zu pausieren. Doch Mütter in den Medien müssen nicht so bekannt und privilegiert sein wie Frau Schreinemakers, um ihr Leben zu organisieren.

Das Berufsfeld bietet durch die Möglichkeit, frei zu arbeiten, eine Vielzahl an Nischen, die eine berufliche Existenz mit Kindern sichern. Autorinnen für Printmedien, Hörfunk und Fernsehen können sich ihre Zeit so einteilen, wie sie es brauchen. Die Entwicklung von Daten-Highways fördert diese Form der Erwerbstätigkeit. Auch TV- und Hörfunktechnikerinnen sind nicht mehr zu festen Arbeitszeiten gezwungen. Produktionsfirmen bieten viele Chancen, auf Abruf zu arbeiten. Die besten Voraussetzungen, sich in dem freien Markt, der auch Mediaberatung und PR umfaßt, zu etablieren, haben Frauen, die über einschlägige Berufserfahrung verfügen.

»Ich würde mich heute nicht mehr auf starre Arbeitszeiten einlassen wollen.« Das sagt Annette Hillebrand (42), ehemals festangestellte Tageszeitungsredakteurin, heute alleinerziehende Mutter und freie Journalistin. Bislang hat sie es nicht bereut, die Organisation ihres Arbeitslebens selbst in die Hand zu nehmen. Allerdings macht sie aus ihrem Unverständnis darüber, daß Arbeitgeber sich mit dem Thema »Mütter in den Medien« schwer tun, keinen Hehl. »Es wird höchste Zeit, daß Tageszeitungen und andere Medien Beschäftigungsmodelle für erfahrene Journalistinnen, die auch Mütter sind, finden.«

Das Fazit der Journalistin, die es geschafft hat, gleichzeitig zu arbeiten und für ihre Tochter da zu sein: »Vielleicht habe ich jetzt weniger Geld, als wenn ich eine klassische Karriere als Ressortleiterin oder Chefredakteurin gemacht hätte. Aber dafür habe ich mehr Zeitsouveränität und – nicht zuletzt – mehr Spaß am Leben.«

Nicht Leid und Heldentum von Müttern in den Medien, sondern Freude und wenig fremdbestimmtes Arbeiten: So kann es auch aussehen, das Fazit der Frauen, die sich nicht mit einer Dimension zufriedengeben. Für diese Frauen lautet die Frage nicht bang: »Beruf oder Kinder?« Diese Frauen schaffen sich vielmehr Rahmenbedingungen für das Konzept »Beruf und Kinder«.

Ausbildung im Journalismus

Journalistenschulen

Ein guter Weg in den Journalismus führt über den Besuch einer Journalistenschule. Die beiden renommiertesten sind die Deutsche Journalistenschule in München und die Henri-Nannen-Schule in Hamburg. Die Plätze sind rar und begehrt. Die Aufnahme ist von Arbeitsproben und Prüfungen abhängig. Doch keine Angst vor hohen Anforderungen: Sie sollten sich auf jeden Fall bewerben. Wenn es beim ersten Durchgang nicht geklappt hat, versuchen Sie es im nächsten Jahr wieder. Der Vorteil: Sie kennen dann den Prüfungsablauf, die Atmosphäre und sind sehr gut auf die Prüfung vorbereitet.

Berliner Journalisten Schule
Karl-Liebknecht-Str. 29
10178 Berlin
Tel. 030/ 23 27 60 02

- Inhalt: 2 Monate journalistische Grundausbildung, 2 mal 3 Monate Unterricht über die einzelnen Medien, 6 Monate Praktikum, 1 Monat Ferien
- Plätze: 15
- Dauer: 15 Monate
- Aufnahmebedingungen: Wohnsitz in Berlin oder den neuen Bundesländern, Alter zwischen 18 und 28 Jahren, Bewerbungsverfahren mit Prüfungen zweimal jährlich, Eignungsprüfung

Burda Journalistenschule
Arabellastr. 23
81901 München
Tel. 089/ 92 50 -33 77

- Inhalt: Ausbildung von Redakteuren für Zeitschriften, Textjournalismus oder Bildjournalismus, Praktika bei Burdatiteln (Focus, Bunte, freundin, etc.), Seminare an der Deutschen Journalistenschule, zusätzlich Hörfunk- und Fernsehausbildung
- Plätze: 15
- Dauer: 2 Jahre
- Aufnahmebedingungen: Abitur, Studium oder abgeschlossene Berufsausbildung, Bewerbung mit Arbeitsproben, Eignungsprüfung
- Besonderes: Einstellungstermin jeweils 1. August

Deutsche Journalistenschule e.V., München
Altheimer Eck 3
80063 München
Tel. 089/ 26 60 21

- Inhalt: Ausbildung zur Redakteurin
- Plätze: 45 pro Jahr, davon 15 in der »Lehrredaktion« und 30 im Studiengang »Diplom-Journalismus« (gemeinsam mit der Universität München)
- Dauer: 16 Monate in Lehrredaktion, 4 Jahre im Studium
- Aufnahmebedingungen: Abitur bzw. Studium, Vorauswahl (eine schriftliche Reportage und ein Kommentar müssen eingereicht werden), Eignungstest (Bildertest, Fragebogen, schriftliche Aufgabe und Interview), Höchstalter 28 Jahre
- Besonderes: Ausbildungsbeginn jeweils 1. November

Evangelische Journalistenschule
Auguststr. 80
10117 Berlin
Tel. 030/ 28 39 51 93

- Inhalt: Journalistenausbildung, Praktika bei Zeitungen, Hörfunk und kirchlichen Medien, 7monatige Lehrredaktion
- Plätze: 16
- Dauer: 2 Jahre
- Aufnahmebedingungen: Die Bewerbungsbedingungen müssen von der Schule angefordert werden

Georg von Holtzbrinck-Schule für Wirtschaftsjournalisten
c/o Handelsblatt GmbH Personalabteilung
Kasernenstr. 67
40213 Düsseldorf
Tel. 0211/ 887 -15 46

- Inhalt: Fortbildung junger Wirtschaftsredakteure, Volontariat bei der Verlagsgruppe Handelsblatt (alle 3 Monate wird die Redaktion gewechselt), Traineeprogramm in einem deutschen Unternehmen, 1 Woche pro Monat Unterrichtsklassen
- Plätze: 12
- Dauer: 18 Monate
- Aufnahmebedingungen: abgeschlossenes Studium (Wirtschaftsstudium oder Ausbildung in diesem Bereich), journalistische Vorerfahrung, mindestens 1 Fremdsprache, Vorauswahl und Eignungsprüfung

Henri-Nannen-Schule
Hamburger Journalistenschule Gruner + Jahr – Die Zeit GmbH
Stubbenhuk 3
20459 Hamburg
Tel. 040/ 07 03 -23 75

- Inhalt: Journalistenausbildung für Zeitung, Zeitschrift, Hörfunk und Fernsehen, praktische Arbeit in 4 Redaktionen, 6 Monate theoretische Ausbildung
- Plätze: 36 pro Jahr, 2 Lehrgänge à 18 Teilnehmer
- Dauer: 18 Monate
- Aufnahmebedingungen: Vorauswahl (anhand von eingereichten Arbeiten werden 100 Leute ausgewählt), Eignungsprüfung
- Besonderes: Einstiegsalter 21 – 28 Jahre, monatliche Lehrgangsbeihilfe von 1 300 DM brutto gemäß Manteltarifvertrag

Institut zur Förderung des publizistischen Nachwuchses e.V.
Elisenstr. 3a
80335 München
Tel. 089/ 55 30 81

- Inhalt: Journalistische Ausbildung von katholischen Studenten aller Fachrichtungen für alle Medienbereiche, 3wöchige Ferienakademien, Studienberatung, Vermittlung von Praktika in den Massenmedien, Weiterbildung für Mitarbeiter der katholischen Medien, Aufbaukurse für Fernsehjournalismus für Journalisten mit Berufserfahrung
- Plätze: 15
- Dauer: Stipendium und Förderung über 3 Jahre
- Aufnahmebedingungen: Auswahltest, Bewerber dürfen höchstens im 3. Studiensemester sein

  Das Institut bietet außerdem eine Volontärsausbildung in Zusammenarbeit mit der Katholischen Medienakademie (KMA) an.
- Inhalt: praktische Arbeit, 4 außerbetriebliche Fortbildungskurse, 3monatiges Praktikum bei einem anderen Medium
- Plätze: 15 – 20
- Dauer: 2 Jahre
- Aufnahmebedingungen: Abitur, mittlere Reife plus abgeschlossene Berufsausbildung oder abgeschlossenes Studium, mehrstufiges Auswahlverfahren, christliche Grundhaltung
- Besonderes: Bezahlung für das Volontariat entsprechend dem Manteltarifvertrag, Bewerbung bis zum 1. März jeden Jahres, Einstellung jeweils 1. Oktober

Journalistenschule Axel Springer
Axel-Springer-Platz 1
20355 Hamburg
Tel. 040/ 347 -24 343/-22 345

- Inhalt: Journalistische Ausbildung in allen Zeitungen und Zeitschriften des Verlags, auch Einblick in Privatfernsehen und Hörfunk. Die theoretische Ausbildung erfolgt über hausinterne Kompaktkurse und Spezialisierungsseminare. Ausbildungsplan: 12 Monate Volontariat in einer Stammredaktion (z.B. Bild, Welt, Hamburger Abendblatt), 7 Monate Hospitanz bei anderen Springer-Titeln, 3 Monate Theorie
- Plätze: jeweils 90 innerhalb von 2 Jahren
- Dauer: 2 Jahre
- Aufnahmebedingungen: abgeschlossenes Hochschulstudium oder Abitur plus abgeschlossene Berufsausbildung, Bewerbung mit Arbeitsproben, Eignungsprüfung
- Besonderes: Bewerbungen bis 31. Mai, Beginn jeweils 1. Oktober, Monatsgehalt: 2 691 DM im ersten Jahr, 3 034 DM brutto im zweiten Jahr

Kölner Schule, Institut für Publizistik e.V.
Gut Schillingsrott
50966 Köln (Rodenkirchen)
Tel. 0221/ 35 19 95

- Inhalt: Ausbildung von Fachjournalisten für die Ressorts Politik und Wirtschaft in Presse und Hörfunk. Neben der institutsinternen Ausbildung wird ein »ganz normales« Wirtschafts- oder Sozialwissenschafts-Studium absolviert. Die Ausbildung erfolgt in 3 Blöcken: 1. Studium Volkswirtschaft und Soziologie – 2. Einführung in Wissenschaftstheorie und Zeitgeschichte – 3. Praktische und theoretische journalistische Ausbildung. 6 Pflichtpraktika in den Medien während der Semesterferien
- Plätze: 20
- Dauer: Die Ausbildung am Institut kann entweder während des gesamten Studiums genutzt werden oder nur über einige Semester
- Aufnahmebedingungen: erfolgreiche Teilnahme an einem Vortest und einem 3tägigen Qualifikationstest, Vorbereitungsseminar, Betriebspraktikum (8 Wochen in der Landwirtschaft)
- Besonderes: der Abschluß Diplom-Volkswirtin, Promotion möglich, Kursgebühren richten sich nach Einkommen der Eltern, Höchstsatz ca. 600 DM

Studium

Die Alternative zur Journalistenschule ist ein Journalistik-Studiengang. Alle Studiengänge dieser Art haben inzwischen einen Numerus clausus. Die Hochschulen vermitteln häufig Pätze für Praktika oder helfen zumindest bei der Vermittlung. Eine Reihe von Universitäten bietet Nebenfach- und Aufbaustudiengänge für Journalisten an. Die Voraussetzung hierfür ist ein abgeschlossenes Studium. Studiengänge, die am Rande etwas mit Journalismus zu tun haben, wie z.B. Kommunikationswissenschaft oder Publizistik, sind manchmal recht »schwammig« in ihren Inhalten und helfen der Journalistin in spe nicht unbedingt weiter. Sie hat dann weder fundiertes journalistisches noch publizistisches Fachwissen, und meist leisten diese Universitäten kaum Unterstützung bei der Praktikumssuche. Sinnvoller ist es, ein Fachstudium zu wählen, sich nebenbei schon journalistisch zu betätigen und dann über Aufbaustudium, Praktika oder Volontariat den Einstieg zu finden. Im folgenden werden die Studiengänge Journalistik, Publizistik und Kommunikationswissenschaft, sowie Neben- und Aufbaustudiengänge vorgestellt. Als Zusatzlektüre empfehlenswert: ›Studienführer Journalistik, Kommunikations- und Medienwissenschaften‹ von Gavin-Kremer/Scholle.

Journalistik

Katholische Universität Eichstätt
Sprach- und Literaturwissenschaftliche Fakultät
Ostenstr. 25
85072 Eichstätt
Tel. 08421/ 931 -564/ -698

- Studiengang: Diplom-Journalistik
- Inhalt: Grundstudium: Kommunikationswissenschaft, praktischer Journalismus, Politikwissenschaft, Soziologie, Statistik, Sozialforschung. Hauptstudium: Wahl zwischen den 3 Bereichen »Kommunales und Regionales«, »Internationale Kommunikation/Lateinamerika« oder »Bildungswesen/Medienpädagogik/Öffentlichkeitsarbeit«, mindestens 6 Monate Praktikum

- Plätze: 25
- Dauer: 9 Semester
- Aufnahmebedingungen: 6monatiges Praktikum in den Medien, 2 Fremdsprachen, internes Auswahlverfahren
- Abschluß: Diplom-Journalistin, Promotion zum Dr. phil. möglich

Universität Dortmund
Institut für Journalistik
Emil-Figge-Str. 50
44227 Dortmund
Tel. 0231/ 755 -28 27
- Studiengang: Diplom-Journalistik
- Inhalt: Ausbildung für Presse und Rundfunk. Hauptfach Journalismus und ein frei wählbares Nebenfach; 14monatiges Pflichtpraktikum
- Plätze: 52
- Dauer: 10 Semester
- Aufnahmebedingungen: Hochschulreife, 6wöchiges Praktikum bei einem Medienunternehmen, interner Numerus clausus
- Abschluß: Diplom-Journalistin, Promotion zum Dr. phil. möglich

Universität Leipzig
Fachbereich Kommunikations- und Medienwissenschaften, Journalistik, Öffentlichkeitsarbeit
Augustusplatz 9
04109 Leipzig
Tel. 0341/ 97 35 -730
- Studiengang: Journalistik
- Inhalt: Journalistische Ausbildung für Presse, Hörfunk, Fernsehen
- Plätze: 60
- Dauer: 9 Semester
- Aufnahmebedingungen: Journalistische Praxis vor dem Studium
- Abschluß: Diplom-, Magister Artium- und Promotionsstudiengänge
- Besonderes: Verschiedene Weiterbildungsangebote innerhalb des IZMK (Interdisziplinäres Zentrum für Medien und Kommunikation)

Universität München
Institut für Kommunikationswissenschaft (Zeitungswissenschaft)
Schellingstr. 33
80799 München
Tel. 089/ 21 80 -34 61
- Studiengang: Journalistik
- Inhalt: Kommunikationswissenschaft, Soziologie, politische Wissenschaften und ein Spezialfach. Praktische Ausbildung in Zusammenarbeit mit der

deutschen Journalistenschule, Praktika in den Semesterferien, Teilnahme an Kursen der Journalistenschule
- Plätze: 50
- Dauer: 9 Semester
- Aufnahmebedingungen: 1jähriges Volontariat oder bestandene Aufnahmeprüfung an der Deutschen Journalistenschule
- Abschluß: Diplom-Journalistin

Publizistik und Kommunikationswissenschaft

Freie Universität Berlin
Institut für Publizistik
Malteserstr. 74 – 100
12249 Berlin
Tel. 030/ 77 92 -818
- Studiengang: Publizistik
- Inhalt: sozial- und kommunikationswissenschaftliche Grundlagen, journalistische und publizistische Arbeitstechniken sowie Medienkunde, mehrmonatige Medienpraktika
- Plätze: ca. 70
- Dauer: 9 Semester
- Aufnahmebedingungen: interner Numerus clausus
- Abschluß: Diplom, Magister Artium

Technische Universität Berlin
Institut für Kommunikationswissenschaft, Medienwissenschaft und Musikwissenschaft
Straße des 17. Juni 135
10623 Berlin
Tel. 030/ 314 -2 22 36
- Studiengang: Kommunikationswissenschaft
- Inhalt: Aufbau und Funktionsweise von Massenmedien, Arbeitsweise und Selbstverständnis von Journalisten
- Plätze: ca. 20
- Dauer: 9 Semester
- Aufnahmebedingungen: interner Numerus clausus
- Abschluß: Magister Artium
- Aufbaustudium: Kommunikationswissenschaft, Promotion möglich

Technische Universität Dresden
Institut für Kommunikationswissenschaft
Weberplatz 5
01217 Dresden
Tel. 0351/ 463 -35 33/ -43 12
- Studiengang: Kommunikationswissenschaft
- Inhalt: Kommunikationstheorie und -forschung, Journalismus
- Plätze: ca. 60
- Dauer: 8 Semester
- Aufnahmebedingungen: Abitur, Numerus clausus
- Abschluß: Magister Artium

Universität Bochum (Ruhruniversität)
Institut für Theater-, Film- und Fernsehwissenschaft
Universitätsstr. 150
44801 Bochum
Tel. 0234/ 7 00 27 42
Sektion für Publizistik und Kommunikation
- Studiengang: Publizistik- und Kommunikationswissenschaft
- Inhalt: Schwerpunkte sind Theorie, Journalismus und Öffentlichkeitsarbeit (unter besonderer Berücksichtigung von Frauen in diesen Berufen)
- Plätze: 80
- Dauer: 8 Semester
- Aufnahmebedingungen: interner Numerus clausus
- Abschluß: Magister Artium, Promotion möglich mit einem Medizinthema

Universität Hannover
Hochschule für Musik und Theater
Institut für Journalistik und Kommunikationsforschung
Hohenzollernstr. 47
30161 Hannover
Tel. 0511/ 3 10 02 80
- Studiengang: Kommunikationswissenschaft
- Inhalt: u.a. auch Projektkurse und Praktika, z.B. in einem Marktforschungsinstitut
- Plätze: keine Angaben
- Dauer: 8 Semester oder als Aufbaustudium 4 Semester
- Aufnahmebedingungen: Aufnahmeprüfung
- Abschluß: Diplom-Medienwissenschaftlerin, Promotionsmöglichkeit

Universität Leipzig
Fachbereich Kommunikations- und Medienwissenschaften, Journalistik, Öffentlichkeitsarbeit
Augustusplatz 9
04109 Leipzig
Tel. 0341/ 97 35 -730

- Studiengang: Kommunikations- und Medienwissenschaften
- Inhalt: Sozial- und Kommunikationswissenschaften, Grundlagen journalistischer und publizistischer Arbeitstechniken, Medienkunde
- Plätze: keine Angaben
- Dauer: 9 Semester
- Aufnahmebedingungen: Abitur, keine Beschränkungen
- Abschluß: Diplom, Magister Artium, Promotionsmöglichkeit

Universität München
Institut für Kommunikationswissenschaft (Zeitungswissenschaft)
Schellingstr. 33
80799 München
Tel. 089/ 21 80 -34 61

- Studiengang: Kommunikationswissenschaft (Zeitungswissenschaft)
- Inhalt: Sozial- und Kommunikationswissenschaften, Grundlagen journalistischer und publizistischer Arbeitstechniken, Medienkunde
- Plätze: 130
- Dauer: 9 Semester
- Aufnahmebedingungen: interner Numerus clausus
- Abschluß: Magister Artium Kommunikationswissenschaft, Promotionsmöglichkeit

Universität Münster (Westfälische Wilhelms-Universität)
Institut für Publizistik
Bispinghof 9 – 14
48143 Münster
Tel. 0251/ 83 42 61

- Studiengang: Publizistik und Kommunikationswissenschaft
- Inhalt: Seminare zum Thema: Frauen und Medien, Frauenforschungsstelle mit Seminarangebot
- Plätze: ca. 210
- Dauer: 8 Semester für Magister Artium, 10 Semester im Promotionsstudiengang
- Aufnahmebedingungen: Abitur, Numerus clausus, Beginn immer zum Wintersemester
- Abschluß: Magister Artium, Promotionsmöglichkeit

Nebenfachstudiengänge

Deutsche Sporthochschule Köln
Institut für Sportpublizistik
Carl-Diehm-Weg 6
50972 Köln
Tel. 0221/ 49 82 -611/ -609

- Inhalt: Nach Abschluß des Vordiploms im Studiengang Diplom-Sportlehrerin Wahl des Schwerpunktes Sportpublizistik mit 14 Semesterwochenstunden, Ausbildung für Berufe im Sportjournalismus und in der Öffentlichkeitsarbeit von Vereinen und Verbänden und bei Verlagen
- Plätze: keine Beschränkung
- Dauer: 7 Semester
- Aufnahmebedingungen: Vordiplom, sportpraktischer Eignungstest
- Abschluß: Diplom-Sportlehrerin

Pädagogische Hochschule Weingarten
Kirchplatz 2
88250 Weingarten
Tel. 0751/ 50 13 09

- Nebenfachstudium: Journalismus/Medien
- Inhalt: Schwerpunkt Schreiben
- Plätze: 4–12
- Dauer: 3 Semester
- Aufnahmebedingungen: für Abiturienten, Studierende oder Hochschulabsolventen, interne Auswahlrichtlinien
- Abschluß: Zertifikat

Universität Augsburg
Universitätsstr. 2
86159 Augsburg
Tel. 0821/ 598 -52 38

- Studiengang: Nebenfach Kommunikationswissenschaft mit einem Hauptfach der philosophischen Fakultäten
- Inhalt: Medienkundliche, journalistische und publizistische Grundlagen
- Plätze: keine Beschränkung
- Dauer: richtet sich nach der Studiendauer des Hauptfaches
- Aufnahmebedingungen: Abitur, keine Beschränkungen
- Abschluß: Diplom für das jeweilige Hauptfach

Universität Bamberg (Otto-Friedrich-Universität)
Fachgebiet Kommunikationswissenschaft/Journalistik
An der Universität 9
96045 Bamberg
Tel. 0951/ 863 -21 58

- Nebenfach Kommunikationswissenschaft für die Studiengänge Pädagogik, Philosophie, Psychologie, Soziologie, Sprach- und Literaturwissenschaften oder Geschichts- und Geowissenschaften
- Inhalt: Medienkundliche, journalistische und publizistische Grundlagen
- Plätze: keine Beschränkung
- Dauer: richtet sich nach der Studiendauer des Hauptfaches
- Aufnahmebedingungen: Abitur, keine Beschränkungen
- Abschluß: Diplom für das jeweilige Hauptfach

Universität Erlangen-Nürnberg
Lehrstuhl für Kommunikations- und Politikwissenschaft
Findelgasse 7 – 9
90402 Nürnberg
Tel. 0911/ 5 30 26 74

- Studiengang: Schwerpunkt Kommunikations- und Politikwissenschaft bei allen wirtschafts- und sozialwissenschaftlichen Studiengängen im Hauptstudium wählbar
- Inhalt: Grundkenntnisse in Kommunikationsforschung und Medienkunde
- Plätze: keine Beschränkung
- Dauer: 8 Semester
- Aufnahmebedingungen: Es gelten die Zulassungsbedingungen für den jeweiligen Hauptstudiengang
- Abschluß: Diplom für das jeweilige Hauptfach, Promotion möglich

Universität-Gesamthochschule Duisburg
Politische Wissenschaft/Kommunikationswissenschaft
Lotharstr. 65
47057 Duisburg
Tel. 0203/ 379 -20 41

- Im Rahmen des Lehrgebiets Deutsche Politik/Regierungssystem der BRD wird das Fachgebiet Kommunikationswissenschaft angeboten
- Inhalt: journalistische, publizistische und medienkundliche Grundlagen
- Plätze: 30
- Dauer: richtet sich nach dem Hauptfach
- Aufnahmebedingungen: allgemeine Hochschulreife
- Abschluß: Diplomarbeiten und Dissertationen möglich

Universität Gießen (Justus-Liebig-Universität)
Otto-Behaghel-Str. 10, Haus E
35394 Gießen
Tel. 0641/ 702 -55 05

- Studiengang: Geschichte mit Nebenfach Journalistik, je ein zweimonatiges Praktikum in Print- oder Funkmedien
- Inhalt: Hauptfach Geschichte, Wahlfächer (z.B. Mediengermanistik), im Nebenfach Journalistik. Regelmäßige fachjournalistische Seminare, Lehrredaktion mit Arbeit im Hörfunk- und Fernsehstudio, Spezialisierungen z.B. auf Bildjournalismus, PR, Drehbuch möglich. 2 Praktika in Medienunternehmen.
- Plätze: keine Angaben
- Dauer: 8 Semester
- Aufnahmebedingungen: Freier Zugang zur Orientierungsphase des Studiums. Voraussetzung für Teilnahme an den für das Hauptstudium vorgeschriebenen Praktika: Hospitanz im Medienbereich und bestandene Klausur über den Nachweis der sprachlichen und journalistischen Fähigkeiten
- Abschluß: Magister Artium mit speziellem Zusatz, der die fachjournalistische Qualifikation beschreibt

Universität Göttingen (Georg-August-Universität)
Institut für Publizistik und Kommunikationswissenschaften
Humboldtallee 32
37073 Göttingen
Tel. 0551/ 39 72 10

- Studiengang: Publizistik und Kommunikationswissenschaft, im Rahmen von 9 sozialwissenschaftlichen Studiengängen
- Inhalt: Sozialwissenschaftliche Kommunikationstheorie, empirische Kommunikationsforschung, Kommunikations- und Medienpolitik, Journalistenausbildung, Mediendidaktik, internationale Massenkommunikation
- Plätze, Dauer, Abschluß und Aufnahmebedingungen richten sich nach den Hauptstudiengängen

Universtität Hamburg
Institut für Journalistik
Allende-Platz 1
20146 Hamburg
Tel. 040/ 41 23 -54 48/ -61 81

- Studiengang: Journalistik als Nebenfach zu den Hauptstudiengängen der Universität (Philosophie, Sozialwissenschaften oder Sprachwissenschaften)
- Inhalt: Studium in den Bereichen Medienpraxis und Kommunikations- und Medienwissenschaft plus Praktika in den Medien (8 Wochen in einer Redaktion, 4 Wochen in der Öffentlichkeitsarbeit)

- Plätze: 59
- Dauer: 8 Semester
- Aufnahmebedingungen: Abitur und 6-wöchiges Vorstudienpraktikum, sowie Zulassung zu einem Hauptfach, interner Numerus clausus
- Abschluß: je nach Hauptfach

Universität Mainz (Johannes-Gutenberg-Universität)
Institut für Publizistik
Alte Universitätsstr. 17
55116 Mainz
Tel. 06131/ 39 93 00

- Studiengang: Journalistik/Publizistikwissenschaft
- Inhalt: theoretische und praktische Grundlagen, Lehrredaktion, Praktika in den Semesterferien; kann in Verbindung mit den Diplomstudiengängen VWL, BWL, Geographie und Biologie studiert werden
- Plätze: 95
- Dauer: 8 Semester
- Aufnahmebedingungen: interner Numerus clausus
- Abschluß: Magister Artium, Promotionsmöglichkeit

Universität Trier
Fachbereich II
54286 Trier
Tel. 0651/ 201 -22 90

- Studiengang: Zusatzstudienfach Medienkommunikation
- Inhalt: Medienkommunikation (Hörfunk, TV, Video, Presse), Medienkritik und Medienevaluierung, praktische Erfahrungen in der Umsetzung von Information in Sprache, Bild und Ton, technische Voraussetzungen für Medienproduktion (Ausstattung: VHS, S-VHS, U-matic, Betacam, 35mm-Projektoren)
- Plätze: 50
- Dauer: je nach Hauptstudienfach
- Aufnahmebedingungen: Hauptstudium in einem anderen Fach oder abgeschlossenes Hochschulstudium (vorwiegend in den neueren Philologien)

Aufbaustudiengänge

Freie Universität Berlin
Institut für Publizistik
Malteserstr. 74 – 100
12249 Berlin
Tel. 030/ 77 92 -818

- Aufbaustudiengang: Öffentlichkeitsarbeit
- Inhalt: Theorie und Praxis, u.a. Projektseminare und Exkursionen
- Plätze: 46
- Dauer: 4 Semester
- Aufnahmebedingungen: 4 Monate Praktikum in Öffentlichkeitsarbeit oder Journalismus
- Besonderes: Europäisches Zusatzstudium für Öffentlichkeitsarbeit, vgl. »Ausbildung international«

Universität Bamberg (Otto-Friedrich-Universität)
Fachgebiet Kommunikationswissenschaft/Journalistik
An der Universität 9
96047 Bamberg
Tel. 0951/ 863 -21 58

- Studiengang: Germanistik und Schwerpunktfach Journalistik im Rahmen des Diplomstudienganges Germanistik
- Inhalt: Germanistik, Journalistik und 1 Nebenfach
- Plätze: Anzahl der Studierenden richtet sich nach dem Hauptfach
- Dauer: 9 Semester
- Aufnahmebedingungen: 12monatiges Praktikum, davon 6 Monate mindestens vor Studienbeginn
- Abschluß: Diplom-Germanistin
  Ergänzungsstudiengang: Journalistik
- Inhalt: theoretische Grundlagen und praxisbezogenes Einüben der journalistischen Fertigkeiten
- Plätze: 20 pro Semester
- Dauer: 4 Semester
- Aufnahmebedingungen: 2monatiges Praktikum und Eignungstest, abgeschlossenes Hochschulstudium
- Abschluß: Zertifikat

Universität Hannover
Hochschule für Musik und Theater
Institut für Journalistik und Kommunikationsforschung
Hohenzollernstr. 47
30161 Hannover
Tel. 0511/ 3 10 02 80 -281

- Ergänzungsstudiengang: Journalistik
- Inhalt: Ausbildung von Fachjournalisten in den Bereichen »Kultur und Unterhaltung«, »Wirtschaft, Recht, Soziales« und »Naturwissenschaften, Medizin, Technik«
- Plätze: 27
- Dauer: 4 Semester
- Aufnahmebedingungen: abgeschlossenes Studium der Wirtschafts-, Rechts- oder Sozialwissenschaften oder Psychologie und bestandene Aufnahmeprüfung
- Abschluß: Zertifikat
- Aufbaustudiengang: Medienwissenschaften
- Inhalt: Die Fächer des Regelstudiengangs werden komprimiert vermittelt
- Plätze: ca. 20
- Dauer: 4 Semester
- Aufnahmebedingungen: Aufnahmeprüfung
- Abschluß: Diplom-Medienwissenschaftlerin, Promotion möglich

Universität Mainz (Johannes-Gutenberg-Universität)
Institut für Publizistik
Alte Universitätsstr. 17
55116 Mainz
Tel. 06131/ 39 93 00

- Aufbaustudium: Journalistik
- Inhalt: Grundlagen journalistischer und publizistischer Arbeitstechniken, Medienkunde
- Plätze: ca. 30
- Dauer: 4 Semester
- Aufnahmebedingungen: Hochschulabschluß, Eignungsprüfung
- Abschluß: Abschlußzeugnis

Universität Marburg (Philipps-Universität)
Institut für neuere deutsche Literatur
Wilhelm-Röpke-Str. 6 A
35032 Marburg
Tel. 06421/ 281

- Aufbaustudium: Medienwissenschaft
- Inhalt: keine praktische Ausrichtung, sondern historisch-wissenschaftlich, Schwerpunkt auf der Geschichte von Film und Fernsehen
- Plätze: ca. 20
- Dauer: 4 Semester
- Aufnahmebedingungen: abgeschlossenes Studium, 4wöchiges Praktikum
- Abschluß: durch Zertifikat

Universität Stuttgart (Universität Hohenheim)
Fruwirthstr. 49
70599 Stuttgart
Tel. 0711/ 459 -26 36

- Studiengang: fachjournalistisches Aufbaustudium nach dem Stuttgart-Hohenheimer Modell in Kommunikationswissenschaft/Journalistik
- Inhalt: Theorie und Praxis, Ausarbeitung von Medienprojekten, 4 Monate Praktikum in den Semesterferien
- Plätze: 30
- Dauer: 4 Semester
- Aufnahmebedingungen: Bevorzugt werden Bewerber mit Hochschulabschluß, interner Numerus clausus, Eignungsprüfung
- Abschluß: Diplom-Journalistin

Universität Tübingen
Wilhelmstr. 50
72074 Tübingen
Tel. 07071/ 29 53 26

- Studiengang: Medienwissenschaft – Medienpraxis
- Inhalt: berufsvorbereitender Aufbaustudiengang für Studenten mit abgeschlossenem Hochschulstudium; medienpraktische Grundausbildung in den Arbeitsbereichen Textgestaltung, Hörfunk-, Video-, Fernsehproduktion, technische Kommunikation. Spezielle Qualifikation für Berufe in Videoproduktion, Öffentlichkeitsarbeit und Informationsverarbeitung.
- Plätze: 25
- Dauer: 4 Semester
- Aufnahmebedingungen: Hochschulabschluß, Arbeitsproben, Auswahlgespräch
- Abschluß: Diplom-Medienpraktikerin

Weitere Studienmöglichkeiten

Freie Universität Berlin
Fachbereich Kommunikationswissenschaft
Malteserstr. 74 – 100
12249 Berlin
Tel. 030/ 77 92 -818

- Studiengang: Diplom-Medienberater
- Inhalt: verschiedene Schwerpunktfächer (z.B. Journalismus und Öffentlichkeitsarbeit, Kultur- und Medienmanagement), Praktika sind erforderlich
- Plätze: ca. 30 – 40
- Dauer: 8 Semester
- Aufnahmebedingungen: interner Numerus clausus
- Abschluß: Magister Artium, Promotion (Dr. phil.) möglich

Technische Universität Berlin
Fachgebiet Medienwissenschaft
Ernst-Reuter-Platz 7
Telefunken-Hochhaus
10587 Berlin
Tel. 030/ 314 -2 29 92

- Studiengang: Diplom-Medienberater
- Inhalt: Schwerpunktfächer (z.B. Journalismus und Öffentlichkeitsarbeit, Kultur- und Medienmanagement), Praktika sind erforderlich
- Plätze: 30 – 40
- Dauer: 5 Semester
- Aufnahmebedingungen: abgeschlossenes Grundstudium in einem geistes- oder ingenieurwissenschaftlichen Studiengang plus Aufnahmeprüfung
- Abschluß: Diplom-Medienberaterin

Universität Bielefeld
Fakultät für Pädagogik
Universitätsstr. 25
33615 Bielefeld
Tel. 0521/ 1 06 45 36

- Studiengang: Diplom-Pädagogik mit Schwerpunkt Medienpädagogik, Ergänzungsfach Radiojournalismus
- Inhalt: Grundlagen der Medien- und Sozialwissenschaften, Methodik und Didaktik
- Plätze: Anzahl richtet sich nach dem Hauptfach
- Dauer: 8 Semester
- Aufnahmebedingungen: richten sich nach dem Hauptfach
- Abschluß: Diplom-Pädagogin, Schwerpunkt Medienpädagogik

Universität Düsseldorf (Heinrich-Heine-Universität)
Fakultätsausschuß für Medienwissenschaft
Universitätsstr. 1
40225 Düsseldorf
Tel. 0211/ 81 -1 43 80

- Studiengang: Medienwissenschaft
- Inhalt: Nach dem Grundstudium kann im Hauptstudium die Schwerpunkt-Orientierung ausgewählt werden: sprach- und literaturwissenschaftlich, historisch-sozialwissenschaftlich oder erziehungswissenschaftlich-psychologisch
- Plätze: keine Angaben
- Dauer: 8 Semester
- Aufnahmebedingungen: interner Numerus clausus
- Abschluß: Magister Artium

Universität Hannover
Hochschule für Musik und Theater
Institut für Journalistik und Kommunikationsforschung
Hohenzollernstr. 47
30161 Hannover
Tel. 0511/ 3 10 02 80 -281

- Studiengang: Medienmanagement
- Inhalt: Organisation, Management und Verwaltung in Medien und Werbung
- Plätze: 10
- Dauer: 8 Semester Regelstudiengang und 2 Praktika oder 4 Semester als Ergänzungsstudiengang und 1 Praktikum
- Aufnahmebedingungen: für Regelstudiengang Hochschulreife und bestandene Aufnahmeprüfung
- Abschluß: Diplom-Medienwissenschaftlerin

Weitere Ausbildungsstätten

Neben Journalistenschulen und Studiengängen gibt es eine Vielzahl von Institutionen, die Kurse und Lehrgänge in der journalistischen Aus- und Fortbildung anbieten. Diese sind in der Regel kostenpflichtig.

Akademie der Bayerischen Presse e.V.
Arnulfstr. 44
80335 München
Tel. 089/ 59 45 45
- Seminare und Lehrveranstaltungen für die Aus- und Fortbildung von Journalisten in allen Medien
- Schwerpunkt: Printmedien

Akademie für Neue Medien e.V.
Langheimer Amtshof
95326 Kulmbach
Tel. 09221/ 13 16 -18
- Eigenes Lehrstudio mit allen technischen Einrichtungen eines regionalen Radiosenders
- Aus- und Weiterbildungsseminare, Schwerpunkt privater Hörfunk
- 4monatiger Kompaktkurs Ausbildung zum »Broadcaster« im Rundfunk mit anschließendem 8wöchigem Praktikum
- Kosten: 10 000 DM

Akademie für Publizistik
Magdalenenstr. 64a
20148 Hamburg
Tel. 040/ 4 14 79 60
- Aus- und Weiterbildungsseminare für Volontäre, Redakteure und freie Journalisten aller Medien
- 4wöchige Kompaktkurse für Volontäre
- Führungskräfteseminare für elektronische Medien und Printmedien
- Ausbildung für Fotojournalisten

Arbeitsgemeinschaft berufliche Bildung der deutschen Zeitungsverlage
Riemenschneiderstr. 10
53175 Bonn
Tel. 0228/ 8 10 04 -27/ -33

- Bietet Überblick über sämtliche Bildungsmaßnahmen der Zeitungsverlegerverbände, die in Deutschland durchgeführt werden
- Eigene Seminare mit Print-Schwerpunkten: Ausbildung von Volontären und Weiterbildung für Redakteure

Bertelsmann Stiftung
Carl-Bertelsmann-Str. 256
33311 Gütersloh
Tel. 05241/ 7 40 60

- Fortbildung im Medienbereich: Seminare mit verschiedenen Projektpartnern (z.B. Akademie für Publizistik)
- Zielgruppen: Führungskräfte in den Medien, Journalisten, Autoren
- Für die Seminare werden die Teilnehmer anhand ihrer Berwerbungen ausgewählt

Bildungswerk des deutschen Journalistenverbandes
Bennauerstr. 60
53115 Bonn
Tel. 0228/ 22 29 77

- Berufsbezogene und gewerkschaftliche Weiterbildung für Journalisten aus allen Medienbereichen

Bundeszentrale für politische Bildung
Berliner Freiheit 7
53111 Bonn
Tel. 0228/ 51 50

- Im Rahmen ihrer politischen Bildungsarbeit stellt die Bundeszentrale für Journalisten der Printmedien ein breites Weiterbildungsangebot zur Verfügung

Deutsches Institut für publizistische Bildungsarbeit
Journalisten-Zentrum Haus Busch
58099 Hagen-Helfe
Tel. 02331/ 365 -600

- Aus- und Weiterbildung von Redakteuren, Mitarbeitern der Presse und Angestellten von Zeitungs- und Zeitschriftenverlagen

Deutsche Jugendpresse e.V.
Wolfstr. 10
53111 Bonn
Tel. 0228/ 69 72 86

- Weiterbildungsseminare für die Macher und Macherinnen von Schüler- und Studentenzeitungen

Evangelische Medienakademie cpa
Emil-von-Behring-Str. 3
60394 Frankfurt
Tel. 069/ 5 80 98 -207

- Pro Jahr ca. 60 Einsteiger- und Fortgeschrittenen-Seminare für Journalisten, Medienpädagogen und Theologen
- Die Kurse sind kostenpflichtig: 200 – 900 DM (inclusive Übernachtung und Verpflegung)
- Hörfunk-Kurse: »Sprechen im Hörfunk«, »Hörfunk-Moderationstraining«
- Aufnahmebedingungen: meistens eine kleinere journalistische Aufgabe

Georg-von-Vollmar-Akademie
Schloß Aspenstein
Am Aspensteinbichl 9
82431 Kochel am See
Tel. 08851/ 78 25

- Aus- und Weiterbildungsseminare: Journalismus in allen Medien für Volontäre und Studierende

Hanns-Seidel-Stiftung e.V.
Referat für journalistische Nachwuchsförderung
Lazarettstr. 33
80636 München
Tel. 089/ 12 58 -306/ -353

- Medienseminare für Nachwuchsjournalisten

Initiative Jugendpresse e.V.
Höhenblick 2
61462 Königstein/Taunus
Tel. 06174/ 77 07

- Weiterbildung für Nachwuchsjournalisten

Institut zur Förderung von Wissenschaft und Ausbildung im Bereich der Neuen Medien e.V.
Wörthstr. 7
76646 Bruchsal
Tel. 07251/ 8 50 58

- 19monatiges Ausbildungsprogramm zur Rundfunkredakteurin mit der Spezialisierung Lokal- und Regionalfunk
- Voraussetzung: abgeschlossenes Hochschulstudium

Journalistenschule Ruhr
Schederhofstr. 55 – 57
45123 Essen
Tel. 0201/ 80 41 96 -0

Klett WBS
Hasenbergstr. 31/1
70178 Stuttgart
Tel. 0711/ 62 80 41

- 12monatiges Ausbildungsprogramm des Klett-Verlags zur Fachzeitschriftenredakteurin, inclusive 3 Monate Redaktionspraktikum
- Voraussetzungen: abgeschlossenes Hochschulstudium

Konrad-Adenauer-Stiftung e.V.
Rathausallee 12
53757 Sankt Augustin
Tel. 02241/ 24 60

- Aus- und Weiterbildungs-Seminare für Journalisten
- Stipendien für die journalistische Nachwuchsförderung
- Mehrtägige Seminare über »Wege in den Journalismus«

Medienwerkstatt Radio
Bildungswerk der Erzdiözese Köln
Gereonstr. 16
50670 Köln
Tel. 0221/ 16 42 -638

Staatliche Fachakademie für Fotodesign
Clemensstr. 33
80803 München
Tel. 089/ 34 76 73

- Ausbildung in Fotografie und Bildjournalismus

Verband deutscher Nachwuchsjournalisten e.V.
Bundesgeschäftsstelle
Frauenstr. 22
80469 München
Tel. 089/ 22 10 29

- Praxisbezogene Aus- und Weiterbildungsseminare für Nachwuchsjournalisten

Volontariate

Neben Journalistenschulen und Studium ebnen Volontariate den Weg in den Journalismus. Für eine solche Ausbildung ist eine direkte Bewerbung bei dem entsprechenden Medium erforderlich. Wer sich für diesen Einstieg entscheidet, kann dem Adressenteil dieses Buches ausgewählte Anschriften von TV-Sendern, Hörfunkstationen oder Print-Medien entnehmen. Die Anforderungen sind von Haus zu Haus unterschiedlich. Manche Medien haben interne Eignungstests entwickelt. Deswegen sind vor einer Bewerbung telefonische Anfragen empfehlenswert.

Ausbildung Druckereitechnik/ Grafik-Design

Das Studium der Druckereitechnik, Schwerpunkt Printmedien, ist zur Zeit in Chemnitz, München, Stuttgart und Wuppertal möglich. Ein Studium Grafik-Design wird an vielen Universitäten und Fachhochschulen angeboten. Die Adressen überschneiden sich zum Teil mit denen, die im Serviceteil im Bereich »Grafik-Design und Visuelle Kommunikation« (siehe S. 317ff.) angegeben sind. Deswegen werden hier nur die Adressen benannt, die eine Ausbildung zur Grafik-Designerin auch ohne Abitur ermöglichen.

Druckereitechnik

Bergische Universität
Gesamthochschule Wuppertal
Gaußstr. 20
42097 Wuppertal
Tel. 0202/ 4 39 25 73

- Plätze: 30–50
- Dauer: 7 Semester, plus 1 Diplomsemester
- Aufnahmebedingungen: Fachabitur, Abitur
- Abschluß: Diplom

Fachhochschule München
Lothstr. 19
80323 München
Tel. 089/ 12 65 13 73

- Plätze: keine Angaben
- Dauer: 8 Semester
- Aufnahmebedingungen: Fachabitur, Abitur
- Abschluß: Dipl.-Ing., Fachbereich Druckereitechnik

Fachhochschule Stuttgart
Hochschule für den Druck
Nobelstr. 10
70569 Stuttgart
Tel. 0711/ 6 85 28 07

- Plätze: 55
- Dauer: 8 Semester, davon 1 Praxissemester
- Aufnahmebedingungen: Fachhochschulreife
- Abschluß: Dipl.-Ing., Fachrichtung Drucktechnik

Technische Universität Chemnitz-Zwickau
Straße der Nationen 62
0911 Chemnitz
Tel. 0371/ 5 31 16 37
- Plätze: keine Beschränkung
- Dauer: 9 Semester
- Aufnahmebedingungen: Abitur
- Abschluß: Dipl.-Ing. für Maschinenbau

Grafik-Design (staatlich geprüft)

Frankfurter Akademie für Kommunikation und Design
Ostparkstr. 47–49
60358 Frankfurt
Tel. 069/ 43 99 38
- Abschluß: staatlich geprüfte Designerin

Lette-Verein Berlin
Berufsfachschule für Foto, Grafik und Modedesign
Viktoria-Luise-Platz 6
10777 Berlin
Tel. 030/ 2 19 94-131
- Abschluß: staatlich geprüfte Designerin

Ausbildung in den audiovisuellen Medien

Auf den folgenden Seiten finden Sie eine Auflistung der Ausbildungsstätten, zusammen mit einer Übersicht über Angebot und Aufnahmebedingungen. Detaillierte Informationen erhalten Sie von den Institutionen selbst. Die meisten Studiengänge haben eine Regelstudiendauer von 8 Semestern (die in der Praxis fast immer überschritten wird). Bei Studiengängen, deren Dauer davon abweicht, ist diese extra verzeichnet.

Studium

Film und Fernsehen

Deutsche Film- und Fernsehakademie Berlin (DFFB)
Pommernallee 1
14052 Berlin
Tel. 030/ 30 30 72 46

- Studiengang: Film und Fernsehen
- Inhalt: Vermittlung der theoretischen und praktischen Grundlagen für die Arbeit als Filmemacherin; Ausbildung in allen wichtigen Bereichen der Film- und Fernseh-Realisation: Dramaturgie/Drehbuch, Regie, Kamera/Ton/Licht, Filmtheorie, Filmgeschichte, Schnitt, Montage, Trick, Video, Filmmusik, Computer Animation
- Plätze: 18
- Aufnahmebedingungen: Vorauswahl anhand von Arbeitsproben, Aufnahmeprüfung; Einstiegsalter: zwischen 21 und 30 Jahre
- Abschluß: Filmemacherin
- Besonderes: Ausstattung mit VHS, U-matic, Betacam, 35-mm-Studio, 16-mm-Studio, Computergrafik

Filmakademie Baden-Württemberg GmbH
Mathildenstr. 20
71638 Ludwigsburg
Tel. 07141/ 969 -110

- Studiengang: Film und Medien
- Inhalt: Ausbildung in den Bereichen Drehbuch, Regie, Kamera, Produktionsleitung; Projektarbeit in den einzelnen Bereichen im Rahmen eines Produktionsteams
- Plätze: 40
- Aufnahmebedingungen: Abitur und Aufnahmeprüfung, bevorzugt werden Bewerber mit praktischen Erfahrungen oder anderem Studium
- Abschluß: Diplom Studienrichtung Film und Medien
- Besonderes: Ausstattung mit digitaler Video-Nachbearbeitung, Paintbox, Harry, Silicon Graphics Workstations, D1-Bandmaschinen

Gesamthochschule Kassel
Visuelle Kommunikation
Menzelstr. 13
34121 Kassel
Tel. 0651/ 804 -53 04

- Studiengang: Film und Fernsehen
- Inhalt: freie Gestaltung von Spielfilmen, Dokumentar- und Experimentalfilmen
- Plätze: 22
- Aufnahmebedingungen: Abitur, Aufnahmeprüfung
- Abschluß: Abschlußprüfungszeugnis
- Besonderes: Ausstattung mit 3 Arri-Kameras, Schnitt, Vertonungsanlage

Hochschule für Bildende Künste Bremen
Fachbereich Bildende Kunst
Am Wandrahm 23
28195 Bremen
Tel. 0421/ 3 08 90 -14

- Studiengang: Malerei und Film
- Inhalt: Filmtheorie, Filmästhetik, künstlerische Arbeiten
- Plätze: ca. 10
- Dauer: 10 Semester
- Aufnahmebedingungen: künstlerische Aufnahmeprüfung
- Abschluß: Diplom Freie Bildende Kunst
- Besonderes: Ausstattung mit Filmstudio und Werkstatt Film- und Videotechnik

Hochschule für Fernsehen und Film (HFF)
Frankenthaler Str. 23
81539 München
Tel. 089/ 6 80 00 -434

- Studiengänge:
  Film- und Fernsehspiel
  Dokumentarfilm und Fernsehpublizistik
  Produktion und Medienwirtschaft
- Inhalt: Ausbildung für Berufe in TV und Film: Redakteure, Autoren, Dramaturgen, Regisseure, Programmgestalter, Produktionsleiter, etc.
- Plätze: je Studiengang 15
- Aufnahmebedingungen: Abitur (Ausnahmen bei außergewöhnlicher Begabung), Vorauswahl (eine gestellte Aufgabe, z.B. Recherche, Fotogeschichte) und bestandene Eignungsprüfung; Einstiegsalter: zwischen 18 und 30 Jahre
- Abschluß: Abschlußzeugnis
- Besonderes: Ausstattung mit VHS, S-VHS, U-matic, Betacam, 35-mm-Studio, 16-mm-Studio, Computergrafik

Hochschule für Film und Fernsehen »Konrad Wolf«
Karl-Marx-Str. 33/34
14482 Potsdam-Babelsberg
Tel. 0331/ 7 46 90

- Studiengänge:
  Film- und Fernsehregie (Abschluß: Diplom-Regisseurin)
  Film- und Fernsehkamera (Abschluß: Diplom-Kamerafrau)
  Film- und Fernsehproduktion (Abschluß: Diplom-Film- und Fernsehwissenschaftlerin)
  Film- und Fernsehdramaturgie (Abschluß: Diplom-Film- und Fernsehdramaturgin)
  Film- und Fernsehwissenschaft (Abschluß: Diplom-Film- und Fernsehwissenschaftlerin)
- Plätze: je Studiengang 8 – 20
- Aufnahmebedingungen: Abitur, Eignungsprüfung, Nachweise praktischer Erfahrungen, bei nachgewiesener Begabung ist Abitur nicht zwingend notwendig
- Abschluß: siehe oben
- Besonderes: Ausstattung mit VHS, S-VHS, U-matic, Betacam, 35-mm-Studio, 16-mm-Studio, Computergrafik und Animation, Trickstudio, analoge und digitale Schneideräume

Kunsthochschule für Medien Köln
Peter-Welter-Platz 2
50676 Köln
Tel. 0221/ 2 01 89 -119

- Studiengang: Audiovisuelle Medien
- Inhalt: theoretische und praktische Ausbildung in den Bereichen Fernsehen/Film, visuelle Kommunikation, Musiktheorie, Medienrecht und -wirtschaft
- Plätze: 45
- Aufnahmebedingungen: Abitur, Nachweise über gestalterisch-künstlerische Befähigung, 6-monatiges Praktikum im Medienbereich
- Abschluß: Diplom Audiovisuelle Medien
- Besonderes: Ausstattung mit Aufnahmestudios (S-VHS, Hi8, Beta SP), Harry, Paintbox, Filmschnitt, Avid-Schnitt, Tonstudio mit Digitalmischpult, Studio für Multimedia-Produktionen, Computergrafik und Animation

Universität Gesamthochschule Essen
Fachbereich Gestaltung und Kunsterziehung
Universitätsstr. 12
45177 Essen
Tel. 0201/ 18 30

- Studiengang: Film – AV-Design/Trickfilm
- Inhalt: Ausbildung zur Autorin/Regisseurin
- Plätze: 120
- Aufnahmebedingungen: Abitur, Grundstudium Kommunikationsdesign, Vorauswahl anhand von Arbeitsproben, Aufnahmeprüfung
- Abschluß: Diplom-Designerin Kommunikationsdesign
- Besonderes: Ausstattung mit VHS, S-VHS, U-matic, Betacam, 35-mm-Studio, 16-mm-Studio, Computergrafik und Animation, Trickstudio, Schnittplätzen

Nebenfach- und Aufbaustudiengänge

Filmakademie Baden-Württemberg GmbH
Mathildenstr. 20
71638 Ludwigsburg
Tel. 07141/ 96 90

- Aufbaustudiengang: Produktion
- Inhalt: Vorbereitung auf die Tätigkeit als Herstellungs- oder Aufnahmeleiterin oder eigenständige Produzentin; Stoffentwicklung, Drehbuch-Analyse, Dreharbeiten, Nachbearbeitung, Produktionsabläufe, Produktions-Organisation, Verwaltung (Arbeitsverträge, Urheberrecht), Sponsoring

- Plätze: 12
- Dauer: 6 Semester plus Diplomarbeit
- Aufnahmebedingungen: Abitur und 2 Jahre Praxis in der Produktion oder bestandene Zwischenprüfung in einem relevanten Studienfach (BWL, Jura, Medientechnik, etc.), Eignungsprüfung
- Abschluß: Diplom Studienrichtung Produktion
- Besonderes: siehe S. 306

Kunsthochschule für Medien Köln
Peter-Welter-Platz 2
50676 Köln
Tel. 0221/ 2 01 89 -119

- Zusatzstudium: Audiovisuelle Medien
- Inhalt: Ausbildung in den Bereichen Fernsehen/Film, Medienkunst und Mediengestaltung (Computer Animation, Computergrafik)
- Plätze: 15
- Dauer: 4 Semester
- Aufnahmebedingungen: abgeschlossenes Studium an einer Kunst- oder Filmhochschule oder einem anderen relevanten Fachbereich einer Hochschule
- Abschluß: Diplom Audiovisuelle Medien
- Besonderes: siehe S. 308

- Weiterbildung: Audiovisuelle Medien
- Inhalt: Ausbildung in den Bereichen Fernsehen/Film, Medienkunst und Mediengestaltung (Computer Animation, Computergrafik)
- Plätze: je 15
- Dauer: 4 Semester
- Aufnahmebedingungen: Abitur und mindestens 2 Jahre gestalterisch-künstlerische Praxis, Mindestalter 24 Jahre
- Abschluß: Zertifikat Audiovisuelle Medien
- Besonderes: siehe S. 308

Rheinisch-Westfälische Hochschule Aachen
Medienzentrum
Dennewartstr. 27
52068 Aachen
Tel. 0241/ 9 66 60

- Praktische, studienbegleitende Medien-Ausbildung aller Fachbereiche der Hochschule durch Medienprojekte im Bereich Filmproduktion und neue Informations- und Kommunikationstechnologien

Universität Hamburg
Institut für Theater, Musiktheater und Film
Friedensallee 9
22765 Hamburg
Tel. 040/ 41 23 -41 42

- Studiengänge: Filmregie und Drehbuch
- Inhalt: Ausbildung zur Regisseurin oder Drehbuchautorin
- Plätze: je Studiengang 5
- Dauer: je 4 Semester
- Aufnahmebedingungen: abgeschlossenes Studium in filmrelevantem Fach oder gleichwertige praktische Tätigkeit, Eignungsprüfung, mündliche Prüfung
- Abschluß: Diplom-Filmregisseurin, Diplom-Drehbuchautorin
- Besonderes: Ausstattung mit Filmstudio, Filmschnitt (16-mm), Avid-Schnitt

Universität Tübingen
Wilhelmstr. 50
72074 Tübingen
Tel. 07071/ 29 42 71

- Studiengang: Medienwissenschaft – Medienpraxis
- Inhalt: berufsvorbereitender Aufbaustudiengang für Studenten mit abgeschlossenem Hochschulstudium; medienpraktische Grundausbildung in den Arbeitsbereichen Textgestaltung, Hörfunk-, Video-, Fernsehproduktion, Technische Kommunikation; spezielle Qualifikation für Berufe in Videoproduktion, Öffentlichkeitsarbeit und Informationsverarbeitung
- Plätze: 25
- Dauer: 4 Semester
- Aufnahmebedingungen: Hochschulabschluß (bevorzugt werden Absolventen geisteswissenschaftlicher Fächer), Arbeitsproben, Auswahlgespräch
- Abschluß: Diplom-Medienpraktikerin
- Besonderes: Ausstattung mit Videostudio, Schnittplätzen (Beta SP, S-VHS), Hörfunkstudio, Uni-Radio

Theater-, Film- und Fernsehwissenschaften

Universität Bochum (Ruhr-Universität)
Institut für Theater-, Film- und Fernsehwissenschaft
Universitätsstr. 150
44721 Bochum
Tel. 0234/ 700 -50 57

- Studiengang: Theater-, Film- und Fernsehwissenschaft
- Inhalt: Schwerpunktwahl »Film und Fernsehen« ist möglich; Theorie, Ästhetik, Rezeptionsverhalten, dramaturgische und redaktionelle Arbeit, Film- und Fernsehtechnik, Recht, Verwaltung
- Plätze: 70 – 140
- Aufnahmebedingungen: Abitur, interner Numerus clausus
- Abschluß: Magister Artium

Universität Erlangen
Fachbereich Theaterwissenschaft und audiovisuelle Medien
Bismarckstr. 1
91054 Erlangen
Tel. 09131/ 85 24 27

- Studiengang: Theaterwissenschaft und AV-Medien
- Inhalt: Medienkunde, -geschichte, Dramaturgie, Theorie
- Plätze: ca. 80
- Aufnahmebedingungen: Abitur, interner Numerus clausus
- Abschluß: Magister Artium
- Besonderes: Ausstattung mit Experimentiertheater, Rundfunk- und Videostudio

Universität Frankfurt am Main
Institut für Theater-, Film- und Medienwissenschaft
Bettinastr. 64
60325 Frankfurt
Tel. 069/ 798 -83 20

- Studiengang: Theater-, Film- und Medienwissenschaft
- Inhalt: Filmtheorie und -geschichte, Medienanalyse
- Plätze: 40
- Aufnahmebedingungen: Abitur, interner Numerus clausus
- Abschluß: Magister Artium
- Besonderes: Ausstattung mit Schnitt (Video, 16-mm, 35-mm)

Universität Osnabrück
Fachbereich Sprach- und Literaturwissenschaft
49069 Osnabrück
Tel. 0541/ 969 -41 94

- Studiengang: Sprachwissenschaft oder Literaturwissenschaft, im Nebenfach Medien (Fernsehen und Film)
- Plätze: ca. 16
- Aufnahmebedingungen: Abitur, bestandene Zulassungsprüfung beim Studiengang Literaturwissenschaft, für den Studiengang Sprachwissenschaft gibt es derzeit keine Zulassungsbeschränkung
- Abschluß: Magister Artium

Universität zu Köln
Institut für Theater-, Film- und Fernsehwissenschaft
Meister-Eckehart-Str. 11
50923 Köln
Tel. 0221/ 470 -37 91

- Studiengang: Theater-, Film- und Fernsehwissenschaft
- Plätze: ca. 150
- Aufnahmebedingungen: Abitur
- Abschluß: Magister Artium

Medien-Technik

Für alle Studiengänge gibt es Aufnahmeprüfungen bzw. eine Zulassungsbeschränkung durch Numerus clausus. Der Abschluß erfolgt bei allen technischen Studiengängen mit dem Diplom als Ingenieurin bzw. Ingenieurin (FH).

Fachhochschule Dortmund
Fachbereich Design, Abteilung Film und Fernsehen
Rheinlanddamm 203
44047 Dortmund
Tel. 0231/ 91 12 -112

- Studiengang: Kamera
- Inhalt: Bild- und Lichtgestaltung, Beleuchtungs- und Tontechnik, Produktionstechnik; Studiokamera, dokumentarische Kamera, fiktionale Kamera; Auflösung, Montage, Schnitt
- Plätze: 10

Fachhochschule Düsseldorf
Fachbereich Elektrotechnik
Josef-Gockeln-Str. 9
40474 Düsseldorf
Tel. 0211/ 43 51 -300

- Studiengang: Ton- und Bildtechnik (Schwerpunkt Tonwesen)
- Inhalt: technische Fächer (z.B. Elektrotechnik, Physik, Mathematik, Studiotechnik), Theorie (z.B. Musikgeschichte, Musiktheorie), Unterricht im Haupt- und Nebeninstrument (Pflichtfach Klavier) und praktische Studioarbeit
- Plätze: 30

Fachhochschule für Druck
Fachbereich Medientechnik
Nobelstr. 10
70569 Stuttgart
Tel. 0711/ 685 -28 07

- Studiengang: Medientechnik (Theorie und Praxis)
- Inhalt: Foto-, Film-, Video- und Tontechnik, Computer Animation, Mediengestaltung, Produktionstechnik, Elektronik
- Plätze: 26
- Dauer: 6 Semester, davon 2 Praxissemester

Fachhochschule Hamburg
Anlagen- und Medienbetriebstechnik
Stiftstr. 69
22099 Hamburg
Tel. 040/ 24 88 -30 20

- Studiengang: Medienbetriebstechnik
- Inhalt: technisch-wirtschaftliche Begleitung von Medien-Produktionen bei TV, Hörfunk, Studios, Theatern
- Plätze: 50

Fachhochschule Karlsruhe
Fachbereich Nachrichtentechnik
Moltkestr. 4
77613 Karlsruhe
Tel. 0721/ 925 -10 78

- Studiengang: Nachrichtentechnik, Schwerpunkt: digitale Informationstechnik oder Kommunikationstechnik
- Plätze: ca. 35

Fachhochschule Köln
Fachbereich Fotoingenieurswesen
Betzdorfer Str. 2
50679 Köln
Tel. 0221/ 82 75 -25 12

- Studiengang: Fotoingenieurswesen
- Inhalt: Film- und Fernsehtechnik, physikalische Optik, fotografische Bildgestaltung, Labortechnik, Videoproduktionstechnik, HDTV-Technik und Mulitmedia
- Plätze: 130

Fachhochschule Niederrhein
Fachbereich Elektrotechnik
Reinarzstr. 49
47805 Krefeld
Tel. 02151/ 822 -621

- Studiengang: Elektrotechnik mit Wahlpflichtfach Studiotechnik
- Keine Zulassungsbeschränkung

Fachhochschule Wiesbaden
Fachbereich Elektrotechnik/Fernsehtechnik
Am Brückweg 26
65428 Rüsselsheim
Tel. 06142/ 898 -215

- Studiengang: Fernsehtechnik
- Inhalt: Grundstudium Elektrotechnik, Hauptstudium Film-, Fernseh- und Videotechnik, Tontechnik, Funktechnik, Meßtechnik, Kamera, Elektronik
- Plätze: 30

Hochschule der Künste Berlin
Fachbereich Musik
Ernst-Reuter-Platz 10
10587 Berlin
Tel. 030/ 3 18 50

- Studiengang: Tonmeister
- Aufnahmebedingungen: Abitur, sehr gutes Gehör, Aufnahmeprüfung, Hauptinstrument plus Pflichtfach Klavier, Höchstalter 28 Jahre
- Dauer: 10 –12 Semester
- Abschluß: Diplom-Tonmeisterin

Hochschule für Film und Fernsehen »Konrad Wolf«
Abteilung III Fachhochschule
Karl-Marx-Str. 33/34
14482 Potsdam-Babelsberg
Tel. 0331/ 7 46 90

- Studiengänge:
  Schnitt (Abschluß: Diplom-Schnittmeisterin)
  Animation (Abschluß: Diplom-Animatorin)
  Ton (Abschluß: Diplom-Toningenieurin)
- Plätze: je Studiengang 8 – 12

Hochschule für Musik Detmold
Fachbereich 3
Neustadt 22
32756 Detmold
Tel. 05231/ 97 55

- Studiengang: Musikübertragung (Tonmeister)
- Inhalt: musikalische und technische Fächer, Gehörschulung
- Plätze: 10
- Dauer: 10 Semester
- Abschluß: Tonmeisterin

Hochschule für Technik und Wirtschaft Mittweida (FH)
Fachbereich Elektrotechnik/Elektronik
Technikumplatz 17
09648 Mittweida
Tel. 03727/ 58 13 53

- Studiengang: Medientechnik
- Plätze: 75

Hochschule für Technik, Wirtschaft und Kultur Leipzig
Fachbereich Polygrafische Technik
Gutenbergplatz 2 – 4
04103 Leipzig
Tel. 0341/ 2 17 03 06

- Studiengang: Medientechnik
- Plätze: 40

Robert-Schumann-Musikhochschule Düsseldorf
Fachbereich Ton- und Bildtechnik
Fischerstr. 110
40476 Düsseldorf
Tel. 0221/ 4 91 80
- Studiengang: Bildtechnik, Tontechnik
- Plätze: 30

Staatliche Fachschule für Optik und Fototechnik Berlin
Einsteinufer 43 – 53
10587 Berlin
Tel. 030/ 2 12 31
- Angebot: Kursus Kameraassistent
- Inhalt: technisch-handwerkliche Grundausbildung mit künstlerisch-gestalterischen Aspekten; Kamerakunde, technische Optik, Licht- und Fernsehtechnik, Filmgestaltung, Tontechnik, Filmaufnahme (35-mm) und EB (Betacam)
- Plätze: 24
- Dauer: 4 Semester
- Aufnahmebedingungen: Realschulabschluß, 1 Jahr Praxiserfahrung oder Ausbildung als Film- und Videolaborantin, volle Sehschärfe
- Abschluß: staatlich geprüfte Kamera-Assistentin

Technische Fachhochschule Berlin
Fachbereich 9 Maschinenbau
Luxemburgerstr. 10
13353 Berlin
Tel. 030/ 45 04 -29 02
- Studiengang: Theater- und Veranstaltungstechnik
- Inhalt: Maschinenbau (Grundstudium), Theatertechnik, Bautechnik, Szenografie, Beleuchtungstechnik, Haustechnik, Hydraulik und Pneumatik, BWL
- Plätze: 40
- Abschluß: Diplom-Ingenieurin (FH), nach einem Jahr Berufstätigkeit kann auf Antrag die Befähigung als Studiomeisterin oder Beleuchtungsmeisterin ausgesprochen werden

Technische Universität Braunschweig
Institut für Nachrichtentechnik
Schleinitzstr. 23
38106 Braunschweig
Tel. 0531/ 391 -24 80
- Studiengang: Nachrichtentechnik, Schwerpunkt Fernsehtechnik

Grafik-Design und Visuelle Kommunikation

- Inhalt: Alle Design- und Gestaltungs-Studiengänge vermitteln die Grundlagen der visuellen Kommunikation. Design- und Kommunikationstheorie, Entwurf und Realisierung. Gestaltungslehre und Zeichnen stehen auf dem Lehrplan. Ausgangsbasis ist die gedruckte Kommunikation (Schriften, Layout, Fotografie, Print-Werbung, CAD). Zusätzlich werden Schwerpunkte im audiovisuellen Bereich gesetzt: Film- und Videodesign, Umgang mit Film-, Fernseh- und Videotechnik.
- Dauer: 8 Semester (Regelstudienzeit)
- Aufnahmebedingungen: Abitur (Fachhochschulreife). In der Regel wird anhand von einer Mappe mit Arbeitsproben eine Vorauswahl für die Aufnahmeprüfung getroffen, manchmal werden Vorpraktika verlangt.
- Abschluß: Diplom-Designerin, an Fachhochschulen Diplom-Designerin (FH)

Bildo Akademie für Kunst und Medien
Private Kunstschule, gem. GmbH
Drontheimer Str. 21
13359 Berlin
Tel. 030/ 4 94 26 10

- Studiengang: Mediendesign, Medienkunst
- Inhalt: Fotografie, Video, Computergrafik und -animation, Mediengestaltung, Medientheorie und Organisation
- Plätze: 10
- Aufnahmebedingungen: Abitur, Arbeitsproben und Aufnahmeprüfung
- Abschluß: Mediendesignerin/Medienkünstlerin (internes Diplom)
- Besonderes: Ausstattung mit VHS, S-VHS, U-matic, Betacam SP, Computergrafik, Trickstudio für digitale Animation, analoge und digitale Schnittplätze, Computer Animation, Fotolabor
- Studiengebühren: 4 000 DM pro Semester

Fachhochschule Aachen
Fachbereich Design
Boxgraben 100
52064 Aachen
Tel. 0241/ 60 09 -15 10
- Studiengang: Visuelle Kommunikation (Design)
- Plätze: keine Angaben

Fachhochschule Augsburg
Fachbereich Gestaltung
Henisiusstr. 1
86152 Augsburg
Tel. 0821/ 558 -64 01
- Studiengang: Film-Design
- Plätze: 8 – 10

Fachhochschule Bielefeld
Fachbereich Design
Lampingstr. 3
33615 Bielefeld
Tel. 0521/ 106 -26 11
- Studiengang: Visuelle Kommunikation (Design), Fotografie und Medien
- Plätze: keine Angaben

Fachhochschule Düsseldorf
Fachbereich Design
Georg-Glock-Str. 15
40474 Düsseldorf
Tel. 0211/ 811 -33 57
- Studiengang: Visuelle Kommunikation (Design)
- Plätze: ca. 100

Fachhochschule für Gestaltung Schwäbisch Gmünd
Rektor-Klaus-Str. 100
73525 Schwäbisch Gmünd
Tel. 07171/ 60 20
- Studiengang: Visuelle Gestaltung
- Schwerpunkt: Mediengestaltung – Elektronische Medien
- Plätze: 5

Fachhochschule Hannover
Fachbereich Kunst und Design
Herrenhäuser Str. 8
30419 Hannover
Tel. 0511/ 27 98 20

- Studiengang: Design für elektronische Medien (Grafik, Computer Animation, Multimedia)
- Plätze: 12

Fachhochschule Köln
Fachbereich Design
Ubierring 40
50678 Köln
Tel. 0221/ 82 75 -34 78

- Studiengang: Visuelle Kommunikation (Design)
- Plätze: ca. 60

Fachhochschule Niederrhein
Fachbereich Design
Petersstr. 123
47798 Krefeld
Tel. 02151/ 82 22 03

- Studiengang: Visuelle Kommunikation (Design)
- Plätze: ca. 40

Fachhochschule München
Fachbereich Gestaltung
Erzgießereistr. 14
80335 München
Tel. 089/ 1 26 50

- Studiengang: Kommunikationsdesign
- Plätze: 30 – 40

Fachhochschule Münster
Fachbereich Design – Visuelle Kommunikation
Sentmaringer Weg 53
48151 Münster
Tel. 0251/ 83 -56 97

- Studiengang: Visuelle Kommunikation, Schwerpunkt Mediendesign
- Plätze: 45

Fachhochschule Rheinland-Pfalz
Institut für Mediengestaltung und Medientechnologie
Holzstr. 36
55116 Mainz
Tel. 06131/ 2 85 90
- Studiengang: Kommunikationsdesign
- Plätze: keine Angaben

Fachhochschule Würzburg
Fachbereich Gestaltung
Münzstr. 19
97070 Würzburg
Tel. 0931/ 30 43 -07
- Studiengang: Kommunikationsdesign, Schwerpunkt Film/Video
- Plätze: 40 – 60

Gesamthochschule Kassel
Fachbereich Visuelle Kommunikation
Menzelstr. 13
34109 Kassel
Tel. 0561/ 804 -53 03
- Studiengänge:
  Visuelle Kommunikation
  Trick- und Animationsfilm
- Plätze: je 15

Hochschule der Künste Berlin
Fachbereich 4 »Visuelle Kommunikation«
Ernst-Reuter-Platz 10
10587 Berlin
Tel. 030/ 31 85 -24 35
- Studiengang: Experimentelle Filmgestaltung
- Aufnahmebedingungen: Vordiplom in Visueller Kommunikation
- Plätze: 10

Hochschule für Bildende Künste Braunschweig
Fachbereich Bildende Kunst
Johannes-Selenka-Platz 1
38118 Braunschweig
Tel. 0531/ 39 10
- Studiengang: Grafik-Design
- Plätze: 30

Hochschule für Bildende Künste Hamburg
Fachbereich Visuelle Kommunikation
Lerchenfeld 2
22081 Hamburg
Tel. 040/ 29 84 -32 55
- Studiengang: Visuelle Kommunikation Schwerpunkt Film
- Plätze: 30
- Dauer: 10 Semester

Hochschule für Gestaltung Offenbach
Fachbereich Visuelle Kommunikation
Schloßstr. 31
63065 Offenbach am Main
Tel. 069/ 8 00 59 33
- Studiengang: Visuelle Kommunikation (Gestaltung, Audiovisuelle Medien, Bühne)
- Plätze: keine festen Zulassungszahlen

Hochschule für Künste Bremen
Am Wandrahm 23
28195 Bremen
Tel. 0421/ 3 08 90 -14
- Studiengang: Kommunikationsdesign (Grafik-Film, Grafik-Design, AV-Medien)
- Plätze: 33

Staatliche Akademie der Bildenden Künste Stuttgart
Fachbereich Grafik-Design
Am Weißenhof 1
70191 Stuttgart
Tel. 0711/ 2 57 -50
- Studiengang: Grafik-Design
- Plätze: 20

Staatliche Hochschule für Gestaltung Karlsruhe
Durmersheimerstr. 55
76185 Karlsruhe
Tel. 0721/ 954 -12 08
- Studiengang: Medienkunst
- Plätze: 30 – 40

Staatliche Kunstakademie Düsseldorf
Hochschule für bildende Künste
Eiskellerstr. 1
40213 Düsseldorf
Tel. 0211/ 1 39 62 -10
- Studiengang: Video und Film
- Plätze: keine festen Zulassungszahlen

Universität-Gesamthochschule Essen
Fachbereich Gestaltung und Kunsterziehung
Universitätsstr. 12
45117 Essen
Tel. 0201/ 183 -32 62
- Studiengang: Kommunikationsdesign/Film-AV
- Plätze: 60

Universität-Gesamthochschule Kassel
Visuelle Kommunikation
Menzelstr. 13
34121 Kassel
Tel. 0561/ 804 -22 05
- Studiengang: Grafik-Design
- Plätze: keine Aufnahmebegrenzung

Universität-Gesamthochschule Wuppertal (Bergische Universität)
Design, Kunst und Medienpädagogik
Haspeler Straße 27
42285 Wuppertal
Tel. 0202/ 43 91
- Studiengang: Kommunikationsdesign
- Plätze: keine Angaben

Nebenfach- und Aufbaustudiengänge

Hochschule für Bildende Künste Braunschweig
Institut für Medienwissenschaft und Film
Johannes-Selenka-Platz 1
38118 Braunschweig
Tel. 0531/ 39 10

- Aufbaustudiengang: Kunst und Design mit Studienrichtung Film/Video
- Plätze: 10
- Dauer: 4 Semester
- Aufnahmebedingungen: Hochschulabschluß in Design/Gestaltung, Grafik, Kunst/Werkpädagogik, Architektur
- Abschluß: Magister Artium

Bühnenbild, Requisite und Kostümbild

Ausbildungsstelle für Requisiteure
Fachhochschule Rosenheim
Marienberger Str. 26
83024 Rosenheim
Tel. 08031/ 80 52 00

- Inhalt: theoretische und praktische Ausbildung zur Requisiteurin; Zeichnen, Materialkunde, Elektrotechnik, Floristik, Effekte-Pyrotechnik, historische Waffen, Grafik
- Plätze: 25
- Dauer: zweimal 4 Wochen und einmal 5 Wochen
- Aufnahmebedingungen: Lehre in einem Ausstattungsberuf oder einem naheliegenden Berufsfeld (z.B. Schreinerin, Designerin) und 2jähriges Volontariat beim Theater oder in den Medien (davon muß mindestens 1 Jahr bei Studienbeginn geleistet sein); Ausnahme: 5jährige Praxis als Requisiteurin
- Abschluß: Geprüfte Requisiteurin
- Lehrgangsgebühr: ca. 4 000 DM

Fachhochschule Hamburg
Fachbereich Gestaltung
Armgartstr. 24
22087 Hamburg
Tel. 040/ 2 98 80

- Studiengang: Kostümdesign
- Inhalt: Textil-, Mode- und Kostümdesign, Zeichnen, Schnittgestaltung, Fertigungstechnik, Kostümgeschichte
- Plätze: ca. 80

Hochschule für Bildende Künste Dresden
Güntzstr. 34
01307 Dresden
Tel. 0351/ 44 02 -140

- Studiengang: Bühnen- und Kostümbild
- Plätze: 7–10
- Aufnahmebedingungen: Abitur, 1jähriges Vorpraktikum, Vorauswahl und Aufnahmeprüfung
- Abschluß: Diplom Bühnen- und Kostümbild

- Studiengang: Theatermalerei
- Plätze: 7
- Aufnahmebedingungen: mittlerer Bildungsabschluß, 9-monatiges Vorpraktikum im Malsaal oder Atelier bei Theater, Film oder Fernsehen; Vorauswahl, Aufnahmeprüfung
- Abschluß: Diplom Theatermalerei (FH)

- Studiengang: Theaterausstattung
- Inhalt Studienrichtung Kostümgestaltung: Gestaltung und Realisation von Kostümen
- Plätze: 7
- Aufnahmebedingungen: Abitur, abgeschlossene Schneiderlehre, 9monatiges Vorpraktikum
- Abschluß: Diplom-Designerin Kostümbild (FH)

- Studiengang: Theaterausstattung
- Inhalt Studienrichtung Maskenbild: Schminken, Maskengestaltung, Frisurengestaltung, Perücken, Modellieren, Kaschieren, Kostüm- und Stilgeschichte
- Plätze: 7
- Aufnahmebedingungen: Abitur, Vorauswahl und Aufnahmeprüfung
- Abschluß: Diplom-Designerin Maskenbild (FH)

Hochschule für Film und Fernsehen »Konrad Wolf«
Karl-Marx-Str. 33/34
14437 Potsdam
Tel. 0331/ 7 46 90

- Aufbaustudiengang: Szenographie
- Inhalt: Film- und Fernsehgeschichte, Theorie, Kunstgeschichte, theoretische und praktische szenografische Gestaltung
- Plätze: 8 – 20
- Dauer: 6 Semester
- Aufnahmebedingungen: Abitur, Eignungsprüfung, Nachweise praktischer Erfahrungen, Bewerbungen jährlich zum Wintersemester
- Abschluß: Diplom-Szenenbildnerin
- Besonderes: siehe S. 307

Staatliche Hochschule für Gestaltung Karlsruhe
Szenografie
Durmersheimer Str. 55
76185 Karlsruhe
Tel. 0721/ 954 -10

- Studiengang: Szenografie (Bühnenbild und Ausstellungsdesign)
- Inhalt: Hauptfach Szenografie, verschiedene Wahlfächer, z.B. Malerei und Multimedia
- Plätze: 14
- Dauer: 9 Semester
- Aufnahmebedingungen: Abitur, Vorauswahl anhand von Arbeitsproben, Eignungsprüfung
- Abschluß: Diplom-Designerin Szenografie

Business, Mediaplanung, EDV, Verwaltung

Berufsakademie Ravensburg
Marienplatz 2
88212 Ravensburg
Tel. 0751/ 8 06 27 00

- Ausbildung zur Diplom-Betriebswirtin (BA) mit Fachrichtung Medien- und Kommunikationswirtschaft

Fachhochschule Darmstadt
Fachbereich Dokumentation
Schöfferstr. 1 – 3
64295 Darmstadt
Tel. 06151/ 16 80 -46

- Studiengang: Medien- und Wirtschaftsinformation
- Inhalt: Grundlagen für die Arbeit als Dokumentarin, Methoden der Informationsbeschaffung, Datenbanksysteme, Umgang mit moderner Kommunikationstechnologie
- Plätze: 30
- Dauer: 8 Semester, 2 davon Praktika
- Aufnahmebedingungen: Abitur
- Abschluß: Diplom-Dokumentarin (FH)

Fachhochschule Furtwangen
Fachbereich Medieninformatik
Gerwigstr. 11
78120 Furtwangen
Tel. 07723/ 92 00

- Studiengang: Medieninformatik
- Inhalt: Programmieren, Planen, Konzipieren und Realisieren von Medienprodukten (Video, Multimedia, Computergrafik); Medienwirtschaft, BWL
- Plätze: 35
- Dauer: 6 Semester plus 2 Praxissemester
- Aufnahmebedingungen: Abitur
- Abschluß: Diplom-Informatikerin (FH)
- Besonderes: Ausstattung mit Ton- und Videostudio, Computergrafik und Animation, Multimedia

Fachhochschule Wiesbaden
Unter den Eichen 5
65195 Wiesbaden
Tel. 0611/ 9 52 82 41

- Studiengang: Medienwirtschaft
- Inhalt: Betriebswirtschaft, Mediengestaltung und Medientechnik
- Plätze: 30
- Dauer: 8 Semester
- Aufnahmebedingungen: Abitur, interner Numerus clausus
- Abschluß: Diplom-Medienwirtin (FH)
- Besonderes: Übungsstudio, Kameras (Super-VHS), Schnittplätze mit digitalen Effekten, Avid

Universität-Gesamthochschule Siegen
Fachbereich Sprach- und Literaturwissenschaften
Adolf-Reichwein-Str.
57068 Siegen
Tel. 0721/ 740 -48 14

- Studiengang: Medien-Planung, -Entwicklung, -Beratung
- Inhalt: alle Aspekte des Medienbereiches von Geschichte bis Technik
- Plätze: 40
- Dauer: 8 Semester
- Aufnahmebedingungen: Abitur, Vorpraktikum und interner Numerus clausus
- Abschluß: Diplom-Medienwirtin
- Besonderes: Ausstattung mit Print-, Ton-, Video- und Filmstudio; im Sonderforschungsbereich Bildschirmmedien sind eigene Forschungsprojekte und Dissertationen möglich

Universität Trier
Fachbereich II
54286 Trier
Tel. 0651/ 201 -22 90

- Studiengang: Zusatzstudienfach Medienkommunikation
- Inhalt: Medienkommunikation (Hörfunk, TV, Video, Presse), Medienkritik und Medienevaluierung; praktische Erfahrungen in der Umsetzung von Information in Sprache, Bild und Ton; technische Voraussetzungen für Medienproduktion
- Plätze: 50
- Dauer: je nach Hauptstudienfach
- Aufnahmebedingungen: Hauptstudium in einem anderen Fach oder abgeschlossenes Hochschulstudium (vorwiegend in den neueren Philologien)
- Abschluß: je nach Hauptstudienfach
- Besonderes: Ausstattung mit VHS, S-VHS, U-matic, Betacam, 35-mm-Projektoren

Universität zu Köln
Wirtschafts- und Sozialwissenschaftliche Fakultät
Hohenstaufenring 57a
50674 Köln
Tel. 0221/ 23 35 36

- Studiengang: BWL (Betriebswirtschaftslehre) und VWL (Volkswirtschaftslehre) mit Schwerpunkt Rundfunkökonomie

Film- und Medien-Musik

Filmakademie Baden-Württemberg
Mathildenstr. 20
71638 Ludwigsburg
Tel. 07141/ 969 -110

- Studiengang: Film- und Medienmusik
- Inhalt: Komponieren und Arrangieren für Film, Fernsehen, Hörfunk und Theater; Musikbearbeitung im Tonstudio
- Plätze: 4
- Dauer: 4 Semester plus Diplomarbeit
- Aufnahmebedingungen: Vordiplom im Fach Musik, praktische Erfahrung
- Abschluß: Diplom der Filmmusik

Folkwang Hochschule Essen
Institut für Computermusik und elektronische Medien
Klemensborn 39
45239 Essen
Tel. 0201/ 49 03 -171

- Studiengang: elektronische und inhaltliche Komposition
- Inhalt: elektronische Komposition, Arrangement, Tonstudiotechnik, Umgang mit Harddisk-Recording, Programmierung
- Plätze: 5 – 7
- Dauer: 8 – 10 Semester
- Aufnahmebedingungen: Aufnahmeprüfung/Kolloquium
- Abschluß: Diplom-Musikerin

Universität Oldenburg
Ammerländer Heerstr. 114 – 118
26129 Oldenburg
Tel. 0441/ 79 80

- Studiengang: Musik in den Massenmedien
- Inhalt: instrumentale, vokale Musikpraxis, Theorie, Musikwissenschaft, Computer-Musik
- Plätze: 7
- Dauer: 8 Semester
- Aufnahmebedingungen: interner Numerus clausus
- Abschluß: Magister Artium, Promotionsmöglichkeit
- Besonderes: 16-Spur-Tonstudio, Rundfunktechnik, TV-Studios, Videotechnik

Seminare und Kurse

Filmhäuser

Die Filmhäuser bieten Aus- und Weiterbildungskurse in verschiedenen Medienbereichen an mit Schwerpunkt Film- und Fernsehproduktion (z.B. Technik, Drehbuch, Regie, Filmrealisation). Einwöchige Seminare kosten in der Regel zwischen 500 und 800 DM. Die Dozenten kommen aus der Film- und Fernsehpraxis.

Bildungswerk Medien e.V.
Medienhaus
Friedensallee 14 – 16
22765 Hamburg
Tel. 040/ 390 -61 02

Filmhaus Berlin e.V.
Jakobine Engel
Pohlstr. 56
10785 Berlin
Tel. 030/ 2 62 68 51

Filmhaus Bielefeld
August-Bebel-Str. 94 – 96
33602 Bielefeld
Tel. 0521/ 17 33 74

Filmhaus Frankfurt e.V.
Hamburger Allee 45
60486 Frankfurt
Tel. 069/ 7 07 80 72

Filmvilla Nürnberg
Pilotistr. 13
90408 Nürnberg
Tel. 0911/ 35 67 50

Filmwerkstatt Düsseldorf
Fliednerstr. 32
40486 Düsseldorf
Tel. 0211/ 4 08 07 01

Filmwerkstatt Essen
Vereinigtes Filmcontor zu Essen e.V.
Schloß Borbeck
Schloßstr. 101
45355 Essen
Tel. 0201/ 68 40 97

Filmwerkstatt Münster
Gartenstr. 123
48147 Münster
Tel. 0251/ 230 -36 21

Kölner Filmhaus e.V.
Luxemburger Str. 72
50674 Köln
Tel. 0221/ 41 73 44

Medienhaus Osnabrück e.V.
Hasestr. 71
49074 Osnabrück
Tel. 0541/ 2 34 89

Medienwerkstatt Linden
Charlottenstr. 5
30449 Hannover
Tel. 0511/ 44 05 00

Akademien und Institute

Akademien und Institute bieten diverse kostenpflichtige Kurse an – von eintägigen Seminaren bis zur Ausbildung über mehrere Monate.

Arbeitsgemeinschaft zur Nachwuchsförderung für Film und Fernsehen
Norddeutscher Rundfunk
Gazellenkamp 57
22504 Hamburg
Tel. 040/ 41 56 -43 22

- Angebote:
  24monatige Ausbilung zur Aufnahmeleiter-Assistentin
  30monatige Ausbildung zur Fachkraft für Film-/EB-Schnitt

Bayerische Akademie der Werbung (BAW)
Orleansstr. 34
81667 München
Tel. 089/ 48 09 09 12

- Angebot: 1jährige berufsbegleitende Ausbildungen zur Fachwirtin Medien-Marketing und Fachwirtin Public-Relations

Bayerische Akademie für Fernsehen
Martin-Kollar-Str. 13
81829 München
Tel. 089/ 4 27 43 20

- Angebote:
  Videoreporterin (9monatiger Kurs)
  Videooperator (MAZ-Technik, Videoschnitt, 6monatiger Kurs)
- Plätze: je 10
- Studiengebühr: 1 200 DM pro Monat

BET Broadcast
Bismarckstr. 82
20253 Hamburg
Tel. 040/ 4 20 77 90

- Angebot: Workshops im Bereich Produktion (z.B. EB-Kamera)

Broadcast Training Center
Unter den Eichen 5
65195 Wiesbaden
Tel. 0611/ 531 -325

- Angebot: Kurse in Audio- und Videotechnik

Fernseh Akademie Mitteldeutschland e.V.
Inselstr. 22
04103 Leipzig
Tel. 0341/ 99 73 20

- Angebot: Ausbildung zur Videoreporterin, Kameraassistentin, Cutterin
- Beginn: Mitte 1996

Film Funk Fernseh Zentrum (FFFZ) der Evangelischen Kirche im Rheinland
Kaiserswerther Str. 450
40474 Düsseldorf
Tel. 0211/ 4 58 02 00

- Angebot: mehrtägige Workshops im Bereich Hörfunk, Film, Video, EB-Kamera und Schnitt

Hanseatische Akademie für Marketing + Kommunikationsmedien e.V.
Norderreihe 61
22767 Hamburg
Tel. 040/ 43 04 -644

- Angebote:
  2jähriges berufsbegleitendes Abendstudium zur Kommunikationswirtin oder zur Fachwirtin Kommunikationsmedien
  Kurs: Requisiteurin (9 Wochen, 4 650 DM Gebühr)
  Kurs: Veranstaltungstechnik, Fachrichtung Beleuchtung (20 Wochen, 6 700 DM Gebühr)
  Weitere Kurse für Bild- und Ton-Produktionstechnikerin (theoretisch-technische Ausbildung für Praktikanten und Auszubildende in AV-Betrieben)

Institut für Rundfunkrecht an der Universität zu Köln
Robert-Koch-Str. 26
50931 Köln
Tel. 0221/ 41 66 13

- Angebot: Lehrveranstaltungen über Rundfunkrecht, jährlich wissenschaftliche Tagungen und Kolloquien

Katholische Medienakademie
Elisenstr. 3a
80335 München
Tel. 089/ 55 30 81

- Angebot: Seminare im Bereich Produktion

Kommunikations-Akademie Hamburg KAH
Langenfelder Str. 93
22769 Hamburg
Tel. 040/ 85 80 -32

- Angebote:
  Ausbildung von Nachwuchskräften für Marketing, Öffentlichkeitsarbeit, Werbung, Verkaufsförderung
  Ausbildung Öffentlichkeitsarbeit für den kirchlichen Bereich in Zusammenarbeit mit dem Gemeinschaftswerk der Evangelischen Publizistik

Lehrinstitut für Dokumentation
Westendstr. 19
60325 Frankfurt
Tel. 069/ 74 08 05

- Angebot:
  2jährige Ausbildung zur Dokumentationsassistentin, Theorie am Institut, Praxis in einer Ausbildungsdokumentationsstelle
  6monatige berufsbegleitende Ausbildung zur Dokumentationsassistentin

Lette-Verein
Berufsfachschule für Fotografie, Grafik und Mode
Viktoria-Luise-Platz 6
10777 Berlin
Tel. 030/ 21 99 40

- Angebot: 3jährige Ausbildung zur Grafik- und Modedesignerin

Media Consult International GmbH
Studio Hamburg
Jenfelder Allee 80
22039 Hamburg
Tel. 040/ 66 88 -22 64

- Angebot: 3tägige Kurse im Bereich Produktion, z.B. Tonstudiotechnik, Grundlagen der Videotechnik, Videonachbearbeitung, Grundlagen der Digitaltechnik
- Kosten: 1 200 DM pro Kurs

SAE School of Audio Engineering
Seestr. 64
13347 Berlin
Tel. 030/ 4 56 51 37
Weltweit vertretene private Technikschulen, weitere Schulen in Deutschland:
München: 089/ 6 70 18 11
Frankfurt: 069/ 5 48 44 43

Hamburg: 040/ 23 36 02
Köln: 0221/ 9 54 12 20

- Angebote: Ausbildung zur
  SAE-Tonassistentin (6 Monate), Kosten: 2 650 DM
  SAE Tonmeisterin (12 Monate), Kosten: 8 010 DM
  Audio Engineer (18 Monate)), Kosten: 11 760 DM
  Multi Media Producer (12 Monate), Kosten: 12 100 DM
- Aufnahmebedingungen: teilweise sind Aufnahmeprüfungen abzulegen
- Abschluß: interne Zertifikate

Schule für Rundfunktechnik – SRT
Wallensteinstr. 121
90431 Nürnberg
Tel. 0911/ 9 61 90

- Angebot: Seminare für alle technischen Medienbereiche in Hörfunk und Fernsehen
- Traditionelle Ausbildungsstätte für die öffentlich-rechtlichen Sender, jetzt auch für Mitarbeiter von Privatsendern zugänglich

Verband Deutscher Tonmeister
Am Zaarshäuschen 9
51427 Bergisch Gladbach
Tel. 02204 / 2 35 95

- Weiterbildung für Tontechniker

Ausbildung Multimedia

Die Multimedia-Ausbildung in Deutschland steckt noch in den Kinderschuhen. Es gibt einige wenige private Akademien, die sich Multimedia auf ihre Fahnen geschrieben haben, ansonsten sind es die Hochschulen, die innerhalb ihrer Film-, TV- oder Design-Studiengänge den Schwerpunkt anbieten – und die notwendige Technik bereitstellen. Fast alle der hier aufgelisteten Hochschulen sind im Serviceteil bereits mit einem bestimmten Lehrangebot genannt. Multimedia ist ein Teil dieser Lehrangebote, der Einfachheit halber sind die Adressen der Hochschulen aber nochmals hier aufgelistet.

Adolf Lazi Akademie
Private Akademie für Film, audiovisuelle Medien, Fotografie und Grafik-Design
Schlößlesweg 48 – 50
73732 Esslingen
Tel. 0711/ 3 70 23 13

BILDO Akademie für Kunst und Medien GmbH
Drontheimer Str. 21
13359 Berlin
Tel. 030/ 4 94 26 10

Fachhochschule für Gestaltung Schwäbisch Gmünd
Visuelle Gestaltung - Mediengestaltung
Rektor-Klaus-Str. 100
73525 Schwäbisch Gmünd
Tel. 07171/ 60 20

Fachhochschule Furtwangen
Fachbereich Medieninformatik
Gerwigstr. 11
78120 Furtwangen
Tel. 07723/ 92 00

Fachhochschule Hannover
Fachbereich Kunst und Design
Herrenhäuser Str. 8
30419 Hannover
Tel. 0511/ 27 98 20

Filmakademie Baden-Württemberg GmbH
Mathildenstr. 20
71638 Ludwigsburg
Tel. 07141/ 96 90

Hochschule für Bildende Künste Braunschweig
Institut für Medienwissenschaft und Film
Johannes-Selenka-Platz 1
38118 Braunschweig
Tel. 0531/ 39 10

Hochschule für Gestaltung Offenbach
Fachbereich Visuelle Kommunikation
Schloßstr. 31
63065 Offenbach
Tel. 069/ 80 05 90

Internationale Multimedia Akademie Karlsruhe
Postfach 1208
76002 Karlsruhe
Tel. 0721/ 37 20 -137

Kunsthochschule für Medien Köln
Audiovisuelle Medien
Peter-Welter-Platz 2
50676 Köln
Tel. 0221/ 20 18 90

Merz-Akademie
Private Fachhochschule für Gestaltung
Teckstr. 58
Kulturpark Berg
70190 Stuttgart
Tel. 0711/ 26 86 60

SAE School of Audio Engineering
Seestr. 64
13347 Berlin
Tel. 030/ 4 56 51 37

Universität-Gesamthochschule Essen
Fachbereich Kommunikationsdesign/Film-AV
Universitätsstr. 12
45141 Essen
Tel. 0201/ 18 30

Universität-Gesamthochschule Siegen
Fachbereich 3
Adolf-Reichwein-Str.
57068 Siegen
Tel. 0371/ 740 -23 19

Fachhochschule Münster
Fachbereich Design
Senftmaringer Weg 54
48151 Münster
Tel. 0251/ 83 -56 96

Weitere Informationen zum Thema Multimedia:
Deutscher Multimedia Verband
Ganghoferstr. 79
81373 München
Tel. 089/ 76 82 69

Ausbildung international

Wer seine journalistische Zukunft im Ausland sieht, sollte so früh wie möglich versuchen, ein Auslandsstipendium zu bekommen. Im folgenden werden Adressen von Institutionen aufgelistet, die solche Stipendien vergeben. Außerdem werden Hochschulen vorgestellt, die gemeinsam über Grenzen hinweg eine europäische Journalisten- oder PR-Ausbildung organisiert haben. – Informationen zu diesen Studiengängen sowie zu den Stipendienbedingungen sind im Kapitel »Grenzenlos: Ausbildung in Europa und Amerika« genauer beschrieben.

Stipendien und Fördermöglichkeiten

Arthur F. Burns Fellowships
Internationale Journalistenprogramme
Postfach 1565
61455 Königstein
Tel. 06174/ 77 07

Carl-Duisberg-Gesellschaft
Hohenstauffenring 30 – 32
50647 Köln
Tel. 0221/ 2 09 80

Deutscher Akademischer Austauschdienst
DAAD
Kennedyallee 50
53175 Bonn
Tel. 0228/ 88 20

Erasmus-Büro
Rue Montoyer
B-1040 Brüssel
Tel. 0032/ 2/ 2 33 01 11

Erich-Brost-Institut für Journalismus in Europa
Institut für Journalismus
Universität Dortmund
Emil-Figge-Str. 50
44221 Dortmund
Tel. 0231/ 7 55 41 54

Fulbright-Kommission
Theaterplatz 1 a
53177 Bonn
Tel. 0228/ 36 10 21

Institut für Publizistik und Kommunikationspolitik - Förderprogramm Wissenschaftsjournalismus -
Malteserstr. 74 – 100
12249 Berlin
Tel. 030/ 7 79 28 18

Institut für Publizistik und Kommunikationswissenschaft
Schopenhauerstr. 32
A-1180 Wien
Tel. 0043/ 1/ 4 02 88 66 22 50

Institut zur Förderung des publizistischen Nachwuchses e.V.
Elisenstr. 3a
80355 München
Tel. 089/ 55 30 81

Stiftung der Universität Augsburg
Universitätsstr. 2
86135 Augsburg
Tel. 0821/ 5 98 52 08

Studienstiftung des deutschen Volkes e.V.
Mirbachstr. 7
53171 Bonn
Tel. 0228/ 82 09 60

European Journalism

Im folgenden werden die an das Gutenberg-Netzwerk angeschlossenen Hochschulen genannt.

Centre de Formation des Journalistes
33 rue du Louvre
F-75002 Paris
Tel. 0033/ 1/ 45 08 86 71

Danish School of Journalism
Olof Palmes Alle 11
DK-8200 Aarhus N
Tel. 0045/ 86/ 16 11 22

Department of Journalism
City University London
Southampton Square
GB-London EC1 OHB
Tel. 0044/ 71/ 4 77 80 00

Deutsche Journalistenschule (DJS)
Altheimer Eck 3
80331 München
Tel. 089/ 26 60 21

Escuela de Periodismo
Universidad Autónoma de Madrid
El País, Miguel Yuste 40
E-28037 Madrid
Tel. 0034/ 1/ 3 27 05 28

School of Communications
Dublin City University
Dublin 9
IRL-Dublin
Tel. 0035/ 31/ 37 00 77

School voor Journalistiek en Voorlichting
Postbus 30001
NL-3505 AB Utrecht
Tel. 0031/ 30/ 91 02 73

Europäische Öffentlichkeitsarbeit

Eine hochqualifizierte »europäische Öffentlichkeitsarbeit«, beschrieben im Kapitel »Grenzenlos: Ausbildung in Europa und Amerika« haben folgende Universitäten und Institutionen im Verbund organisiert. Deutschsprachige Interessentinnen können sich bei der Freien Universität in Berlin informieren.

Freie Universität Berlin
Institut für Publizistik und Kommunikationspolitik
Schwerpunkt Öffentlichkeitsarbeit
Malteserstr. 74 – 100
12249 Berlin
Tel. 030/ 7 79 28 20

Hoger Instituut voor Bedrijfsopleiding (Koordination)
Sint-Pitersnieuwstraat 160
B-9000 Gent
Tel. 0032/ 91/ 23 20 29

Hogeschool Eindhoven
Rachelsmolen 1
NL-5600 AH Eindhoven
Tel. 0031/ 40/ 60 51 32

Instituto des Novas Profissoes
Av. Duque de Loulé 47
P-1000 Lisboa
Tel. 00351/ 1 55 60 11

Université de Paris IV
77, rue Villiers
F-92200 Neuilly-sur-Seine
Tel. 0033/ 1/ 46 43 76 76

University of Exeter
Collage of St. Mark and St. John
Derriford Road
GB-Plymouth PL6 8BH
Tel. 0044/ 75/ 7 71 88

Medienwissenschaften international

Medienwissenschaften, die eine internationale Ausrichtung haben, werden von Kassel aus organisiert. Deutschsprachige Interessenten können sich direkt an die Hochschule wenden. Von dort aus können Studienunterlagen angefordert werden.

Fachbereich Erziehungswissenschaft
Humanwissenschaft
Nora-Platiel-Str. 1
34127 Kassel
Tel. 0561/ 8 04 36 22

Ausländische Universitäten

Ein Studium im Ausland ist auch über direkte Bewerbungen an dortigen Universitäten möglich. Informationen über Aufnahmebedingungen und Kosten des Studiums können direkt angefordert werden.

Frankreich

Institut de Formation et d´Enseignement pour les métiers de l´image et du Son (FEMIS)
6, rue Francour
F-75018 Paris
Tel. 0033/ 1/ 42 62 20 00

Lycée Renée Cassin
Rue Lasseguette
F-64100 Bayonne
Tel. 0033/ 59/ 63 35 30

Université de Provence Aix-Marseille 1
IUP Information Communication Image et Son
Département Métiers de l´image et du son
9, boulevard Lakanal
F-13400 Aubagne
Tel. 0033/ 42/ 84 35 38

Université de Toulouse Le Mirail
Ecole Supérieure d´Audiovisuel,
5, allée Antonio Machado
F-31058 Toulouse Cedex
Tel. 0033/ 61/ 50 44 46

Université Grenoble
UFR Sciences de la communication
IUP information et communication,
BP 25
F-38040 Grenoble Cedex 9
Tel. 0033/ 76/ 82 43 21

Université Michel de Montaigne Bordeaux 3
UFR des sciences de l´information, de la communication et des arts
Domaine universitaire, esplanade Michel de Montaigne
F-33405 Talence
Tel. 0033/ 56/ 84 50 58

Université Sorbonne Nouvelle Paris 3
UFR Etudes cinématograhiques et audiovisuelles
13, rue Sauteuil
F-75005 Paris
Tel. 0033/ 1/ 45 87 42 38

Université Vincennes-Saint-Denis Paris
2, rue de la liberté
F-92526 Saint-Denis
Tel. 0033/ 1/ 49 40 66 04

Großbritannien

Bournemouth & Poole College of Art and Design
(Film, Television, Audio Visual Production)
Wallisdown Road
GB-BH12 5HH Poole, Dorset
Tel. 0044/ 202/ 53 30 01

Royal Collage of Art
Faculty of Design for Communication
Kensington Gore
GB-SW7 2 EU London
Tel. 0044/ 71/ 5 48 50 20

The National Film and Television School
Beaconsfield Studios, Station Road
GB-HP9 1 LG Beaconsfield, Bucks
Tel. 0044/ 494/ 67 12 43

University of Bristol
(Drama, Theatre, Film, Television)
Cantocks Close, Woodland Road
GB-BS8 1 UP Bristol
Tel. 0044/ 272/ 30 32 04

University of Westminster
School of Communication
18 – 22 Riding House Street
GB-W1P 7PD London
Tel. 0444/ 171/ 9 11 50 00

Österreich

Institut für Unterrichtstechnologie und Medienpädagogik
Universitätsstr. 65 – 67
A-9022 Klagenfurt
Tel. 0043/ 436/ 2 70 03 71

Kuratorium für Journalistenausbildung
Sigmund-Haffner Gasse 18/II
A-5020 Salzburg
Tel. 0043/ 662/ 8 46 68 10

Medienkundlicher Lehrgang
Universität Graz
Universitätsplatz 3/II
A-8010 Graz
Tel. 0043/ 316/ 38 00

Schweiz

Institut für Journalistik und Kommunikationswissenschaft
Büro 4069, Cité Universitaire Miséricorde
CH-1700 Fribourg
Tel. 0041/ 37/ 29 73 11

Institut für Medienwissenschaft
Unitobler, Lerchenweg 36
CH-3000 Bern
Tel. 0041/ 31/ 65 85 90

Universität Zürich
Seminar für Publizistikwissenschaft
Kurvenstr. 17
CH-8035 Zürich
Tel. 0041/ 1/ 2 57 66 61

Université de Neuchâtel
Faculté des Lettres
Avenue du Reyrou
CH-2000 Neuchâtel
Tel. 0041/ 38/ 25 15 84

USA

Boston University
College of Communication
640 Commonwealth-Avenue
Boston, MA 02215
Tel. 001/ 617/ 3 53 20 00

Columbia University
Graduate School of Journalism
116th And Broadway
New York, NY 10027
Tel. 001/ 212/ 8 54 38 28

Northwestern University
Medill School of Journalism
Evanston, IL 60208-2101
Tel. 001/ 708/ 4 91 52 28

The American Film Institute
Center for Advanced Film & Television Studies
P.O. Box 27999, 2021 North Western Avenue
Los Angeles, CA 90027
Tel. 001/ 213/ 8 56 76 00

University of California at Berkeley
Graduate School of Journalism,
North Gate Hall
Berkeley, CA 94720
Tel. 001/ 510/ 6 43 33 83

University of California in Los Angeles (UCLA)
School of Film, Theater and Television
2310 MacGowan Hall, 405 Hilgard-Avenue
Los Angeles, CA 90024 – 1622
Tel. 001/ 310/ 8 25 43 21

Adressen Printmedien

Großverlage

Axel Springer Verlag
(u.a. Hör zu, Bild der Frau)
Axel-Springer-Platz 1
20355 Hamburg
Tel. 040/ 34 71

Bertelsmann Fachzeitschriften GmbH
Postfach 120
33311 Gütersloh
Tel. 05241/ 800

Burda GmbH
(u.a. Burda Moden, Focus)
Arabellastr. 23
81901 München
Tel. 089/ 9 25 00

Gong
Nordendstr. 64
80801 München
Tel. 089/ 2 71 50 25

Gruner + Jahr
(u.a. Stern, Brigitte, Geo, Schöner Wohnen)
Am Baumwall 11
20459 Hamburg
Tel. 040/ 3 70 30

Heinrich Bauer Verlag
(u.a. TV-Hören + Sehen, Fernsehwoche, bella, Bravo, Neue Revue, Maxi)
Burchardstr. 11
20095 Hamburg
Tel. 040/ 30 19

Jahreszeiten-Verlag GmbH
(u.a. Für Sie, Petra, Zuhause, Selber machen, Vital, Merian)
Poßmoorweg 5
22301 Hamburg
Tel. 040/ 2 71 70

Ringier Verlag GmbH
(Natur)
Gustav-Heinemann-Ring 212
81739 München
Tel. 089/ 6 38 18 00

Verlagsgruppe Milchstraße
(u.a. max, AMICA)
Milchstr. 1
20148 Hamburg
Tel. 040/ 44 19 80

Tageszeitungen

Aachener Nachrichten
Dresdener Str. 3
52068 Aachen
Tel. 0241/ 5 10 10

Abendzeitung
Sendlinger Str. 10
80002 München
Tel. 089/ 2 37 70

Acher-Rench-Zeitung
Josef-Geldreich-Str. 2
77704 Oberkirch
Tel. 07802/ 8 04 23

Achimer Kreisblatt
Obernstr. 54
28857 Syke
Tel. 04202/ 51 50

Alfelder Zeitung
Ravenstr. 45
31061 Alfeld
Tel. 05181/ 8 00 20

Allgäuer Zeitung
Kotterner Str. 64
87435 Kempten
Tel. 0831/ 20 61

Allgemeine Zeitung
Große Bleiche 44 – 50
55116 Mainz
Tel. 06131/ 14 41

Augsburger Allgemeine
Curt-Frenzel-Str. 2
86167 Augsburg
Tel. 0821/ 77 70

Badische Neueste Nachrichten
Linkenheimer Landstr. 133
76147 Karlsruhe
Tel. 0721/ 78 90

Badisches Tagblatt
Stefaniestr. 1
76530 Baden-Baden
Tel. 07221/ 21 50

Badische Zeitung
Basler Str. 88
79115 Freiburg
Tel. 0761/ 49 60

Bergedorfer Zeitung
Curslacker Neuer Deich 50
21029 Hamburg
Tel. 040/ 72 56 60

Berliner Morgenpost
Kochstr. 50
10969 Berlin
Tel. 030/ 2 59 10

Berliner Zeitung
Karl-Liebknecht-Str. 29
10178 Berlin
Tel. 030/ 2 32 79

Bild
Kaiser-Wilhelm-Str. 6
20355 Hamburg
Tel. 040/ 34 71

Braunschweiger Zeitung
Hamburger Str. 277
38114 Braunschweig
Tel. 0531/ 3 90 00

Bremer Nachrichten
Martinistr. 43
28195 Bremen
Tel. 0421/ 3 67 11

B.Z.
Kochstr. 50
10969 Berlin
Tel. 030/ 25 91 37 15

Cellesche Zeitung
Bahnhofstr. 1 – 3
29221 Celle
Tel. 05141/ 27 90

Cuxhavener Nachrichten
Kaemmererplatz 2
27472 Cuxhaven
Tel. 04721/ 58 50

Darmstädter Echo
Holzhofallee 25 – 31
64259 Darmstadt
Tel. 06151/ 38 71

Deister- und Weserzeitung
Osterstr. 19
31785 Hameln
Tel. 05151/ 20 00

Delmenhorster Kreisblatt
Lange Str. 122
27749 Delmenhorst
Tel. 04221/ 15 60

Dithmarscher Landeszeitung
Wulf-Isebrand-Platz
25746 Heide
Tel. 0481/ 6 88 60

Donaukurier
Stauffenbergstr. 2a
85051 Ingolstadt
Tel. 0841/ 68 01

Dresdner Morgenpost
Ostra-Allee 18
01067 Dresden
Tel. 0351/ 4 86 40

Düsseldorfer Express
Königsallee 27
40212 Düsseldorf
Tel. 0211/ 13 30 10

Eckernförder Zeitung
Schulweg 7
24340 Eckernförde
Tel. 04351/ 9 00 80

Emder Zeitung
Zwischen beiden Märkten 2
26721 Emden
Tel. 04921/ 8 90 00

Esslinger Zeitung
Zeppelinstr. 16
73730 Esslingen
Tel. 0711/ 9 31 00

Express
Breite Str. 70
50667 Köln
Tel. 0221/ 22 40

Fehmarnsches Tageblatt
Bahnhofstr. 1
23769 Burg
Tel. 04371/ 40 77

Flensburger Tageblatt
Nikolaistr. 7
24905 Flensburg
Tel. 0461/ 80 80

Frankenpost
Poststr. 9
95012 Hof
Tel. 09281/ 81 60

Frankfurter Allgemeine
Hellerhofstr. 2
60372 Frankfurt
Tel. 069/ 7 59 10

Frankfurter Neue Presse
Frankenallee 71
60008 Frankfurt
Tel. 069/ 7 50 10

Frankfurter Rundschau
Große-Eschenheimer-Str. 16
60266 Frankfurt
Tel. 069/ 2 19 91

Fränkischer Tag
Gutenbergstr. 1
96050 Bamberg
Tel. 0951/ 18 80

Fränkisches Volksblatt
Juliuspromenade 64
97070 Würzburg
Tel. 0931/ 3 09 10

Freie Presse
Brückenstr. 15
09002 Chemnitz
Tel. 0371/ 65 60

Fuldaer Zeitung
Peterstor 18
36037 Fulda
Tel. 0661/ 28 00

General-Anzeiger
Justus-von-Liebig-Str. 15
53121 Bonn
Tel. 0228/ 6 68 80

Gießener Allgemeine
Marburger Str. 20
35334 Gießen
Tel. 0641/ 3 00 30

Die Glocke
Engelbert-Holterdorf-Str. 4
59281 Oelde
Tel. 02522/ 730

Göttinger Tageblatt
Dransfelder Str. 1
37079 Göttingen
Tel. 0551/ 90 11

Goslarsche Zeitung
Bäckerstr. 31
38640 Goslar
Tel. 05321/ 7 57 50

Haller Kreisblatt
Gutenbergstr. 2
33790 Halle
Tel. 05201/ 15 01

Hamburger Abendblatt
Axel-Springer-Platz 1
20355 Hamburg
Tel. 040/ 3 47 00

Hamburger Morgenpost
Griegstr. 75
22763 Hamburg
Tel. 040/ 88 30 30

Hanauer Anzeiger
Hammerstr. 9
63450 Hanau
Tel. 06181/ 2 90 30

Handelsblatt
Kasernenstr. 67
40213 Düsseldorf
Tel. 0211/ 88 70

Hannoversche Allgemeine Zeitung
Bemeroder Str. 58
30559 Hannover
Tel. 0511/ 51 80

Heilbronner Stimme
Allee 2
74072 Heilbronn
Tel. 07131/ 61 50

Herforder Kreisblatt
Brüderstr. 30
32052 Herford
Tel. 05221/ 5 90 80

Hessische/Niedersächsische Allgemeine
Frankfurter Str. 168
34121 Kassel
Tel. 0561/ 2 03 00

Holsteinischer Courier
Gänsemarkt 1
24531 Neumünster
Tel. 04321/ 94 60

Holzkirchner Merkur
Tegernseer-Str. 15
82515 Wolfratshausen
Tel. 08024/ 9 06 50

Honnefer Volkszeitung
Hauptstr. 38f
53583 Bad Honnef
Tel. 02224/ 20 75

Hoyerswerdaer Tageblatt
Friedrichstr. 9
02977 Hoyerswerda
Tel. 03571/ 88 84

Iserlohner Kreisanzeiger und Zeitung
Theodor-Heuss-Ring 4
58636 Iserlohn
Tel. 02371/ 2 90 45

Jeversches Wochenblatt
Wangerstr. 14
26441 Jever
Tel. 04461/ 7 57 60

Kieler Nachrichten
Fleethörn 1
24100 Kiel
Tel. 0431/ 90 30

Klötzer Volksstimme
Breite Str. 17
39104 Magdeburg
Tel. 03909/ 21 22

Köllertaler Anzeiger
Wolfskaulstr. 11
66292 Riegelsberg
Tel. 06806/ 22 25

Kölner Stadt Anzeiger
Breite Str. 70
50667 Köln
Tel. 0221/ 22 40

Kölnische Rundschau
Stolkgasse 25
50667 Köln
Tel. 0221/ 1 63 20

Kreiszeitung für die Landkreise Diepholz und Verden
Ristedter Weg 17
28857 Syke
Tel. 04242/ 580

Lahrer Zeitung
Schillerstr. 14
77933 Lahr
Tel. 07821/ 2 78 30

Leipziger Volkszeitung
Peterssteinweg 19
04107 Leipzig
Tel. 0431/ 2 18 10

Leonberger Kreiszeitung
Stuttgarter Str. 7
71229 Leonberg
Tel. 07152/ 6 09 80

Lübecker Nachrichten
Herrenholz 10
23556 Lübeck
Tel. 0451/ 14 40

Lüdenscheider Nachrichten
Schillerstr. 20
58511 Lüdenscheid
Tel. 02351/ 15 80

Ludwigsburger Kreiszeitung
Körnerstr. 14
71634 Ludwigsburg
Tel. 07141/ 13 00

Magdeburger Volksstimme
Bahnhofstr. 17
39104 Magdeburg
Tel. 0391/ 38 80

Main-Echo
Goldbacherstr. 25
63739 Aschaffenburg
Tel. 06021/ 39 60

Main Post
Berner Str. 2
97084 Würzburg
Tel. 0931/ 6 00 10

Mannheimer Morgen
Am Marktplatz R 1, 4 – 6
68161 Mannheim
Tel. 0621/ 3 92 01

Märkische Allgemeine
Friedrich-Engels-Str. 24
14473 Potsdam
Tel. 0331/ 32 40

Märkische Oderzeitung
Kellenspring 6
15230 Frankfurt
Tel. 0335/ 5 53 00

Meißner Tageblatt
Kleinmarkt 1
01662 Meißen
Tel. 03521/ 45 33 01

Mindener Tageblatt
Obermarktstr. 26
32423 Minden
Tel. 0571/ 88 20

Mittelbayerische Zeitung
Margaretenstr. 4
73047 Regensburg
Tel. 0941/ 20 70

Mitteldeutscher Express
Delitzscher Str. 67
06112 Halle
Tel. 0345/ 56 50

Mitteldeutsche Zeitung
Delitzscher Str. 65
06112 Halle
Tel. 0345/ 56 50

Münchner Merkur
Paul-Heyse-Str. 2
80336 München
Tel. 089/ 5 30 60

Münstersche Zeitung
Neubrückenstr. 8
48143 Münster
Tel. 0251/ 59 20

Naumburger Tageblatt
Markt 17
06618 Naumburg
Tel. 03445/ 86 88

Neue Deister-Zeitung
Bahnhofstr. 18
31832 Springe
Tel. 05041/ 78 90

Neue Osnabrücker Zeitung
Breiter Gang 11
49074 Osnabrück
Tel. 0541/ 32 05

Neue Presse
Friedrich-Rückert-Str. 73
96450 Coburg
Tel. 09561/ 64 70

Neue Presse
Bemeroder Str. 58
30148 Hannover
Tel. 0511/ 5 10 10

Neues Deutschland
Franz-Mehring-Platz 1
10243 Berlin
Tel. 030/ 5 83 10

Neues Torgauer Kreisblatt
Elbstr. 1
04860 Torgau
Tel. 0341/ 7 21 00

Neue Westfälische
Niedernstr. 21
33602 Bielefeld
Tel. 0521/ 55 50

Norddeutsche Neueste Nachrichten
Kröpeliner Str. 21
18055 Rostock
Tel. 0381/ 3 41 61

Nordkurier
Wolldegker Str. 27
17033 Neubrandenburg
Tel. 0395/ 58 50

Nordsee-Zeitung
Hafenstr. 140
27576 Bremerhaven
Tel. 0471/ 59 70

Nordwest-Zeitung
Peterstr. 28
26121 Oldenburg
Tel. 0441/ 2 39 01

Nürnberger Nachrichten
Marienstr. 9
90402 Nürnberg
Tel. 0911/ 21 60

Oberbayerisches Volksblatt
Hafnerstr. 5
83022 Rosenheim
Tel. 08031/ 18 10

Offenbach-Post
Große Marktstr. 36
63065 Offenbach
Tel. 069/ 8 06 30

Offenburger Tageblatt
Marlener Str. 9
77656 Offenburg
Tel. 0781/ 50 40

Oldenburgische Volkszeitung
Neuer Markt 2
49377 Vechta
Tel. 04441/ 94 00

Ostfriesen Zeitung
Maiburgerstr. 8
26789 Leer
Tel. 0491/ 9 79 00

Ostfriesische Nachrichten
Kirchstr. 8
26585 Aurich
Tel. 04941/ 1 70 80

Ostsee-Zeitung
Richard-Wagner-Str. 1a
18055 Rostock
Tel. 0381/ 36 50

Ostthüringer Zeitung
Alte Str. 1
07543 Gera
Tel. 03447/ 524

Passauer Neue Presse
Dr.-Hans-Kapfinger-Str. 30
94030 Passau
Tel. 0851/ 50 20

Pforzheimer Zeitung
Poststr. 5
75172 Pforzheim
Tel. 07231/ 3 20 01

Pinneberger Tageblatt
Damm 9
25421 Pinneberg
Tel. 04101/ 2 05 10

Pirmasenser Zeitung
Gärtnerstr. 20
66953 Pirmasens
Tel. 06331/ 8 00 50

Potsdamer Neueste Nachrichten
Lindenstr. 29
14467 Potsdam
Tel. 0331/ 37 60

Recklinghäuser Zeitung
Kampstr. 84b
45772 Marl
Tel. 02365/ 10 70

Remscheider General-Anzeiger rga
Konrad-Adenauer-Str. 2
42807 Remscheid
Tel. 02191/ 90 90

Reutlinger General-Anzeiger
Burgstr. 1
72706 Reutlingen
Tel. 07121/ 30 20

Rheinische Post
Zülpicher Str. 10
40549 Düsseldorf
Tel. 0211/ 50 50

Rheinischer Merkur
Godesberger Allee 91
53141 Bonn
Tel. 0228/ 88 40

Rhein-Neckar-Zeitung
Hauptstr. 23
69035 Heidelberg
Tel. 06221/ 51 91

Die Rheinpfalz
Amtsstr. 5
67011 Ludwigshafen
Tel. 0621/ 59 02 01

Rhein-Zeitung
August-Horch-Str. 28
56015 Koblenz
Tel. 0261/ 8 92 00

Riesaer Tageblatt
Bahnhofstr. 12
01587 Riesa
Tel. 03525/ 73 54 30

Rotenburger Kreiszeitung
Große Str. 37
27356 Rotenburg
Tel. 04261/ 720

Ruhr Nachrichten
Westenhellweg 86
44047 Dortmund
Tel. 0231/ 1 84 61

Saale Zeitung
Theresienstr. 17
97671 Bad Kissingen
Tel. 0971/ 8 04 00

Saarbrücker Zeitung
Gutenbergstr. 11
66117 Saarbrücken
Tel. 0681/ 50 20

Sächsische Zeitung
Ostra-Allee 20
01067 Dresden
Tel. 0351/ 4 86 40

Schleswig-Holsteinische Landeszeitung
Bahnhofstr. 12 – 16
24768 Rendsburg
Tel. 04331/ 46 40

Schmöllner Nachrichten
Gößnitzer Str. 3
04626 Schmölln
Tel. 034491/ 75 03

Schwabacher Tagblatt
Spitalberg 3
91126 Schwabach
Tel. 09122/ 1 50 60

Schwäbisches Tagblatt
Uhlandstr. 2
72014 Tübingen
Tel. 07071/ 93 40

Schwäbische Zeitung
Rudolf-Roth-Str. 18
88291 Leutkirch
Tel. 07561/ 800

Schwarzwälder Bote
Kirchtorstr. 14
78722 Oberndorf
Tel. 07423/ 780

Schweriner Volkszeitung
Von-Stauffenberg-Str. 27
19061 Schwerin
Tel. 0385/ 6 37 80

Siegener Zeitung
Obergraben 39
57011 Siegen
Tel. 0271/ 59 41

Solinger Tageblatt
Mummstr. 9
42612 Solingen
Tel. 02112/ 29 90

Spandauer Volksblatt
Breite Str. 52
13597 Berlin
Tel. 030/ 3 53 90 60

Stader Tageblatt
Glückstädter Str. 10
21682 Stade
Tel. 04141/ 4 50 91

Straubinger Tagblatt
Ludwigsplatz 30
94315 Straubing
Tel. 09421/ 94 00

Stuttgarter Nachrichten
Plieninger Str. 150
70567 Stuttgart
Tel. 0711/ 7 20 50

Süddeutsche Zeitung
Sendlinger Str. 80
80289 München
Tel. 089/ 2 18 30

Südkurier
Max-Stromeyer-Str. 178
78467 Konstanz
Tel. 07531/ 99 90

Südwest Presse
Friedrichstr. 12
72555 Metzingen
Tel. 07123/ 4 20 15

Der Tagesspiegel
Potsdamer Str. 77
10785 Berlin
Tel. 030/ 26 00 90

die tageszeitung
Kochstr. 18
10969 Berlin
Tel. 030/ 25 90 20

Thüringer Allgemeine
Juri-Gagarin-Ring 113
99084 Erfurt
Tel. 0361/ 53 04 00

Thüringische Landeszeitung
Marienstr. 14
99423 Weimar
Tel. 03643/ 32 01

Traunsteiner Wochenblatt
Marienstr. 12
83278 Traunstein
Tel. 0861/ 6 40 61

Trierischer Volksfreund
Nikolaus-Koch-Platz 1
54290 Trier
Tel. 06512/ 7 19 90

Trostberger Tagblatt
Gabelsbergerstr. 4
83308 Trostberg
Tel. 08621/ 80 80

Verdener Aller-Zeitung
Große Str. 1
27283 Verden
Tel. 04231/ 8 01 20

Vogtland-Anzeiger
Friedensstr. 32
08523 Plauen
Tel. 03741/ 59 70

Waldeckische Landeszeitung
Lendefelder Str. 6
34497 Korbach
Tel. 05631/ 5 60 00

Die Welt
Kochstr. 50
10969 Berlin
Tel. 030/ 2 59 10

Weser-Kurier
Martinistr. 43
28195 Bremen
Tel. 0421/ 3 67 10

Westdeutsche Allgemeine WAZ
Friedrichstr. 31
45128 Essen
Tel. 0201/ 80 40

Westdeutsche Zeitung WZ
Königsallee 27
40212 Düsseldorf
Tel. 0211/ 8 38 20

Westfalen-Blatt
Sudbrackstr. 14
33611 Bielefeld
Tel. 0521/ 58 50

Westfalenpost
Schürmannstr. 4
58097 Hagen
Tel. 02331/ 59 70

Westfälische Nachrichten
Soester Str. 13
48155 Münster
Tel. 0251/ 69 00

Westfälischer Anzeiger
Gutenbergstr. 1
59065 Hamm
Tel. 02381/ 10 50

Westfälische Rundschau
Brüderweg 9
44135 Dortmund
Tel. 0231/ 9 57 30

Wetzlarer Neue Zeitung
Elsa-Brandström-Str. 18
35578 Wetzlar
Tel. 06441/ 70 10

Wiesbadener Kurier
Langgasse 21
65183 Wiesbaden
Tel. 0611/ 35 50

Wilhelmshavener Zeitung
Parkstr. 8
26382 Wilhelmshaven
Tel. 04421/ 48 80

Zwickauer Tageblatt
Schumannstr. 9
08056 Zwickau
Tel. 0375/ 80 10

Publikumszeitschriften und überregionale Wochenzeitungen

Nachfolgend werden die größten Zeitschriften mit weitem Verbreitungsgebiet aufgelistet. Einen vollständigen Überblick über Zeitungen und Zeitschriften bieten zwei Nachschlagewerke, die in vielen Bibliotheken stehen.

Stamm
Presse- und Medienhandbuch
Leitfaden durch Presse und Werbung
(erscheint jährlich)
Stamm Verlag, Essen

Dieter Zimpel (Hg.)
Nachschlagewerke Zeitungen, Zeitschriften, Hörfunk und Fernsehen u.a.
Die deutschen Vollredaktionen
Teil 1: Zeitungen
Teil 2: Publikumszeitschriften
(ständig aktualisierte Loseblattsammlung)
Verlag Dieter Zimpel, München

AMICA
Milchstr. 1
20148 Hamburg
Tel. 040/ 44 19 80

die aktuelle
Nordendstr. 64
80801 München
Tel. 089/ 3 84 01

art
Das Kunstmagazin
Am Baumwall 11
20459 Hamburg
Tel. 040/ 3 70 30

bella
Burchardstr. 11
20095 Hamburg
Tel. 040/ 3 01 90

Das Beste aus Readers Digest
Augustenstr. 1
70178 Stuttgart
Tel. 0711/ 6 60 20

Bravo
Charles-de-Gaulle-Str. 8
81737 München
Tel. 089/ 6 78 65 02

Brigitte
Am Baumwall 11
20459 Hamburg
Tel. 040/ 3 70 30

Bunte
Arabellastr. 23
81925 München
Tel. 089/ 9 25 00

Capital
Eupener Str. 70
50933 Köln
Tel. 0221/ 49 08 00

Cosmopolitan
Arabellastr. 33
81925 München
Tel. 089/ 8 19 25

Deutsches Allgemeines Sonntagsblatt
Mittelweg 11
20149 Hamburg
Tel. 040/ 41 41 90

Eltern
Neherstr. 9
81675 München
Tel. 089/ 4 15 21

Emma
Kolpingplatz 1 a
50667 Köln
Tel. 0221/ 21 02 82

freundin
Arabellastr. 23
81925 München
Tel. 089/ 9 25 00

Für Sie
Poßmoorweg 5
22301 Hamburg
Tel. 040/ 2 71 70

Funk-Uhr
Axel-Springer-Platz 1
20355 Hamburg
Tel. 040/ 34 71

Geo
Am Baumwall 11
20459 Hamburg
Tel. 040/ 3 70 30

Hör Zu
Axel-Springer-Platz 1
20355 Hamburg
Tel. 040/ 34 71

Impulse
Eupener Str. 70
50933 Köln
Tel. 0221/ 49 08 01

Kicker
Badstr. 4 – 6
90402 Nürnberg
Tel. 0911/ 21 60

Konkret
Magazin für Kultur und Politik
Osterstr. 124
20255 Hamburg
Tel. 040/ 4 91 00 41

manager magazin
Brandstwiete 19
20457 Hamburg
Tel. 040/ 3 08 00 50

ökotest
Mainzer Landstr. 147
60327 Frankfurt
Tel. 069/ 97 77 70

petra
Poßmoorweg 5
22301 Hamburg
Tel. 040/ 2 71 70

Playboy
Charles-de-Gaulle-Str. 8
81737 München
Tel. 089/ 6 78 60

Rheinischer Merkur/Christ und Welt
Godesberger Allee 157
53175 Bonn
Tel. 0228/ 88 41

Schöner Wohnen
Am Baumwall 11
20459 Hamburg
Tel. 040/ 3 70 30

selber machen
Poßmoorweg 5
22301 Hamburg
Tel. 040/ 2 71 70

Der Spiegel
Brandstwiete 19
20457 Hamburg
Tel. 040/ 3 00 71

stern
Am Baumwall 11
20459 Hamburg
Tel. 040/ 3 70 30

test
Lützowplatz 11 – 13
10785 Berlin
Tel. 030/ 2 63 11

TV Hören + Sehen
Burchardstr. 11
20095 Hamburg
Tel. 040/ 3 01 90

TV Spielfilm
Milchstr. 1
20148 Hamburg
Tel. 040/ 44 19 80

Vital
Poßmoorweg 5
22301 Hamburg
Tel. 040/ 2 71 70

Wirtschaftswoche
Kasernenstr. 67
40213 Düsseldorf
Tel. 0211/ 8 38 80

Die Woche
Van-der-Smissen-Str. 3
22767 Hamburg
Tel. 040/ 3 80 35 03

Die Zeit
Speersort/Pressehaus
20095 Hamburg
Tel. 040/ 3 28 00

zuhause
Poßmoorweg 5
22301 Hamburg
Tel. 040/ 2 71 70

Fachzeitschriften

Im folgenden sind ausgewählte Verbände aufgelistet, die jeweils für ihren Bereich als Informanten und/oder Ansprechpartner zur Verfügung stehen.

Arbeitsgemeinschaft der Filmjournalisten
Emil-von-Behring-Str. 3
60439 Frankfurt
Tel. 069/ 5 80 98 -155

Arbeitskreis Baufachpresse e. V.
Uhlandstr. 56
40237 Düsseldorf
Tel. 0211/ 67 03 -232

Arbeitskreis Medizinpublizisten
Klub der Wissenschaftsjournalisten e. V.
Wissenschaftszentrum
Ahrstr. 45
53175 Bonn
Tel. 0228/ 8 25 89 36

Arbeitskreis Umweltpresse
Max-Planck-Str. 7 – 9
97082 Würzburg
Tel. 0931/ 418 -22 73

Journalisten-Vereinigung der Deutschen Handwerkspresse e. V.
Tirschenreuther Str. 28
81545 München
Tel. 089/ 5 11 91 20

Verband Deutscher Agrarjournalisten e. V.
Godesberger Allee 142 – 148
53175 Bonn
Tel. 0228/ 37 11 71

Verband Deutscher Zeitschriftenverleger e. V.
Fachgruppe Fachzeitschriften
Winterstr. 50
53177 Bonn
Tel. 0228/ 38 20 30

Journalistische Verbände und Versorgung

Deutscher Journalistenverband e. V.
Bennauerstr. 60
53115 Bonn
Tel. 0228/ 22 29 71 -78

IG Medien
Friedrichstr. 15
70147 Stuttgart
Tel. 0711/ 2 01 80

Journalistinnenbund e. V.
Bonner Talweg 55
53113 Bonn
Tel. 0228/ 26 27 82

Künstlersozialkasse
Langeoogstr. 12
26384 Wilhelmshaven
Tel. 04421/ 30 80

Versorgungswerk der Presse
Heustr. 1
70147 Stuttgart
Tel. 0711/ 2 05 60

Verwertungsgesellschaft Bild und Kunst
Weberstr. 61
53113 Bonn
Tel. 0228/ 91 53 40

Verwertungsgesellschaft Wort
Goethestr. 49
80336 München
Tel. 089/ 51 41 20

Public-Relations-Verbände

Deutsche Public-Relations Gesellschaft e. V.
Königswinterer Str. 552
53227 Bonn
Tel. 0228/ 44 45 00

Gesellschaft Public Relations-Agenturen e. V.
Schillerstr. 44
60313 Frankfurt
Tel. 069/ 2 06 28

Nachrichtenagenturen

Agence France-Presse GmbH
Adenauerallee 266
53113 Bonn
Tel. 0228/ 9 17 25 -10

Allgemeiner Deutscher Nachrichtendienst GmbH (ddpADN)
Mollstr. 1
10178 Berlin
Tel. 030/ 23 12 21 12

Deutsche Presse-Agentur GmbH (dpa)
Mittelweg 38
20148 Hamburg
Tel. 040/ 4 11 31

Evangelischer Pressedienst (epd)
Emil-von-Behring-Str. 3
60439 Frankfurt
Tel. 069/ 58 09 80

Katholische Nachrichtenagentur GmbH
Adenauer-Allee 134
53113 Bonn
Tel. 0228/ 26 00 00

Reuters AG
Friedrich-Ebert-Anlage 49
60327 Frankfurt
Tel. 069/ 75 65 -0

The Associated Press GmbH
Moselstr. 27
60329 Frankfurt
Tel. 069/ 27 23 00

Adressen TV

Öffentlich-Rechtliche Sender

ARD Arbeitsgemeinschaft der öffentlich-rechtlichen Rundfunkanstalten in der Bundesrepublik Deutschland
Ständiges ARD-Büro
Bertramstr. 8
60320 Frankfurt am Main
Tel. 069/ 59 06 07

Arte Deutschland TV GmbH (TV)
Schützenstr. 1
76530 Baden-Baden
Tel. 07221/ 9 36 90

In Frankreich:
Arte G.E.I.E.
2a, Rue de la Fonderie
F-67080 Strasbourg
Tel. 0033/ 88/ 14 20 05

BR Bayerischer Rundfunk
Rundfunkplatz 1
80300 München
Tel. 089/ 59 00 01

DeutschlandRadio (Hörfunk)
Funkhaus Köln
Raderberggürtel 40
50968 Köln
Tel. 0221/ 34 50 und

Funkhaus Berlin
Hans-Rosenthal-Platz
10825 Berlin
Tel. 030/ 8 50 30

3Sat (TV)
Satellitenprogramm des deutschen Sprachraums ZDF/ORF/SRG/ARD
ZDF-Str. 1
55127 Mainz
Tel. 06131/ 701

DW Deutsche Welle Köln
(Hörfunk)
Raderberggürtel 50
50968 Köln
Tel. 0221/ 38 90

DW Deutsche Welle Berlin
Voltastr. 5
13355 Berlin
Tel. 030/ 4 69 90

hr Hessischer Rundfunk
Bertramstr. 8
60320 Frankfurt am Main
Tel. 069/ 15 51

MDR Mitteldeutscher Rundfunk
Kantstr. 71 – 73
04275 Leipzig
Tel. 0341/ 30 00

NDR Norddeutscher Rundfunk
Rothenbaumchaussee 132
20149 Hamburg
Tel. 040/ 4 15 60

ORB Ostdeutscher Rundfunk Brandenburg
August-Bebel-Str. 26 – 53
14482 Potsdam
Tel. 0331/ 72 10

RB Radio Bremen
Fernsehen:
Hans-Bredow-Str. 10
28307 Bremen
Tel. 0421/ 24 61 31

Hörfunk:
Bürgermeister-Spitta-Allee 45
28329 Bremen
Tel. 0421/ 24 60

SDR Süddeutscher Rundfunk
Neckarstr. 230
70190 Stuttgart
Tel. 0711/ 92 90

SFB Sender Freies Berlin
Masurenallee 8 –14
14057 Berlin
Tel. 030/ 3 03 10

SR Saarländischer Rundfunk
Funkhaus Halberg
66100 Saarbrücken
Tel. 0681/ 60 20

SWF Südwestfunk
Hans-Bredow-Str.
76530 Baden-Baden
Tel. 07221/ 920

WDR Westdeutscher Rundfunk
Appellhofplatz 1
50667 Köln
Tel. 0221/ 22 01

ZDF Zweites Deutsches Fernsehen
ZDF-Str. 1
55110 Mainz
Tel. 06131/ 701

Private Fernsehsender

DSF Deutsches Sport Fernsehen
Bahnhofstr. 27
85774 Unterföhring
Tel. 089/ 95 00 20

Kabel 1
Gutenbergstr. 1
85774 Unterföhring
Tel. 089/ 95 07 21 00

n-tv
Taubenstr. 1
10117 Berlin
Tel. 030/ 20 19 00

Premiere
Tonndorfer Hauptstraße 90
22045 Hamburg
Tel. 040/ 6 68 00

PRO 7
Bahnhofstr. 28
85774 Unterföhring
Tel. 089/ 95 07 10

RTL
Aachener Str. 1036
50858 Köln
Tel. 0221/ 45 60

RTL 2
Bavariafilmplatz 7
82031 Grünwald
Tel. 089/ 64 18 50

SAT.1
Otto-Schott-Str. 13
55127 Mainz
Tel. 06131/ 90 00

Super RTL
Richard-Byrd-Str. 6
50829 Köln
Tel. 02 21/9 15 50

TM 3
Fernsehen für Frauen
Bavariafilmplatz 7
82031 Grünwald
Tel. 089/ 64 19 50

VH-1
Bramfelder Str. 117
22305 Hamburg
Tel. 040/ 61 15 00

VIVA und VIVA 2
Postfach 320 330
50797 Köln
Tel. 0221/ 95 68 20

VOX
Richard-Byrd-Str. 6
50829 Köln
Tel. 0221/ 9 53 40

Lokale Fernsehsender

FAB Fernsehen aus Berlin GmbH
Hardenbergplatz 2
10623 Berlin
Tel. 030/ 2 62 93 01

Franken Fernsehen
Mediengruppe Dr. Dietmar Straube
Weinstr. 70
91058 Erlangen
Tel. 09131/ 60 91 37

Hamburg 1
Rothenbaumchaussee 80
20148 Hamburg
Tel. 040/ 41 44 24 00

puls tv
Panoramastr. 1a
10178 Berlin
Tel. 030/ 23 80 05

TV München
Am Moosfeld 37
81829 München
Tel. 089/ 42 04 10

Produktionsfirmen mit TV-Unterlizenzen

DCTP
Königsallee 60b
40212 Düsseldorf
Tel. 0211/ 13 99 -20
Die Sendungen von DCTP sind bei RTL, SAT.1 und Vox zu sehen.

KANAL 4
Kolumbastr. 3
50667 Köln
Tel. 0221/ 2 57 55 01
Die Sendungen von Kanal 4 sind bei RTL, SAT.1 und PRO 7 (Bremer Fenster) zu sehen.

Spiegel TV
Brandstwiete 19
20457 Hamburg
Tel. 040/ 30 10 80

Die Sendungen von Spiegel TV sind bei RTL, Sat1, Vox und TM3 zu sehen.

Europäische Satellitensender

CNN International
Cable News Network International (Europe)
CNN House
19 – 22 Rathbone Place
GB – London W11 1DF
Tel. 0044/ 171/ 637 67 00

Euronews
60, Chemin de Mouilles
F–69130 Ecully/Lyon
Tel. 0033/ 72/ 18 80 00

Eurosport
54, Avenue de la Voie Lactée
F–92656 Boulogne
Tel. 0033/ 1/ 41 41 26 42

MTV Europe
Büro in Deutschland:
Widenmayerstr. 18 RG
80538 München
Tel. 089/ 21 23 06 0

In England:
MTV Europe
Hawley Crescent
GB–London NW1 8TT
Tel. 0044/ 171/ 28 47 77

NBC Superchannel
Melrose House
14 Lanark Square
Limeharbour
GB – London E14 9QD
Tel. 0044/ 171/ 4 18 94 18

TV 5 Europe
Satellimages TV 5
15, rue Cognacq-Jay
F–75007 Paris
Tel. 0033/ 1/ 44 18 55 55

Vermarktungsgesellschaften

ARD-Werbung
Media Marketing
Falkensteiner Str. 77
60322 Frankfurt am Main
Tel. 069/ 15 30 04 -100

IPA-plus
Vermittlung für Fernsehwerbung
GmbH
Freiherr-von-Stein-Str. 31
60232 Frankfurt am Main
Tel. 069/ 97 11 80

MGM
Media Gruppe München
Bahnhofstr. 28
85774 Unterföhring
Tel. 089/ 95 00 40

Media Port Berlin GmbH
Voltastr. 5
13355 Berlin
Tel. 030/ 4 60 02

Produktionsfirmen

Aufgelistet sind Firmen, teilweise auch deren Spezialisierung auf bestimmte Programme und die Mitarbeiterzahlen der größeren Firmen, sofern sie vorlagen. Diese können sich natürlich rasch ändern. Produktionsfirmen bestehen aus einem Kern von wenigen festen Mitarbeitern – alle anderen Mitarbeiter werden nach Bedarf als freie Mitarbeiter unter Vertrag genommen. Dies ist eine Auswahl der größten Firmen in Deutschland, eine detaillierte Übersicht über Produktionsfirmen in Ihrer Nähe finden Sie in den »Gelben Seiten«.

Action Games
Gesellschaft zur Herstellung von
Fernseh-Spiel-Shows mbH
Bavariafilmplatz 7
82031 Geiselgasteig
Tel. 089/ 64 99 -30 70

Active Film GmbH
Akademiestr. 19
80799 München
Tel. 089/ 39 10 28

Alcor Film + TV GmbH & Co. Produktions KG
Harvestehuder Weg 43
20149 Hamburg
Tel. 040/ 41 17 90

A 3 Film- und Fernsehproduktion GmbH
Hansaring 97
50670 Köln
Tel. 0221/ 13 50 91

Allianz Filmproduktion GmbH
Leibnitzstr. 60
10629 Berlin
Tel. 030/ 3 27 82 90
- Fernsehspiele, Spielfilme, Serien, Kinderfilme

Almaro Film & TV Produktions- und Vertriebs GmbH
Radspielerstr. 8
81929 München
Tel. 089/ 91 50 26 -28

Alpha Entertainment
Film- und Fernsehproduktion GmbH
Unter den Eichen 7
65195 Wiesbaden
Tel. 0611/ 52 71 40
- Gameshows, Videoclips, Unterhaltungssendungen

Alsat
Film- und Produktions GmbH
Nachodstr. 6
10779 Berlin
Tel. 030/ 2 11 70 48

Anatol
AV und Filmproduktionsgesellschaft mbH
Klostergarten 96
20149 Hamburg
Tel. 040/ 44 44 07

Arbor TV Filmproduktion GmbH
Dr. Holger Schulz
Hauptstr. 74
82327 Tutzing
Tel. 08158/ 31 01

ARG Television
Film- und Fernsehproduktion GmbH
Langobardenallee 14
14052 Berlin
Tel. 030/ 3 01 90 91

Artus-Film
Produktionsgesellschaft mbH
Sophienstr. 2
80333 München
Tel. 089/ 59 25 25
- große Fernsehfilme für das Abendprogramm

Aspekt Telefilm-Produktion GmbH & Co.
Jenfelder Allee 80
22039 Hamburg
Tel. 040/ 66 88 54 55
- TV-Spiele, Serien, Unterhaltung, Kultur-Features, Informationsprogramme, Industrie- und Werbefilme
- Feste Mitarbeiter: 14

Aurora Television Produktions GmbH
Jenfelder Allee 80
22039 Hamburg
Tel. 040/ 66 60 31
- Fernsehspiel, Dokumentation, Kultur, Unterhaltung
- Feste Mitarbeiter: 3

AVE Gesellschaft für Fernsehproduktion mbH
Sonnenstr. 17
80331 München
Tel. 089/ 55 15 06 -20
- Programme aus Wirtschaft, Kultur, Wissenschaft, Gesundheit, Unterhaltung, Talk, z.B. ›Talk im Turm‹, SAT.1
- Feste Mitarbeiter: 35

AV 2000 Film- und Fernsehproduktion mbH
Richartzstr. 12
50667 Köln
Tel. 0221/ 23 88 35

Bavaria Film GmbH
Bavariafilmplatz 7
82031 Geiselgasteig
Tel. 089/ 6 49 90
- Serien (›Marienhof‹, ›Der Fahnder‹, ›Tatort‹, alle ARD)
- Filme (›Das Boot‹), Dienstleistungen für Film- und Fernsehen, Vermietung der Studios, Postproduktion – auch von TV-Spots und Industriefilmen, Vermietung von Ü-Wagen, Auslandsvertrieb von Filmlizenzen
- Feste Mitarbeiter: 343 (Freie über 1000)

Berenghar Pfahl Film
Buschenhausen
42781 Haan
Tel. 02129/ 510 43
- Serien (›Sterne des Südens‹)
- Feste Mitarbeiter: 4

Berliner Spiele GmbH & Co. KG
Film- und Fernsehproduktion
Kurfürstendamm 229
10719 Berlin
Tel. 030/ 8 81 80 55

Bite TV- und Musikproduktions GmbH
Tumblinger Str. 32
80337 München
Tel. 089/ 7 21 00 40
- Game-Shows, Unterhaltung, Teleshopping, Casting, Publikums-Beschaffung
- Feste Mitarbeiter: 8

Borussia Media
Produktions GmbH
Verlängerte Daumstr. 16
13599 Berlin
Tel. 030/ 3 34 10 31
- Fernsehserien, Fernsehspiele (›Wolff's Revier‹)
- Feste Mitarbeiter: 8

Brot & Spiele GmbH
Frankfurter Ring 105
80807 München
Tel. 089/ 3 59 00 51
- Unterhaltungssendungen

Bund-Film GmbH
Kronenstr. 10
10117 Berlin
Tel. 030/ 22 07 50
- TV-Unterhaltung (›Telewischen‹, ARD-Jugendmagazin)
- Feste Mitarbeiter: 24

Caligari Film GmbH
Reisinger Str. 5
80337 München
Tel. 089/ 2 60 96 79
- Fernsehproduktionen, Serien, Spielfilme, Unterhaltung, Industrie- und Dokumentarfilme, Werbung
- Feste Mitarbeiter: 10 (bis zu 100 Freie)

Calypso Filmproduktion GmbH
Palmstr. 36
50672 Köln
Tel. 0221/ 25 31 74
- Miniserien, Fernsehspiele, Spielfilme
- Feste Mitarbeiter: 5

Camera Film GmbH
Havelchaussee 161
14055 Berlin
Tel. 030/ 3 04 54 31
- TV, HDTV, Kinoproduktion
- Feste Mitarbeiter: 2

Cat Entertainment Filmproduktion GmbH
Marsiliusstein 11 – 13
50937 Köln
Tel. 0221/ 44 40 41
- Serien, Spielfilme, Unterhaltung
- Feste Mitarbeiter: 5

CCC Television GmbH
Verlängerte Daumstr. 16
13599 Berlin
Tel. 030/ 3 34 04 18

Cinecontact Film GmbH
Kurfürstendamm 43
10719 Berlin
Tel. 030/ 8 83 60 26

Cinevox Entertainment
Bavariafilmplatz 7
82031 Grünwald
Tel. 089/ 6 41 80 00

Clasart Film- und Fernsehproduktions GmbH
Kaufingerstr. 24
80331 München
Tel. 089/ 29 66 61

CMB Filmproduktion GmbH
(KirchGruppe)
Maria-Theresia-Str. 13
81675 München
Tel. 089/ 47 20 59

Cologne Cartoon
Schillerstr. 6
51143 Köln
Tel. 0221/ 38 01 03

Colon Filmproduktion GmbH
Mehlemer Str. 6
50968 Köln
Tel. 0221/ 37 20 46

Context Film GmbH
Sauerbruchstr. 8/XIII
81377 München
Tel. 089/ 70 20 16
- Dokumentationen

CR – Cine Relation Alfred Noell GmbH
TV-Film-Video-Produktion
Feldstr. 96
51469 Bergisch Gladbach
Tel. 02202/ 9 34 49
- TV-Serien (›Der 7. Sinn‹, ›Siebenbirken‹, ZDF), Dokumentarfilme

CTV Crime TV
Produktionsgesellschaft mbH
Münchner Str. 123
85774 Unterföhring
Tel. 089/ 9 50 61 34

Defa Studio Babelsberg
Haus 62
August-Bebel-Str. 26 – 53
14482 Potsdam
Tel. 0331/ 720
- Fernsehfilme, Spielfilme (›Mario und der Zauberer‹), Kinder- und Jugendprogramm, Dokumentarfilme, Informationsprogramme (›Beruf aktuell‹)
- Feste Mitarbeiter: 20

Deutsche Condor Film GmbH
Freystr. 4
80802 München
Tel. 089/ 33 72 21

Deutsche Universum-Film GmbH
Kleiststr. 23 – 26
10787 Berlin
Tel. 030/ 21 00 07 20

DMB – Film Videoproduktion Detlef Michael Behrens
Pommersche Str. 9
10707 Berlin
Tel. 030/ 87 74 31
- Drama, Musik, Educational-Projekte
- Feste Mitarbeiter: 10

Eikon Film
August-Bebel-Str. 26 – 53
14482 Potsdam
Tel. 0331/ 9 65 28 -20
- Fernsehspiele, Kinderprogramm, Produktionen mit Religions- und Gesellschaftsthemen
- Feste Mitarbeiter: 7

Elan-Film Gierke & Company
Rüdesheimer Str. 11
80686 München
Tel. 089/ 5 70 70 20
- Krimiserien: (›Soko 5113‹, ZDF), Fernsehspiele, Synchronisationen
- Feste Mitarbeiter: 17

Elf 99 Medienproduktion und Vermarktung GmbH
Rudower Chaussee 3
12489 Berlin
Tel. 030/ 63 81 78 33
- Magazine, Reportagen, Ratgebersendungen

Euroarts Entertainment
Teckstr. 64
70190 Stuttgart
Tel. 0711/ 2 68 76 10
- Musikprogramme, Kinderprogramme, internationale Coproduktionen
- Feste Mitarbeiter: 10

Faust Film GmbH
Nördliche Auffahrtsallee 29
80638 München
Tel. 089/ 1 57 40 44

FFP Freie Fernseh-Film-Produktion
Jenfelder Allee 80
22039 Hamburg
Tel. 040/ 66 88 54 31

Filmpool Film- und Fernseh Produktion GmbH
Poststr. 2 – 4
50676 Köln
Tel. 0221/ 23 62 31
- Fernsehspiele und Serien (›Motzki‹)
- Feste Mitarbeiter: 10

Film- und Fernsehproduktion
Dr. Dietmar Straube GmbH
Weinstr. 70
91058 Erlangen
Tel. 09131/ 60 91 37

Frankfurter Fernsehproduktion GmbH
Kurfürstenstr. 18
60486 Frankfurt am Main
Tel. 069/ 7 95 00 10
- Serien (›Lutz und Hardy‹), Fernsehspiele (u.a. Rosamunde-Pilcher-Verfilmungen), Dokumentationen, Kinder- und Kinofilme
- Feste Mitarbeiter: 15

F.W.F. – Film GmbH
Kurfürstendamm 106
10711 Berlin
Tel. 030/ 8 91 90 26
- Fernsehspiele, Serien, Spielfilme
- Feste Mitarbeiter: 4

Galaxy Filmproduktion GmbH & Co.
Neumarkterstr. 84c
81673 München
Tel. 089/ 4 36 10 51

G.A.T. Film- und Fernsehproduktion GmbH
Bahnhofstr. 27a
85774 Unterföhring
Tel. 089/ 9 50 89 00
- Unterhaltungsprogramme (›Herzblatt‹, ›Wahre Wunder‹, ›Bitte melde Dich‹), Entwicklung von Showkonzepten, Casting
- Feste Mitarbeiter: 20

Gemini-Filmproduktions GmbH
Mehmeler Str. 6
50968 Köln
Tel. 0221/ 37 20 46
- Kinofilme, internationale Coproduktionen, TV-Dramen, Serien
- Feste Mitarbeiter: 7

Geo Film GmbH
Kleiststr. 23 – 26
10557 Berlin
Tel. 030/ 21 00 07 40

Gesellschaft für audiovisuelle Kommunikation mbH Multimedia
Sieker Landstr. 39a
22143 Hamburg
Tel. 040/ 6 75 00 00
- Fernsehspiele, Komödien, Serien
- Feste Mitarbeiter: 40

GFF Geissendörfer Film- und Fernsehproduktion
Kurfürstenstr. 31
80801 München
Tel. 089/ 2 73 13 54 und
Freimersdorfer Weg 6
50829 Köln
Tel. 0221/ 5 00 25 65
- Serien (›Lindenstraße‹), Fernsehfilme
- Feste Mitarbeiter: 70

Glücksrad Fernsehproduktions GmbH
Havelchaussee 161
14055 Berlin
Tel. 030/ 3 04 03 31

Gold Film
Engelswiesen 13
75180 Pforzheim-Büchenbronn
Tel. 07231/ 7 30 81

GUM
Gesellschaft für Unterhaltung und für moderne Medien GmbH
Neusser Str. 772
50737 Köln
Tel. 0221/ 74 53 81
- Puppenproduktionen (›Hurra Deutschland‹)
- Feste Mitarbeiter: 14

Helbos Film GmbH
Lipowskystr. 26
81373 München
Tel. 089/ 76 89 81
- Serien (›Wildbach‹, ARD), Fernsehproduktionen, Industriefilm, Werbung
- Feste Mitarbeiter: 4

Hellthaler International GmbH
Teckstr. 64
70188 Stuttgart
Tel. 0711/ 2 68 76 10

Hermes Film GmbH und Fernsehproduktion
Kaiserplatz 7
80803 München
Tel. 089/ 39 43 68

Iduna Film GmbH & Co.
(KirchGruppe)
Robert-Bürkle-Str. 2
85737 Ismaning
Tel. 089/ 95 08 80

Ifage Filmproduktion GmbH
Unter den Eichen 7
65195 Wiesbaden
Tel. 0611/ 58 05 20
- Serien (›Schwarz greift ein‹), Kultur-Features, Schulungsfilme
- Feste Mitarbeiter: 9

Interfilm Produktions- und Vertriebs GmbH
Wingertstr. 2
65203 Wiesbaden
Tel. 0611/ 6 60 88
- Vertrieb, Vermittlung von Coproduktionen
- Feste Mitarbeiter: 3

Interopa Film GmbH
Harzerstr. 39 – 46
12059 Berlin
Tel. 030/ 6 89 89 60
- Filme und Serien, Synchronisation
- Feste Mitarbeiter: 40

Inter West Film GmbH
Mühlenstr. 46 – 54
12215 Berlin
Tel. 030/ 7 70 00 10

JE Entertainment Production GmbH
Emil-Hoffmann-Str. 59
50996 Köln
Tel. 02236/ 9 64 40
- Serien (›Die Wache‹), Unterhaltung (›Notruf‹, ›Wie bitte?!‹, ›Mini Playback Show‹, ›Rudis Urlaubsshow‹)

John de Mol Produktion GmbH
Unternehmensgruppe
Endemol Entertainment
Emil-Hoffmann-Str. 59
50996 Köln
Tel. 02236/ 9 64 40
- Shows (›Traumhochzeit‹)

Kick Film GmbH
Jörg Bundschuh
Pfisterstr. 11
80331 München
Tel. 089/ 22 21 23 oder 29 97 20
- Fernsehspiele, Spielfilme, Dokumentarfilme, Doku-Serien
- Feste Mitarbeiter: 6

KirchGruppe
Robert-Bürkle-Str. 2
85737 Ismaning
Tel. 089/ 95 08 80
- Lizenzhandel, Produktion (›Scarlett‹, ›Die Bibel‹), Filmbearbeitung
- Feste Mitarbeiter: 740

Lichtblick Film- und Fernsehproduktion
Apostelnstr. 11
50677 Köln
Tel. 0221/ 9 25 75 20
- Fernsehspiele
- Feste Mitarbeiter: 6

Lisa Film GmbH
Widenmayerstr. 49
80538 München
Tel. 089/ 2 12 39 50
- Serien (›Peter und Paul‹, ›Unsere Schule ist die beste‹), Fernsehfilme
- Feste Mitarbeiter: 11

Live Line W. Penk GmbH & Co.
Unter den Eichen 7
65195 Wiesbaden
Tel. 0611/ 95 30 90
- Unterhaltungssendungen (›Aber Hallo‹, ›Das Goldene Kabel‹, ›Ball des Sports‹), Serien
- Feste Mitarbeiter: 7

Me, Myself and Eye
Film- und TV Produktions GmbH
Holzmühlenstr. 84 – 86
22401 Hamburg
Tel. 040/ 6 96 96 70 und
Ohmstr. 8
80802 München
Tel. 089/ 39 19 01
- Jugend (›Bravo-TV‹), Musik, Computer, Dokumentationen
- Feste Mitarbeiter: 60

Medienproduktionen München GmbH
Cuvilliésstr. 8
81679 München
Tel. 089/ 9 98 92 30

Mikado Filmproduktion
Wiltrudenstr. 5
80805 München
Tel. 089/ 36 04 91 80

Modern Media
Bavariaring 38
80336 München
Tel. 089/ 7 46 16 20
- Serien (›Gletscherclan‹), Fernsehspiele
- Feste Mitarbeiter: 8

Monaco Film GmbH
Max-Joseph-Str. 7
80333 München
Tel. 089/ 5 52 40 60
- Serien, Krimiserien (›Die Kommissarin‹, ›Faust‹)
- Feste Mitarbeiter: 5

MPS Medienproduktionen Stuttgart
Cuvilliésstr. 9
81679 München
Tel. 089/ 9 98 92 30

NDF Neue Deutsche Filmgesellschaft
(KirchGruppe)
Münchner Str. 70
85774 Unterföhring
Tel. 089/ 9 95 90 90
- Feste Mitarbeiter: 38

NDF Neue Deutsche Filmgesellschaft Hamburg mbH
Jenfelder Allee 80
22039 Hamburg
Tel. 040/ 66 88 53 76

Neue Filmproduktion TV GmbH
Kurfürstendamm 54 – 55
10707 Berlin
Tel. 030/ 8 82 74 88

Neue Münchner Fernsehproduktion GmbH
Bavariafilmplatz 7
82031 Grünwald
Tel. 089/ 6 49 23 81
- Fernsehspiele, Serien, Unterhaltung
- Feste Mitarbeiter: 5

Novafilm Fernsehproduktion
Otto-Meissner-KG
Wilmersdorfer Str. 94
10629 Berlin
Tel. 030/ 88 00 60

Odeon Film GmbH
Unter den Eichen 7
65195 Wiesbaden
Tel. 0611/ 5 89 40

Olga-Film GmbH
Tengstr. 16
80798 München
Tel. 089/ 2 71 26 35
- Fernsehspiele, Kinofilme
- Feste Mitarbeiter: 4

Penta TV
Produktionsgesellschaft für Film, Werbung und Fernsehen mbH
Kurze Str. 8
21279 Hollenstedt/Nordheide
Tel. 04165/ 8 08 94 und 8 07 80
- Kinder-, Jugend-, Familienprogramm (›Hallo Spencer‹), Unterhaltung, Puppenfilme, Tierfilme
- Feste Mitarbeiter: 11

Phoenix Filmproduktions- und Vertriebsgesellschaft
Karl Heinz Brunnemann GmbH
Oberlandstr. 26 – 35
12099 Berlin
Tel. 030/ 75 76 20

Plazamedia GmbH Film + TV Production
(KirchGruppe)
Osterwaldstr. 10
80805 München
Tel. 089/ 3 60 70 90

Polyphon Film- und Fernsehgesellschaft mbH
Jenfelder Allee 80
22039 Hamburg
Tel. 040/ 66 88 53 56
- Serien (›Traumschiff‹, ›Blankenese‹, ›Florida Lady‹), Fernsehfilme
- Feste Mitarbeiter: 40

Pro GmbH
Goebenstr. 14
50672 Köln
Tel. 0221/ 9 51 56 70
- TV-Unterhaltung (›Boulevard Bio‹, ›Dirk Bach Show‹)
- Feste Mitarbeiter: 10

Provobis Gesellschaft für Film und Fernsehen GmbH
Jenfelder Allee 80
22039 Hamburg
Tel. 040/ 66 88 53 81 und
Buckower Chaussee 124
12277 Berlin
Tel. 030/ 7 42 90 46

Rademacher Film und TV
Heinrich-Wolf-Str. 15
50226 Frechen
Tel. 02234/ 5 63 15

Ravensburger Film + TV GmbH
Robert-Bosch-Str. 1
88214 Ravensburg
Tel. 0751/ 8 61 57
- Kinder- und Familienprogramme (›Käpt'n Blaubär Club‹), Zeichentrick, Spielshows
- Feste Mitarbeiter: 15

Real-Film Produktion
Mühlweg 19
67067 Ludwigshafen
Tel. 0621/ 54 27 89
- Features, Industrie-, Imagefilm, Werbespots
- Feste Mitarbeiter: 4

Rhewes Filmproduktion GmbH
Glockengasse 2
50667 Köln
Tel. 0221/ 2 57 74 32
- Serien (›Hallo, Onkel Doc‹), TV-Shows
- Feste Mitarbeiter: 4

RM Arts Fernseh- und Film GmbH
Steinsdorfer Str. 14
80538 München
Tel. 089/ 2 11 21 40
- Kunst (›1000 Meisterwerke‹) und Kultur (Musik, Tanz, Theater etc.)
- Feste Mitarbeiter: 8

RS Media GmbH
Beratung, Film- und Fernsehproduktion
Carl-Zeiss-Ring 14
85737 Ismaning
Tel. 089/ 9 61 20 74
- Medienberatung, Industrie- und Imagefilm, Unterhaltung (›Brisant‹)
- Feste Mitarbeiter: 5

Sator Film
Hans Günther Imlaus
Adenauerallee 10
20097 Hamburg
Tel. 040/ 24 94 55
- Fernsehspiele, Kulturfeatures
- Feste Mitarbeiter: 5

G. Schmidt Scripts and Films
Mehmeler Str. 6
50968 Köln
Tel. 0221/ 37 20 46

Schnabl GmbH
Lea Film & TV Production
Augustastr. 17
53173 Bonn
Tel. 0228/ 35 30 03

Scorpio Production Film- und Fernsehproduktion GmbH
(KirchGruppe)
Unter den Eichen 7
65195 Wiesbaden
Tel. 0611/ 58 96 -0
- Serien (›Zwei alte Hasen‹), Auslandsproduktionen
- Feste Mitarbeiter: 7

Scriba Film Holding GmbH & Co. KG
Harvestehuder Weg 43
20108 Hamburg
Tel. 040/ 41 17 90

Securitel Film- und Fernsehproduktions- und Verlags KG
St.-Florian-Str. 19
85744 Unterföhring
Tel. 089/ 95 02 31
- Fernsehfilme und Live-Sendungen vorwiegend auf dem Kriminalsektor (›Aktenzeichen XY‹)
- Feste Mitarbeiter: 4

Sentana Filmproduktion GmbH
Gebsattelstr. 30
81451 München
Tel. 089/ 4 48 52 66

sFs Schwarzwald Film
Enztalstr. 55
75323 Wildbach/Schwarzwald
Tel. 07085/ 12 33 und 13 22

Studio Hamburg Atelier GmbH
Jenfelder Allee 80
22039 Hamburg
Tel. 040/ 6 68 80
- Fernsehproduktionen (›Die Männer von K3‹, ›Tatort‹, ›Großstadtrevier‹, ›Sesamstraße‹), Diensleistungsunternehmen für Film, Fernsehen und alle audiovisuellen Medien
- Feste Mitarbeiter: 890 (Gesamtgruppe Studio HH)

Studio TV-Film GmbH
Tietzenweg 75
12203 Berlin
Tel. 030/ 3 34 00 21
- Film- und Fernsehproduktionen, Spielfilme, Serien, Sit-Coms (›Hilfe, meine Familie spinnt‹)
- Feste Mitarbeiter: 7

Tag/Traum Film- und Videoproduktion GmbH & Co. KG
Weyerstr. 88
50676 Köln
Tel. 0221/ 23 38 94
- TV-Produktionen, Werbung, Industriefilme, Dienstleistung
- Feste Mitarbeiter: 11

Tatiana Filmgesellschaft mbH & Co. Audio KG
Bechsteinstr. 4
80804 München
Tel. 089/ 3 08 66 77

Taurus Film GmbH & Co. KG
(KirchGruppe)
Robert-Bürkle-Str. 2
85737 Ismaning
Tel. 089/ 95 08 80
- Lizenzhandel, Coproduktionen

TBA Films & Television
Vertriebsgesellschaft mbH
Abteistr. 34
20146 Hamburg
Tel. 040/ 44 14 27

Telecast International GmbH
Osterwaldstr. 10
80805 München
Tel. 089/ 361 -89 44

Telefilm Saar GmbH
Eschberger Weg 65
66121 Saarbrücken
Tel. 0681/ 8 10 20
- Fernsehfilme, Serien (›Die Gerichtsreporterin‹)
- Feste Mitarbeiter: 56

Telemaus Schreinemakers & Klumpe GmbH
Luxemburger Str. 282e
50937 Köln
Tel. 0221/ 94 20 94 40
- ›Schreinemakers live‹

Tele München Gruppe
Kaufingerstr. 25
80331 München
Tel. 089/ 29 66 61

Telenova Film- und Fernsehproduktion GmbH & Co. KG
Bavariafilmplatz 7
82031 Grünwald
Tel. 089/ 6 49 23 82
- Serien (›Derrick‹)
- Feste Mitarbeiter: 5

Tele Potsdam Fernsehproduktion GmbH
Vinetastr. 50
13189 Berlin
Tel. 030/ 4 72 31 90
- Dokumentarfilm, Feature
- Feste Mitarbeiter: 3

Televersal Film- und Fernsehproduktion GmbH & Co.
Jenfelder Allee 80
22039 Hamburg
Tel. 040/ 66 09 11 13
- Serien, Fernsehspiele, Unterhaltungssendungen (›1,2 oder 3‹, ›Ehen vor Gericht‹), Dokumentationen, Spielfilme
- Feste Mitarbeiter: 10

Tele 2000 Fernseh- und Filmproduktion GmbH
Prinzregentenstr. 85
81675 München
Tel. 089/ 4 70 20 18

Tellux-Film GmbH Dresden
Bautzner Str. 49
01099 Dresden
Tel. 0351/ 8 01 33 74
- Beiträge aus dem kirchlichen Bereich
- Feste Mitarbeiter: 5

Tellux-Film GmbH München
Giselastr. 3a
80802 München
Tel. 089/ 38 01 83 25
- Dokumentationen, Fernsehspiele, Serien

Terranova Film- und Fernsehproduktion Otto Meisner
Wilmersdorfer Str. 94
10629 Berlin
Tel. 030/ 88 00 60

TNF Tele Norm Film
Cuvilliésstr. 25
81679 München
Tel. 089/ 98 43 81
- Serien (›Wie würden Sie entscheiden‹), Unterhaltung
- Feste Mitarbeiter: 11

Top TV Produktion GmbH
Nördliche Münchner Straße 18g
82031 Grünwald
Tel. 089/ 6 49 30 95

Toro Film GmbH
Leibnitzstr. 60
10629 Berlin
Tel. 030/ 3 27 82 90
- Kinofilme, Fernsehfilme, Serien

Trebitsch Produktion Holding GmbH & Co. KG
Jenfelder Allee 80
22039 Hamburg
Tel. 040/ 66 88 22 00
- Fernsehfilme, Serien (›Diese Drombuschs‹), Werbung, Industriefilme, Multimedia
- Feste Mitarbeiter: 26

Tristar Film & TV GmbH
Rothenbaumchaussee 26
20148 Hamburg
Tel. 040/ 4 48 07 48

TV 60 Filmproduktion GmbH
Wiltrudenstr. 5
80805 München
Tel. 089/ 3 60 49 10
- Fernsehspiele (›Deutschlandlied‹), Serien (›Nicht von schlechten Eltern‹), Kinder-, Jugend-, Familienprogramme, Gameshows, Kinofilme
- Feste Mitarbeiter: 9

TV 2000 Film- und Fernsehproduktion GmbH & Co. KG
Kleiststr. 23 – 26
10787 Berlin
Tel. 030/ 2 10 00 70
- Serien (›Ein Haus in der Toscana‹, ›Weißblaue Geschichten‹), Fernsehfilme
- Feste Mitarbeiter: 10

UFA Fernsehproduktions GmbH Grundy UFA TV Productions GmbH
Kleiststr. 23 – 26
10787 Berlin
Tel. 030/ 21 00 07 20
- Fernsehfilme (›Katharina die Große‹), Serien (›Balko‹), Daily Soaps (›Gute Zeiten, schlechte Zeiten‹)
- Feste Mitarbeiter: 35 – 40

Unitel
Film und Fernsehproduktionsgesellschaft mbH & Co.
(KirchGruppe)
Robert-Bürkle-Str. 2

85737 Ismaning
Tel. 089/ 95 08 80
- Produktion von klassischen Opern
- Feste Mitarbeiter: 13

Vegas Film- und Fernsehproduktions und Merchandising GmbH
Bautzner Straße
01099 Dresden
Tel. 0351/ 5 02 24 51

Videoscope Fernseh+Film GmbH
Ohmstr. 3
80802 München
Tel. 089/ 39 50 82

Von Vietinghoff Filmproduktion
Potsdamer Str. 199
10783 Berlin
Tel. 030/ 2 16 89 -31/ -33
- Fernsehfilme (›Freundinnen‹), Spielfilme
- Feste Mitarbeiter: 3

VTTV GmbH & Co. KG
Havelchaussee 161
14055 Berlin
Tel. 030/ 3 04 54 31
- Studiobetrieb, Ü-Technik, HDTV, Synchronisation
- Feste Mitarbeiter: 55

Westdeutsche Universum-Film GmbH
Schildergasse 84a
50667 Köln
Tel. 0221/ 2 58 00 85
- Fernsehfilme, Serien
- Feste Mitarbeiter: 4

West Film
Film- und Fernsehproduktionsgesellschaft mbH
Adlerstr. 22
40211 Düsseldorf
Tel. 0211/ 3 66 60

WIGE – WDT Media Group GmbH
Kölner Str. 180-182
50226 Frechen
Tel. 02234/ 1 83 10
- Ü-Wagen-Produktionen

WM Media-Vision GmbH
Film- und Fernsehproduktionsgesellschaft mbH
Mommsenstr. 27
10629 Berlin
Tel. 030/ 3 24 10 15
- Dokumentationen, Features
- Feste Mitarbeiter: 8

Regina Ziegler Film-Produktion
Neue Kantstr. 14
14057 Berlin
Tel. 030/ 3 20 90 50
- Fernsehfilme, Miniserien (›Kalifornisches Quartett‹), Serien
- Feste Mitarbeiter: 15

Daniel Zuta Filmproduktion
Kaiserstr. 39
60329 Frankfurt am Main
Tel. 069/ 25 37 35
- Fernsehfilme, Serien
- Feste Mitarbeiter: 4

Nachbearbeitung und Video

Eine Auswahl aus der Vielzahl an Firmen. Eine detaillierte Übersicht über Firmen in Ihrer Nähe finden Sie in den »Gelben Seiten«.

ABC & Taunusfilm
Kopierwerk GmbH
Unter den Eichen 7
65195 Wiesbaden
Tel. 0611/ 53 12 35

Arri-Contrast GmbH
Film.Ton.Video.
Charlottenburger Chaussee 51 – 55
13597 Berlin
Tel. 030/ 30 00 09 10

Arri TV Produktionsservice GmbH
Türkenstr. 95
80799 München
Tel. 089/ 3 80 95 55

Bavaria Kopierwerk GmbH
Bavariafilmplatz 7
82031 Geiselgasteig
Tel. 089/ 64 99 24 44

Bildwerk
Digitale Bildbearbeitungs GmbH
Schmidtstr. 12
60326 Frankfurt am Main
Tel. 069/ 97 35 30

FFP Alexiou
Film- und Fernsehproduktionsgesellschaft mbH & Co. Medien KG
Mittlerer Hasenpfad 25
60598 Frankfurt am Main
Tel. 069/ 61 30 41

Film- und Videotechnik B. Gürtler GmbH
Leuchtenbergring 20
81677 München
Tel. 089/ 4 16 09 00

Film und Video Untertitelung GmbH
Albertstr. 111 – 113
40233 Düsseldorf
Tel. 0221/ 7 33 43 34

FSM Fernsehstudio München – GmbH
Bahnhofstr. 33
85774 München
Tel. 089/ 9 95 50

F + S Filmbearbeitung GmbH & Co. Synchronstudio KG
Gallierweg 11
65187 Wiesbaden
Tel. 0611/ 80 96 41

Geyer Video GmbH
Harzer Str. 39 – 46
12059 Berlin
Tel. 030/ 6 80 13 66

Geyer Werke GmbH
Bahnhofstr. 33
85774 München
Tel. 089/ 9 50 89 50

Hadeko Filmtechnik GmbH
Graf-Landsberg-Str. 2 – 4
41460 Neuss
Tel. 02131/ 5 99 90

Intervideo G. Siedenstein
Audiovisionsgesellschaft mbH
Robert-Koch-Str. 11
55072 Mainz
Tel. 06131/ 59 30 03

MAZ + Movie
Film- und Fernsehtechnik GmbH & Co. KG
Weidenallee 37
20357 Hamburg
Tel. 040/ 43 80 43 44

Medox Medien GmbH
Erkrather Str. 343
40321 Düsseldorf
Tel. 0211/ 9 86 80

Profi TV-Produktions GmbH
Hardefußstr. 9
50677 Köln
Tel. 0221/ 31 80 23

Studio Hamburg
Jenfelder Allee 80
22039 Hamburg
Tel. 040/ 6 68 80

Telefilm Saar GmbH
Eschberger Weg 65
66121 Saarbrücken
Tel. 0681/ 8 10 20

Voss AG TV-Ateliers
Königsberger Str. 1
40231 Düsseldorf
Tel. 0211/ 9 73 80

Wagner & Taunusfilm TV GmbH
Konrad-Adenauer-Str. 42
55218 Ingelheim
Tel. 06132/ 79 00 20

Adressen Hörfunk

Öffentlich-Rechtliche Radiosender

Die Adressen der ARD-Sender finden Sie auf S. 359f. unter »Öffentlich-Rechtliche Sender«.

Bayerischer Rundfunk:
Bayern 1
Bayern 2 Wort
Bayern 3
Bayern 4 Klassik
B 5 aktuell

Hessischer Rundfunk:
hr 1 Radio Aktuell
hr 2 Radio Kultur
hr 3 Radio Mobil
hr 4 Radio Regional

Mitteldeutscher Rundfunk:
MDR 1 – Radio Sachsen
MDR 1 – Radio Sachsen-Anhalt
MDR 1 – Radio Thüringen
MDR Life
MDR Info
MDR Kultur
MDR Sputnik

Norddeutscher Rundfunk:
NDR 1 Radio Niedersachsen
NDR 1 Hamburg-Welle
NDR 1 Welle Nord
NDR 1 Radio MV
NDR 2
NDR 3
NDR 4
N-Joy

Ostdeutscher Rundfunk Brandenburg:
ORB Antenne Brandenburg
ORB Radio Brandenburg
ORB/SFB Fritz (gleiche Adresse wie ORB)

Radio Bremen:
Radio Bremen 1 Hansawelle
Radio Bremen 2 Kulturell
Radio Bremen 3
Radio Bremen 4

Saarländischer Rundfunk:
SR 1 Europawelle Saar
SR 2 Kultur
SR Saarlandwelle
SR 4

Sender Freies Berlin:
SFB Berlin 88,8
SFB 3
SFB/ORB Radio B2 (gleiche Adresse wie SFB)
SFB 4 MultiKulti

Süddeutscher Rundfunk:
S 2 Kultur
S 4 Baden-Württemberg
SDR 1
SDR 3

Südwestfunk:
SWF 1
SWF 3
SWF 4

Westdeutscher Rundfunk:
1 Live
WDR 2
WDR 3
WDR 4
WDR 5
WDR Radio Dortmund

Bundesweite Radiosender

DeutschlandRadio
Deutsche Welle

Private Radiosender

Die größten Privatsender sind:

- Antenne. Das Radio, Hannover
- Antenne Bayern, München
- Antenne Mecklenburg-Vorpommern, Plate
- Antenne Sachsen, Dresden
- Antenne Thüringen, Weimar
- Berliner Rundfunk 91,4
- delta radio, Kiel
- Radio Brocken, Halle
- Radio Energy, mehrere deutsche Städte
- Radio FFH, Frankfurt
- Radio ffn, Isernhagen
- Radio Hamburg
- Radio NRW, Oberhausen
- Radio RPR, Ludwigshafen
- Radio Salü, Saarbrücken
- Radio Schleswig-Holstein, Kiel

Baden-Württemberg

Antenne 1/Antenne RT 4
Plieninger Str. 150
70567 Stuttgart
Tel. 0711/ 7 20 58 50

Filstal Welle
Langestr. 36
73033 Göppingen
Tel. 07161/ 67 30 20

Neckar-Alb-Radio
Silberburgstr. 50
72764 Reutlingen
Tel. 07121/ 1 66 00

Radio 7
Schaffnerstr. 30
89073 Ulm/Donau
Tel. 0731/ 1 43 10

Radio 7 ES
Postfach 189
73702 Esslingen
Tel. 0711/ 93 93 90

Radio 7 Melody
Leipzigstr. 26
88400 Biberach
Tel. 07351/ 5 04 00

Radio 7,1
Bahnhofstr. 65
73430 Aalen
Tel. 07361/ 5 72 70

Radio BB
Planiestr. 11/1
71063 Sindelfingen
Tel. 07031/ 6 90 30

Radio FR 1
Sasbacher Str. 12
79111 Freiburg
Tel. 0761/ 45 26 60

Radio Neckarburg
August-Schumacher-Str. 10 – 12
78664 Eschbronn-Mariazell
Tel. 07403/ 80 00

Radio Ohr
Hauptstr. 83a
77652 Offenburg
Tel. 0781/ 5 04 30 00

Radio Regenbogen
Dudenstr. 12 – 16
67167 Mannheim
Tel. 0621/ 3 37 50

Radio Seefunk
Konzilstr. 1
78462 Konstanz
Tel. 07531/ 2 86 50

Radio Sunshine
Scheffelstr. 55
68723 Schwetzingen
Tel. 06202/ 28 20

Radio Ton
Allee 2
74072 Heilbronn
Tel. 07131/ 65 00

RMB – Radio Total Lokal
Anton-Schmidt-Str. 36
71332 Waiblingen
Tel. 07151/ 1 50 66

Stadtradio 107,7
Königstr. 2
70173 Stuttgart
Tel. 0711/ 1 62 61 10

Welle Fidelitas
Am Sandfeld 13
76143 Karlsruhe
Tel. 0721/ 9 70 60

Bayern

89 Hit FM
Postfach 81707
81707 München
Tel. 089/ 89 89 89 89

Antenne Bayern
Münchner Str. 20
85774 Unterföhring
Tel. 089/ 99 27 70

Hitradio N1
Bucherstr. 3
90419 Nürnberg
Tel. 0911/ 3 74 90

Inn-Salzach-Welle
Ebner-Eschenbach-Weg 28
84508 Burgkirchen
Tel. 08679/ 6 00 60

Jazztime
Am Stadtpark 109
90409 Nürnberg
Tel. 0911/ 36 42 97

Jazzwelle Plus
Titurelstr. 9
81925 München
Tel. 089/ 98 33 60

Radio 2Day
Postfach 70 15 63
81315 München
Tel. 089/ 7 23 29 29

Radio 8
Schalkhäuser Landstr. 5
91522 Ansbach
Tel. 0981/ 63 00

Radio Aladin
Lärchenweg 3
90614 Ammerndorf
Tel. 09127/ 16 36

Radio Antenne Franken
Gründer Markt 14
96031 Bamberg
Tel. 0951/ 8 60 80

Radio Arabella
Schwanthaler Str. 77
80336 München
Tel. 089/ 5 30 98 80

Radio AWN
Albrechtsgasse 28
94315 Straubing
Tel. 09421/ 1 00 11

Radio Charivari
Paul-Heyse-Str. 2 – 4
80336 München
Tel. 089/ 5 24 10 00

Radio Charivari
Königstr. 26
90402 Nürnberg
Tel. 0911/ 2 38 70

Radio Charivari
Haidplatz 7
93047 Regensburg
Tel. 0941/ 50 20 70

Radio Charivari
Hafnerstr. 5 – 7
83022 Rosenheim
Tel. 08031/ 3 00 80

Radio Chiemgau
Rupertistr. 40 – 42
83278 Traunstein
Tel. 0861/ 80 66

Radio Donau 1
Kasernstr. 4
89231 Neu-Ulm
Tel. 0731/ 70 71 55

Radio Down-Town
Hauptstr. 106
91018 Erlangen
Tel. 09131/ 2 70 98

Radio Eins
Seifartshofstr. 21
96416 Coburg
Tel. 09561/ 8 73 30

Radio Energy
Äußere Bruckerstr. 51
91052 Erlangen
Tel. 09131/ 80 90 31

Radio Energy
Pestalozzistr. 23
80469 München
Tel. 089/ 2 31 90 70

Radio Euroherz
Sonnenplatz 4
95028 Hof
Tel. 09281/ 88 00

Radio F
Marienstr. 9
90019 Nürnberg
Tel. 0911/ 2 36 90

Radio Fantasy
Maximilianstr. 41
86150 Augsburg
Tel. 0821/ 15 10 30

Radio FFB
Schöngeisinger Str. 11
82256 Fürstenfeldbruck
Tel. 08141/ 13 51

Radio Gong
Nordendstr. 64
80801 München
Tel. 089/ 27 27 00

Radio Gong
Innere-Kramer-Klett-Str. 6
90403 Nürnberg
Tel. 0911/ 55 94 71

Radio Gong
Semmelstr. 15
97979 Würzburg
Tel. 0931/ 30 80 90

Radio IN
Donaustr. 11
85049 Ingolstadt
Tel. 0841/ 3 00 90

Radio KÖ
Konrad-Adenauer-Allee 11
86150 Augsburg
Tel. 0821/ 50 20 10

Radio Lindau
Robert-Bosch-Str. 29a
88131 Lindau
Tel. 08382/ 96 12 13

Radio Mainwelle
Richard-Wagner-Str. 33
95444 Bayreuth
Tel. 0921/ 75 75 00

Radio Oberland
Marienplatz 17
82467 Garmisch-Partenkirchen
Tel. 08821/ 9 30 20

Radio Ostallgäu
Johannes-Haag-Str. 17a
87600 Kaufbeuren
Tel. 08341/ 8 10 81

Radio Plassenburg
E.-C.-Baumann-Str. 5
95301 Kulmbach
Tel. 09221/ 8 44 34

Radio Prima 1
Hirschgasse 1
87700 Memmingen
Tel. 08331/ 40 32 34

Radio PrimaTon
Spitalstr. 34
97421 Schweinfurt
Tel. 09721/ 2 09 00

Radio Primavera
Frohsinnstr. 26
63739 Aschaffenburg
Tel. 06021/ 3 88 30

Radio Ramasuri
Unterer Markt 35
92637 Weiden
Tel. 0961/ 4 30 43

Radio RSA
Kotterner Str. 70
87435 Kempten
Tel. 0831/ 25 38 00

Radio RT.1
Curt-Frenzel-Str. 4
86133 Augsburg
Tel. 0821/ 7 77 40 00

Radio Skyline
Guldenstr. 33
86343 Königsbrunn
Tel. 08231/ 50 60

Radio Trausnitz
Zweibrückenstr. 696
84028 Landshut
Tel. 0871/ 92 30 90

Radio Untersberg
Münchener Str. 80
83395 Freilassing
Tel. 08654/ 6 10 11 13

Radio Xanadu
Pestalozzistr. 23
80469 München
Tel. 089/ 2 31 90 70

Radio Z
Hintere Ledergasse 10
90403 Nürnberg
Tel. 09221/ 22 28 45

Studio 1 Alpenwelle
Schliersbergalm
83727 Schliersee
Tel. 08026/ 40 54

»unser Radio«
Bahnhofstr. 28
94469 Deggendorf
Tel. 0991/ 3 60 00

Berlin

104,6 RTL
Kurfürstenstr. 207 – 208
10719 Berlin
Tel. 030/ 88 48 40

94,3 r.s.2
Voltastr. 5
13355 Berlin
Tel. 030/ 46 70 30

Antenne Brandenburg
Puschkinallee 2
14469 Potsdam
Tel. 0331/ 32 02 30

Berliner Rundfunk 91,4
Leipziger Str. 62
10117 Berlin
Tel. 030/ 20 19 10

Hundert,6 – Das private Radio
Katharina-Heinroth-Ufer 1
10787 Berlin
Tel. 030/ 25 40 30

News Talk 93,6
Kurfürstendamm 207 – 208
10719 Berlin
Tel. 030/ 88 48 44

Radio Energy
Potsdamer Str. 131
10783 Berlin
Tel. 030/ 2 17 37 30

Bremen

Radio 107.1
Erste Schlachtpforte
28195 Bremen
Tel. 0421/ 3 35 66 01

Hamburg

AlsterRadio
Rödingsmarkt 29
20459 Hamburg
Tel. 040/ 3 70 90 70

OK Radio
Spaldingstr. 218
20097 Hamburg
Tel. 040/ 23 73 30

Radio Energy
Rugenbarg 85
22549 Hamburg
Tel. 040/ 80 39 71

Radio Hamburg
Speersort 10
20095 Hamburg
Tel. 040/ 3 39 71 40

Hessen

Radio FFH
Graf-Vollrath-Weg 6
60480 Frankfurt
Tel. 069/ 78 97 90

Mecklenburg-Vorpommern

Antenne MV
Funkhaus Plate
19086 Plate
Tel. 03861/ 5 50 00

Niedersachsen

Antenne. Das Radio
Goseriede 9
30159 Hannover
Tel. 0511/ 9 11 80

Radio ffn
Dorfstr. 2
30916 Isernhagen
Tel. 05139/ 99 90

Nordrhein-Westfalen

Antenne AC
Drimbornshof 3
52249 Eschweiler-Dürwiß
Tel. 02403 / 50 80

Antenne Düsseldorf
Speditionsstr. 15
40221 Düsseldorf
Tel. 0211/ 39 10 21

Antenne Niederrhein
Stechbahn 2 – 8
47533 Kleve
Tel. 02821/ 7 22 70

Antenne Ruhr
Viktoriastr. 26 – 28
45468 Mühlheim an der Ruhr
Tel. 0208/ 45 00 70

DO 91 zwo, Antenne für Dortmund
Karl-Zahn-Str. 11
44141 Dortmund
Tel. 0231/ 9 57 70

Hellweg Radio
Jakobistr. 46
59494 Soest
Tel. 02921/ 3 77 77

Lokalradio Herne 90acht
Bahnhofstr. 45
44623 Herne
Tel. 02323/ 1 49 00

Radio 90,1
Regentenstr. 37 – 39
41061 Mönchengladbach
Tel. 02161/ 1 00 71

Radio Aachen
Dresdenerstr. 3
52068 Aachen
Tel. 0241/ 94 69 00

Radio Antenne Münster
Kerstingskamp 12
48159 Münster
Tel. 0251/ 92 10 10

Radio Bielefeld
Niedernstr. 21 – 27
33602 Bielefeld
Tel. 0521/ 55 51 11

Radio Bonn/Rhein-Sieg
Kennedybrücke 4
53225 Bonn
Tel. 0228/ 40 07 10

Radio Duisburg
Güntherstr. 35
47053 Duisburg
Tel. 0203/ 28 10 60

Radio Emscher-Lippe
Hochstr. 30
45894 Gelsenkirchen
Tel. 0209/ 36 08 80

Radio »en«
Mühlenstr. 25
58285 Gevelsberg
Tel. 02331/ 9 19 10

Radio Erft
Hürth Park
Theresienhöhe
50354 Hürth
Tel. 0221/ 70 00 31

Radio Essen
Sachsenstr. 36
45128 Essen
Tel. 0201/ 24 58 50

Radio FiV
Schaumburgstr. 14
45657 Recklinghausen
Tel. 02361/ 1 20 31

Radio Gütersloh
Feldstr. 14
33330 Gütersloh
Tel. 05241/ 9 20 00

Radio Hagen
Elberfelderstr. 9
58095 Hagen
Tel. 02331/ 2 00 50

Radio Herford
Berliner Str. 30
32052 Herford
Tel. 05221/ 1 80 00

Radio Hochstift
Frankfurter Weg 22
33106 Paderborn
Tel. 05251/ 1 73 70

Radio Kiepenkerl
Tiberstr. 21
48249 Dülmen
Tel. 03594/ 8 70 05

Radio Köln
Im MediaPark 5
50670 Köln
Tel. 0221/ 95 19 90

Radio K.W.
Landwehrstr. 6
47441 Moers
Tel. 02841/ 14 80

Radio Lippe
Ernst-Hilker-Str. 11
32758 Detmold
Tel. 05231/ 2 10 03

Radio Lippe Welle Hamm
Königstr. 39
59065 Hamm
Tel. 02381/ 1 50 84

Radio MK
Theodor-Heuss-Ring 24
58636 Iserlohn
Tel. 02371/ 7 90 30

Radio Neandertal
Elberfelderstr. 81
40804 Mettmann
Tel. 02104/ 1 30 86

Radio NRW
Essener Str. 55
46047 Oberhausen
Tel. 0208/ 8 58 70

Radio RSG
Alleestr.1
42653 Solingen
Tel. 0212/ 5 60 44

Radio RST
Poststr. 3
48431 Rheine
Tel. 05971/ 1 60 90

Radio Sauerland
Steinstr. 32
59872 Meschede
Tel. 0291/ 2 90 10

Radio Siegen
Obergraben 33
57072 Siegen
Tel. 0271/ 5 47 42

Radio WAF
Schweinemarkt 3
48231 Warendorf
Tel. 02581/ 6 37 80

Radio Westfalica
Johanneskirchhof 2
32423 Minden
Tel. 0571/ 83 78 30

Radio Wuppertal
Friedrich-Engels-Allee 426
42283 Wuppertal
Tel. 0202/ 25 77 01

Ruhrwelle Bochum
Grabenstr. 12
44787 Bochum
Tel. 0234/ 68 99 90

Welle Niederrhein
Ürdingerstr. 543
47800 Krefeld
Tel. 02151/ 5 06 02

Welle West
Hochstr. 167
52525 Heinsberg
Tel. 02452/ 1 80 60

WMW Münsterland-Welle
Heinrich-Hertz-Str. 6
46325 Borken
Tel. 02861/ 6 40 55

Rheinland-Pfalz

Radio RPR 1 und RPR 2
Turmstr. 8
67059 Ludwigshafen
Tel. 0621/ 59 00 00

Saarland

Radio Salü
Richard-Wagner-Str. 58 – 60
66111 Saarbrücken
Tel. 0681/ 3 91 27

Sachsen

Antenne Sachsen
Breitscheitstr. 40
01237 Dresden
Tel. 0351/ 2 57 70

Energy Chemnitz
Am Rosenhof 6
09111 Chemnitz
Tel. 0371/ 6 01 51

Energy Dresden
Wilsdruffer Str. 22
01067 Dresden
Tel. 0351/ 4 95 15 02

Energy Leipzig und Energy Sachsen
Nonnenstr. 44
04229 Leipzig
Tel. 0341/ 4 77 28 11

Radio Chemnitz
Clausstr. 76 – 80
09126 Chemnitz
Tel. 0371/ 58 68 46

Radio Dresden 103, 5
Mohorner Str. 13
01159 Dresden
Tel. 0351/ 4 19 01 10

Radio Lausitz
Girbigsdorfer Str. 17
02828 Görlitz
Tel. 03581/ 36 11 43

Radio Leipzig
Salomonstr. 20
04103 Leipzig
Tel. 0341/ 21 65 80

Radio PSR
Delitzscher Str. 97
04129 Leipzig
Tel. 0341/ 56 65 60

Sachsen-Anhalt

Radio Brocken
Brachwitzer Str. 16
06118 Halle/Saale
Tel. 0345/ 50 99 27

Radio SAW – die Sachsen-Anhalt Welle
Große Diesdorfer Str. 64
39110 Magdeburg
Tel. 0391/ 7 31 17 68

Schleswig-Holstein

Delta Radio
Funkhaus Hörn
Werftstr. 214
24143 Kiel
Tel. 0431/ 7 02 00

Radio Schleswig-Holstein (RSH)
Wittland 3
24109 Kiel
Tel. 0431/ 5 87 00

Thüringen

Antenne Thüringen
Belvederer Allee 25
99425 Weimar
Tel. 03643/ 55 25 52

Bundesweite Satellitensender

Klassik Radio
Brandstwiete 4
20457 Hamburg
Tel. 040/ 32 43 73

Radio Melodie
Ludwigsplatz 38/39
94315 Straubing
Tel. 09421/ 15 65

Radioropa
Postfach 549
54550 Daun
Tel. 06592/ 20 30

RTL Radio – Der Oldie Sender
CLT Multi Media
45, Boulevard Pierre Frieden
L-2850 Luxembourg
Tel. 00352/ 4 21 42 35 00

Vermarktungsgesellschaften

ARD Werbung/Media Marketing
Falkensteiner Str. 75 – 77
60322 Frankfurt
Tel. 069/ 15 30 04 -221

IPA GmbH
Bockenheimer Landstr. 98 – 100
60323 Frankfurt
Tel. 069/ 97 57 26 26

Radio Marketing Service GmbH & Co. KG
Börsenbrücke 4
20457 Hamburg
Tel. 040/ 3 70 90 40

Studio Gong GmbH
Innere-Kramer-Klett-Str. 6
90403 Nürnberg
Tel. 0911/ 5 32 52 09

Glossar

Abnahme: Freigabe der Sendung

Andruck: der von Zeitungsmachern gleichzeitig gefürchtete und geliebte Augenblick, wenn die Rotationsmaschine anläuft; ab dann ist nur in absoluten Ausnahmefällen an der Zeitung noch etwas zu ändern

Anzeigenblatt: kostenlose Zeitung, die sich ausschließlich durch den Verkauf von Anzeigen finanziert

Audio-Service: von Nachrichtenagenturen und freien Journalisten erstellter Service für Radiosender, denen sendefähige Beiträge von aktuellen Ereignissen angeboten werden

Audiotext: Informationen und Service am Telefon

Aufmacher: der wichtigste Artikel einer Zeitungsseite; wird auch optisch hervorgehoben

Betacam SP: magnetisches Aufzeichnungsband für elektronische Kameras mit hoher Bildqualität; Fernsehstandard

Blue-Screen-Verfahren: Bildaufzeichnung vor blauem Hintergrund (für die Einblendung von Grafiken oder Bewegtbild)

Boulevardzeitung: unterhaltsame Zeitung, die auf Trennung von Bericht und Meinung wenig Wert legt

Cartridge: im Hörfunk verwendete Audiokassette

Casting: Besetzen von Rollen; »ein Casting«: Rollentest für Schauspieler

Digitalisierung: Verfahren, mit dessen Hilfe viele Informationen auf kleinem Raum gespeichert werden können; klassisches digitales Medium ist die CD; Anwendung findet Digitalisierung in der Zeitungsherstellung, im Hörfunk und Fernsehen

Daily Soap: täglich ausgestrahlte Serie

Dat-Kassetten: digitale Audiokassetten

Disposition (Tagesdispo): Drehplan, Zeitplan für Film- und Fernsehaufnahmen; in den Printmedien: Planung und Abfolge der Anzeigen

Einspielung (Einspielteil): Zuspielung eines bereits fertiggestellten Aufnahmebandes (Bild und Ton)

Edit: Schnitteinheit (für MAZ-Bänder)

Elektronische Produktion: Aufzeichnung mit elektronischen Kameras auf Magnetband oder Live-Ausstrahlung (Gegensatz: Filmproduktion auf 16- bzw. 35-mm-Filmmaterial)

Exposé: in Grundzügen skizzierte Idee für ein Drehbuch oder eine Reportage

EB: elektronische Berichterstattung (Bild und Ton), z.B. für Fernsehnachrichten

EB-Team: Kamerafrau plus Assistentin (Betacam SP)

Jingle: Sound-Element im Hörfunk

Ganzseitenumbruch: das Erstellen einer druckfähigen Zeitungsseite direkt am Computerbildschirm

Layout: die optische Gestaltung eines Printmediums

Location: Drehort

Lokalzeitung: Zeitung mit stark begrenztem, regionalem Verbreitungsgebiet; häufig wird der Mantel von größeren Zeitungen gekauft

LMS: Library Management System für das Abspielen von Betacam-Kassetten in der Sendeabwicklung von TV-Sendern

Mantel: der überregionale Teil von Tageszei-

	tungen mit Berichten aus aller Welt, Politik, Wirtschaft; große Tageszeitungen erstellen den Mantel selbst, kleinere kaufen ihn von größeren Zeitungen
MAZ:	magnetische Bildaufzeichnung
MAZ-Band:	Magnetband für die Aufzeichnung von Fernsehproduktionen (Bild und Ton)
News-Anchor:	Nachrichten-Präsentator(in)
On-air-promotion:	Werbung für einen TV- oder Hörfunksender auf dem Sender selbst
online:	ein Computer ist in Echtzeit mit dem Netz verbunden, also erreichbar; wird die Verbindung getrennt, ist der Rechner offline.
Online-Dienste:	Bildschirmdienst-Angebote verschiedener Firmen; z.B. Telekom-Online, America Online Inc., Europe Online
Off-air-promotion:	Werbung für einen TV- oder Hörfunksender in anderen Medien
Out-sourcing:	»Auslagern« von Mitarbeitern; statt selbst Mitarbeiter fest anzustellen, vergibt der Arbeitgeber Aufträge an andere Firmen
Paintbox:	Grafikcomputer für digitale Bildbearbeitung
Playlist:	Liste der 40 Titel mit der höchsten Rotation beim Hörfunksender
Postproduction:	Nachbearbeitung von Film- oder Videomaterial
Promo:	Programmhinweis für eine Fernsehsendung
Ratings:	Einschaltquoten
Ressort:	Fachabteilung in einer Redaktion; z.B. Politik, Unterhaltung, Feuilleton, Wirtschaft
Sampler:	Gerät für die digitale Aufzeichnung,

	Speicherung und Wiedergabe von Naturklängen
Schriftgenerator:	Gerät, das auf elektronische Weise Schrifttypen erzeugt
Script Editor:	Dramaturg(in)
Selbstfahrerstudio:	von einer Person zu bedienendes Hörfunk-Sendestudio
Serviceprovider:	Serviceanbieter von Online-Diensten
Screendesign:	Gestaltung von TV-Grafik, auch von Oberflächen bei CD-ROM-Produktionen
Set, »am Set«:	am Drehort einer Film- oder Fernsehproduktion
Sequenzer:	in der elektronischen Musikproduktion verwendetes Gerät, das Klangerzeuger (z.B. Synthesizer) ansteuert
Slow motion:	Zeitlupe
SNG:	Satellite News Gathering, portable Satelliten-Einheiten für leitungsunabhängige Fernsehberichterstattung
Take:	zusammenhängender Aufnahmeabschnitt, mit elektronischer Kamera hergestellt
Teleprompter:	eine Art Spiegel vor der Fernsehkamera, auf dem der Moderationstext erscheint
Timeslot:	Sendeplatz
Trailer:	Programmhinweis für eine Fernsehsendung
Treatment:	zusammenfassende Beschreibung eines Drehbuchinhalts (kann Dialogteile enthalten)
TKP:	Tausenderkontaktpreis für Werbebuchungen
TV-Service:	von Nachrichtenagenturen und freien Journalisten erstellter Service für Fern-

	sehsender; es werden sendereife Beiträge von aktuellen Ereignissen angeboten
Voice-over:	Off-(Hintergrund-)Stimme bei einem Fernsehbeitrag

Verzeichnis der vorgestellten Berufe